L'OUBLIÉE
DE SALPERWICK

ÉGALEMENT CHEZ POCKET

OXFORDSHIRE COUNTY COUNCIL	
3303655640	BFBA080472
BOOKS ASIA	31/08/2022
FRE FIC DEG	£18.40

ANNIE DEGROOTE

L'OUBLIÉE
DE SALPERWICK

PRESSES DE LA CITÉ

L'éditeur de cet ouvrage s'engage dans une démarche
de certification FSC® qui contribue à la préservation
des forêts pour les générations futures.

Pour en savoir plus :
www.editis.com/engagement-rse/

Le Code de la propriété intellectuelle n'autorisant, aux termes de l'article L. 122-5, (2° et 3° a), d'une part, que les « copies ou reproductions strictement réservées à l'usage privé du copiste et non destinées à une utilisation collective » et, d'autre part, que les analyses et les courtes citations dans un but d'exemple et d'illustration, « toute représentation ou reproduction intégrale ou partielle faite sans le consentement de l'auteur ou de ses ayants droit ou ayants cause est illicite » (art. L. 122-4).
Cette représentation ou reproduction, par quelque procédé que ce soit, constituerait donc une contrefaçon sanctionnée par les articles L. 335-2 et suivants du Code de la propriété intellectuelle.

© Presses de la Cité, 1998
ISBN 978-2-266-31687-3

PRÉFACE

Annie Degroote, qui obtint en 1996 le prix Madame
Europe pour son très beau roman *Le Cœur en Flandre*,
nous donne aujourd'hui, avec *L'Oubliée de Salperwick*,
une preuve nouvelle de son talent. Sur les pas de Flore,
sa jeune héroïne aux yeux bleu pervenche et aux cheveux de cuivre, elle nous transporte dans les brumes des
marais du Nord, si chers à son cœur, pour nous entraîner
dans une succession d'aventures pleines de passion, de
surprises et de rebondissements.

L'action se situe à l'âge d'or du roman, je veux
dire au dix-neuvième siècle. À l'exemple des grands
auteurs romantiques, Annie Degroote laisse courir son
imagination, qui est féconde, et, sur fond d'histoire (en
particulier la révolution de 1848 et les événements qui
l'ont suivie), elle lance ses personnages vers un destin
tumultueux. Les « bons sentiments », dont on sourit
aujourd'hui, ont leur place dans ce récit, et même la
morale (tout comme dans une œuvre de George Sand),
et c'est tant mieux ! Cela nous change et l'on applaudit
Annie Degroote d'avoir le courage de ses convictions.
L'Oubliée de Salperwick nous fait redécouvrir un temps
ô combien éloigné du nôtre : les mœurs, les sentiments,

7

le comportement de chacun étonneront peut-être le lecteur. Mais ne lit-on pas pour être étonné, dépaysé ? Ce roman, imprégné de mystère et d'amour, comblera tous ceux et celles pour qui littérature est synonyme d'évasion.

Jeanne BOURIN.

À Marie-Claude, ma sœur...

*Avec une pensée affectueuse
à ces merveilleuses grand-mères
Lucie, Lucienne, Francine, Joséphine...
et les autres...*

PREMIÈRE PARTIE

DISPARITIONS

… Les fleurs s'effeuillent une à une
Sur le reflet du firmament
Pour descendre éternellement
Dans l'eau du songe et de la lune

M. Maerterlinck

1

L'inquiétude grandissait sur le marais, tandis que les ténèbres recouvraient le village de Salperwick. Et pourtant, le vent d'ouest, venant de la mer, avait balayé les nuages. Un froid hivernal s'était installé. N'était-on pas le 24 février? Demain, on fêterait Mathias. La Saint-Mathias, le jour le plus froid, et le dernier des jours froids, disait-on.

Le cœur de Flore battait à l'étouffer. La musique obsédante du carnaval résonnait encore dans les oreilles de la jeune fille. Les mascarades et goinfreries s'étaient à peine éclipsées, les oripeaux et les géants remisés; les maisons sentaient la crêpe, mais le temps de pénitence, celui du carême, s'imposait déjà avec cruauté.

— Je vais me réveiller, c'est un cauchemar!

Elle tressaillit, porta la main à la poitrine. Au même instant, son frère, Baptiste, grelotta.

Une nuit terrible s'abattait sur Salperwick, et Flore eut soudain l'impression que cette nuit de février 1848 allait changer le cours de sa destinée.

Au-dehors, les rameurs apparaissaient tels des spectres, pour disparaître aussitôt dans les profondeurs de l'obscurité, comme happés par les esprits du marais.

Qu'était-il advenu d'Orpha?

La communauté des jardiniers [1], des besogneux en

1. Nom donné aux maraîchers jusqu'en 1939.

bateaux, des francs-pêcheurs des environs de Saint-Omer, oui, l'ensemble de ces « broukaillers » — les habitants des marais — connaissait et respectait Orpha Berteloot.

Elle n'avait pu se perdre. Depuis plus de quarante-cinq ans, elle sillonnait sur son escute[1] les canaux bordant les prés gagnés sur les eaux croupissantes et les marécages à la beauté austère de cette contrée du nord de la France. Lové entre Flandre et Artois, ce territoire avait été conquis par une race de géants, hommes fiers, acharnés à vaincre la mer et à apprivoiser une nature sauvage et secrète.

Son mari, Aristide, l'avait attendue à midi, à l'heure du dîner, dans sa petite hutte située sur les terres asséchées pour la culture horticole et délimitées par des ruisseaux. Elle devait les rejoindre, lui et l'un de leurs fils, Quentin, avec un panier de fruits et de la soupe bien chaude. En vingt-deux ans de mariage, sa belle Orpha — il l'appelait ainsi — lui faussait compagnie pour la première fois.

Les yeux d'un bleu délavé d'Aristide Berteloot cherchaient en vain l'escute de sa femme. Les paupières rougies par le froid se plissèrent sous l'inquiétude. Il ressortit de l'abri pour la guetter. Sa longue silhouette d'homme de cinquante ans, son visage maigre, tanné par le grand air, tout en Aristide exprimait la bonté.

Il bourra une pipe. Tant pis, l'estomac creux, il attendrait le soir en curant le fond des fossés et des rivières, en chargeant la vase dans son bacôve — la grande barque de marchandises — afin de la déverser sur les champs. Les choux-fleurs étaient en serre. La besogne d'hiver s'avérait moins longue qu'à la belle saison, mais elle était plus ingrate. Il fallait préparer la terre, surveiller les légumes d'hiver comme les poireaux, s'occuper du chanvre pour le tissage et la vannerie, et des cultures de printemps qui alimenteraient les bourgeois de la ville, au marché du samedi.

---

1. Petite barque à fond plat.

Aristide ne craignait pas de s'aventurer, de nuit, jusqu'à la mer par voie d'eau pour vendre sa production. Du haut de ses quinze ans, son fils Quentin attendait impatiemment les beaux jours pour se lancer, lui aussi, à la conquête de l'inconnu et du monde. En dépit des réticences familiales, il visait plus loin encore, dût-il s'y rendre par ce fameux chemin de fer !

Travail harassant du maraîcher, labeur ignoré des flâneurs du dimanche, ces citadins qui encombraient les canaux afin de s'y promener et de s'y distraire. Que pouvaient-ils comprendre à cette lutte titanesque contre des eaux croupissantes et fiévreuses ?

Aristide était courageux. Le marais, c'était sa vie, sa fierté, celle des descendants de défricheurs. Tous les jours que Dieu faisait, au petit matin, il rejoignait son cousin du faubourg du Haut-Pont, sur leurs terres à cultiver. Elles étaient disséminées ici et là à travers l'archipel, et surtout en bordure flandrienne de l'Aa, excellente pour la nouvelle culture du chou-fleur. Depuis deux ans, Quentin l'accompagnait, et se formait au métier.

Aristide effaça son tourment. En silence, car on parle peu dans les marais — et quand on parle c'est en flamand —, les compagnons « jardiniers » leur offrirent de partager leur frugale collation.

Ils reprirent ensuite le travail avec acharnement.

À la nuit tombée, précédé par son grand cheval roux et son fils, il monta sur son bacôve. Au milieu d'une cohorte d'oiseaux saluant le crépuscule, harassés de fatigue, fourbus du creux des reins aux épaules et aux cuisses, ils filèrent le long des chemins d'eau, les watergangs.

Ils empruntèrent le Grotelwaert — ou grand canal — et le Katestrom — ou courant de la chaîne —, noms bien flamands pour une contrée d'Artois. Ils regagnèrent leur logis de Salperwick, situé à une heure de barque.

Pour une fois, Aristide ne se soucia pas de déranger le héron cendré, à l'allure élancée, qui s'envola d'un mouvement ample, les pattes repliées à l'arrière. L'oiseau plana au-dessus des étangs vers les grands chênes de la forêt de Clairmarais, où la femelle installait le nid à l'aide des branchages apportés par son mâle.

Pour une fois, bien qu'il rentrât plus tôt en hiver, et que son matériel de braconnage fût glissé dans le bacôve, il ne s'arrêta point pour pêcher l'anguille ou attraper le brochet. Ses yeux pâles scrutant l'horizon, Aristide était la proie d'une sourde angoisse.

Dans la maison aux volets verts, aux murs blancs de torchis et soubassement de brique, Flore Berteloot, âgée de seize ans, mettait la table. Dans la grange attenante, Baptiste, son frère, coupait du bois pour en faire des fagots.

Tous deux s'arrêtèrent, éprouvant la même appréhension d'un malheur imminent. Les grands yeux bleus de Flore restèrent rivés à la fenêtre à six carreaux de la cuisine, face au marais, et lorsque Aristide et Quentin rentrèrent sans la mère, il ne fallut guère de temps pour ameuter le village.

Abandonnant les cadets aux bons soins de Léonardine — dite Lénie —, Flore avertit les voisins. Baptiste se dirigea vers le château, le père vers l'église. Les cloches sonnèrent le rassemblement.

Il y eut d'abord la cohue et les interrogations. Puis, de toutes parts, armés de leur ruie [1], équipés de couvertures pour affronter la nuit la plus froide, hommes et femmes, vieux et jeunes se lancèrent à la recherche de la disparue.

Le lendemain, vendredi, était une lourde journée pour les pêcheurs. Ils n'en saisirent pas moins la barque qu'ils venaient d'amarrer sous leurs fenêtres.

Les propriétaires de la villa Napoléone — c'est ainsi que l'on appelait le château de Salperwick depuis que l'Empereur y avait séjourné — envoyèrent leurs gens à la rescousse, par le marais des Moines.

---

1. Longue perche servant à propulser l'escute.

16

Des heures durant, on appela, on sillonna, on scruta les ombres de la nuit. Peu à peu, des paysans revenaient, fatigués, gelés, bredouilles et confus, le visage tendu, rougi par le froid, la paupière baissée. Muets.

Et le silence se répandait sur le marais ; silence d'impuissance devant les sortilèges d'une eau rebelle que seuls quelques frémissements de la faune se permettaient de troubler.

Au fur et à mesure qu'ils rentraient, Lénie les abreuvait pour les réchauffer, car ils avaient froid ; pour les remercier car ils étaient gênés ; et le gosier brûlant de chicorée ou de genièvre, ils repartaient chez eux en quête d'un sommeil réparateur avant de rejoindre dès cinq heures leurs bandes de terre.

Sur un bacôve fabriqué dans le meilleur chêne par Baptiste, l'aîné des Berteloot, si habile de ses mains qu'il était devenu charpentier, l'oreille tendue vers le moindre bruit, Flore et son père parcouraient le canal du Grand-Large.

Plus loin, seul sur une escute, plus maniable, qui lui permettait de sillonner d'étroits watergangs, Baptiste cherchait avec ardeur. Le fond des eaux stagnantes étant moins encombré de plantes aquatiques en hiver, il pouvait emprunter des passages exigus.

On retrouvait chez le jeune homme de vingt ans la longue silhouette, les yeux très clairs du père, la mâchoire volontaire, et le même teint coloré par le vent. Une mèche de ses cheveux châtain clair lui retombait sur le front. Baptiste s'était éloigné des autres, et des chemins dans lesquels ils circulaient régulièrement. Il prenait appui au fond des fossés à l'aide de sa perche. Il avançait avec prudence, se faufilait entre les allées de roseaux.

Il se frayait une route au milieu de prairies endormies, vides de bêtes à cornes et de chevaux. Seul le cri des oiseaux errants venait troubler le silence extraordinaire des eaux stagnantes. Il tâtait d'une main les herbes lorsque le rayon de lune s'estompait derrière les nuages.

Des saules bordaient les canaux, et leur ombre décharnée gênait une visibilité déjà toute relative.

Soudain, il crut percevoir un bruit étrange.

Dans les veillées, les vieux racontaient qu'au fond des marais les voix des hommes engloutis depuis des siècles ne s'éteignaient jamais. Suspendu sur l'eau, le ballet des feux follets représentait la ronde des enfants morts sans baptême et le souffle des aulnes n'était autre que l'appel des Nekkers, les esprits malfaisants des marécages.

Baptiste trembla. Il éprouva la sensation de pénétrer un domaine interdit. Si la mère se trouvait là, au milieu de ces buissons inhospitaliers, c'est que la mort l'y avait précédée.

Orpha souhaitait finir ses jours sur un étang. Orpha était née sur l'onde. Sa mère n'avait pas eu le temps de rentrer chez elle. Le premier berceau d'Orpha avait été sa petite barque. C'est là, au milieu de l'eau, qu'elle reviendrait mourir. Avec un large sourire, elle confiait à ses enfants :

« Un soir, je m'enfoncerai tout doucement dans mon marais de Salperwick. J'y rejoindrai les esprits de légende dont je vous ai conté l'histoire. Vous ne serez pas tristes, car, avec les anges, je vous veillerai. »

« Non !... » Elle était encore jeune et robuste, et l'eau était trop sombre, trop glacée en cette saison pour qu'elle aille s'y perdre !

« Pourquoi ? pensa Baptiste. Pourquoi nous disait-elle des choses pareilles ? Elle si solide, à la silhouette imposante, toute en rondeur, toute en amour... »

Malheureux, Baptiste s'apprêtait à faire demi-tour lorsque son attention fut attirée par un bruit étranger à la nature.

Ce n'était pas le coassement des grenouilles. Il était trop tôt en saison.

'Non, un crissement plutôt, semblable à celui d'un animal grattant un tronc ; oui, c'était cela... Ou bien des ongles sur du bois...

Le bruit venait d'une tache qui n'était ni l'ombre

d'un buisson ni un effet de lune. Dissimulée à moitié par de grands herbages ayant résisté au froid, une escute était abandonnée. Aucune corde ne la reliait au bord.

Il essaya de l'attraper à l'aide de sa perche, mais elle s'éloigna et, avec elle, un peu de terre. Un îlot flottant, voilà ce dont il s'agissait !

Un îlot, de taille modeste, se déplaçait, entraînant la barque à sa suite. L'escute avait ainsi dérivé loin du village vers ces marais sauvages. Il ne distinguait pas l'intérieur. Sans y croire, il se dit que ce n'était sans doute qu'une barque vide.

À nouveau le crissement se fit entendre. Il lui sembla qu'une chevelure était mêlée à une touffe de roseaux. Les yeux rivés à cette tache, il avança très vite, mais faillit lui aussi être pris dans un enchevêtrement d'herbes folles. Alors, il se jeta hors de son escute, et frissonna en ressentant la morsure du froid. Prudent — il était facile de disparaître dans les viviers profonds —, il nagea aussitôt. S'il ne craignait pas l'eau, il évitait toutefois de laisser le pied posé sur les fonds vaseux. Il contourna les herbes et put s'emparer de la barque. Il la tira vers la sienne. Étendue, les yeux fermés, sa mère avait la main recroquevillée sur le rebord, les ongles plantés dans le bois.

Il la prit dans les bras. Elle vivait. Il l'emmitoufla dans la couverture et, sans prendre garde au fait qu'il était lui-même mouillé et gelé, il fila droit sur Salperwick.

Le ciel pâlissait. Une brume envahit le marais, estompa le contour des terres. À proximité du village, il émit le cri de ralliement. Aussitôt, le bacôve du père et d'autres barques convergèrent vers le watergang d'où montait l'appel.

Nombreux, ils l'emmenèrent à l'intérieur de la maison. Si le malheur arrivait, il serait moins lourd à porter en commun.

Orpha s'en allait. En dépit de leurs efforts, elle le savait. Son corps ne ressentait plus les douleurs de ses enfantements successifs, de ses interminables fardeaux qui l'avaient prématurément usée et rompue. À quarante-sept ans, elle était prête à partir.

Soudain, elle se ressaisit. Non, elle ne pouvait pas, pas encore. Il lui restait un devoir à accomplir avant de prendre congé. Un secret à ne pas emporter, sinon elle ne ressentirait pas cette paix à laquelle elle aspirait. Une obligation envers Flore. Elle reprit connaissance.

Baptiste installa sa mère sur le lit. Et tandis que les filles aînées la changeaient, lui frottaient les membres pour la réchauffer à l'aide d'un onguent confectionné par la guérisseuse du marais, Orpha sourit faiblement.

— Un malaise… C'est passé.

Elle n'avoua pas qu'il était le quatrième en quelques semaines. Peu rassurés, les voisins s'éloignèrent, sur le désir de Baptiste.

— Quel malheur ! Juste après carnaval !…

— Le carême sera dur !

— Ce matin, elle était si vivante ! commentèrent-ils, en croisant le curé qui entrait pour les sacrements.

Un pâle soleil se frayait un chemin parmi les brumes, et tentait de réchauffer une nuit particulièrement frileuse. Les volets restaient clos. Les Berteloot priaient. Les grands veillaient la mère, après avoir envoyé le père se reposer une petite heure avant le travail. Orpha respirait calmement.

L'espoir aurait pu s'installer. Mais le malaise durait. La mort, déjà, y avait pris sa place.

Une odeur forte de tourbe s'exhalait. La cendre serait utilisée, et répandue sur leur terre pour la fertiliser. Dans le marais, les oiseaux reprirent leur concert, agrémenté par le chant lancinant des premières grenouilles saluant l'aube.

D'une douceur angélique, une voix s'éleva, la voix d'Orpha :

— Allez dormir. Flore va rester près de moi.

Et comme ils hésitaient :

— Allez ! C'est un ordre !

Flore leur sourit, gênée de la préférence :

— Oui, prenez du repos. Je ne suis pas fatiguée. Vous me relayerez dans deux heures.

— Ils sont partis ? murmura Orpha.

— Oui, maman.

— Aide-moi.

La jeune fille souleva la mère avec d'infinies précautions.

— Flore, ma petite Flore. Je pars pour de bon. Les esprits me bercent. Ils m'environnent de leur souffle. Vous allez devoir me renvoyer dans le marais.

— Maman !

— Chut ! C'est là.

Elle se toucha la poitrine.

— Le mal est là depuis longtemps.

Elle sembla s'adresser à quelqu'un d'autre :

— ... Attendez, je n'ai pas fini !...

Puis à Flore de nouveau :

— Mon heure n'était pas venue, qu'est-ce qu'ils croyaient ?...

Elle sourit.

— Il fallait que je te parle avant le reste de la famille. Tu dois savoir...

— Quoi, maman ?

— Le secret de ta naissance.

Flore regarda sa mère, sans comprendre.

— Prends dans l'armoire. En haut, la dernière planche, derrière le linge... Tu l'as ?

Flore avait entre les mains un châle de fine batiste blanche, très joliment brodé.

— C'est le tien, ma Flore.

— Comment ?

— Vois-tu les initiales ?

Un *L* enlaçait un *M*.

— *L*, *M*. Qui est-ce ?

— Le *L*, je l'ignore, mais le *M*, c'est « Manderel ».

— Manderel ?

La mère soupira et croisa les yeux bleus étonnés de sa jolie fleur. Elle caressa d'une main tremblante la joue ronde et la longue chevelure épaisse. Dans un effort violent, touchant brutalement sa poitrine, elle prononça ces mots :

— Flore, tu n'es pas ma fille.

Flore ne bougea pas. Ce n'était pas possible. Sa mère délirait. Les yeux écarquillés, les tempes serrées, crispée dans une indicible douleur, le visage durci, elle parvint enfin à murmurer :

— Non, maman, ce n'est pas vrai…

— Je t'aime, Flore. J'ai élevé mes sept enfants pareillement. L'un est mort de suite. Tu es arrivée à ce moment-là. Comme un don du Ciel. Mais…

Elle regarda la grâce altière et la chevelure magnifique aux reflets roux.

— Tu appartiens à une grande famille de Lille : les Manderel. Tu m'as été confiée à la naissance.

Elle s'interrompit.

Flore se sentait incapable d'émettre le moindre son. Orpha réunit l'énergie qui lui restait, et lui parla, longuement :

— Ne dis rien aux autres. Vous devez rester solidaires. Vous êtes tous dans mon cœur. Quand ils sauront, plus rien ne sera comme avant. La famille se brisera, les voisins reprocheront d'avoir introduit une bourgeoise dans le marais. Tu sais comme les jardiniers se veulent irréprochables, bons chrétiens. Ils évitent toute alliance avec les étrangers, car ils craignent la corruption de l'extérieur. Faut dire que ces gens-là ne se soumettent pas facilement à nos usages et aux lourds travaux. J'ai déjà trahi en te faisant passer pour ma fille, en ne jouant pas la nourrice. Et puis… Il y a l'héritage.

« Pour moi, tu y as droit comme les autres. Et puis… Il y a Lénie. Elle a toujours envié l'intérêt que je te portais. J'ai été injuste envers elle. Mais je t'ai voulue cultivée comme ceux de la ville, pour que tu sois acceptée par eux, si un jour… Tu comprends ?… J'ai voulu pour toi l'instruction. Tu as des dons… Retrouve-les… Je suis fière. Tu seras une grande dame, digne d'eux.

Elle s'arrêta, épuisée.

La main de Flore était bleuie par la pression des doigts de sa mère. Orpha n'avait jamais autant parlé. Elle rattrapait en quelques minutes des années de silence. Son amour, elle ne l'avait guère exprimé en paroles. On ne dévoile pas ses sentiments. D'ailleurs, on ne parle pas de soi, ce n'est pas bien.

La gorge de Flore était sèche.

— Maman…

— Non, attends…

Elle respirait avec difficulté.

— Il y a autre chose, Flore. C'est important… Ah ! non ! Mon Dieu !… Attendez !…

Lentement, elle parvint encore à prononcer, haletant à chaque mot :

— Dans… le marais… Flore… dans le marais… Il y a…

Un court instant, leurs respirations furent suspendues l'une à l'autre, la main d'Orpha crispée dans celle de Flore.

Puis, brutalement, elle s'affaissa. Sans un cri. Seul, un dernier frémissement de ses lèvres témoignait encore de la phrase inachevée.

Tout retomba : la main, la tête, le regard, la lumière ; tout se tut.

2

Baptiste retirait la bâche de deuil blanche du chariot sur lequel Orpha, sa mère, avait rejoint l'église de Salperwick. Il ne se doutait pas qu'à l'abri des petits carreaux de la fenêtre Flore l'observait.

Le visage puissant de Baptiste, ses yeux bleus très clairs — un ciel traversé par la brise, pensa-t-elle —, sa haute taille lui conféraient l'aspect d'un jeune homme franc, courageux et honnête. Cachée dans l'embrasure, telle une voleuse craignant d'être surprise dans une attitude répréhensible, elle le détaillait avec curiosité, comme si elle le voyait pour la première fois.

Ces derniers jours s'étaient déroulés au travers d'un brouillard qui lui avait permis d'occulter pour un temps les révélations d'Orpha.

Matin et soir, des volées de cloches, suivies par quatre coups de glas, avaient annoncé le décès d'une habitante des marais. Pendant la garde, en dépit d'un espoir insensé, le visage à découvert de sa mère n'avait plus donné signe de vie.

Le père avait émis le désir de ces nouvelles lettres de faire-part, bordées de noir, comme pour les « gros morts », ceux des riches. Flore s'était rendue en barque à Saint-Omer, afin de les faire imprimer. Mais la ville s'agitait en tous sens. Ce n'était plus carnaval, c'était la révolution. Elle était vite rentrée à Salperwick, y avait retrouvé le noir… Celui des membres de la famille et des «deuillants» suivant le cortège. Elle avait tenu la chandelle d'Orpha, bénite à la Chandeleur, avec sa sœur Lénie, derrière le cercueil, toutes deux en châles noirs et coiffes de deuil... Voile noir sur le manteau de la cheminée, sur le miroir, voile que Flore enlevait en cet instant, tandis que Baptiste, au-dehors, gommait de son côté les dernières traces de l'enterrement.

Le voile retiré, Flore scruta son propre reflet dans le miroir.

Elle essaya de répertorier ce qui dans le visage rond et juvénile était différent des Berteloot et susceptible d'appartenir à cette autre famille, les Manderel. Des inconnus, se promenant à Lille, avaient peut-être ces traits-là. Une mère, autre qu'Orpha, ou un père, autre qu'Aristide, lui avait légué ce regard couleur de myosotis, cette chevelure rousse. La chevelure surtout. Elle était la seule fille Berteloot à en posséder une aussi épaisse, aussi cuivrée. Et cette fossette au coin de la bouche, aucun de ses familiers non plus... «Moi qui me rengorgeais d'avoir hérité de l'expression joyeuse d'Orpha, et de son sourire!»

Mais cette flamme de vie, cet allant, c'était bien elle qui les lui avait transmis. Si son visage portait la marque d'une autre famille, elle y percevait aussi l'empreinte d'une enfance heureuse et insouciante au milieu des broukaillers, les habitants du marais.

Les images confuses et oppressantes de l'enterrement s'estompèrent. Surgirent à la place sa mère gisant sur le lit, la chevelure en désordre sur l'oreiller, les doigts recroquevillés dans les siens, le regard éperdu, l'obscurité les entourant toutes deux tandis qu'Orpha lançait ces mots terribles :

— Tu n'es pas ma fille.

Et cette phrase inachevée qui trottait dans son cerveau enfiévré :

— *Dans le marais, Flore, dans le marais... Il y a...*
Que voulait ajouter sa mère ?

Elle n'aspirait qu'à se replonger dans le visage d'Orpha, sa tendresse, ces petits riens qui avaient fait d'elle une mère. Elle murmura : « Maman. » Apparut alors avec netteté sa silhouette agile, malgré une taille alourdie, des rides plein les yeux, des mains rougies par les lavages. Levée avant les autres, couchée la dernière, récurant la maison, puisant l'eau, confectionnant la soupe, élevant les enfants, travaillant sur le marais, et portant les petits à venir sans arrêter son labeur, elle ne donnait pas l'impression d'une quelconque lassitude. On ne l'avait jamais entendue se plaindre. Fière de son clan et de son œuvre, elle promenait dans les yeux un éclat d'une fraîcheur incomparable, dans son sourire le bonheur de posséder toutes ses dents, si bien que pour l'ensemble des broukaillers elle était « la belle Orpha ». Et lorsqu'ils la voyaient sortir, coiffée de son large chapeau de paille placé sur un bonnet blanc enveloppant sa chevelure, habillée de brun et de bleu, les jardiniers interpellaient leur « reine du marais », avec un clin d'œil éloquent.

Flore se représenta le moindre de ses gestes, ses chansons en étendant le linge, leurs courses en barque sur le marais. Les rires du carnaval, si proche, les géants d'osier promenés par Baptiste et ses compagnons cachés dans les jupons de ces immenses figures nordiques au regard naïf mais intraitable, qui avançaient en sautillant vers les enfants effrayés et ravis. Son frère si habile de ses mains… Ce frère qui n'était plus son frère et qui l'ignorait, comme les autres. Elle était bel et bien orpheline de mère, orpheline de famille aussi, car il ne lui était pas permis de partager sa peine et son terrible secret. Ils l'ignoraient tous. Tous ?…

Sauf le père bien sûr !… Lui savait. Elle devait lui en parler, dès ce soir. Comment n'y avait-elle pas pensé plus tôt ?

Elle ne pouvait rester à Salperwick, au fond des marais de Saint-Omer, à percevoir « autrement » les membres de sa famille, à entendre résonner dans sa tête un nom étranger, à clamer intérieurement : « Non ! Je ne suis pas une Manderel ! »

Mais elle-même était différente de ses sœurs, par ses

études à l'école primaire des religieuses de la Sainte-Famille, à Saint-Martin-au-Laërt, où elle avait appris les principes d'hygiène et de couture, la lecture, l'écriture et le latin. Elle se souvint alors qu'Orpha s'était mis en tête de l'envoyer aux Ursulines à Saint-Omer, mais les Berteloot au complet s'y étaient opposés. C'était trop cher. C'était bourgeois. C'était la ville. Un autre monde. Dieu merci, les religieuses du village étaient charmantes, les regrets superflus, et Flore avait donné le meilleur d'elle-même. Elle s'était passionnée pour les livres et le dessin. À son tour, elle avait enseigné la lecture à ses frères et sœurs, et, depuis un an, instruisait les petites filles non scolarisées de Salperwick. Elle abandonnait fréquemment la maison à sa sœur Léonardine, laquelle ne parlait que mariage et enfants à venir. Bientôt, Lénie agirait en souveraine domestique sur la famille, prenant le relais de leur mère. Flore aidait le curé et les broukaillers pour le courrier ou la lecture à haute voix des évangiles.

Elle était aimée de tous par sa grâce naturelle et sa capacité à rendre service. Mais elle passait pour une originale. Elle était plus assidue à ses études qu'aux travaux ménagers. On la rencontrait, libre du « qu'en-dira-t-on », un carnet à la main, immortalisant au crayon ou au pastel le marais et ses habitants. Son éducation la mettait déjà à l'écart, et aujourd'hui, elle prenait conscience, brutalement, de la différence voulue par la mère.

Le visage d'Orpha lui apparut à nouveau.

Elle l'avait élevée, choyée, comme une mère, en dépit de son travail et de ses six enfants. C'était bien elle sa mère, et non une certaine Manderel dont Flore ignorait tout, une Manderel qui ne s'était aucunement souciée de la destinée de sa fille.

Alors la colère prit le pied sur le désarroi, et Flore sortit en claquant violemment la porte de la maison.

— Les oiseaux ne chantent plus, Baptiste.
— C'est l'hiver, ma fleur.

— Non, Baptiste, c'est la mort…

Il se tut un instant, troublé par la voix basse et néanmoins musicale de sa sœur.

— Allons, il faut continuer, Flore. Tu verras, le printemps reviendra. Il revient toujours, et les oiseaux chanteront pour toi, ma fleur.

— Oh, Baptiste, j'ai si mal !

— On a tous mal… répondit-il avec douceur.

Elle crut percevoir une légère intonation de reproche. Il ne pouvait deviner son désarroi. Elle perdait sa mère, mais aussi son monde, son identité. Il ne lui fit aucun reproche, et l'attira contre lui.

Combien de fois l'avait-il ainsi consolée, enfant, des tracasseries de Lénie ! À l'abri de ses mains, elle se sentait bien. Pendant de longues minutes, il la berça sans prononcer une parole. Blottie sur sa poitrine, elle sentit les battements de son cœur contre le sien, la chaleur qui se dégageait de son corps, son odeur masculine, la tendresse qu'il mettait dans chacun de ses gestes. Elle se troubla, pour la première fois, de se sentir si bien dans les bras d'un homme qu'elle ne voyait plus tout à fait comme son frère.

Les yeux rougis de Flore indiquaient qu'elle venait de pleurer. Il l'embrassa sur les joues, humant au passage un parfum d'innocence. Le regard bleuté de Baptiste se posa sur le visage rose tendre de sa sœur, la bouche aux lèvres ourlées, les yeux ardents, le corps…

Il eut honte de lui. Honte de l'embarras dans lequel il vivait depuis quelques mois.

Flore était devenue une ravissante jeune fille, sa «fleur des marais», et lui, avait perdu un peu de son assurance face à sa petite sœur. La confusion ressentie en sa présence l'énervait. La promiscuité, ils la vivaient quotidiennement, de jour, de nuit, puisqu'ils logeaient tous dans la même chambre. Ce malaise le mettait hors de lui, il y donnait un nom. Une raison. Il n'ignorait pas que son amour pour sa sœur s'égarait dans des chemins incestueux, et cette évidence lui faisait horreur. Il luttait et s'obligeait à ne rien changer à ses habitudes. Mais il était profondément troublé par un désir qu'il n'éprouvait ni pour Lénie ni pour Lulu, laquelle venait pourtant de fêter ses quatorze ans.

La voix de Baptiste s'éleva soudain, presque trop insouciante, dans le but de gommer la sensation d'interdit qui le possédait.

— Dès le mois d'avril, le dimanche, je promènerai les bourgeois de Saint-Omer sur le marais. Je ferai de mon bacôve un véritable carrosse d'eau comme ceux qui transportent les voyageurs à partir de la place du Haut-Pont vers le littoral et la Flandre maritime. Ce petit supplément de gain sera le bienvenu.

Elle ne répondit qu'un « Ah ? » qu'elle jugea stupide. Elle imagina le rire des demoiselles en robes blanches, donnant la main à Baptiste pour monter sur la barque, et elle éprouva une légère morsure à l'âme.

Il rompit à nouveau le silence, se détacha de sa sœur :

— Je vais rejoindre Victor. Son apprentissage ne fait que commencer, mais il aspire déjà à construire des bateaux plus spacieux et plus rapides que les miens.

— À sept ans !

— Oui. Il progresse à grandes enjambées.

— Il sait de qui tenir !

— À ce soir, ma fleur !

Il ôta prestement la corde qui retenait sa barque et s'éloigna.

Il maniait sa ruie avec dextérité pour propulser l'escute, avec de légères impulsions à droite et à gauche afin de rester parallèle à la rive. Il ne se retourna point.

Le soir était tombé. Chacun avait accompli son ouvrage, essayant d'oublier par un insatiable labeur un peu de l'immense peine qui les dévorait. Les tâches étaient réparties, les préoccupations bien distinctes : le linge, la vaisselle, le repas, l'eau à puiser, les bûches à couper, les petits travaux de couture pour les filles, ou de réparation pour les hommes. Nettoyée, la maison sentait le savon noir. Des assiettes se partageaient le

29

manteau de cheminée avec deux chandeliers de cuivre. La vaisselle de faïence de Saint-Omer, sortie pour le dîner des obsèques, était alignée de nouveau dans le buffet bas.

Rien n'avait changé, si ce n'était le noir dominant les tenues et le silence régnant sur les cœurs.

Le père surtout était anéanti. Ravinées par les larmes, ses pommettes avaient perdu leur éclat doré. Il avait poursuivi son travail, s'y était appliqué avec ténacité, mais il était devenu d'un coup si vieux, comme s'il s'était dépêché de vieillir afin de se donner la chance de rejoindre sa belle Orpha au plus vite. Aux regards interrogateurs de Flore il comprit :

— Viens m'aider, Flore. J'ai encore à faire dans la grange.

— Oui, père.

Flore croisa l'expression réprobatrice de Lénie. « Encore elle ! Toujours elle… pourquoi ? » se demandait sa sœur aînée.

— Je peux venir, père, lança celle-ci.

— Non, Léonardine. Va coucher les petits. C'est ton rôle à présent.

Sans lui laisser le choix de répondre, il emporta sa lampe à huile et sortit.

Flore s'enveloppa d'un châle, le suivit.

La nuit était avancée. Une nuit hivernale froide et claire.

Elle lui prit le bras avec affection, les larmes lui montèrent aux yeux. Ce bras était si maigre.

Ils entrèrent dans la grange.

— Pourquoi nous a-t-elle quittés, Flore ? Elle me manque, avoua-t-il d'une voix rauque.

La confidence lui coûtait. Costaud, dur à la tâche, il était avant tout pudique.

— Soyons heureux de l'avoir connue, père. Oui, soyons fiers de l'avoir eue pour nous. Nous avons eu de la chance.

Aristide observa sa fille, impressionné. Tant de

sagesse en une si jeune plante. D'où lui venaient ces paroles apaisantes ? À coup sûr, Orpha les lui dictait.

— Père…

Elle hésita, craignant de l'importuner.

— Père, reprit-elle, je sais tout.

Il lissa son épaisse moustache d'un doigt nerveux, réfléchit quelques instants, avec gravité.

— Je me doutais bien qu'Orpha ne partirait pas sans te le dire.

Il y eut encore un long silence.

— Me raconteras-tu, père ?… Mon arrivée ?… Plus tard, si tu préfères.

— Maintenant. C'est la volonté d'Orpha.

Il se racla la gorge.

— Sa dernière volonté, ajouta-t-il. Il faut la respecter.

Alors, il commença, assez bas. On eût dit qu'il parlait en lui-même.

— Il faut remonter à l'hiver 1829-1830 pour comprendre. Il fut très dur, si dur qu'il nous laissa dans la pauvreté pendant deux longues années. Et puis, ce fut le tour du choléra.

« En atteignant nos campagnes, il a frappé le petit qui venait de naître. Dieu merci, ce fut le seul dans la famille. Tu es arrivée presque aussitôt. Nous, on a accepté l'argent avec le nourrisson. C'était toi. J'ai pu acheter la maison et notre premier bacôve. Lénie avait un an. Baptiste allait sur ses quatre ans. Il ne sait rien. On lui a dit que l'enfant n'était pas mort, qu'il était revenu de la maladie. Avant, je travaillais dans la tourbe. J'ai pu changer de métier et rejoindre la communauté des jardiniers. On a béni ton arrivée. Elle a transformé notre vie. Mais surtout celle d'Orpha, ma belle Orpha…

Il essuya une larme qui coulait subrepticement. Flore lui prit la main.

— Elle s'est de suite occupée de toi comme des deux autres, tu sais. Tu étais si belle, si ronde, pleine de cheveux dorés. Il n'y a pas eu que l'argent. Il y a eu l'amour, Flore. C'est sûr, ma fille, l'amour.

Il n'en pouvait plus de se retenir depuis trois jours. Il éclata en sanglots.

Elle se glissa dans ses bras et, avec spontanéité, osa :

— Oh, mon père ! Je t'aime.

Elle l'embrassa.

Il poursuivit :

— C'est Orpha qui t'a reçue. Moi, j'étais sur le marais. Un homme t'a amenée. Un cocher, m'a-t-elle dit. Je ne sais rien d'autre.

Mue par une soudaine résolution, elle lui confia :

— J'ai besoin d'en savoir plus, de connaître ces Manderel… dit-elle avec une pointe de rancœur dans la voix.

— Ma fille, si tu veux partir, je ne t'en empêcherai pas. Je n'ai jamais rien pu te refuser, parce que, avec ta venue, Orpha a retrouvé le sourire et elle l'a gardé. En te parlant, elle t'a donné son autorisation. Mais réfléchis encore, et si tu te décides en ce sens, s'il te plaît, attends Pâques.

— Oui, père.

Il lisait tant de détermination dans son regard, qu'il se sentait bien incapable de la contredire. Il ajouta :

— Il faut sortir des brumes de l'hiver et de cette agitation qui règne en ville. On dit que c'est une nouvelle révolution, que c'est même la république. Enfin, je ne sais pas trop, moi. C'est à voir.

Les sourcils broussailleux se froncèrent. Elle y perçut la désapprobation.

À l'âge de six ans, Aristide Berteloot avait été captivé par la visite de Napoléon à Salperwick. C'était en 1804. Plus tard, Aristide avait eu l'occasion d'entrer au château, et s'était agenouillé avec vénération dans la chambre occupée par le grand homme. Ce devait être un grand homme, puisque son père Jean-Baptiste Berteloot était mort pour lui. Depuis, ce maraîcher de cinquante ans vivait avec la nostalgie de l'Empereur.

Mais il oublia la France, et reprit :

— Si tu te décides à partir, il faudra te méfier.

— Me méfier ?

— De la ville. Des fils de bourgeois. Des flatteurs. «Qui ne sait nager, va au fond»... Tu es née femme. Et puis la ville aveugle de convoitise, de concupiscence...

Elle le coupa, avec un ton de reproche :

— Père !

— Je n'aimerais pas beaucoup te savoir domestique. Orpha ne serait pas contente.

— Gouvernante, ou demoiselle de compagnie pour la lecture, c'est différent. Au château, ainsi qu'à Saint-Omer, on m'a proposé d'être gouvernante. On s'occupe d'enfants, on les instruit.

— C'est à voir. Il faut gagner honnêtement sa vie, de toute façon. Méfie-toi des hommes, Flore. Ne te fie pas aux apparences. «Les gros poissons mangent les petits.» Reste forte.

— Je connais la ville, père.

— Non. Tu connais Saint-Omer. Lille est plus importante. Il y a donc plus de dangers.

Un nouveau silence, pesant cette fois.

Il devait encore parler. Après, il se tairait. Longtemps. Il aurait tout dit à sa fille. Il pourrait penser à Orpha.

— Promets-moi de revenir faire de beaux petits ici. Dans ton pays. C'est ici ton pays. Tu verras.

— Promis, père.

— Et réfléchis encore un peu, Flore, avant de partir. Attends que les histoires de révolution se tassent. C'est dangereux. Tu es si jeune.

— Oui, père, mais j'ai besoin de savoir.

— Bon, bon, réfléchis quand même. Tout à coup, je ne suis pas tranquille. J'ai l'impression de te laisser faire une bêtise.

— Ne t'inquiète pas, mon père, répondit-elle avec un tendre sourire qui se voulait rassurant.

Elle cachait sa propre peur.

— Tu vas te confronter à l'incompréhension de tes frères et sœurs.

Les larmes montèrent aux yeux de Flore.

— Je les aime. Ils me sont plus chers que tout au monde !

— Tu reviendras, n'est-ce pas ?

— Bien sûr !

Mais tandis qu'elle embrassait son père, une secrète interrogation taraudait l'esprit de Flore : « Reviendrait-elle à Salperwick ?... »

3

Adèle habitait à l'écart du village de Salperwick. Située sur un îlot marécageux, cachée derrière un rideau d'arbres, sa petite maison basse en torchis, au toit de chaume intégré au paysage, n'était accessible qu'en barque. Aucun signe de la présence de l'homme n'altérait le charme sauvage de cet endroit perdu au milieu des flots silencieux.

Flore l'atteignit après une heure d'escute.

Combien de fois avait-elle emprunté ces lacis de canaux au niveau proche de celui des terres, ces sentiers d'eau ombragés, se créant un chemin au milieu des sphaignes entremêlant leurs tiges !... Et ce, depuis un certain jour de janvier 1841, où elle avait aperçu une petite fille réfugiée sur le toit, un chat dans les bras, pleurant à chaudes larmes.

Ce jour de 1841, âgée de neuf ans mais débrouillarde comme tous les enfants de broukaillers, Flore s'était rendue à Saint-Omer, chargée de fruits pour de hauts dignitaires, lesquels préparaient la venue du duc d'Orléans, fils de Louis-Philippe. Par suite de la fonte subite des neiges, en quelques heures, la vallée de l'Aa avait été noyée, les terrains et habitations submergés. Des dégâts considérables.

Malgré la tempête qui faisait rage et l'imprudence à se lancer sur les canaux, un pressentiment lui criait de rentrer au plus vite vers Salperwick.

Flore ne reconnaissait plus rien. Égarée loin des siens, elle avait ainsi sauvé une frêle brunette de sept ou huit ans. Adèle ignorait son âge. Elle ne connaissait que son prénom, ses animaux et sa mère. Mais cette dernière, elle l'avait vue emportée par les flots.

Depuis sept ans, Adèle vouait à sa bienfaitrice une tendresse sans bornes.

Flore amarra sa barque au petit embarcadère, et entendit alors le chant mélodieux d'un pinson, venant de l'intérieur de la maison.

Des rideaux joliment brodés égayaient les fenêtres. Mais, en ouvrant la porte, Flore éprouva un léger pincement au cœur, comme à chaque fois, en découvrant le mobilier réduit à deux chaises, une paillasse et le petit buffet bas contenant quelques ustensiles de vaisselle. Adèle ne se souciait guère de sa vie misérable. Elle semblait heureuse au milieu d'une véritable arche de Noé peuplant l'unique pièce de sa maison.

Elle lui tournait le dos.

— Ce chant est divin ! s'exclama joyeusement Flore.

Adèle se retourna. Son visage ruisselait de larmes. Frêle et menu, mangé par deux grands yeux bleus, il était encadré par un petit bonnet blanc finement brodé par elle-même, et laissant dépasser des boucles de cheveux bruns. Un teint pâle, étrange pour une fille du marais, lui conférait un aspect chétif.

— Que se passe-t-il, Adèle ?

— Je l'ai volé, ce pinson.

— Volé ?

— Oui. C'est la première fois.

— Tu pleures parce que tu as peur de le rapporter à son propriétaire ?

— Non, parce qu'il souffre.

— Il chante !

Comme en écho, l'oiseau exécuta une série de trilles plus mélodieux les uns que les autres.

— Regarde ses yeux, Flore. Il a été élevé pour chanter dans des concours. On lui a soudé le bord des paupières avec un fil de métal rougi au feu, parce que les ténèbres donnent plus d'ampleur à la voix des pinsons.

Flore s'approcha du gracieux passereau au plumage bleuté nuancé de noir. De sa fine gorge roussâtre sortaient des sons extraordinaires, mais les deux amies y percevaient à présent — était-ce une illusion ? — comme une intense douleur, un cri de désespoir. L'oiseau s'arrêta de chanter et mangea des graines dans la main d'Adèle.

— Il avait perdu le concours, expliqua-t-elle à Flore. Son maître était fou de rage. Il a pris un couteau pour le décapiter. Je l'ai saisi et je me suis enfuie avec lui.

— Que faisais-tu là-bas ?

— Ce n'est pas la première fois, avoua Adèle, avec le sourire espiègle d'une enfant fautive. Je ne supporte pas ces concours.

— Tu as raison, Adèle. Ils sont blâmables. Pas toi.

La jeune sauvageonne offrit d'autres graines à son rescapé, et, sans regarder Flore, dit, d'un ton plus sérieux :

— Il est aveugle. Privé de lumière, comme toi.

Flore sursauta.

— Moi ?

— Oui.

— Que veux-tu dire, Adèle ?

— Je te sens perdue entre ciel et terre.

— Tu as deviné ?

— Tu sais, j'ai annoncé à toutes les bêtes du marais qu'Orpha était morte. En cet instant-là, j'ai ressenti pour toi comme un immense désarroi.

Et Adèle lui annonçait cela le plus simplement du monde !

Toutes sortes d'amulettes pour conjurer les maladies et mauvais sorts pendaient à son cou : dents de chien ou de loup, graines de pivoine. C'est ainsi que Flore l'avait immortalisée sur ses cahiers : avec ses talismans sur la poitrine, et d'autres dans la main, fière de ses petits porte-bonheur, uniques trésors qui lui restaient de sa mère.

On colportait sur elle des rumeurs de sorcellerie. Elle s'en défendait vivement :

« Je n'ai pas le mauvais œil ! Je ne sors pas seule la nuit du 30 avril, celle des sorcières ; je ne jette pas d'anguille vivante dans la cuve pour faire aigrir la bière ; et je ne crache pas sur le dos des gens ! »

Deux ans auparavant, elle avait été accusée, par une paysanne, de l'avoir ensorcelée. Adèle portait — disait-on — la marque du diable, et la fille ressentait des malaises depuis qu'elle l'avait croisée. Elle suffoquait fréquemment, et subissait des sortes d'éblouissements. Il avait fallu toute la persuasion des Berteloot et du curé pour disculper Adèle. Plus tard, on avait découvert que la fille était enceinte. Elle avait prétendu alors que c'était un autre sortilège !

Ni laide, ni édentée, ni le regard louche, Adèle n'avait rien, non rien, de la Marie-Groëtte qui se cachait au fond des marais pour y attirer les petits. Si elle était sorcière, c'était une bonne sorcière, pas de celles qui jettent les sorts, mais de celles qui conjurent le diable au contraire. Depuis ce malencontreux incident, elle était acceptée par les broukaillers.

Elle préférait agir à sa fantaisie, payée à la tâche pour des travaux de couture, ou journalière de ferme, de récolte, pendant deux mois, n'hésitant pas à curer les rivières, couper les herbes dans les fossés, planter des fèves. Il lui importait avant tout de sillonner les marais à son gré, sans être gagée à l'année, esclave d'horaires ou de personnes.

Adèle excellait en broderie. Flore lui avait conseillé de rejoindre l'un des bons ateliers de Saint-Omer, médaillé aux dernières expositions, comme celui de madame Baron.

« Au milieu de centaines d'ouvrières ? Non ! avait-elle répondu avec son regard tranquille. Ici, je peux interrompre mon travail à l'aiguille quand je le désire.

— Tu n'aurais plus de soucis d'argent. »

Flore craignait l'humidité du marais, l'insalubrité d'un environnement de fossés, de mares croupissantes, pour sa petite protégée, si menue, si pâle, mais elle n'osait le lui avouer de peur de la blesser.

« Ai-je des soucis, Flore ? » Elle avait éclaté de rire.

« Et que ferais-je de mes petits compagnons, les animaux ?

— Ils sont libres, comme toi.

— Oui, mais chiens et chats perdus viennent me voir. Je les soigne, les remets d'aplomb. Les chiens surtout m'aiment bien, c'est drôle.

— Tu as un pouvoir sur eux. Ils t'obéissent. Le chien le plus agressif devient un agneau entre tes mains.

— Je les aime. Flore, j'aimerais que tu m'apprennes à lire, en français. »

Flore avait sauté sur l'occasion, et leurs rencontres étaient devenues plus fréquentes. En contrepartie, Adèle l'initiait aux herbes sauvages, lui montrait les plantes maléfiques qui engendraient la fièvre et dont il fallait se méfier.

— Aurais-tu un remède pour soulager mon cerveau, Adèle ? Il est comme enfiévré. Une douleur me taraude sans cesse entre les yeux.

— Ta douleur pleure à l'intérieur de toi. Je la ressens. Il y a plus que la mort d'Orpha, n'est-ce pas ?

Flore lui avoua les dernières paroles de sa mère, et attendit le verdict d'Adèle. Il tomba, tel un couperet.

— Tu dois partir, et vite.

— Tu crois ?

— Tu as le mal des secrets, Flore.

— Explique-moi.

— Ce qu'Orpha t'a annoncé, et surtout ce qu'elle n'a pas réussi à te dire, te pèse. Cette secrète maladie deviendra obsédante si tu n'agis pas.

« Ton drame est invisible aux autres. Il te ronge le cœur. Il égratigne ton âme, et va bientôt te ravager le corps. Tu es comme la chrysalide, il faut changer de peau, sinon tu resteras prisonnière. Oui, tu dois quitter notre terre immobile, notre pays clos, pour te plonger dans l'agitation, les vagues de la ville et ses hauts murs, car là-bas se trouve la clef. Tu auras beau te « tâter la cervelle pour trouver la dent malade », ici tu n'y comprendras rien. Moi, j'irai prier Notre-Dame dans la chapelle du marais, prier pour qu'elle accorde une bonne fin à ta quête. N'oublie pas, tu te dois de délivrer l'âme d'Orpha !

— Délivrer l'âme d'Orpha, répéta Flore, sans comprendre.

— Son âme erre encore… Les quarante jours ne sont pas passés.

— Mais elle va gagner le Ciel, c'est certain !

— Oui… Et non, car elle va te harceler, te poursuivre. Elle n'a pas eu le temps de tout te dire, elle n'est pas en paix. Tu dois rendre la liberté à Orpha en acquérant la tienne. Alors, ta vie reprendra. Pas avant. Ta route est ailleurs pour l'instant. Tu sais, cette nuit, c'est drôle, j'ai rêvé que je t'ouvrais des lumières sur ton destin.

Adèle ajouta, très bas :

— Et ne m'oublie pas.

Un calme incomparable entourait Flore. Seule au milieu des chemins d'eau, elle admirait la magnificence du paysage. Son regard embrassait le marais, parfaite communion de la mer et de la terre. Jamais monotone, le ciel vaporeux, parcouru par des nuages et par les dernières remontées de migrateurs, avait l'aspect d'une aquarelle. Elle huma le parfum suave des plantes de printemps. Ce marais serait toujours ignoré du monde qui s'agitait, l'autre monde dont elle percevait au loin les rumeurs.

Debout sur son escute, elle avançait doucement dans cet enchevêtrement de roseaux, entre rêve et réalité. Les voix mystérieuses du marais, le murmure de l'onde, bruits ténus d'une faune invisible, se mêlaient aux dernières paroles d'Adèle : « Ton âme pleure, Flore. Elle est prisonnière des eaux. »

Aujourd'hui, elle ne dessinerait pas ce qui s'offrait à sa vue : les embellies après l'orage, ces paysages tant rêvés, tant esquissés sur ses carnets, au crayon, à la plume, parfois au pastel. Non, elle disait adieu, tout simplement.

Elle appartenait au marais. Et pourtant, il fallait le quitter.

Elle se sentait bien au milieu d'une nature tourmentée, reflet de son âme passionnée. Elle aimait la lumière mouvante de ces lieux aux tonalités sauvages. Elle se laissait prendre aux sortilèges de son pays d'eau. Elle sentait les vibrations dont parlait Adèle, vibrations entre les corps et le soleil, entre les corps et l'eau.

Les grenouilles vertes faisaient leurs premiers plongeons dans les mares. On assistait aux feuillaisons du chèvrefeuille et de l'aubépine, aux premières floraisons, celles des violettes et des narcisses. Bientôt les giroflées fleuriraient. Bientôt… Mais déjà son passé s'estompait dans la clarté vespérale du soir. Quand un peu de vie manque, on ressent comme un grand vide. Sa décision était prise.

Sur les flots scintillaient des gouttes de lumière. Le soleil était bas, mais il était là, ne voulant manquer le rendez-vous. La brume monta, couvrant d'un léger voile les tons mordorés du marais. Les ombres évanescentes apparurent. Enfant, ces ombres imprécises l'impressionnaient. L'effrayaient aussi d'hypothétiques esprits du mal se matérialisant en arbres, ou revêtant la peau d'un chien noir, molosse agrippant les enfants de broukaillers pour les précipiter dans les profondeurs de fossés obscurs.

Elle s'allongea dans la barque et respira profondément. Elle imprégna son esprit des sensations qui lui manquaient déjà. Comme Adèle, elle se mit à parler à haute voix à la faune qui l'entourait. Elle lui adressa ses adieux. Et fit demi-tour. D'autres adieux l'attendaient.

4

À la poste aux chevaux de Saint-Omer, une diligence s'apprêtait à escorter ses voyageurs en direction de Lille.

Flore et Baptiste n'échangèrent aucune parole le long du chemin d'eau les menant de Salperwick à la ville. Un malaise masquait la complicité proverbiale des deux enfants Berteloot, et le langage sibyllin qui les unissait depuis l'enfance. Flore s'évertuait à paraître sereine, et concentrait toute son attention sur les bords de l'Aa, charmants en ce début mai. Des moutons paissaient l'herbe des prairies, des champs alternaient avec les bois, des oiseaux voltigeaient d'arbre en arbre, et les premières libellules apparaissaient sur les étangs.

Baptiste maniait sa perche sans un mot, l'œil bleu fixé sur l'horizon et les marais entrecoupés de ruisseaux à l'eau claire et poissonneuse. L'heure n'était pas à la rancune. Sans le loisir ni les moyens de s'apitoyer sur lui-même, il montrait bonne figure ; et si, au fond de lui, il n'avait pas ravalé sa peine, tout au moins donnait-il superbement le change.

« Inutile et dégradant de pleurer, songeait Baptiste, inutile de m'épancher, moi, l'aîné des Berteloot ! Il me faut au contraire apaiser les tensions familiales, surtout avec Lénie, à l'irascibilité destructrice. »

Il avait tenu à accompagner Flore jusqu'à la diligence. La mère décédée, le père occupé dans les marais, c'était son rôle. Il était le grand frère. Il alla jusqu'à proposer à sa « fleur » de la chaperonner dans ses déplacements lillois, de l'y installer, nourrissant l'intime espoir de ramener à Salperwick une petite sœur effrayée par les mœurs et les tumultes de la grande cité. Il essuya un refus catégorique, et le comble fut qu'Aristide Berteloot se rangea aux côtés de sa fille. Quelle folie ! Accepter qu'une jeune vierge de seize ans voyageât seule ! Depuis le décès d'Orpha, il perdait la tête, sûrement. Mais Aristide commandait et, lorsqu'il élevait la voix, il était vain de s'interposer.

Les remparts de Saint-Omer apparurent avec les flèches des églises, la belle tour Saint-Bertin [1], vestige de l'illustre abbaye.

Ils se dirigèrent vers l'embarcadère qui déversait à la ville les denrées et les bestiaux provenant des maisons éparses dans le marais, et posèrent pied à terre. Foyer de la Contre-Réforme espagnole et ville drapière comme ses sœurs flamandes, ancien évêché aux mille couvents, Saint-Omer possédait jadis de merveilleux « jardinages », la plupart transformés en champs de tir pour les canons de Vauban. Aujourd'hui, Saint-Omer était une souriante et paisible cité, abritant des fabriques de pipes en terre, des bonneteries, des carrières de marne et des terrains tourbeux. On y brassait la bière, on y tannait les cuirs.

Ils entrèrent par une attrayante allée de tilleuls, lieu de promenade très fréquenté par les Audomarois. Après le paysage naturel, les œuvres humaines défilaient sous l'œil attentif et ému de Flore : grands hôtels à portes cochères ; monuments à pignons flamands ou à toits mansardés à la française ; briques jaunes issues des argiles de la vallée. Elle s'imprégnait de la pittoresque palette de beiges, de gris, d'ocres qui s'offrait à sa vue, regrettant de n'avoir pas esquissé sur son carnet tel ou tel autre aspect et se promettant de réparer son oubli pendant le voyage.

1. Effondrée en 1947, il reste des ruines et la partie basse de la tour.

Aussi folle jugeait-on sa décision, il était hors de question qu'elle revînt en arrière. Les mots mystérieux d'Orpha, les prédictions d'Adèle se bousculaient en elle. Son destin était ailleurs.

Après une période de prospérité sous la monarchie de Juillet, la région était en crise, comme les autres. Des cortèges de chômeurs arpentaient la ville. Des garnisons occupaient les rues, surtout depuis les événements du 31 mars, où un échafaudage dressé pour enlever la statue de bronze du duc d'Orléans — le bien-aimé — avait été renversé et brûlé par une foule nombreuse. La République, oui, mais sans toucher au duc ! L'agitation s'étant apaisée, Flore avait décidé de prendre la route.

Ils évitèrent l'arsenal et les champs de manœuvre, empruntèrent la rue du Saint-Sépulcre, longèrent l'hôpital général, où les sœurs de la Charité recueillaient des orphelines. Ce dernier mot résonnait étrangement dans l'esprit de Flore. Était-elle orpheline, ou abandonnée ? Elle préférait la première solution, moins cruelle. Le « tour », cette porte rotative munie d'un panier dans lequel des mères déposaient anonymement leur nourrisson, avait beaucoup fonctionné ici avec la présence des troupes de soldats, les Anglais surtout. Il venait d'être supprimé. Les enfants étaient peut-être gardés dorénavant par leurs parents...

Dans la rue de Dunkerque aux belles façades flamandes datant de l'époque de la souveraineté espagnole, elle s'arrêta devant une statuette de madone dans une niche décorative. Sur le point de lui avouer : « Baptiste, tu n'es pas mon frère », elle se tourna vers lui, le regarda droit dans les yeux, mais, à l'instant crucial, elle se troubla.

Elle repartit, dans l'incapacité de trahir son serment envers Orpha, sans soupçonner l'immense soulagement qu'eût ressenti Baptiste.

Construit avec les pierres de l'abbaye Saint-Bertin, le nouvel hôtel de ville ornait la place, et dans la tête de Baptiste défilèrent des images heureuses du passé. C'était en avril 1841. Il avait treize ans, Flore neuf. Le père, Aristide, les avait chargés d'apporter, avec d'autres enfants du village, des fleurs du marais dans la salle du théâtre de l'hôtel de ville. Baptiste tenait avec fierté la main de sa sœur, ravissante, toute vêtue de blanc, une couronne de fleurs encadrant son visage poupin. Le duc d'Orléans avait convié les habitants de la ville à un bal extraordinaire. La fine fleur de la région était présente : des magistrats, des hommes de lettres, des officiers anglais, belges ou français offraient le bras à des femmes en robes somptueuses, qui reçurent, toutes, un bouquet de camélias ou autres fleurs fraîches. Après chaque contredanse, les domestiques en livrée du prince offraient des glaces et des sorbets, devant les yeux éblouis des petits Berteloot qui s'étaient fait oublier sous une vaste nappe blanche. L'orchestre jouait des quadrilles, et même un galop, une nouvelle danse imitant le pas de gymnastique des chasseurs.

Ils étaient rentrés très tard, des lumières plein les yeux, pour recevoir une colossale fessée.

Ce souvenir avait peut-être grisé sa sœur au point de s'imaginer qu'un jour elle puisse, comme Peau d'âne, revêtir le manteau de rêve de l'une de ces demoiselles faisant la révérence à un bel uniforme galonné. Lui s'était bien promis de devenir un homme assez riche pour payer à sa sœur le plus beau bal du monde…

Rêve balayé par un vent de sable à l'annonce de son départ. Quoi qu'il en soit, le jeune garçon avait réalisé là son premier geste d'horticulteur. Depuis, les giroflées et les tulipes fleurissaient dans le jardin de Baptiste comme dans ceux des faubourgs. Ces fleurs aux couleurs éclatantes envahissaient le marché du samedi et, mêlées aux légumes verts, produisaient un effet extraordinaire.

— Tu ne seras pas là pour l'exposition printanière organisée par notre section horticole.

— Je serai là pour celle d'automne, répondit-elle sans y croire.

Sur la petite place, lieu de réjouissances et de joutes depuis le Moyen Âge, ils assistèrent à la première compétition d'archers, l'air réjoui mais le cœur gros, tandis qu'explosait la joie du public. Aux cris des marchands se mêlaient des voix de chanteurs. La Révolution ne faisait pas grand bruit et les Audomarois, de nature tranquille et affable, n'imaginaient pas qu'il puisse en être autrement ailleurs.

Baptiste, pourtant, était inquiet. Les journaux déclaraient Lille très agitée. Il acheta *l'Éclaireur* au marché aux poissons, « pour les derniers échos », se justifia-t-il. Elle fronça les sourcils, pensa à leur père bonapartiste.

— C'est le journal des libéraux…

— Ce n'est plus l'opposition, aujourd'hui, Flore.

— J'ignorais que tu t'intéressais à la politique.

— Moi aussi j'ai mes secrets, répondit Baptiste avec brusquerie, dans l'espoir d'une réaction.

Mais elle ignora l'allusion. Il poursuivit :

— Je ne le ramène pas à la maison. Père a assez de peine comme cela pour ne pas lui en procurer une autre.

La gorge de Flore se serra, ses yeux se voilèrent. Il avait visé juste.

Il s'en aperçut.

— Pardon, Flore, je ne pensais pas à toi, mais à maman.

Il mentait.

— La diligence ne part que dans une heure. Allons vers les ruines, veux-tu, Baptiste ? J'aimerais en faire un croquis.

Ils passèrent le pont de pierre qui surplombait la rivière contournant l'ancienne enceinte de l'abbaye.

À chacune de ses visites, Flore éprouvait un indescriptible mélange de fascination devant la beauté des ruines de Saint-Bertin et d'indignation, de révolte, devant le gâchis créé par l'homme. Elles étaient un digne exemple de la grandeur et de la bassesse humaines. Les révolutionnaires avaient respecté le corps de l'édifice et s'étaient contentés de le vendre, mais, en 1832, des hommes soi-disant honorables de Saint-Omer s'étaient conduits en profanateurs.

Ils avaient laissé détruire par les pioches ce qui restait du « monastère des monastères », ne gardant que la tour aux trois portails pour le guet. On disait que le maître-autel de l'abbaye, dont le vestibule servait aux réunions de l'ordre de la Toison d'or, était enrichi de diamants, qu'il existait un vrai trésor : une topaze d'une grosseur démesurée, la crosse de saint Bertin, le trône en or de Dagobert…

« On » le regrettait déjà, mais « on » n'avait pas empêché l'installation d'un horrible abattoir qui encombrait la place du parvis. Pis que tout, au pied de la tour vieille de cinq cents ans, dans cet endroit paisible et romantique, se dressait une usine aux monstrueux champignons de gazomètres.

— Malgré tout, j'aime ces ruines, on y sent le souffle de Dieu, chuchota Flore. Dès l'aurore, les rayons du soleil jouent à travers les larges baies et, au couchant, avec la demi-clarté venant de la lune, les ombres sont impressionnantes.

Tandis que le crayon filait sous ses doigts, Flore voyait apparaître au-delà des arches solitaires l'ombre des chapelles et des mausolées, du merveilleux cloître du XVe siècle qui n'avait pas trouvé grâce ; la silhouette massive du palais des ducs de Bourgogne surgissait de son imagination.

Baptiste l'observait à la dérobée, essayant de deviner ce qui se cachait derrière le visage concentré, alors qu'elle maniait avec dextérité son crayon. Il était fasciné par la façon dont elle laissait courir la mine sur le papier, se fiant à son intuition, à sa propre vision, effectuant des dégradés, estompant, nuançant avec le doigt, évaluant à vue d'œil les justes proportions, appréciant sans se tromper les distances, respectant les zones de pénombre ou de lumière. Sa sœur avait du talent. Elle avait peut-être raison de partir…

— Saint Bertin laissa errer sa barque sur le marais, dit-il, sans rame, au gré de Dieu. On dit que, portée par les anges, elle dériva, s'arrêta, et qu'il prononça un verset en latin qui signifie : « C'est ici le lieu de mon repos pour les siècles des siècles ; c'est ici que j'habiterai parce que c'est l'endroit que j'ai choisi. »

Leurs yeux se croisèrent.

— Reviendras-tu, Flore ? murmura-t-il.

Laissant le trait en suspens, elle entrouvrit les lèvres, prête à égrener quelques paroles d'apaisement, elle ébaucha un faible sourire, et se replongea dans son dessin, sans répondre. Baptiste avala sa salive, ferma le poing, émit un profond soupir. Un poids énorme venait de s'abattre sur sa poitrine.

— J'ai fini, annonça-t-elle gaiement, viens.

Ils gravirent les trois cent cinq marches de l'escalier, du contrefort droit jusqu'aux tourelles et à la plate-forme, poste d'observation la nuit et de sauvegarde contre les incendies. Aux étages, les galeries étaient vides de leurs statuettes de saints et leurs anges gracieux s'étaient envolés.

Ils aperçurent l'une des dernières îles flottantes, terre verdoyante nageant sur l'eau, semblable à celle qui avait emmené Orpha, avec ses hautes herbes et ses saules. Elle s'enfonçait peu à peu dans l'eau comme ses grandes sœurs de jadis, véritables navires champêtres sur lesquels Charles Quint et Louis XIV étaient venus prendre des collations.

— Là, c'est la rue du Bout-du-monde.

— Pourquoi l'appelle-t-on ainsi ?

— Avant l'ouverture de la porte de Lysel, c'était le quartier le plus pauvre, le plus reculé de la ville, « le bout du monde »… Plus loin, nos marais, la Flandre. La forêt de Clairmarais…

— Reprends-tu Victor, au Grand-Hollande ?

Ce quai était le point de départ des barques du marché, et des carrosses d'eau sur lesquels les jeunes Audomaroises se laisseraient conduire le dimanche par Baptiste, le charpentier des marais. Il les raccompagnerait, inviterait la plus jolie à danser à la nouvelle guinguette du Haut-Pont…

— Non, Flore, je passe voir mes géants. Ensuite, j'ai

48

la réunion à la Société d'agriculture, comme tous les premiers lundis de chaque mois.

C'était une de ces diligences régulières, à douze places, attelées à quatre chevaux menés par des postillons ; non de ces voitures cahotantes à deux roues.

En dépit du coût, Baptiste avait tenu à ce qu'elle empruntât la dernière en date, la plus confortable. La famille avait écarté l'éventualité du chemin de fer, jugé dangereux. Les catastrophes de 1846 avaient fait de nombreuses victimes, et de lourds échos dans la presse.

Afin d'assurer une meilleure sécurité, de permettre aux voyageurs de descendre aux relais, de se faire entendre du cocher, cette diligence n'était pas fermée à clé comme autrefois, quand on craignait que les voyageurs quittent la voiture sans payer.

Une forte odeur animale régnait sur la petite place de la poste aux chevaux. Munie de ses autorisations, et du passeport indispensable, Flore se présenta au contrôle.

Attirés par les départs, des passants désœuvrés interrogeaient le cocher sur sa vitesse, la durée du trajet, les aléas. On s'affairait autour des voyageurs prêts à s'épancher. Ailleurs, une famille multipliait les recommandations. Une femme pleurait. Des enfants examinaient la voiture, la palpaient de leurs doigts sales et encouraient les foudres d'un postillon. La bonne mine de Baptiste, la fraîcheur de Flore, l'atmosphère de tendresse qui se dégageait de leur attirance mutuelle les trahissaient et éveillaient l'attention. Des curieux épiaient leurs gestes.

— La fille est endimanchée, pas le gars...

Le cocher en grosse houppelande verte interpella les voyageurs, les invita à prendre place. Baptiste la serra une dernière fois dans ses bras et leur étreinte un peu longue la troubla. Un claquement de fouet la rappela à l'ordre. Il fallut enfin quitter ce frère qui ne l'était plus, mais avec lequel elle avait partagé tant de souvenirs, tant d'émotions.

Le piaffement des chevaux donna le départ, mais on les immobilisa aussitôt pour laisser passer un troupeau de moutons.

— Regarde, Baptiste… !

— Quoi ?

— Non, rien, rien…

Croiser des moutons était un présage de bonne réception dans la famille visitée. Un signe, oui. Mais un secret.

Son carnet de croquis posé sur les genoux, elle détourna le regard pour cacher les larmes qui lui perlaient aux joues.

L'autoportrait de sa Flore dans la main, il s'éloigna à grandes enjambées, sans se retourner.

Par la fenêtre, elle aperçut une autre niche décorative supportant un saint. Ce soir, ces protecteurs des rues resplendiraient comme aux beaux jours des siècles de foi. Un concert pieux serait peut-être organisé par les étudiants. Aujourd'hui, elle ne devait plus compter que sur elle et ravaler sa fierté. Le temps de l'innocence était achevé.

Elle remarqua une ancienne camarade d'école montée sur son âne. La fermière assenait des coups à l'animal qui refusait d'avancer. Il se coucha sur le sol jonché de crottin à cet endroit, la femme sur le dos. Flore devina sa confusion, sa colère. Au bruit des sabots sur le pavé, aux larmes de Flore, se mêla un fou rire irrépressible.

Pour le service militaire, Baptiste avait tiré le « bon numéro ». Prêt à servir tous les saints de la région et d'ailleurs, afin d'éviter les longues années de séparation, il ignorait qu'Adèle avait secrètement enfreint sa propre règle, et récité une étrange formule magique sur un parchemin. Quel bonheur d'être exempt, et dans la loi ! Mais en ce début de mai 1848, lorsqu'il entendit s'éloigner la diligence, il eût donné cher pour avoir reçu un mauvais numéro et ne pas connaître ce déchirement.

« Reviendra-t-elle ? Je l'aurais emmenée dimanche dans la nouvelle guinguette du Haut-Pont. »

50

Il pénétra dans une immense ferme de la place Sainte-Marguerite, où les géants étaient remisés, et les divers accessoires de carnaval entreposés.

« Voyons, c'est ta sœur, enlève-toi ces idées de la tête. C'est bien qu'elle parte. »

Dans la cour intérieure, un quartier entier de la ville s'était déplacé pour une commande, et discutait bruyamment, telle une bande de joyeux carnavaleux. Les fêtes parties en fumée avec le mannequin du mardi gras, il fallait songer aux prochaines réjouissances.

— Ah ! Baptiste !… On t'attendait…

Il rêvait de silence et d'isolement. Il se plia aux exigences de sa fonction puis entra dans la grange où ses compagnons œuvraient avec bonne humeur. De métiers différents, ils étaient unis en un même amour de ces figures titanesques, ayant à cœur d'en renouveler le décor ou les attributs pour la sortie d'été. Les commentaires allaient bon train sur l'état des bustes et des visages de papier mâché. Dès qu'une tête était sculptée dans le bois, c'était l'affaire de Baptiste, le charpentier.

Ces géants de Flandre et d'Artois possédaient une vie personnelle et colorée, comme les dieux de l'Olympe.

— Il n'a plus de crin sur la tête, il est ras comme un moine ! J'ai passé cinq cents heures dessus, et il est déjà mal fichu.

— Ma femme lui a lavé la tunique. Il paraîtra moins nu.

— Il lui faudrait une petite femme, à ce gaillard.

— Tu as toujours adoré aller sous les jupes des filles.

— Oui, et je vais de ce pas m'occuper de ses mensurations.

Une autre ossature d'osier s'était desséchée. Il était temps de soigner le malade, propriété d'un village avoisinant.

Baptiste éprouvait un besoin acharné de modeler, de façonner dans le bois du tilleul. Son obsession était d'atteindre une parfaite légèreté, aussi ne taillait-il pas dans la masse.

Il assembla les planches qu'il allait sculpter. « Ne pas penser, surtout !... » Il ne fit que cela, et quelques minutes après avoir amorcé son ouvrage, il réfléchissait déjà au moyen de la faire revenir.

5

Adélaïde Manderel vieillissait, comme tout le monde. Elle devrait s'y accoutumer un jour ou l'autre. Ce soir, elle s'y refusait, et reportait son agacement sur la terre entière.

Son trousseau de clés à la ceinture, une tenue sombre agrémentée d'un col de mousseline brodée, des bandeaux de cheveux gris fuyant sur les oreilles, et réunis en arrière par un chignon, la silhouette alourdie par soixante-cinq ans de vitalité, Adélaïde Manderel était ce que l'on peut appeler une femme au caractère bien trempé.

Elle revenait du bureau de bienfaisance. Ils étaient débordés. Les distributions de vivres et de vêtements se succédaient sans trêve. Elle en ressortait habituellement l'âme légère, auréolée de la gloire d'aider les malheureux à supporter leur sort, en attendant leur récompense céleste.

Mais le bel ordre qui l'environnait avait laissé place au chaos de la rue lilloise. Sa vie calme et paisible du dedans était envahie par la turbulence du monde extérieur.

Entre les émeutiers, les hommes de troupe, et l'averse, il n'était guère prudent de s'attarder. Dans la confusion ambiante, la police arrêtait facilement. Adélaïde avait donc pressé le pas, au risque de glisser sur le pavé humide ou de recevoir le sabot d'un cheval.

Oppressée par la foule, trempée jusqu'aux os, elle était rentrée chez elle.

Une heure plus tard, ranimant les braises de la cheminée, dans la salle à manger, elle avait gardé une furieuse envie de râler à tout propos.

— Les portes claquent, il pleut à torrents. Entre le désordre et la tempête, il pourrait bien nous tomber une ardoise sur la tête.

Elle soupira.

— Les fenêtres sont-elles toutes fermées au moins ?… demanda-t-elle à la domestique qui la suivait comme son ombre.

— Oui, madame, répondit Rolande.

— C'est la République, ma fille. C'est peut-être insensé, mais c'est ainsi. Dieu l'a décidé, je suppose (nouveau soupir). Enfin… Si le calme revient…

— Les mendiants ne traîneront plus en ville, alors ?

— J'espère…

Adélaïde la fixa de ses prunelles claires et vives :

— File…

— Madame…

— Oui ?

— C'est Séraphine.

Adélaïde fronça les sourcils, irritée :

— Vous vous êtes encore querellées ?

— Non, madame, mais… Séraphine a nettoyé trois fois les mêmes ustensiles.

— Elle vieillit, notre brave Séraphine.

— Elle pleure sans arrêt pour la dentellière… La folle qui chantait dans les rues, depuis que son enfant lui a été enlevé, celle qui est morte de faim et de froid.

— Séraphine l'aimait bien, je crois.

— Mais ça fait des semaines, et elle pleure aujourd'hui, juste quand il y a du travail. À mon avis, elle perd la tête, madame, et moi je ne m'en sors pas.

La demeure des Manderel était vaste. Le rez-de-chaussée à lui seul comportait de nombreuses pièces à nettoyer : le vestibule avec son grand escalier en colimaçon menant aux chambres ; deux salons aux multiples objets fragiles ; un bureau-bibliothèque entièrement boisé, antre du chef de famille ; un fumoir ; une salle à manger dont les portes-fenêtres permettaient d'entrer dans une véranda ouvrant sur le jardin et les remises qui servaient jadis de hangars pour le textile. Sans l'aide de Séraphine, la jeune fille se sentait tenue dans un état de servitude qui lui déplaisait.

— Est-ce que je te laisse tout astiquer, dis ?

— Non, vous en faites beaucoup, madame, mais…

— Alors, nous en reparlerons plus tard.

Adélaïde sortit de la pièce pour ne plus entendre les récriminations de sa domestique. Elle avait d'autres chats à fouetter ! Cette jeune écervelée bavardait de façon inconvenante, voire insolente, et se plaignait fréquemment de Séraphine. Ramenée de Moulins-Lille, faubourg extérieur où se dressait leur filature, Rolande n'était pas apte à comprendre l'importance de leur brave et vieille servante.

Nourrice des enfants, digne de confiance, Séraphine avait même secondé Adélaïde, jadis, dans les commandes et les expéditions. Les Manderel lui avaient payé le voyage pour assister à l'enterrement de sa mère et, lorsque Séraphine s'était retrouvée veuve, ils avaient procuré une sépulture décente à son époux, décédé du choléra.

« Pourvu que Rolande ne vienne pas créer des ennuis ! » songea Adélaïde, qui se voyait déjà dans l'obligation de s'en séparer, et ce n'était certes pas de son goût. Les « bons » domestiques semblaient se raréfier. Le textile attirait les courageux. Les Manderel auraient eu tort de s'en lamenter.

Adélaïde songeait pourtant que le travail à la filature était dur pour les femmes, qu'elles étaient vieilles à vingt ans.

Placées dans de bonnes maisons bourgeoises, elles vivaient mieux. Sa fille, Clémence, lui avait suggéré d'en prendre une autre :

« N'oubliez pas, mère, que c'est à la domestique que l'on juge la patronne… »

Mais Adélaïde était obstinée dans ses choix. Elle vérifiait la moindre dépense. Rolande était honnête et, pour elle, c'était l'essentiel.

Clémence lui reprochait aussi le fait de tutoyer son personnel :

« Séraphine, c'est différent, mais ce n'est plus la mode, voyons ! Après, elles en prennent à leur aise ! »

Native de la campagne flamande, Adélaïde avait toujours tutoyé facilement les gens, employés ou enfants. La mode ne la préoccupait pas à ce point, et ce n'était pas à son âge qu'elle allait changer ses habitudes.

Elle entrait dans le petit salon, lorsque son beau-fils, Léon Saint-Nicolas, l'interpella d'une voix sonore. Adélaïde sursauta :

— Ah mon Dieu !… Léon, vous m'avez surprise !

— Crotté comme je suis, je n'en doute point ! Figurez-vous que je me suis fait poursuivre par d'horribles petits garnements de Saint-Sauveur ! Ils criaient : « À bas les blancs », et s'en prenaient à toutes les redingotes. Imaginez-vous cela, mère. Ces malheureux confondent tout : les frénétiques et les modérés comme nous…

— Vous venez chercher mon fils Floris, je suppose ?

— Tout juste, chère maman, je l'emmène à mon club.

Léon prenait toujours un air très affable envers elle, mais elle s'en méfiait, sauf pour les affaires, où, dans ce domaine, son mari et elle ne s'étaient pas trompés : Léon Saint-Nicolas était l'homme qu'il fallait. Par ailleurs, elle le devinait extrêmement volage. Heureusement, Clémence semblait s'en accommoder. Sans doute préférait-elle le savoir dans son club, à refaire le monde et à fumer, plutôt que dans certaines maisons peu fréquentables.

Adélaïde observa son beau-fils, avec ses épais favoris noirs, sa moustache bien lissée, engoncé dans une quarantaine satisfaite, son haut-de-forme à la main. Elle ne l'aimait pas.

Léon songeait à sa femme qui ne ressemblait en rien

à sa mère, avec son regard vert en amande, l'air toujours étonné ou assujetti à son maître, et qui se vengeait en tyrannisant son personnel ; sa femme aux gestes nerveux, au corps trop menu et raide qui ignorait la volupté et les rondeurs charmantes de l'abandon. Il soupira, se souvint qu'il n'avait pas eu le choix au jour de son mariage. C'était elle ou rien, et l'affaire était trop intéressante pour la laisser passer.

L'attitude de Clémence, ses indispositions continuelles, son appétit de moineau avaient le don d'exaspérer Adélaïde. Elle ne comprenait pas ses regards souffreteux. Leur table était des plus recherchées. Leurs enfants étaient tous en vie, bien portants, de bonne moralité. Leurs meubles admirés, leurs équipages enviés. Elle n'avait qu'à tenir méticuleusement les livres de comptes, et surveiller son personnel.

Ce n'est pas sa fille qui aurait pu participer au gigantesque et nécessaire lavage purificateur du printemps qu'elle avait accompli pour Pâques, avec l'aide de Rolande et de Séraphine.

Adélaïde prit un ton placide pour s'adresser à son beau-fils :

— Le médecin se rend fréquemment chez votre femme, Léon. Vous devez vous en inquiéter.

— Oui, mère, acquiesça-t-il avec un sourire ironique, quand ce n'est pas le médecin, c'est le curé. J'en suis jaloux.

Irritée, Adélaïde prit une clochette en argent, la fit tinter, devinant Rolande dans la pièce adjacente, et son oreille traînant près de la porte.

— Madame ?

— Monsieur est au fumoir, Rolande ?

— Oui, madame.

— Vous annoncerez à monsieur Hippolyte que je l'attends dans le petit salon.

Comprenant que le vouvoiement de sa maîtresse n'était pas étranger à la présence de monsieur Léon, Rolande exécuta une légère révérence, afin de montrer son savoir-vivre, et répondit, très polie :

— Bien, madame.

Elle sortit.

— Léon, reprit Adélaïde, j'espère que vous prenez soin de votre épouse.

— Bien sûr, mère ! répondit-il d'un ton magnanime.

Adélaïde lui signifia son congé :

— Je vous libère, Léon. Allez rejoindre Floris. Mais n'oubliez pas de rappeler à ma fille que je l'attends demain, avec les enfants bien sûr, afin de préparer la communion.

— Oui, mère.

Clémence n'aimait pas abandonner ses enfants aux mains de leur gouvernante, dans l'hôtel particulier des Saint-Nicolas.

Elle ne se sentait à l'aise qu'au sein de sa somptueuse demeure, dans son rôle de mère, mais aussi de maîtresse de maison ; taisant aux yeux de tous les chicanes continuelles et les aventures extraconjugales de son époux.

— Amenez-nous Sideline. Elle nous manque.

— Sidonie-Céline est toujours punie.

— Ne soyez pas trop dur avec ma petite-fille, Léon.

— Vous savez mieux que moi, mère, où peuvent mener l'insolence et ce caractère frondeur, dit-il en gardant néanmoins sa sempiternelle intonation aimable, qui agaçait Adélaïde.

— Léon, je ne vous permets pas.

Ils se toisèrent un instant, il baissa les yeux.

— Excusez-moi mère, je ne voulais pas vous froisser, mais le comportement des filles, enfin des femmes, m'échappe.

Adélaïde pensa qu'ils avaient voulu instruire leurs enfants chez eux, avec des précepteurs, comme les aristocrates, et cela ne s'était pas forcément avéré une bonne solution. Heureusement, Sideline suivait à présent les cours du Sacré-Cœur, quelques heures par jour.

Sidonie-Céline Saint-Nicolas, surnommée Sideline par ses proches, était franche, et ce trait de caractère plaisait à Adélaïde. La vie lui ôterait bien sûr ses idées folles ainsi que son manque de pudeur. La pétulance de

Sideline effrayait parfois, mais elle avait le don de soulager la mélancolie et, pour cela, Adélaïde la choyait particulièrement. La grand-mère préférait ce tempérament fougueux, qui lui rappelait sa propre jeunesse, à celui de Clémence, trop passif.

Et pourtant Adélaïde se devait de reconnaître qu'il était moins désastreux, pour l'entourage et pour soi-même, d'être comme Clémence, qui soignait sa réputation.

Un douloureux soupir s'extirpa de sa poitrine. «La malédiction des Manderel, songea-t-elle. Allons, je suis folle de penser des choses pareilles... Mais pourquoi suis-je si tourmentée ce soir?

Hippolyte-Eugène Manderel interrompit ses tristes pensées, en arrivant derrière elle, et l'embrassant dans le cou, effronté comme un jeune marié.

Grand, les épaules carrées, le mari d'Adélaïde était un homme intimidant de soixante-sept ans. Son visage large, au nez assez gros, au front traversé de rides, était auréolé d'une masse imposante de cheveux blancs. Quelque chose d'indéfinissable conférait une expression désabusée à son regard couleur de jade, en dépit d'une affaire prospère et d'une paisible vie familiale. C'était peut-être ce pli amer au coin de la bouche lorsqu'il retirait sa pipe.

Elle aimait ses manifestations de vitalité. Elle éprouvait la délicieuse sensation de le retrouver comme il était avant... Avant le drame qui avait secoué la famille, avant cette vilaine maladie qui avait failli lui coûter la vie, l'avait paralysé plusieurs semaines, lui laissant une main raide et des troubles passagers au cerveau.

Lui, se rappelait le temps où, jeune négociant en drap, il avait accompagné son père en tournée. Il avait déniché à Hazebrouck, en Flandre, une ravissante fille de ruraux aisés : son Adélaïde, fleur du Houtland.

Dans le petit salon à l'atmosphère feutrée, garni de coussins de velours assortis aux tentures, la lumière était douce, atténuée par les voilages de dentelle. Un feu de bois brûlait dans l'âtre de la cheminée de marbre.

Posés sur des napperons brodés, des bibelots décoraient le buffet. Dans un angle se tenait un remarquable et désuet clavecin, héritage de lointains ancêtres d'Adélaïde. Deux petites tables rondes en acajou — vestiges de l'époque napoléonienne — occupaient le centre de la pièce. La grosse pendule ponctuait le temps, les rideaux étaient tirés ; le silence s'installa quelques instants.

Adélaïde pensait à ses enfants. Le cadet, Charles, n'était pas encore rentré de Moulins-Lille. Il travaillait dans l'entreprise familiale avec son frère aîné, Floris, et son beau-frère, Léon. Charles avait vingt-sept ans, il était fiancé, mais il était « son petit dernier ». Sur le visage d'Adélaïde se forma un sourire attendri. Elle en était très fière. Après de longues études, il n'avait pas hésité à endosser la blouse afin de gravir les échelons de leur entreprise. Il montrait l'exemple en arrivant à la filature de bonne heure, et abattait plus de besogne que la plupart de leurs employés. Courageux, il lui rappelait Hippolyte-Eugène, du temps de leur jeunesse, quand elle aidait son mari jusqu'à minuit, et qu'ils terminaient l'inventaire à la bougie, épuisés, mais complices et confiants.

Hippolyte-Eugène prit enfin la parole :

— Au fumoir, je me suis longuement entretenu de Stanislas, avec Floris.

— Floris a-t-il des nouvelles de son fils ?

— Il serait en Grèce.

— Partir sur un coup de tête, parce qu'on voulait le fiancer !

— Il se heurte sans cesse à son père.

— Il m'inquiète, Hippolyte. Chez le garçon, cet âge est porté à la brutalité et au vagabondage, et si on ne le surveille pas de près, il devient facilement le foyer de toutes les transgressions.

— Oui. J'ai peur que Stanislas ne tourne mal, au milieu de ces artistes, journalistes, et… sauvages… Il donne bien du souci à ce malheureux Floris, qui n'a que lui. Les voyages, seuls, l'intéressent.

— Et le piano. Peut-être que si vous l'aviez laissé…
Floris et toi…

— Enfin, Adélaïde ! Ce n'est pas un métier utile comme les affaires ; juste un divertissement, un passe-temps de jeunes filles…

— Peut-être… Quoi qu'il en soit, il n'est pas bon qu'un garçon de dix-neuf ans voyage par désœuvrement, qu'il s'embarque pour les Indes, ou je ne sais où. Floris doit le ramener chez nous, même si son goût pour l'exotisme lui permet d'agrémenter ses collections d'objets rares.

— Oui. Il doit le faire entrer au sein de notre entreprise, renchérit Hippolyte.

— Il est temps de l'arracher à ses rêveries stupides et à sa vie de… « bohème », c'est le terme, n'est-ce pas ? C'était une bonne idée de le fiancer à la petite sœur de Léon. Une alliance supplémentaire entre nos deux familles !

— Il n'est pas trop tard, conclut Hippolyte.

Tout était dit sur Stanislas. Adélaïde changea de sujet :

— La situation politique va-t-elle modifier la fortune de notre famille ?

— Avec nos nouveaux équipements, heureusement, nous tenons… assura son mari. Mais…

— Mais on n'avait pas besoin de mettre le roi dehors, n'est-ce pas ?

Adélaïde et Hippolyte se comprenaient à mi-mot.

— Un vent de folie a régné sur Paris, commenta-t-il. En février, les barricades ont poussé comme des champignons, le tocsin a sonné. Puis, ce furent les fusillades, les soldats harassés, les émeutiers gisant sur le pavé, ce même pavé arraché, tandis que le gaz, échappé des lampadaires brisés, se répandait dangereusement sur le sol…

— … Et notre roi, acheva-t-elle, dont on vantait l'élégance bourgeoise, s'est enfui en berline, oubliant toute dignité, tel un vieillard traqué.

C'est comme leur arbre de la Liberté, pensait-elle.

Vouloir faire la révolution et planter un arbuste au moment où la sève montait. Il avait d'ailleurs croulé sous l'arrosage et les couronnes de fleurs.

Adélaïde était particulièrement favorable aux Bourbons. Frontaliers, ils avaient failli tant de fois être sacrifiés...

Pour Hippolyte, en février, tous les espoirs étaient permis. En mars, il était prudent sur l'euphorie générale. En cette fin avril, il craignait que les mois à venir ne fussent très mouvementés.

Les manifestations se multipliaient. Le machinisme avait réduit le personnel. Les patrons lillois avaient employé de nombreux Belges, voisins rassurants, durs au travail, moins exigeants que les Français, non astreints au service militaire. Rien que des avantages. Mais, à présent, il y avait trop d'émigrés, et cela provoquait des problèmes avec les ouvriers français. Certains cassaient des vitres, d'autres allaient même jusqu'à détruire leurs locaux. Hippolyte-Eugène craignait les grèves. Il imaginait avec horreur ses propres ouvriers descendant à leur tour dans la rue.

« Allons, c'est impossible... On n'est pas à Paris. Ils sont dociles, chez nous... Et notre filature est en dehors de l'enceinte. »

Il passait d'un comportement facétieux à une humeur chagrine et taciturne.

— Arrête de te manger les sangs.

Adélaïde usait parfois d'expressions populaires dues à ses origines rurales.

— Laisse donc faire le mari de Clémence et nos fils.

— Je l'ai créée et, tant que je vivrai, ce sera la mienne...

— La nôtre... corrigea-t-elle, en un murmure inaudible. Et qu'en pense ton « *Écho* [1] » ?

Elle éprouvait une certaine réticence envers le grand quotidien lillois, auquel son mari était abonné. Le

1. *L'Écho du Nord.*

journal était commenté en famille. Il s'en prenait régulièrement au clergé et aux croyances populaires. Hippolyte-Eugène la rassurait : les bourgeois comme eux n'étaient pas en cause. *L'Écho* s'attaquait aux «grosses bourses» dédaignant la charité, ce n'était pas leur cas. Adélaïde le voyait pourtant froncer le sourcil à certaines lectures et, ces soirs-là, il boudait dans son coin.

— *L'Écho* souligne la gravité de la situation à Paris, mais s'associe à la lutte.

— Ah pour ça, il est bien d'accord avec ce chiffon de *Messager*. Les pauvres se laissent influencer par ce débraillé de Bianchi[1], et s'excitent contre les riches.

— Les temps changent, une fois encore…

Hippolyte-Eugène aimait à raconter à ses petits-enfants qu'il était né sous Louis XVI. Il avait huit ans en 1789. Enfant, il avait chanté la carmagnole. Il s'était marié sous Napoléon ; leur affaire s'était amplifiée sous Louis XVIII, et Charles X ; ils étaient devenus les Manderel-Saint-Nicolas sous Louis-Philippe, quittant leurs fabriques respectives pour installer leur filature à Moulins-Lille ; ils avaient travaillé sur des «mécaniques», prospéré. Il avait ensuite laissé les commandes à Léon, ainsi qu'à ses deux fils Floris et Charles. Aujourd'hui, son petit-fils Constant les rejoignait.

«C'est bien… songea-t-il. Mais un empereur, quatre rois, trois révolutions, c'est beaucoup…»

Il prit un air désenchanté.

— Oui, les temps changent, reprit Adélaïde. Nous sommes loin des ateliers installés dans la cour et sous les combles. Tu n'étais pas le dernier, alors, à te battre pour tes idées…

Elle était fière de son homme. Il avait amélioré le sort de ses ouvriers avec les machines à vapeur, quand d'autres les exploitaient. Il avait toujours été juste, proche de ses hommes…

Un sourire aux lèvres, elle leva vers son mari ses

1. Rédacteur en chef du *Messager du Nord*.

yeux bleus, brillants de tendresse. Muet, le regard lointain, Hippolyte-Eugène semblait totalement absent.

— En 1830... commença-t-il.

Puis il murmura une suite de paroles incohérentes,
comme assailli par des pensées morbides. Il se tut, son
regard se mouilla. L'une de ses mains tremblait. Son
front ruisselait de gouttes de sueur.

Adélaïde comprit.

Coupable et malvenu, le passé, un certain passé,
resurgissait dans l'esprit de son mari.

— Hippolyte !...

Il ne bougeait pas. Son regard était fixe, ses pupilles
agrandies comme sous l'effet d'une terreur. Son visage
semblait tétanisé. Elle le lui tapota avec son mouchoir.

— Mon Dieu !... Hippolyte !... répéta-t-elle. Hippolyte ! Reviens !

Il émergea doucement de son rêve :

— Ce n'est rien.

— Oui, mon chéri. Ce n'est rien.

Les larmes aux yeux, un large sourire aux lèvres, elle
l'embrassa sur le front.

— Un peu de fatigue. C'est passé... murmura-t-il.

6

Amaury avait remarqué la jeune fille qui arpentait le pavé devant la maison de ses cousins. Il l'épiait avec une curiosité gourmande.

Il avait circulé en voiture, évitant les endroits chauds de la cité — car on s'était battu à Lille — et se faisait une joie de venir colporter les derniers événements à Charles Manderel. Il s'était beaucoup amusé. Il s'amusait de tout. Non qu'il soutînt les républicains ; son imbécile de cousin, Stanislas, s'en serait chargé s'il ne s'était une fois encore évaporé vers l'Orient. Amaury, lui, considérait la vie publique et la politique comme un jeu, s'égayait des réactions bourgeoises, tout bourgeois qu'il fût lui-même. Il était bien trop occupé par les grisettes pour faire la révolution. Il n'aimait être ni sérieux ni raisonnable, sauf pour les études.

Fils d'un cousin de Clémence et de Floris, il n'était pas entré dans leur entreprise familiale. Il préférait la vie parisienne au textile. Ses propos désinvoltes étaient critiqués. Pénétrés de sentiments confus à son égard, les Manderel l'acceptaient malgré tout. Sa fantaisie les effrayait en même temps qu'elle procurait de l'imprévu dans leur vie ordonnée et sage, et s'ils l'affublaient de défauts divers, ils savaient pertinemment qu'il était ni voyou ni paresseux comme son cousin Stanislas.

« Dandy » était le seul qualificatif auquel il adhérait. Il en aimait la sonorité anglaise, le penchant pour la mode, et le côté volage qui horripilait nombre de gens bien élevés de son entourage. La comparaison s'arrêtait là.

Amaury disposait d'une belle aisance due à l'héritage de son père, décédé de façon précoce, mais il s'était récemment pris d'intérêt pour ses études parisiennes ; intérêt qui le disciplinerait sans doute un jour. Il pressentait une restriction sinon une fin à sa vie nocturne. En attendant, il se servait avec délices de ses facilités, et profitait de l'éveil du monde moderne.

S'il jouait au dandy avec délectation, se souciant de sa toilette et de son corps, il affichait son mépris envers les désœuvrés et les désabusés, comme Stanislas. Il dépensait de lourdes sommes en habits, cannes, ou essences de toutes sortes, mais il ne sacrifiait pas sa fortune à entretenir femme et enfants. Aussi vivait-il dans la plus totale jouissance de ses biens et de sa personne, avec un égoïsme propre à ses vingt-deux ans, et une lucidité due à une intelligence sans concession. Il cédait à toutes ses tentations.

« Je suis un amant dans l'âme, je n'y peux rien. »

Il haïssait le mariage, cette institution de vieux. Il avait le temps, il avait la liberté. Il redoutait l'ennui et le côté sérieux de la vieillesse.

Aux liaisons durables qui l'eussent gêné dans ses études et son indépendance il préférait les étreintes d'un soir et les conquêtes éphémères. Il jugeait l'amour romantique trop triste et se sentait un appétit sensuel insatiable.

Quand on lui disait qu'avec l'amour il atteindrait au bonheur, il répondait, une lueur narquoise dans les yeux, que le seul bonheur dont il ne se lassait pas était de se trouver en bonne santé, et que ce trésor-là, il le gardait jalousement.

Dès qu'il était prêt à prononcer des paroles fatidiques — entraîné par l'ivresse de la possession —, il se voyait calfeutré dans un univers bourgeois, ordonné et silencieux, auprès d'une femme empâtée ou hystérique dont la beauté, unique complément à sa puissance masculine, s'était évaporée avec les ans ; et il s'y ennuyait mortellement, engoncé dans sa cravate, ayant perdu sa superbe dans une vie rangée et étroite.

Catalogué par lui-même comme trop jeune pour protéger une famille, considérant que le seul esclavage possible était celui de ses sens, il fréquentait assidûment les salles d'armes, les maisons de tolérance, les salons parisiens, les cercles mondains et, lorsqu'il rentrait en province pour rendre visite à sa mère, il échangeait un cigare avec ses cousins, afin de leur confier les derniers potins de la haute société.

Tout semblait — jusqu'à présent — réussir à ce jeune et brillant étudiant. Bachelier ès lettres, il venait de passer l'option qui lui accordait aussi le titre de bachelier ès mathématiques, et allait tenter le concours d'entrée à l'École normale supérieure. Il affichait un optimisme provocant, une confiance dans le siècle et les progrès de la science, une aisance sans pareille pour porter son haut-de-forme et manier sa canne.

L'opposé de Stanislas, avec sa vie bohème, son mal de vivre, ses lourdes mélancolies, et sa faiblesse d'artiste sans moustache. Insupportable à ses yeux, comme à ceux de son propre père Floris. Certes, son cousin jouait admirablement du piano, mais que cet art était vain en comparaison du modernisme !

« Il n'est plus de ce siècle, le pauvre ! » décrétait-il, sentencieux.

Amaury fréquentait les théâtres uniquement pour les relations, les loges parfumées et complaisantes, pour l'accueil impudique et joyeux des comédiennes qu'il adorait depuis la tournée de la grande Rachel à Lille en 1844, quand il n'avait encore que dix-huit ans.

Il estimait que les découvertes électriques, le télégraphe, la photographie, l'éther, les hiéroglyphes de Champollion étaient tout de même plus importants que la poésie de Byron, ou la *Barcarolle* de Chopin. D'ailleurs, nombre de « romantiques » à cette heure se mêlaient de politique, comme Hugo ou Lamartine.

La jeune étrangère passait et repassait, sans avoir l'air pourtant d'une gourgandine.

Son haut-de-forme à ses côtés, ses gants de soie blanche sur les genoux, il la jaugeait de son œil incisif, impuissant à la classer, à deviner s'il s'agissait d'une oie blanche, innocente ou délicieusement pervertie. Céderait-elle facilement ? Et dans ses bras s'avérerait-elle chaste et pudique, naturellement passive, ou ensorcelante comme une Parisienne ? Il opta pour la dernière solution. Les flexions souples de son corps, les gestes félins lui donnaient idée que cette demoiselle était née pour l'amour.

« Est-ce une fille de la campagne en quête d'un emploi ? se demandait-il. Adélaïde Manderel ne cherche point de domestique, que je sache. À moins que Floris n'ait déjà congédié sa nouvelle bonne. Elles défilent chez lui, il ne sait résister, le diable... Mais il se lasse plus vite que ces malheureuses prêtes à tout pour garder leur travail. Floris est veuf depuis longtemps, il a le droit de rechercher de la compagnie dans sa demeure. Une ouvrière peut-être ? Ne lui a-t-on pas dit que cette demeure est privée, que la filature se situe en dehors des remparts ? »

Elle s'arrêtait, regardait en direction des fenêtres, repartait, soucieuse.

« Chercherait-elle à joindre l'un d'entre nous ? Charles est sérieux et fiancé, Hippolyte-Eugène trop fatigué, Floris... L'une de ses bonnes renvoyées, grosse peut-être... Cela mettrait un peu de piment dans la maison... À moins que ?... (Il parcourut mentalement l'éventail de ses conquêtes.) Je l'aurais reconnue. Non, ce n'est pas une de mes maîtresses. »

Caché derrière la vitre de sa voiture, il se plaisait à la détailler.

Avec son abondante chevelure cuivrée et ses yeux clairs, elle n'avait rien de ces visages d'oiseau farouche, aux yeux cernés, à la pâleur languide, à la chevelure d'ébène des romantiques. Avec sa silhouette gracieuse et élancée, bien charpentée, rien du corps menu, chétif, à l'allure évaporée, en vogue. Il s'en lassait justement de cette mode. Mieux valait la devancer.

La jeune inconnue dont il ne détachait pas le regard, dont il croyait juste s'amuser avec sa froideur habituelle, lui insufflait le désir de bafouer les critères en cours, de s'élancer à son bras en créant une nouvelle mode, faite de blondeur rousse, de bonne santé gracieuse, sans la lourdeur des paysannes qu'il avait connues d'un peu près.

Celle-ci était vraiment jolie, bien qu'endeuillée sous une cape sombre. Sous la monotonie obscure d'un ciel de printemps capricieux, elle semblait nimbée de lumière. Elle n'avait nul besoin de s'affubler d'un chapeau extravagant, d'une robe de couture, d'un camail de velours, mais, à la différence des grisettes qu'il fréquentait, elle devait les porter divinement. Il lui prenait l'envie de déshabiller, de contempler un corps qu'il devinait tendre et rose, de respirer avec volupté le soleil émanant de sa peau, de la vêtir ensuite de couleurs claires, de dentelles, de bijoux et de fleurs. Oui, cette fille-là était née dans les fleurs. Le printemps agissait-il ? Au-delà d'une apparence simple, il pressentait une bouche sensuelle, un jeune corps magnifique, une nature animale et passionnée.

Trop plongée dans ses pensées, Flore n'avait pas remarqué la voiture arrêtée à proximité, ni le store légèrement abaissé derrière lequel une paire d'yeux vifs l'observait. Intimidée par la maison de maître, elle hésitait à sonner.

Pendant le trajet entre Saint-Omer et Lille, la plupart des voyageurs avaient somnolé avec le balancement de la voiture. Il était trop malaisé de dessiner avec les cahots ; elle avait attendu les arrêts avec impatience.

C'est ainsi qu'aux haltes on avait pu voir une toute jeune fille penchée sur un carnet, crayonnant sans arrêt, se hâtant d'esquisser le portrait de ceux qu'elle aimait. La phrase inachevée d'Orpha trottait dans son esprit. Flore avait écrit, en grosses lettres sur une page vierge : « Quel secret ? »

Devant la vitre défilaient une campagne aux haies vives, des fleurs émaillant les prairies, des chênes groupés en petits bois. Elle avait traversé des villages où l'on parlait flamand. Elle avait pensé à ce qu'elle raconterait aux Manderel, à ce qu'elle ferait en ville, mais, jusqu'alors, rien ne s'était déroulé selon ses attentes.

Redoutant autant cette confrontation qu'elle l'avait souhaitée, elle avait décidé de faire un arrêt pour la nuit, et de reprendre tranquillement une deuxième diligence le lendemain matin, afin d'arriver fraîche et dispose, plus sûre de ce qu'elle allait dire et entreprendre. Rejetée d'une auberge campagnarde, traitée d'aventurière car elle voyageait seule, donc avec des idées de débauche en tête, désorientée, ses bagages à la main, elle s'était mise en quête d'une hostellerie plus accueillante.

Craignant d'attraper quelque vermine, elle s'était allongée tout habillée sur le lit, sans se glisser dans les draps. Tourmentée de n'avoir pas avoué la vérité à Baptiste qui l'aurait escortée, elle n'avait pas fermé l'œil, et c'était une enfant qui avait prié la nuit entière afin de retrouver sa famille, une petite fille qui avait appelé Orpha au secours, la suppliant de la protéger.

Sous ses lourdes paupières avaient défilé les images de l'enterrement : les bottes de paille assemblées par Quentin en une immense croix devant leur porte. Les arrêts de prières. Un enterrement digne des premières classes en ville, avec un seul prêtre, mais des chants, des enfants de chœur et toute une communauté recueillie autour du cercueil fabriqué par Baptiste et recouvert du drap blanc funéraire. Des visages amis émaciés par la souffrance, des visages étrangers, ceux de cousins débarquant de coins éloignés du marais. Le cheval du voisin se cabrant au moment du départ — sûr qu'il refusait d'emporter la mère ! Les voisins y virent un signe céleste.

La mère, vêtue de sa robe de mariée, un chapelet en main, puis enveloppée dans un linceul blanc provenant d'un drap de son trousseau. Le curé psalmodiant d'une voix monocorde, l'odeur forte d'encens, une lumière irréelle auréolant le cortège d'escutes, le bacôve glissant sur un lacis de canaux pour conduire Orpha à sa dernière demeure. Le silence respectueux des broukaillers, la longue silhouette de Baptiste émergeant des brumes tel le passeur des âmes. Puis le bruit, celui de l'accueil en leur modeste logis, avec le dîner offert à monsieur le curé et aux cousins venus de loin, la distribution des parts du gâteau funéraire... La jovialité de la bière et du genièvre, pour oublier qu'Orpha reposait à jamais dans le silence du marais, qu'elle ne remplirait plus la maison de sa présence et de ses rires. Enfin, Flore avait revécu la pénible scène précédant son départ :

« Avec son allure de princesse, il lui faut le grand monde !... Mademoiselle ne parle pas le langage de la populace, le jargon de village... Elle compte marier un riche bourgeois... Nos gars ne sont pas assez bien !... lançait Lénie, avec un sourire méprisant. D'abord, voyager est mauvais pour les filles. On fait de vilaines rencontres, il y a les malaises occasionnés par notre constitution, les malles à porter, les tracasseries des attentes. La fille Colin est revenue de Lille. Mais pas seule, si vous voyez ce que je veux dire. Ils n'ont jamais su qui l'avait séduite et abandonnée, mais il est bien là, le cadeau, et bien encombrant, à ce qu'il paraît, parce qu'elle ne trouve plus à se marier, on la montre du doigt. »

Mise au banc des accusés, Flore avait peu parlé. Elle souffrait de la hargne de sa sœur, elle la comprenait pourtant.

« Tu ne nous aimes plus », avait émis soudain Victor.

L'agitation s'était brusquement calmée devant les paroles imprévisibles du petit. D'un coup, la cause du malaise général avait éclaté au grand jour, déchirant le voile de pudeur. Un instant, Flore avait été sur le point de leur avouer son secret. Pourquoi briser le clan, pourquoi rejoindre une parentèle imprécise et ingrate ?...

En approchant de Lille, ce 2 mai 1848, les paysages d'une campagne verdoyante et rieuse s'étaient évanouis pour laisser place à de hautes cheminées. Une fumée noire se déversait sur la ville. Le cœur battant la chamade, elle avait été prise d'un insupportable malaise.

Après avoir passé les remparts et la rivière de la Deûle, elle avait mis pied à terre sur une place encombrée de grosses berlines, de calèches découvertes, de cabriolets à deux roues, de carrioles de marchandises. Les coups de fouet pleuvaient, les chevaux piaffaient.

Elle s'était enfoncée dans des ruelles bondées, et bordées de hautes maisons. Elle avait fini par dénicher l'église dont lui avait parlé le curé de Saint-Omer. Il lui avait donné le nom d'un prêtre lillois qui pourrait sans aucun doute la renseigner sur la famille Manderel.

Mais le vieil homme en question était décédé. Un jeune clerc l'avait orientée vers l'église Saint-Maurice. Là, enfin, un prêtre connaissait une certaine Adélaïde Manderel, bienfaitrice de la paroisse Sainte-Catherine.

Traversant la place d'armes en direction de cette église, Flore s'était arrêtée, subjuguée par les monuments. L'un était de style très ancien, avec des maisons semblables, en cours de restauration [1]. Au centre de la place, au sommet d'une imposante colonne, trônait une statue de femme. Reine ou déesse ; à l'allure guerrière.

Elle fut extrêmement surprise par une espèce de chaise à porteurs [2], venue des temps anciens et ignorée ailleurs, traînée par deux hommes. L'un s'était attelé entre les brancards et l'autre poussait par l'arrière. À l'intérieur, un client leur imposait la route, les traitant comme des bêtes de somme.

« Quelle étrange chose que la ville ! » se disait-elle.

Elle s'écarta de justesse pour laisser passer des chiens qui transportaient du charbon, des militaires à cheval, des fiacres trottinant allègrement sur le pavé lillois.

Plus loin, deux voitures obstruaient une chaussée

1. La vieille Bourse de Lille.
2. Une vinaigrette.

étroite. Furieux, les cochers essayaient vainement de dégager leur attelage, et s'apostrophaient vertement. Elle fut impressionnée par la bousculade des sorties de fabrique, l'animation des rues commerçantes, l'appel des marchands ambulants de peaux de lapin, d'aiguilles ou d'encre, la voix criarde des vendeurs de journaux. Elle se sentit émue en entendant la marchande de légumes vanter ses choux-fleurs : « Mes biaux saint-omer ! » Elle fut bousculée par des ouvriers qui criaient, gesticulaient, et elle comprit, avec justesse, qu'il régnait une atmosphère exceptionnellement confuse.

À Sainte-Catherine, le curé toisa avec méfiance l'étrangère qui s'enquérait de la famille Manderel. Apprivoisé par le charme de la jeune fille, il accepta de lui transmettre leur adresse. Dans une époque de violence, il fallait redoubler de vigilance. Il était de son devoir de préserver les bienfaiteurs de son église — si clairsemés en cette période troublée — des malheureux acculés par la faim à la malhonnêteté.

Ignorant les vitrines rutilantes et somptueuses de la rue Esquermoise, ses élégantes boutiques de frivolités, elle avait couru pour échapper aux mouvements incontrôlés d'une masse en délire. Elle avait entendu derrière elle le bruit de vitrines brisées, et fait un détour pour éviter une barricade érigée au carrefour. Hirsute, essoufflée, comprenant enfin le sens du mot « révolution », elle était arrivée à l'adresse indiquée.

Quand elle eut récupéré son souffle et ses esprits, elle n'osa pénétrer dans cet antre de la bourgeoisie aux murs austères de brique et de pierre. Elle avait occulté le fait qu'elle puisse se trouver en face d'une riche demeure. Tant d'interrogations, de réflexions s'étaient bousculées en elle pendant le trajet : pourquoi l'avoir mise en nourrice, et si loin ? Elle connaissait des bourgeois de Saint-Omer qui s'étaient procuré une nourrice à domicile, désirant veiller eux-mêmes sur leur nouveau-né. De vrais parents, ceux-là, qui allaient profiter des sourires de leur enfant. Les Manderel n'étaient peut-être pas si importants, puisqu'ils n'avaient pas eu les moyens d'en prendre une chez eux. À moins qu'il n'y ait eu une raison cachée…

Une évidence lui traversa l'esprit : une nourrice à domicile, toute choyée qu'elle fût, devait quitter son nourrisson pour élever ceux des autres. Sacrifier son petit à celui des bourgeois. Ce destin cruel avait été épargné à Orpha…

On commençait à allumer les réverbères et, sous les reflets dansants, la façade paraissait immense. Quelle différence avec l'étendue paisible de ses marais, avec l'opulence discrète des maisons bourgeoises de Saint-Omer. Tout était hauteur dans ces rues du centre. Les arbres bordant les remparts avaient disparu.

Elle s'imagina refoulée par des domestiques à l'air condescendant, lui condamnant tout accès aux maîtres de la maison. D'ailleurs, que leur dirait-elle ? Les supputations du voyage lui parurent ridicules.

— Je m'appelle Flore Manderel, où est ma mère, s'il vous plaît ?

Elle en eût ri en d'autres circonstances.

S'annoncer comme gouvernante… Avaient-ils seulement des enfants ? Le contraire eût été étonnant, vu la largeur de la façade. Mais si ces enfants étaient plus âgés qu'elle, ou plus instruits ? En ce cas, elle serait remerciée poliment…

Au mieux, acceptée dans la maison, oserait-elle revenir ensuite en arrière, leur avouer la vérité, au risque de se faire jeter en prison pour tentative d'usurpation de nom ou d'héritage ? Traînée dans la boue, honte de son père, et de Baptiste. C'était inconcevable.

Avant de renoncer, elle décida de prendre d'abord la chambre d'hôtel qu'elle avait eu la sagesse de réserver, et d'attendre le lendemain matin, afin de réfléchir. D'autant qu'en soirée ces Lillois organisaient peut-être une réception. Cela se faisait dans les grandes familles de Saint-Omer.

Elle allait faire demi-tour lorsque trois hommes en uniforme surgirent face à elle.

— Embarquez cette fille ! ordonna le gradé.

Deux agents l'empoignèrent avec brutalité.

— Laissez-moi ! cria-t-elle, se débattant comme une lionne. Je n'ai rien fait !

— Attendez !

Amaury avait sauté de la voiture.

— C'est une méprise, messieurs ! Ma charmante cousine n'a rien d'une insurgée. Vous m'attendiez, ma douce, pardonnez mon retard, avec tous ces agitateurs !

Enchanté de cette opportunité, il lui déposa un délicat baiser dans le cou, qu'il trouva fort tendre, admira au passage la profusion épaisse de ses cheveux déliés dans la bagarre.

— Bonne soirée, messieurs.

Il adressa un sourire de connivence à l'adresse des agents déconfits.

Abasourdie, muette, Flore eut à peine le temps de frémir sous le léger chatouillement d'une moustache, de distinguer un jeune homme élégant, en cape et gants de soie, tenant d'une main une canne au pommeau doré, qui l'entraîna avec autorité sous le porche, se fit prestement ouvrir les portes par un valet dont elle ne vit rien, la conduisit dans un vaste et sombre vestibule, ouvrit grande une porte à deux battants, et la poussa devant lui en riant.

— Voyez ce que je vous amène ! annonça Amaury à la cantonade. Cette jeune demoiselle guettait depuis longtemps et, si je ne l'avais sauvée, elle passait la nuit au poste. C'eût été dommage, ne pensez-vous pas ?... Bonsoir à tous. Pardonnez mon intrusion, j'ignorais qu'il y avait une réunion de famille.

Mais Amaury passait déjà parmi ces dames pour leur baiser la main, embrasser les joues des enfants — au fort mécontentement de Sideline qui se considérait comme une demoiselle — et interrompait les hommes en pleine partie de cartes.

Clémence remarqua la roseur qui envahissait les joues de sa fille de quatorze ans. Elle observa sa jeune beauté prometteuse, malgré ses tresses ingénues et son petit nez moqueur. D'une voix aiguë, elle lui ordonna de ne pas croiser les jambes.

Les femmes s'entretenaient de la communion prochaine de la petite Marie-Charlotte. Celle-ci admirait ses cadeaux — un joli livre de messe blanc, un nécessaire en ivoire — offerts avant sa retraite et la grande cérémonie de la fin du mois, avec cantiques et orgues. Marie-Charlotte, fâchée elle aussi de n'être plus le centre d'intérêt de la fête depuis l'arrivée impromptue d'une sauvageonne.

Amaury fixait en souriant sa trouvaille, qu'il considérait déjà comme sa conquête. Le feu aux joues, Flore était dans un tel état de confusion qu'elle ignorait encore si elle avait envie d'embrasser cet homme qui avait préservé son honneur, l'avait fait entrer chez les Manderel, ou de gifler au contraire ce bourgeois trop sûr de lui, qui la dévisageait avec insolence, en caressant d'un doigt l'extrémité de sa fine moustache. Geste machinal qui ne cesserait de l'agacer.

Objet de la curiosité générale, écrasée sous l'œil inquisiteur des Lillois richement vêtus, le fait d'être pauvre et mal habillée lui sauta à la gorge. Au travers d'un brouillard, elle crut voir un portrait de famille figé et peint. Au centre du tableau, une forte dame en noir et col de mousseline se détachait nettement des autres par son port altier. Elle l'examinait en plissant les paupières. Un homme âgé, au volumineux nœud de cravate, sans doute pour dissimuler son menton trop imposant, l'observait avec méfiance. L'une de ses épaisses mains tremblait.

Flore ne put soutenir les regards. Le sien s'abaissa légèrement. Elle aperçut un pantalon de lingerie blanc dépassant d'une courte robe. Il y avait donc des enfants. Elle distingua des pantalons masculins noirs assez collants, des robes à effet ballonné, et la tête lui tourna. Elle se retint au dossier d'un fauteuil. C'était à elle de s'exprimer, de s'excuser. La gorge serrée, elle entrouvrit les lèvres ; aucun son ne sortit. Elle entendit vaguement un froissement d'étoffes, transpira de la tête aux pieds, puis un froid brutal s'engouffra dans son corps en déliquescence.

Plus rien. Un vague rêve lointain, ponctué par le balancement lancinant d'une horloge.

Avant de rouvrir les paupières, elle entendit monter un murmure, des voix d'enfants. On chuchotait :

— Regarde, elle n'a même pas de corset.

— Cela va mieux ?

Elle s'était assise comme par enchantement dans le fauteuil massif contre lequel elle s'était appuyée. Elle comprit qu'elle s'était évanouie, et la honte la fit rougir.

— Ah, le sang afflue à nouveau.

Des minois d'enfants étaient penchés vers elle. Une grosse horloge oscillait, imperturbable. Le vaste salon éclairé au gaz — ce qui n'était pas encore le cas à Salperwick — comportait des meubles en chêne décorés de frises et de cariatides, un piano, une admirable cheminée sculptée.

Vêtue de blanc, une très jeune fille aux cheveux châtains nattés, au nez retroussé, lui tapotait le front avec un mouchoir imbibé d'eau, et la considérait avec bienveillance de ses petits yeux noisette. Le galant qui l'avait fait entrer lui tenait la main. Elle sentit que les pressions augmentaient, le toucher se faisait plus caressant. Elle se redressa brutalement.

La voix de l'homme âgé, à la main tremblante, s'éleva :

— Amaury, reconduisez cette jeune fille, nous n'attendons personne… Elle s'est trompée de maison.

— Pardonnez-moi… Je m'en vais, murmura Flore.

La dame aux cheveux gris se tenait toujours droite et figée dans son fauteuil. Elle s'interposa :

— Qui êtes-vous ?

Elle vit la dame âgée regarder en direction de celui qui devait être son époux. Elle ne pouvait plus reculer. Les beaux discours inventés en cours de route, les mensonges, s'envolèrent.

Et c'est d'une voix presque trop forte qu'elle dit hâtivement :

— Je m'appelle Flore Berteloot, de Salperwick dans les marais de Saint-Omer, aux confins de l'Artois et de la Flandre. En mourant, ma mère Orpha Berteloot m'a avoué qu'elle n'était que ma nourrice. En réalité, je m'appellerais Flore Manderel, née en 1832, à Lille.

Elle se mordit les lèvres, ferma les paupières.

Le silence passé n'était rien en comparaison de celui qui succéda à sa déclaration. Un silence de plomb s'était abattu sur des visages incrédules ou stupéfaits. Comme en écho aux battements précipités de son cœur, le carillon de l'horloge se déclencha, raillant la solennité ambiante. Neuf coups interminables se succédèrent.

Et soudain, blême, le père se leva. Il s'écria d'une voix rauque :

— Faites sortir cette étrangère. C'est une intruse... Une... usurpatrice...

Il sortit lui-même en claquant la porte.

Lentement, Flore sortit le châle brodé de son sac, et le tendit à Adélaïde. Sa voix se fit plus calme, plus assurée, en dépit de l'intervention violente d'Hippolyte-Eugène. Elle irait jusqu'au bout.

— Je ne viens pas pour m'installer, ni réclamer quoi que ce soit, madame. J'ai de l'argent, une chambre à l'hostellerie. Juste le besoin de vous rencontrer, de savoir qui sont mes parents, de comprendre d'où je viens... C'est tout.

Flore remarqua la pâleur de la vieille femme prenant le châle entre les mains.

— Mais j'ai eu tort sans doute, pardonnez mon intrusion, je n'avais pas le droit.

Elle s'apprêta à repartir, Adélaïde la retint.

— Non, attendez... J'ai brodé moi-même ce châle pour la naissance de Laurencine. C'était le sien.

Une jeune femme s'interposa, sur un ton nettement désagréable. Menue, en robe de taffetas imprimé, le visage pâle, mangé par deux grands yeux verts cernés, affichant largement ses trente printemps, Clémence possédait les lèvres minces de son père, la blondeur perdue de sa mère, deux bandeaux lisses se terminant sur les tempes par des frisures « à la Malibran ». Elle paraissait encore plus frêle, écrasée dans ses jupons empesés. Ses fines mains trahissaient une constante nervosité.

— Enfin, mère, c'est ridicule. Cette fille est une menteuse, une voleuse. Père a raison.

— Non, Clémence. C'est bien la fille de Laurencine. Observe la similitude du visage. C'est frappant. Marie-Flore — c'est votre prénom —, nous vous avions envoyée en nourrice au faubourg de Lysel, chez les Berteloot, des cousins flamands. Ils ne vous ont jamais reçue.

Les larmes vinrent aux yeux de Flore.

— Mon Dieu, madame ! Les Berteloot sont si nombreux dans les marais, à Lysel, comme à Salperwick.

Les enfants de Clémence la dévisageaient, les yeux écarquillés.

— Elle vient des marécages, c'est une sauvage…

— Taisez-vous ! ordonna Adélaïde.

— Mes parents sont… ici ? se risqua-t-elle, cherchant en vain une ressemblance avec l'un des membres présents.

— Non.

Adélaïde marqua une pause, embarrassée.

— Ils sont morts de l'épidémie de choléra, en 1832.

Flore reçut une douleur en plein ventre. Elle avait espéré que sa mère serait vivante.

Adélaïde fit fonctionner un ruban de sonnette. Une domestique se présenta.

— Rolande, voici mademoiselle Marie-Flore, l'enfant de feu ma fille Laurencine. Vous l'installerez dans la chambre bleue.

— Oh, madame, je ne veux pas… protesta Flore.

— Il n'est pas question qu'une Manderel aille dormir dans une auberge à quatre sous.

— Merci, murmura Flore, émue.

— Bon… éluda Adélaïde.

Elle refoula son émotion, et d'une voix sèche qui refuse de se laisser attendrir :

— Vous avez besoin de vous reposer, nous aussi. Le cocher ira quérir vos bagages. Demain, nous parlerons.

— Mère… conclut Clémence d'une voix dépitée, je crois qu'il serait temps pour nous aussi de nous retirer.

Et s'adressant à Flore :

— Demain est mon jour de réception. Venez me rendre visite… (Elle hésita)… afin que nous fassions connaissance, puisqu'il semblerait, mademoiselle, que vous soyez ma nièce.

Gênée par la froideur générale de la famille, épuisée, Flore suivit Rolande sans se faire prier.

Dans le couloir qui menait à sa nouvelle chambre, elle se répétait un prénom, celui de Laurencine, entendu pour la première fois de son existence, Laurencine, qui l'avait mise au monde.

Plus tard, tandis qu'un silence pesant envahissait la demeure des Manderel, Adélaïde rejoignit son mari dans sa chambre. Hippolyte-Eugène tenait de sa main valide un petit portrait de Laurencine. Des larmes silencieuses coulaient le long de ses joues.

— Tu l'avais reconnue, comme moi, dès le premier regard, n'est-ce pas, Hippolyte ?

— C'est une bâtarde.

— C'est « sa » fille. Je t'ai laissé agir à ta guise par le passé. Il fallait expier. Mais aujourd'hui, je ne te laisserai pas perdre ma petite-fille une seconde fois.

— Pourquoi la faire dormir dans la chambre de Laurencine ?

— Tu écoutes aux portes ?

— Pourquoi ? répéta-t-il, avec entêtement.

— Elle est née dans cette chambre.

— C'est trop risqué, Adélaïde. Si elle découvre…

— Que veux-tu qu'elle découvre ?

7

Flore pénétrait dans le marais. Sa barque glissait doucement, sans qu'elle eût besoin de la diriger, de manier sa perche. Des brumes montaient des eaux. Les silhouettes tordues des arbres effeuillés se profilaient à ses côtés comme des figures fantomatiques. Subitement, la petite maison des Berteloot lui apparut, émergeant du brouillard opaque, tel un sortilège. Un rai de lumière filtrait au travers des volets clos.

Il l'atteignit en plein œil. Un oiseau chanta l'aurore et la réveilla... Ce n'était qu'un rêve.

Les premières lueurs du jour parvenaient dans la chambre familiale, et dissipaient peu à peu sa torpeur. Elle avait fait la grasse matinée, sûrement. Ses frères et sœurs l'avaient laissée dormir. Était-elle malade ? Victor sifflotait, selon son habitude.

Baptiste devait être au travail depuis plus d'une heure ; au loin, à tailler le chêne, ou dans le jardin, à soigner ses fleurs.

Elle émit une profonde inspiration. Non, elle ne sentait pas le parfum entêtant qui s'exhalait des giroflées de Baptiste. Ces bruits n'étaient pas ceux de Salperwick. Lille... Elle était à Lille. Dans une chambre inconnue. Sa première soirée lilloise lui revint enfin à l'esprit : les Manderel, Laurencine... sa mère...

Elle bondit hors de son lit, vers la lumière qui filtrait... Elle tira les rideaux, ouvrit grande la fenêtre.

L'air du petit matin lui fouetta le visage, et acheva de la réveiller.

Au-dehors, des volets s'ouvraient ici et là dans la rue de cette cité inconnue. Les demeures rivalisaient d'importance. Flore prêta l'oreille aux sons de la ville, si différents du frémissement matinal et familier du marais. En face, une domestique nettoyait les marches d'un perron.

Un véhicule s'arrêta devant la maison des Manderel. Une pancarte annonçait : « vidanges », indication inutile, vu l'odeur nauséabonde répandue au passage du malheureux et nécessaire « berneux ». Ses tonneaux de cuivre étaient destinés à contenir l'engrais humain acheté aux servantes, et que l'artisan revendait ensuite aux cultivateurs. Peu commerçante, la rue fut rapidement encombrée de charrettes de marchands ambulants. Heureusement, la voie était large, et d'une propreté exemplaire. Le vitrier, le fripier, le repasseur de ciseaux manifestèrent leur présence avec éclat et rompirent un moment la tranquillité de ce quartier distinct des rues grouillantes traversées la veille. Nulle trace ici de débordements. On eût dit qu'ils s'étaient évanouis sous le clair de lune. Nulle trace de la marche tumultueuse des ouvriers à leur sortie de fabrique. Plus tard peut-être reviendrait l'agitation.

Flore suivit le manège d'un jeune vendeur d'eau qui livrait sa marchandise chez les voisins, seau par seau. À domicile ! Allaient-ils tous se baigner ? Ce gamin sifflotait à l'aller, au retour, sans montrer le moindre signe de lassitude. Le sifflement de son rêve…

Un grondement de sabots ferrés interrompit ses réflexions. Des ménagères sortirent comme par enchantement de leur maison, et firent des signes de la main aux hommes de troupe qui rejoignaient l'une des casernes de la ville.

Flore n'ignorait pas que Lille était une des premières places fortes de France et, à ce titre, qu'elle hébergeait plusieurs bataillons d'infanterie, de cuirassiers et de cavaliers. Sur leurs chevaux bouchonnés et fringants, et dans leurs uniformes colorés, ils avaient fière allure. Attirés par la fenêtre de l'étage où se tenait Flore, plusieurs soldats la saluèrent, honorant sa jeunesse et sa beauté. Rouge de confusion de s'être donnée en spectacle, elle s'écarta d'un geste brusque et referma la fenêtre.

La clarté du soleil avait investi la pièce et illuminait les tissus soyeux de la parure de lit. Une journée intimidante s'annonçait pour Flore.

Elle enfila la robe de chambre de satin blanc assortie à sa longue chemise de nuit. Comme c'était étrange, cette tenue qui l'attendait à son arrivée, posée délicatement sur le lit.

Elle n'avait pas relevé ce détail, la veille au soir. Ce vêtement devait être placé là, en l'honneur de toute invitée éventuelle. Les mains de Flore coururent le long de son corps.

Rompue par ses démarches, elle s'était effondrée sur l'oreiller, sombrant dans un lourd et profond sommeil qui l'avait ramenée à Salperwick, parmi les siens. Les siens, et non ces Manderel à l'aspect glacial qu'elle avait envie de fuir ce matin.

C'est alors qu'elle remarqua ses bagages, posés sur une table basse. Quelqu'un était passé durant son sommeil. Cette idée lui déplut, même s'il s'agissait de la dame en noir et aux cheveux gris, sa « grand-mère » Adélaïde. Peut-être était-ce la chambre de cette femme si désagréable à qui elle devait rendre visite : sa tante. Elle avait une tante lilloise.

Une perception curieuse l'envahit : cette chambre était celle de sa « mère » Laurencine. Mais pourquoi n'y avait-il pas de housses sur les meubles, pourquoi ne sentait-elle pas le renfermé ?

Seize ans avaient passé depuis son décès. Seize ans ou plus, que la jeune Manderel avait quitté sa maison maternelle pour se marier.

Était-elle seulement mariée ?... Manderel était le nom de Laurencine. Pourquoi Flore ne portait-elle pas le nom de son père ?

Seize ans déjà, et cette pièce splendide semblait habitée. On eût dit que sa propriétaire allait revenir d'une minute à l'autre.

La pièce possédait une cheminée, un plafond sculpté. Un vrai bois de lit. Aucun rideau ne soustrayait la couche aux regards ; la chambre entière était réservée à la jeune fille.

Soudain, elle saisit son oreiller avec émotion. Il était brodé de deux initiales identiques à celles du châle : « L. M. » Elle posa la joue contre la taie, ferma les paupières, s'imprégnant de la sensation étourdissante qui s'emparait d'elle. « L. M. » : Laurencine Manderel. Il s'agissait bien de sa chambre, et non de celle de la tante.

Dès lors, elle poursuivit son inspection avec fébrilité, examina les objets qui l'entouraient : un oratoire d'angle ; une cage à oiseau vide, qui témoignait d'une absence prolongée. Les matières délicates, les tissus bleus — couleur préférée de Flore — prêtaient vie à Laurencine. Dans un coin, une chaise gondole en bois de citronnier était d'une telle légèreté qu'elle renonça à s'y asseoir. D'ailleurs, une adorable poupée au corps de femme y reposait. Elle était vêtue à l'ancienne, la taille haute, un châle de soie coquelicot sur les épaules. La tête était en papier mâché — celles des géants étaient souvent ainsi faites — mais elle possédait des dents en ivoire. C'était extraordinaire. Flore reconnut la coiffe de l'époque napoléonienne, car avec les modestes moyens dont elle disposait, elle accordait toujours une grande importance au rafraîchissement de ses bonnets, et copiait habilement les gravures de mode qui lui passaient entre les mains.

Elle s'enhardit, ouvrit la porte grinçante de l'armoire. Des robes blanches ou de couleur pastel s'en échappèrent avec un bruissement délicieux. Elle n'en croyait pas ses yeux.

Elle avança la main pour toucher les étoffes, et suspendit son geste, subitement retenue par un sentiment d'interdit, comme si l'ombre de Laurencine, dissimulée derrière les robes, lui en interdisait l'accès. Elle referma la porte.

— Tu deviens folle, ma pauvre Flore, dit-elle, à voix haute à son propre reflet révélé par une immense glace sur pied.

Elle s'y attarda un instant. Hormis la surface des eaux dormantes de Salperwick, Flore se mirait entièrement pour la première fois de son existence.

Décorée avec un goût exquis qui la rendait intime, cette chambre était constamment entretenue. Un bouquet de fleurs fraîches ornait une coiffeuse en bois d'érable. Elle s'en approcha, et entreprit le long brossage de sa chevelure. Un autre visage s'observait jadis dans ce miroir, un visage qui lui ressemblait, la grandmère l'avait dit hier soir. Une autre jeune femme se servait de ces jolis flacons, de ces brosses et peignes, s'asseyait sur le tabouret, dont le coussin portait encore son empreinte...

Les chaises paillées de leur mobilier de Salperwick, les murs nus, les sols humides de leur maison basse peu aérée, mal éclairée, lui parurent bien misérables. Ici chaque pan était agrémenté d'une tenture bleue. Un tableau représentait un paysage printanier, une pièce de dentelle couvrait le manteau de la cheminée. Un troisième miroir, mural cette fois, offrait une occasion supplémentaire de contempler son image. Sa mère était-elle si coquette, ou était-ce l'usage chez les gens riches ?

Elle se devait d'esquisser toutes ces merveilles sur son carnet. Le ravissant secrétaire en acajou et bois de rose l'attendait à cet effet. Flore n'en avait jamais vu de semblable. Elle était très sensible aux matières, et les reconnaissait aisément grâce au métier de Baptiste. L'encrier était à sa place, et les sabliers contenaient encore du sable à sécher l'encre. Découvrirait-elle des lettres intimes, du courrier, des souvenirs ?

« Je n'ai pas été abandonnée, songea Flore, avec un sentiment mêlé de gratitude et de soulagement. La mort, seule, nous a ôté la possibilité de vivre ensemble. »

Adélaïde Manderel l'avait même recherchée, en vain.

Dans les marais, on se confiait peu aux étrangers. Et l'on se mariait beaucoup entre soi.

De nombreux Berteloot sillonnaient les canaux…

Au hasard, elle ouvrit des tiroirs. L'un renfermait des fleurs séchées — des pétales de rose —, un autre des cartes de visite au nom finement gravé de Laurencine Manderel.

Dans le dernier se trouvait une miniature sertie sur une boîte en ivoire. Le portraitiste était talentueux. Les pupilles embrumées, elle reconnut le visage étrangement familier de Laurencine. Elle lui ressemblait avec sa chevelure cuivrée et ses yeux couleur myosotis. Mais le sourire était empreint de gravité.

Flore ne détachait plus les yeux de la miniature. Ce visage silencieux avait donc vécu, dormi, rêvé, souffert peut-être dans cette chambre douillette, sans se douter que des années plus tard des yeux d'un bleu identique, humectés de larmes, le contempleraient, et chercheraient la cause de cette évidente tristesse.

On frappa à la porte. Sans attendre la réponse, Rolande entra doucement, une cruche à la main.

— Oh !… pardon, mademoiselle, je ne savais pas que vous étiez levée, j'allais ouvrir vos rideaux, selon les ordres de madame Adélaïde.

— Il est déjà sept heures, je l'ai entendu à l'église…

— Il est tôt pour vous, mademoiselle.

— Non, pas pour moi.

— Ah ?…

Rolande ouvrit des yeux ronds, n'osa poursuivre.

Flore reconnut la jeune domestique qui l'avait amenée la veille au soir dans la chambre.

— Dites-moi… Mademoiselle…

— Rolande, je m'appelle Rolande, et c'est mon vrai prénom, ils ne me l'ont pas changé ! annonça-t-elle fièrement.

— Rolande, à qui appartient cette chambre ?

— Je l'ignore, Mademoiselle, je ne suis ici que depuis six mois. C'est à Séraphine qu'il faudrait demander, mais elle n'est pas causante, celle-là.

86

Elle versa le contenu du broc dans la cuvette de faïence bleue assortie, posée sur la table de toilette au plateau de marbre.

— Voyons, Rolande, laissez cela. Il suffit de me dire où trouver l'eau.

— Ah non !

— Pardon ?

— C'est à moi de le faire, Mademoiselle.

— Pourquoi ?

— Enfin, c'est l'usage, Mademoiselle, qu'une personne de votre condition ait une femme de chambre !

— Dans ce cas... Madame Manderel est-elle levée ?

— Ah ça, avant tout le monde. Elle travaille depuis plus d'une heure !

— Mais que lui reste-t-il à faire, avec vous ?

— Elle établit notre ouvrage de la journée, inspecte le linge, les nappes pour la table, dresse le menu et la liste des achats, les commandes et les réparations, c'est elle qui garde les clés.

— Les clés ?

— Oui, certaines pièces, armoires, commodes sont fermées à clé. Cette chambre l'était jusqu'à ce qu'elle m'en confie la clé hier soir, ne l'avez-vous pas vu ?

— Non... Mais alors ces fleurs, ce lit préparé, la robe de chambre...

— C'est elle, je suppose, ou Séraphine, moi je découvre comme vous ! Dites donc, elle est drôlement jolie, la chambre bleue. Oh ! c'est la même psyché que chez madame Clémence.

— La psyché ?

— La glace sur pied !

— Oui, bien sûr !

Flore détourna le visage afin de ne pas montrer à Rolande le fard qu'elle venait de piquer devant son ignorance.

— Qui est madame Clémence, Rolande ?

La domestique la regarda, interdite.

— Je pose beaucoup de questions, n'est-ce pas ? s'efforça-t-elle de dire sur un ton détaché.

— Non, c'est pas ça, mais… C'est votre tante, vous étiez avec elle hier soir…

« Enfin… Elle a gardé sa chambre, à côté. Elle a six enfants, et elle revient chez sa mère à chaque fois qu'elle fait ses couches. Vous aussi, mademoiselle Marie-Flore, vous avez dû naître ici, dans cette chambre peut-être…

— Je ne connais pas la famille, Rolande. J'ai été… élevée à la campagne.

— Ah ! je me disais bien, c'est pour ça que je me sens si à l'aise avec vous, moi aussi je viens de la campagne. Oh ! pardon !

Confuse de sa familiarité, elle se mordit la lèvre.

— Si vous avez besoin de mes services, n'hésitez pas.

— Merci. L'atelier textile est dans la cour, ou à l'étage ?

Rolande éclata de rire.

— Eh bien, s'il fallait contenir une centaine d'ouvriers dans la maison, on serait à l'étroit, Mademoiselle !

Son rire franc entraîna celui de Flore.

— C'est justement parce que leur filature de lin est à Moulins-Lille que madame Adélaïde m'a ramenée. Je suis de là-bas… Mais il paraît qu'ils ont commencé avec un atelier sous le porche. Ils ont fait du chemin, les Manderel, en s'alliant aux Saint-Nicolas.

Et devant le regard intrigué de sa nouvelle maîtresse décidément bien ignorante, elle lui évita une humiliation supplémentaire en ajoutant :

— Léon Saint-Nicolas est le mari de madame Clémence, et les Manderel-Saint-Nicolas sont une grosse maison du textile maintenant.

Elle prit un air très fier, comme si elle faisait partie intégrante de la réussite sociale de la famille.

Flore éprouva soudain le besoin irrésistible de se jeter à l'eau, de se confier à quelqu'un :

— Rolande, je ne sais pas si je vais rester. Je ne suis

pas la bienvenue dans cette maison. Certes, ils ne m'attendaient pas...

Elle se parlait à elle-même, prenant juste Rolande à témoin.

— Mais je sens des vibrations inhospitalières m'entourer...

La jeune Lilloise était impressionnable. Elle s'empressa de détourner la conversation.

— Je vous aide à vous habiller, Mademoiselle ?

— Non merci, Rolande, j'ai l'habitude de me vêtir toute seule.

— C'est que... (ses mains trituraient son tablier blanc)... Je vais perdre ma place, si je ne le fais pas.

Flore mit le doigt sur ses lèvres et lui sourit.

— On ne le dira pas !

— Ah ! j'allais oublier : madame Adélaïde vous emmène chez madame Clémence aujourd'hui ; ça tombe bien, le mercredi est son jour de réception.

— Madame Manderel doit attendre le jour de réception de sa fille pour la rencontrer ?

— C'est leurs convenances...

La jeune bonne des Manderel n'aimait pas les Saint-Nicolas. Elle avait découvert en leur présence qu'il existait sur terre des bourgeois encore plus bourgeois que ses maîtres, et ces riches-là l'intimidaient davantage.

— Vous savez, ça me fait plaisir de voir quelqu'un de mon âge s'installer ici, sinon c'est un peu triste, sauf quand les enfants de madame Clémence viennent ; alors, essayez de ne pas partir trop vite... Madame dit que ce n'est pas convenable de parler comme je le fais, mais avec vous, je me sens à l'aise. On voit bien que vous n'êtes pas de la ville.

— Cela se voit ?

— Vous faites pas de manières. Quoique, ici, c'est du correct. Je suis partie d'une première maison bourgeoise, car Monsieur commençait à me jeter sur le divan dès que Madame était absente ; moi, j'ai eu peur. L'enfant, après, hein, fais-en ce que tu veux, comme tu veux et va au diable. Non, ici, c'est autre chose ; il y a bien monsieur Floris, mais il a son propre personnel, et il ne touche pas à celui de sa mère. Quant à monsieur Amaury...

— Qui est-ce ?

— Il n'habite pas ici, mais vient très souvent. Un cousin... Un beau jeune homme... Vous l'avez vu, hier...

— Oui...

— Enfin, lui, c'est plutôt moi qui voudrais... Bon, voilà que je parle trop, encore. La seule chose, c'est qu'il faudrait plus de domestiques. La maison est grande. Madame s'en rend compte d'ailleurs, car elle met sacrément la main à la pâte. Et puis, elle m'a appris à m'exprimer en français, plutôt qu'avec notre patois. Elle m'appelle « ma fille », moi j'aime bien, vu que je vois rarement ma mère, et que mon père est mort l'an passé. Il travaillait dans une manufacture de céruse, à Moulins-Lille. Il est mort de la colique saturnine provoquée par la poussière de plomb. Cela prend partout, ces saletés, on les respire, ça entre dans la peau, partout.

— On laisse les gens prendre de tels risques !...

— Il n'y a donc pas d'usines, là d'où vous venez ? Enfin, vous comprenez pourquoi moi je suis bien contente d'être en maison bourgeoise, plutôt qu'à l'usine. Pardon, voilà que je vous parle comme à une égale... Si je continue, je vais perdre ma place, répéta-t-elle en sortant.

Rolande était fière, à quinze ans, d'appartenir à la famille des Manderel, de vivre dans une maison de maître, faite de brique et de pierre, à la façade imposante donnant sur l'une des rues les plus bourgeoises de Lille. Elle se rappelait avec délectation le visage ému de sa mère face à la porte cochère de chêne et de ferronnerie qui permettait aux voitures de gagner les écuries par un passage couvert séparant l'ancien atelier de la demeure familiale. Pourtant, Rolande ne ferait pas comme la vieille Séraphine : dès qu'elle pourrait se marier, elle se hâterait de rendre son tablier et s'installerait dans ses propres murs — car il lui était évident qu'elle trouverait un bon parti. Elle agirait alors comme madame Adélaïde, en parfaite maîtresse de maison. Elle doublerait les portes de lourdes tentures à embrasses. Elle rêvait d'un grand salon au parquet ciré, avec un piano bien entendu. Elle n'y vivrait pas, cela donnerait trop de travail. Non, elle aurait soin de recouvrir les meubles et les fauteuils de housses de protection blanches, pour ne pas salir...

Restée seule, Flore émit un long soupir, satisfaite des informations obtenues grâce au bavardage de la jeune domestique. Elle se demanda toutefois si cette touchante babillarde n'allait pas être trop envahissante. Mais elle ne resterait sûrement pas longtemps à Lille.

En s'habillant, elle ressentit une impression évanescente et désagréable, la sensation d'être observée, d'être enveloppée d'une menace invisible.

« Voyons, personne n'est ici. Me voilà sujette aux hallucinations, maintenant ! »

Malgré l'envie impérieuse de rester tapie dans sa chambre, elle ouvrit doucement la porte, guetta au-dehors quelques instants. Personne dans le long corridor. Assombri par les boiseries murales, il était agrémenté de portraits de famille. Les autres chambres étaient closes. Pourquoi prenait-elle tant de précautions ? Elle avait ardemment désiré cette rencontre, et elle l'avait obtenue. Mieux ! Elle était reconnue comme leur petite-fille. En si peu de temps.

Et c'était cela sa peur : elle vivait un rêve, un malentendu. Ce matin, Adélaïde Manderel allait revenir sur sa décision, l'obliger à refaire son sac de voyage et à reprendre la première diligence pour Saint-Omer. Des gens aussi riches et importants ne pouvaient, d'un coup de baguette magique, accepter une sauvage débarquée subrepticement de ses marécages.

Elle avait eu la chance de se faire remarquer par ce

jeune bourgeois. Sa vanité était agaçante, mais elle lui devait d'avoir dormi dans sa chambre de naissance, et d'avoir contemplé le visage de Laurencine. De toute façon, il n'était pas question qu'elle repartît sans en savoir davantage sur sa famille…

Immergée dans ces considérations, elle ne vit pas surgir devant elle les deux molosses. Elle ne réalisa leur présence que lorsqu'ils furent plantés face à elle, en haut de l'escalier, montrant les crocs, et laissant échapper un grognement sourd. Pétrifiée par cette apparition peu hospitalière, elle s'immobilisa. Elle n'en avait jamais vu de la sorte, et pourtant les chiens étaient légion chez Adèle.

Le crâne large, le cou trapu et musclé, puissants, robustes comme les mâtins espagnols utilisés au transport du lait et du pain, ils s'en différenciaient par une queue courte, un poil dur et noir.

— Louis !… Philippe !… Ici !

Un homme surgissait à son tour. La pénombre masquait ses traits.

— Couchés !…

Appuyée sur la rampe de l'escalier, Flore sentait son cœur battre violemment.

— N'ayez pas peur, Marie-Flore, dit l'homme d'une voix impassible. J'ai ramené ces rottweilers de Bavière. Leur dressage a nécessité de la rigueur. Ils me sont très attachés, aujourd'hui.

Flore dissimula la frayeur qui s'était emparée d'elle et reprit contenance.

— Louis, Philippe, ce sont leurs noms ?

— Parfaitement.

Elle se détendit, sourit.

L'homme était dans la force de l'âge. Blond, moustachu, le visage encadré d'épais favoris, vêtu d'une redingote grise et légère, le pantalon écossais retenu sous la chaussure par un sous-pied. Son air enjoué lui inspira confiance.

— Vous voyez ! Ces noms sont là pour amener le

sourire sur votre charmant visage… Je me présente :
Floris Manderel, votre oncle… Marie-Flore, Floris…

Il parlait de façon mielleuse, se voulait rassurant.

— Je suis le frère aîné de Clémence et, bien sûr, de
notre regrettée Laurencine. Ma mère a raison, vous lui
ressemblez étonnamment. Cela en est… (il hésita, ses
yeux se plissèrent pour mieux la sonder)… troublant.
Oui, troublant. La même chevelure cuivrée, le regard
bleu, doux et volontaire à la fois… Personne n'a été
dupe, hier soir, du moins, tous ceux qui connaissaient
ma sœur… À bientôt, ma chère Marie-Flore, je suis
heureux que vous soyez chez nous. J'ai un peu l'impression d'avoir retrouvé ma petite Laurencine.

— Merci, monsieur.

— Ah non ! : oncle Floris, s'il vous plaît !

— Oui, oncle Floris.

Il la regarda encore un instant.

— Je serais content d'être votre ami.

Ses lèvres dessinèrent un large sourire. Il s'inclina
très gentiment, et tourna les talons, flanqué de ses deux
énormes chiens, moins aimables que leur maître.

Flore était émue de l'accueil de Floris. Elle avait un
ami dans la place.

Le cœur ragaillardi, elle prit l'escalier, dévala les
marches. Une statuette de la Vierge trônait sur le palier.
Elle ralentit le rythme, soudain consciente de son
manque d'éducation. Où se trouvait la grand-mère ? À
peine le temps de se dire que, si elle restait, elle tâcherait de visiter la maison de fond en comble, la porte du
petit salon s'ouvrit sur le visage plein et autoritaire
d'Adélaïde Manderel.

— Entrez, Marie-Flore, nous parlerons, tandis que
vous prendrez votre petit déjeuner. D'ordinaire, il est
préparé dans la cuisine, mais je désire que nous ayons
une conversation privée.

Flore n'avait pas mangé depuis vingt-quatre heures.
L'estomac noué par l'appréhension, puis l'émotion, elle
ne s'en était pas préoccupée. À présent qu'Adélaïde lui

présentait le café bien chaud et de succulentes tartines au beurre, elle se rendait compte qu'elle était affamée.

La grand-mère posa nombre de questions sur sa vie passée, sa famille adoptive, sa façon de vivre, et son niveau d'instruction.

Flore lui assura qu'elle était partie de Salperwick avec la bénédiction d'Aristide Berteloot. Il lui avait donné l'autorisation de voyager seule, comme une affranchie de vingt et un ans. Elle lui parla de ses études chez les sœurs, Adélaïde s'en réjouit.

— Orpha Berteloot était quelqu'un de bien.

Ces paroles venaient d'une femme qui ne semblait pas s'exprimer dans le vide ; elles réchauffèrent le cœur de la jeune fille. Mise en confiance, Flore lui dévoila son penchant pour le dessin, mais à son grand regret Adélaïde n'émit aucun désir de jeter un coup d'œil aux croquis.

La branche maternelle de la famille d'Adélaïde se nommait Berteloot et venait des marais. Débarqué en Flandre, afin de rechercher le chêne de la forêt de Nieppe, un Berteloot y avait trouvé sa femme — une tante d'Adélaïde.

Il l'avait emmenée vers les faubourgs de Saint-Omer, à Lysel... Le bout du monde... Il appartenait à la corporation des faiseurs de bateaux. Et tandis qu'Adélaïde lui contait cette histoire, Baptiste, le charpentier de Salperwick, prenait place dans l'esprit de Flore. Lui aussi allait chercher le chêne dans les forêts de Clairmarais et de Flandre. Apprécié des faiseurs de bateaux du Haut-Pont, bien qu'il n'y habitât point, il se distinguait sans cesse par un ouvrage de haute qualité, et les rumeurs couraient grand train sur son avenir de maître charpentier.

Lorsque vint le tour de Flore de questionner Adélaïde sur le mystère de sa naissance, le visage de la vieille femme à l'épais chignon gris se ferma.

Flore insista, elle n'avait rien à perdre.

— Pourquoi mon nom est-il Marie-Flore Manderel ?

— C'est votre nom, ma fille.

— Non… je veux dire, pourquoi n'ai-je pas le nom de mon père, puisque Laurencine est votre fille ?

— C'est mieux ainsi. Ne m'en demande pas plus.

Sa voix était dure en cet instant, une voix qui se fermait à la discussion.

Un silence s'ensuivit.

En dépit de sa curiosité, Flore n'osa en demander davantage sur ce sujet qui lui tenait tant à cœur. Plus tard, peut-être…

— Mais pourquoi ne m'avez-vous pas retrouvée par la suite ? L'homme qui m'a menée chez les Berteloot connaissait mon adresse. Vous auriez pu vous apercevoir de son erreur.

— L'homme en question était le mari de Séraphine, notre vieille servante. Il a succombé au choléra dès son retour.

— Je suis désolée… Comme mes parents alors ?

— Comme vos parents, répondit en écho Adélaïde, qui détourna aussitôt le regard. Mais, je t'en conjure, Marie-Flore, ne me pose plus de questions à ce sujet, et n'en parle pas à ton grand-père. Cela l'a rendu tellement malade jadis…

— … Sa main ?

— Oui. Une attaque… Tout a failli sombrer, nos projets d'alliance… Et nous avec… ajouta-t-elle, énigmatique.

Flore pensa qu'elle allait s'expliquer davantage, mais Adélaïde reprit, avec son mordant coutumier :

— On a eu beaucoup de chance. À force de ténacité, de courage, Hippolyte-Eugène a recouvré sa santé. Mais il reste très fragile.

— Je comprends, murmura Flore, à la fois déçue de n'en savoir pas plus sur sa mère, et heureuse de la confiance témoignée par Adélaïde. Ne venait-elle pas de la tutoyer ?

Flore passa le reste de la matinée à se promener dans le vaste jardin agrémenté de massifs fleuris. Baptiste eût été heureux ici… Baptiste aux trois passions : les bateaux, les géants qu'il éveillait à la vie, et les giroflées prenant le pas sur les plantations de tabac de son enclos. Il avait réussi à leur donner un développement extraordinaire, et les parterres embaumés de giroflées mêlées aux pensées, aux tulipes ou aux jonquilles suscitaient la curiosité des promeneurs, et l'envie du voisinage.

Elle se promit de dessiner ce délicieux paysage ainsi que l'arrière de la maison, plein de charme avec la véranda ensoleillée de la salle à manger. Mais il lui faudrait, auparavant, en demander la permission à cette grand-mère assez sévère, et peu démonstrative.

Elle entrevit la silhouette de la vieille Séraphine qui l'observait de la fenêtre de la cuisine.

Elle salua le cocher, qui remisait une voiture dans la grange. Elle étonna le jardinier par ses remarques judicieuses, et gagna de suite sa sympathie par l'intérêt peu ordinaire qu'elle montrait à ses plantations.

Plus de deux mois s'étaient écoulés depuis la mort d'Orpha et la découverte de sa véritable identité. Flore en subissait encore le choc. Aujourd'hui, elle se trouvait dans la maison qui l'avait vue naître. Mais les questions se déversaient dans son esprit avec la violence d'une bourrasque. Sa poitrine restait oppressée en permanence.

« Prisonnière », avait dit Adèle. Oui, elle se sentait l'âme d'une prisonnière, isolée du monde, seule à savoir la vérité face aux Berteloot, seule à l'ignorer, semblait-il, face aux Manderel.

Comme si elle eût deviné le vertigineux désordre dans lequel était plongée sa petite-fille, Adélaïde la rejoignit avant le dîner [1], et se montra particulièrement agréable.

Elle lui expliqua, de bonne grâce, l'origine ancienne de leur maison qui appartenait aux parents d'Hippolyte-Eugène, son mari.

1. Déjeuner, dans le Nord.

Aux premiers temps de leur installation, avant qu'ils ne deviennent importants et n'aillent cracher leurs fumées loin de la ville, la fabrique et la maison ne faisaient qu'un.

— J'ai aidé ton grand-père, jadis. Le résultat fut désastreux... (Elle se reprit :) Enfin, je n'ai pu m'occuper de mes enfants comme il se devait. Aujourd'hui, je visite les pauvres, les malades, de bonne moralité bien sûr. Nous soulageons des familles nécessiteuses. Nous incitons les mères à nourrir elles-mêmes leurs enfants... Quant aux jeunes ouvrières, nous les encourageons à ne pas se commettre dans les rues ou les cafés... Je rattrape le temps où, peu dévote, je confiais mes enfants et mon intérieur aux domestiques, pour participer à l'éclosion de notre fortune. Il me faut me... racheter, je n'ai pas toujours été charitable.

Elle lui fit visiter les pièces du rez-de-chaussée et du premier étage, où se trouvaient les chambres et la lingerie. Elle eut plaisir à lui montrer des meubles anciens, d'origine flamande, qu'elle tenait de ses propres parents : une petite armoire baroque, en chêne, richement ornée de têtes d'ange, de feuillages et de fruits, où foisonnaient des sculptures ; la superbe horloge remarquée la veille ; un bahut à crédence, à deux corps superposés, en chêne également, meuble anversois du XVIIe siècle, soutenu par des cariatides. Flore tomba en arrêt, fascinée par un étrange instrument de musique.

— C'est un clavecin. Il est un peu... obsolète, mais il porte un nom : « la belle Flamande. » Le reste du mobilier est de notre siècle.

— Mais il est extraordinaire !

— Tu es la première à t'en apercevoir.

Adélaïde lui offrit son plus beau sourire.

— Il appartenait à mon arrière-grand-père, Aurélien Van Noort. « La belle Flamande », c'était sa mère, Renelde [1]. Je me nomme moi-même Adélaïde, Aurélie,

---

1. Héroïne de *La Kermesse du diable* et du *Cœur en Flandre*.

Renelde. Un journal relatant leur vie était glissé à l'intérieur de l'instrument…

Adélaïde s'arrêta devant le fumoir :

— Domaine réservé aux hommes ! Ne regrettons rien. C'est tellement enfumé par les cigares et les pipes que l'air y est irrespirable. Et mon fils Floris y introduit ses chiens. Je leur ai interdit les salons. Mais ne sois pas trop effrayée si tu les rencontres…

— C'est déjà fait ! annonça Flore, souriante.

— Ah… Ils ne sont guère hospitaliers, n'est-ce pas ? Mon fils aîné ne s'en rend pas compte. Il vit seul, au second étage. Il est veuf.

Elle ne lui fit visiter ni l'étage de Floris ni la bibliothèque du rez-de-chaussée, dont l'accès était également interdit. En dehors d'une autorisation spéciale d'Hippolyte, la porte restait hermétiquement close.

« Dommage », songea Flore, qui aimait lire.

Adélaïde perçut sa déception :

— Je t'emmènerai jeudi à ma « Bibliothèque des Bons Livres ». Il y a là tous les ouvrages conformes aux bonnes mœurs et à la religion catholique, ce n'est pas comme ici…

La grand-mère soupira, marquant visiblement sa désapprobation.

La jeune Rolande dormait au troisième, mansardé, ainsi que la bonne de Floris. Séraphine, elle, possédait la même petite chambre depuis quarante ans, au rez-de-chaussée, à proximité de la cuisine.

Cette pièce, à la haute fenêtre à petits carreaux, dallée au sol, était carrelée de faïence bleue sur les murs. L'ordre y était remarquable. Aucun balai, aucun panier ne traînait à terre. Une incroyable rangée de casseroles étincelantes parcourait les différents pans de mur.

C'est ainsi que Flore fit la connaissance de Séraphine, qu'elle n'avait pas encore saluée. Mais vieille ou à demi sotte, cette dernière ne sut que balbutier quelques mots incompréhensibles, la toisa d'un air revêche, et lui tourna le dos. Flore subodora une certaine hostilité, mais ravala sa vexation.

Le repas fut servi cette fois dans la salle à manger. Elles n'étaient qu'à deux, Flore s'en étonna.

— Et monsieur Manderel ? s'enquit-elle auprès de sa grand-mère.

— Hippolyte-Eugène ? Ton grand-père a rejoint Floris et Charles, ses fils, à Moulins-Lille, c'est là que se situe notre filature. Ils ne dîneront pas ce midi à la maison. Ils se sont tous réunis là-bas, les heures sont graves.

Elle évoqua l'émeute du chantier du Cirque et les vitrines brisées par les émeutiers. De nombreux ouvriers venaient d'être emprisonnés.

— De toute façon, ajouta Adélaïde d'une voix confidentielle, je suis de plus en plus souvent seule, l'entreprise est loin, et ils n'ont plus le temps de rentrer.

Flore en fut attristée. Chez elle, dans l'Audomarois, les commerçants étaient considérés comme des privilégiés.

Contrairement aux maraîchers qui n'en avaient pas la possibilité, ils travaillaient sur leur lieu d'habitation, et s'en réjouissaient. La jeune campagnarde ressentit l'isolement des bourgeoises qui attendaient le retour des maris, confinées à l'intérieur de leur imposante demeure. Sans doute était-ce joyeux tant qu'il y avait des enfants en bas âge.

Adélaïde profita de leur tête-à-tête pour inculquer à Flore les règlements de la maison. Chaque minute était consacrée à des activités bien définies, qui revenaient avec la régularité de la grosse horloge du salon. L'astiquage des meubles, la broderie, les livres de comptes ou la confection de certains plats dont elle n'osait se décharger auprès de son personnel étaient exécutés à des heures précises.

Adélaïde présidait aux travaux, avec un impressionnant souci d'exactitude. Chaque jour avait son rituel, et, ce qui était identique au marais, le samedi était réservé au grand nettoyage.

Aujourd'hui était un jour d'exception pour la grand-mère qui admettait de rompre la monotonie et le cours paisible d'une vie plutôt active pour une femme de son âge et de sa condition.

Les commodités de la maison de maître des Manderel n'étaient rien en comparaison du faste de l'hôtel particulier des Saint-Nicolas.

Les deux portails en fer forgé, surmontés de frontons en pierre sculptée, le perron monumental, aux colonnes napoléoniennes, impressionnaient les visiteurs. Une fenêtre étroite en lucarne au rez-de-chaussée, protégée par du fer ouvragé, permettait de surveiller les entrées.

Adélaïde jeta un œil machinal et critique au rutilant carrosse qui patientait dans la cour intérieure. Avoir sa voiture à Lille signifiait appartenir au monde des propriétaires, riches, propres et beaux. On la reconnaissait en ville, on vous saluait. Les équipages des Saint-Nicolas étaient particulièrement admirés et enviés, comme leurs postillons et leurs valets, revêtus de livrées de couleur.

« Ils se prennent vraiment pour des nobles », songea Adélaïde. Suivie de Flore, elle grimpa lestement les marches du perron, qui séparaient le rez-de-chaussée de l'entresol servant aux livraisons.

Elles pénétrèrent dans un vestibule immense qui donnait sur différentes pièces d'où s'envolait un impressionnant escalier de pierre. Près de la première marche, une statue de femme à demi dévêtue portait un chandelier.

Clémence régnait sur une colossale demeure et sur un nombre toujours croissant de domestiques : cuisinières, femmes de chambre, jardiniers, valets et cochers. Quand ses indispositions ne la retenaient pas dans sa chambre, elle surveillait son petit monde et coordonnait au mieux le travail journalier.

Le mercredi — jour sacré de réception —, elle prenait sur elle afin de remplir au mieux son rôle de grande bourgeoise. Elle s'habillait alors avec luxe pour témoigner de la position sociale de son époux.

100

Adélaïde considérait que sa fille Clémence et son mari Léon prenaient des goûts d'aristocrates et menaient une vie trop mondaine. Elle critiquait ouvertement leur gaspillage, leurs extravagances, et pensait qu'au moindre revers de fortune ils s'en mordraient les doigts.

« Il vous a fallu constituer votre capital, d'où la nécessité d'être économes, répliquait Clémence. Mais pour nous, mère, il ne s'agit plus que de le faire fructifier. »

Sideline, la cousine de quatorze ans au nez si adorablement retroussé et coquin, vint à leur rencontre. Elle surprit Flore en l'embrassant avec familiarité, et prit le bras de sa grand-mère.

Ses tresses nattées et torsadées sur le sommet de la tête lui conféraient un air angélique et enfantin. Avec ses petits yeux noisette, elle eût ressemblé étonnamment à son père, mais elle possédait un regard plus vif.

Elle offrit à Adélaïde une bourse de velours noir.

— Il est ravissant cet ouvrage.

— J'ai brodé la fleur moi-même, grand-mère. C'est pour ta prochaine vente de charité…

— Merci, ma chérie.

Flore sentit un froid glacial l'envahir à l'accueil de sa tante Clémence. Adélaïde devina le danger, coupa court à toute réflexion désagréable de sa fille, et attaqua la première :

— Je vois qu'on a encore changé les tapis et les tentures !

— Juste rafraîchis pour Pâques, maman.

Le thé était préparé dans un superbe salon qui sentait le propre, bien qu'encombré de bibelots, de multiples rideaux aux fenêtres, de velours sur les murs et de draperies sur les meubles.

Ce qui parut extraordinaire à Flore fut sans conteste le fabuleux «jardin d'hiver», une serre de construction légère, ornée de japonaiseries et laissant la nature illuminer le salon, un peu sombre. Si le bois clair, encore peu utilisé, avait conquis la chambre de Clémence, le grand salon restait le domaine de l'acajou de Cuba. Une table ronde au pied à bulbe était dressée au milieu de chaises aux pieds galbés, de fauteuils dits crapauds, recouverts au dossier et aux accoudoirs de tissus moelleux frangés.

La nappe blanche regorgeait de tasses, d'objets précieux, d'assiettes de porcelaine à petites fleurs remplies de pâtisseries, de couques au raisin, de pains d'épice, d'autres denrées aux saveurs succulentes.

Flore n'avait jamais assisté à un tel déploiement de nourriture pour un simple thé d'après-midi. Cette vision la replongea des années en arrière, au buffet de l'hôtel de ville de Saint-Omer. Elle était alors sous la nappe.

Aujourd'hui, elle était invitée. Elle éprouva un irrésistible frisson de plaisir.

Dans l'attente des convives, elles s'installèrent dans le salon. Adélaïde sortit son nécessaire de couture. Clémence, *le Journal des modes*.

Face à l'indifférence, simulée ou réelle, de sa tante, Flore perdit sa bonne humeur. Elle compensa son malaise par des sourires à l'adresse de sa jeune cousine, assise sagement au côté de sa mère.

— Tu cherches une nouvelle toilette, Clémence ? demanda Adélaïde à sa fille, plongée dans sa lecture. N'en possèdes-tu pas suffisamment ?... Et de Paris encore ! réprouva-t-elle en jetant un œil par-dessus l'épaule de Clémence. Mon Dieu, quelle largeur absurde !...

— C'est une « crinoline », maman.

Adélaïde regrettait les tailles hautes et souples de l'Empire.

— Elle doit être bien coûteuse.

— Rassure-toi, maman, je ne jette pas l'argent de Léon par les fenêtres. Huit tenues neuves par an seulement... Il faut tenir son rang...

— Combien ?

— Maman, le monde a changé ! Toi-même...

— Seulement les coiffes abritant mes chignons, et

les capelines de paille en été, à la campagne, murmura avec coquetterie Adélaïde.

— Mes robes ne viennent pas de Paris, ce serait superflu…

Sideline interrompit sa mère :

— Pourtant, les modèles de Paris sont beaux. Dommage que notre taille soit étranglée dans un corset.

La jeune fille en portait depuis peu, et s'en trouvait mal, bien qu'elle fût très fière d'avoir quitté le pantalon à sa première communion pour des jupes atteignant les chevilles.

— Grâce au ciel, il te contraint à rester droite, Sidonie-Céline. Tu finiras peut-être par acquérir le maintien gracieux qui sied aux demoiselles de ta condition.

— C'est bien, Clémence, de faire travailler nos couturières lilloises, approuva Adélaïde, dans le souci de ne pas envenimer la discussion. Et tu as sans doute raison. Tu dois tenir ton rang.

Sur la demande de sa mère, Sidonie-Céline s'installa au piano. Flore la rejoignit. Elle interpréta successivement plusieurs mélodies ignorées de la jeune fille de Salperwick.

— Comme c'est beau ! murmura Flore à la fin du récital, les yeux brillants.

— J'ai joué deux compositions de Beethoven, lui expliqua Sideline, *la Sonate au clair de lune* et *la Lettre à Élise*, puis j'ai terminé par un air plus enlevé de Schubert, *Moment musical*.

— Je n'ai jamais entendu pareilles merveilles.

Flore était émue aux larmes.

Sideline était touchée par le compliment et l'expression sincère de sa nouvelle et première cousine. Floris n'avait qu'un fils, toujours absent. Charles n'était pas encore marié, et elle savait que sa grand-mère avait perdu deux autres enfants en bas âge.

Cette cousine, venue du ciel, était différente des rares Lilloises que Sideline avait l'autorisation de côtoyer. Elle espérait s'en faire une amie de cœur, une confidente, qui saurait comprendre et partager ses velléités de liberté, ses rêves d'accéder aux privilèges masculins.

— Mon cousin Stani est un excellent pianiste, lui.

— Stani ?

— Stanislas Manderel, le fils de mon… de notre oncle Floris.

— L'ai-je rencontré ? demanda Flore, goûtant au passage la rectification de Sideline. Pardonnez-moi, mais je suis un peu perdue dans ces nouveaux noms.

— Tu… Je te tutoie, n'est-ce pas ?… Tu ne l'as pas encore vu, il ne sera même pas là pour sa fête, dimanche, et Dieu seul sait quand tu le verras ! (Sideline se mit à rire.) Il est en Orient, ma chère.

— En Orient ? répéta Flore, abasourdie.

— Mon cousin est un touriste, je suppose.

— Un touriste ?

— Oui, il voyage, non pour ses affaires, mais par désœuvrement. N'as-tu pas lu *les Mémoires d'un touriste*, de Stendhal ?

— Non… Sidonie-Céline.

— Cela ne fait rien, répondit-elle, en lui prenant la main.

Flore apprécia le geste amical de sa pétillante petite cousine.

— Mais appelle-moi Sideline, s'il te plaît.

Clémence et Adélaïde se parlaient à voix basse, leur nécessaire de couture à la main. Incapable de les comprendre, Flore voyait leurs lèvres se mouvoir et les prunelles vertes de sa tante se fixer sur elle, sans complaisance.

— Il faudrait la mettre au corset, maman, elle est démodée… Que vont dire mes invités ? Et ces vêtements, c'est d'un vulgaire !

— Il faut respecter son deuil, Clémence.

— Mais cette nourrice n'était pas sa vraie mère, protesta-t-elle avec une nuance de mépris dans la voix.

— Je les lui ferai enlever pour l'été, à la campagne.

— Pourquoi ? Tu vas la garder ?…

— Bien sûr !

— Tu n'y penses pas, c'est une paysanne, une étrangère. Elle n'est pas de Lille. Nous n'avons pas à l'immiscer dans notre vie.

— Elle y est née, voyons ! Elle est lilloise.

— Enfin, c'est trop risqué, maman !…

— Tu parles comme ton père, à présent.

— Tu vois, je ne suis pas la seule.

— Cela suffit, Clémence, nous en reparlerons une autre fois… Voilà Amaury.

Selon son habitude, il faisait irruption sans se faire annoncer. Il adorait surprendre, et partait du principe qu'il ne gênait jamais. Aujourd'hui, il venait faire ses adieux à la famille, il repartait pour Paris jusqu'à l'été. Il venait surtout pour Flore. Son visage l'avait hanté toute la nuit. À son retour, elle serait à lui, il se l'était juré, et n'en doutait pas.

Il était passé, sans succès, chez les Manderel.

— Que nous vaut le plaisir de votre visite, cousin ?

— Chère Clémence, vous savez comme j'apprécie l'hospitalité et la douceur de votre *home*, dit-il, en exagérant ce mot anglais, en vogue à Paris.

— Toujours galant, répondit poliment Clémence, pas dupe le moins du monde de ce qui amenait Amaury en ces lieux.

Vers cinq heures, d'autres invités se présentèrent. Le grand et luxueux salon résonna comme une ruche. Les messieurs se mirent à l'écart. Certains s'éloignèrent au fumoir, d'autres dans la salle de billard.

Des demoiselles coiffées d'anglaises et de frisures tire-bouchonnées, aux petites mains, aux petits pieds, à la peau fine, au visage respirant l'innocence et la pureté, accompagnaient leurs mères, en attendant le mariage. S'efforçant de passer inaperçues, apportant une beauté pâle et vulnérable à cette gravure de mode, elles rêvaient, assises bien droites sur leur siège, ou regardaient l'inconnue avec une certaine hauteur.

Les dames parlaient peu des événements politiques, elles laissaient ces discussions aux maris. De toute façon, elles n'auraient rien pu y changer. Parfaitement à l'aise dans la société, elles s'entretenaient du coiffeur de la rue Esquermoise dont on disait grand bien. Il essayait toutes les nouveautés parisiennes, ondulait les bandeaux «au cordon», les pressait au fer chaud...

Flore était étourdie par les toilettes, les paires d'yeux la dévisageant avec curiosité, les rires, le cailletage qui emplissait la pièce, le bruissement des volants et des plumes. Face aux robes garnies de rubans, aux longs corsages dessinant une pointe sur le devant, aux mancherons bouillonnés et aux corsets accentuant les rondeurs, elle se sentait gênée dans ses vêtements sombres.

Heureusement, Adélaïde avait agrémenté son corsage de dentelles, l'avait coiffée de fleurs dans les cheveux.

Elle était ravissante, elle l'ignorait.

Les regards convergeaient dans sa direction, mais cette fois de façon plus aimable que la veille au soir.

— Alors, Amaury, quoi de neuf au théâtre, à Paris ? demanda Sideline.

Il répondit distraitement, n'ayant d'yeux que pour la jolie Flore des marais.

— Dumas, et Théophile Gautier, toujours...

On s'enquérait de l'identité de l'inconnue, de son deuil, on s'extasiait sur sa chevelure, on complimentait Adélaïde d'avoir une si jolie petite-fille — à rendre jaloux ses autres enfants. Mais Sideline était, elle aussi, conquise.

Seule Clémence voyait l'irruption de sa nièce d'un mauvais œil. À plusieurs reprises, Flore le ressentit douloureusement.

Elle vit aussi le sourire se dessiner sur les lèvres de sa tante, lorsqu'une incorrigible commère profita de l'absence d'Adélaïde, accaparée par ses petits-enfants, pour se lancer dans la perfidie :

— Des marécages, disiez-vous ?... J'en frémis... Je comprends mieux ce regard effronté, cette allure... disons... désuète.

Amaury ne perdait pas une miette des conversations.

Avec une rapidité d'éclair, il moucha la médisante d'un ton sarcastique :

— Son allure désuète va faire grand bruit, soyez-en certaine, ma chère. Les hommes en raffolent déjà. Vous l'ignoriez ?... Nous en reparlerons dans quelques mois.

Imprévisible comme toujours, il se tourna vers Flore :

— Montez-vous à cheval, cousine ?

— Non, monsieur.

— Je vous apprendrai. Cela évite d'avoir mauvaise mine, les yeux cernés, et de s'étioler comme une haridelle, dit-il en regardant l'impertinente en dentelle. C'est un de mes passe-temps favoris, sans doute désuet, mais quelle ivresse de parcourir les bois, à bride abattue, faisant corps avec son cheval...

— Allons, Amaury, ce n'est pas la place d'une jeune fille ! répliqua Clémence.

En se retirant, il glissa à l'oreille de Flore :

— Gardez-vous de ces perruches sans intérêt qui prennent plaisir à pérorer, vous valez mieux. Ne m'oubliez pas d'ici à l'été, belle Flore. Vous ai-je dit que je vous dois ma première insomnie ?

La jeune fille de Salperwick ne put s'empêcher d'être flattée par tant de compliments venant du bel homme qui tournait la tête des femmes présentes dans ce salon.

Alors lui revinrent les paroles de son père, Aristide Berteloot :

« Méfie-toi des apparences, Flore, méfie-toi des flatteurs... »

En se couchant ce soir-là, Flore était partagée entre le désir de fuir le monde cossu et codifié de la bourgeoisie pour se réfugier au milieu de la faune des marais sauvages et la tentation de profiter des douceurs citadines...

Un malaise la taraudait : il lui avait été impossible de questionner qui que ce soit sur ses parents. Ces souvenirs étaient-ils si douloureux ? Elle pouvait certes le

107

comprendre. Mais ils semblaient, par surcroît, très encombrants.

Elle décida d'entretenir sa grand-mère de son désir de travailler. Elle ne devait en aucune façon être à la charge des Manderel.

« Grand-mère ! » Elle entrevoyait encore difficilement la vieille dame sous cet angle. Elle lui paraissait si intransigeante. Pourtant, malgré ses côtés bourrus et autoritaires, elle l'avait accueillie au sein de la famille, elle l'avait présentée à tous comme sa petite-fille.

Une autre impression dérangeait Flore. Son cerveau avait imprimé quelque chose, mais ne voulait le lui restituer.

Une sensation fugace de déjà-vu. Elle eut beau se tourner, se retourner dans son lit, se remémorer heure par heure cette première journée lilloise, elle ne parvint pas à comprendre l'origine de son malaise.

« Quelque chose » lui était apparu. « C'est ridicule. Dormir, je dois dormir… »

Elle se laissa glisser vers un sommeil où se mêlaient les visages d'Orpha et de Laurencine, la tendresse de Baptiste, l'œil séducteur d'Amaury, le rire espiègle de sa cousine, l'odeur chaude des pommes de terre, et la musique envoûtante d'un piano…

8

La cuillère de Léonardine Berteloot retomba sur sa tranche de pain, aspergeant la table de soupe.

— Ce n'était pas à elle de décider ! Elle est mineure, et fille !… Le monde est à l'envers ! Mademoiselle veut vivre comme les hommes, et toi, père, tu la défends, tu ne dis rien, et tu la laisses partir !

— Il suffit !

Aristide tentait, en vain, d'arrêter le flot de reproches.

— Elle est folle ! lança Lénie, acrimonieuse. Connaître du pays… Dame de compagnie… Des cours de dessin… Elle nous a bien laissés tomber, oui !… D'abord, on ne part que pour se marier !

Aristide Berteloot bourrait sa pipe fabriquée à Saint-Omer. Il s'attendait à ce nouvel orage. L'épreuve était douloureuse, pour toute la famille.

Pour Flore, surtout. Il lui fallait à présent affronter, seule, son destin.

Il savait, lui, que sa volonté n'était pas dictée par la fuite, mais par la souffrance. Se confiant à sa femme défunte, il lui avait d'abord reproché d'avoir divulgué le secret. Pour lui, les Manderel, c'était fini. Flore était heureuse et eux aussi. Enfin, le mal était fait et, puisque Orpha en avait décidé ainsi, ce ne pouvait être tout à fait une erreur.

Léonardine Berteloot parcourait la pièce avec de grands gestes saccadés et impulsifs.

Elle s'empara subitement d'un tabouret de bois, et le jeta avec violence de l'autre côté de la longue table de chêne. Il faillit éborgner Victor, qui s'écarta, l'évitant de justesse.

— Hé ! attention !

Le visage défiguré, les yeux agrandis par d'affreuses lunettes, faites de verres enchâssés dans un cercle de corne, et achetées au vendeur ambulant de la foire de Saint-Omer, elle suffoquait de colère. Non seulement son frère aîné et son père avaient laissé partir cette folle de Flore, mais ils s'en inquiétaient, tandis qu'elle, Léonardine, était surchargée de mille besognes.

— Je la déteste, je la déteste ! cria-t-elle, sans tenir compte des protestations de son petit frère. On n'était pas assez bien pour la bourgeoise ! Moi, je me casse le dos, je m'épuise à la tâche, pendant que mademoiselle se promène en carrosse ! C'est injuste !…

— Cela suffit maintenant, calme-toi ! ordonna Aristide.

Il ne pouvait tolérer les excès de Léonardine, mais il comprenait son désarroi. Ce caractère ombrageux était dans sa nature. Après tout, elle ne faisait qu'exprimer la violence qu'ils ressentaient tous au fond d'eux-mêmes. La vie était souvent difficile dans les marais. Elle ne laissait guère de place à la délicatesse et au raffinement.

— D'abord, elle ne reviendra pas !

Lénie arborait un air mauvais, dicté par la jalousie, par la lutte qu'elle livrait avec elle-même.

— Si, elle reviendra ! cria Aristide, les nerfs tendus.

Baptiste était livide.

Depuis que Flore l'avait quitté dans la diligence en partance de Saint-Omer, son esprit s'égarait en un intolérable chaos. Il réalisait enfin qu'elle l'avait abandonné. Elle avait trahi leur complicité, leur connivence, défait leurs liens sans prévenir. Il ne comprenait absolument pas la décision de Flore.

Lille !… Pourquoi Lille ? Pourquoi pas Paris tant qu'elle y était ? Les différentes raisons invoquées ne lui convenaient guère. Les leçons auprès de professeurs compétents ? Comme s'il n'en existait pas à Saint-Omer ! N'avait-il pas suivi les cours du soir, de novembre à mars, chez les Frères des écoles chrétiennes, dans le même bâtiment que l'école de dessin de la ville ?

Le fuyait-elle ? Serait-il possible que Flore, sa petite sœur, éprouvât les mêmes sentiments que lui ? Ce serait une raison… Une bien triste raison, qu'il ôta prestement de son esprit. Alors ?… Flore en gouvernante, en préceptrice ? Elle était trop jeune, et surtout trop fière, trop indépendante. Elle ne saurait se plier à des ordres injustes, subir des humiliations.

De toute façon, un travail accaparant ne lui permettrait pas de suivre des leçons dont elle n'avait nul besoin. Elle dessinait si joliment. Que voulait-elle apprendre de plus ?

Ce départ dissimulait un secret, il en était convaincu.

Baptiste était pudique et, le père vivant, ce n'était pas à lui de discuter les décisions — fussent-elles insensées — d'un chef de famille qui n'avait daigné ni le mettre dans la confidence ni lui demander son avis. Non, rien n'était clair dans cette histoire.

Léonardine éclata d'un rire hystérique. Le visage de Baptiste était creusé, son regard était profondément douloureux.

— Non, mais, regardez-le, il est amoureux de sa sœur, ma parole ! C'est du propre ! Il faut aller te faire soigner !

— Lénie !…

Le ton d'Aristide se fit plus menaçant, mais elle poursuivit son délire.

— Je suis ravie qu'elle soit partie. Au moins, elle ne lambinera plus, à crayonner ses horreurs sur ses torchons de papier. Une paresseuse pareille n'a pas sa place dans une maison correcte, c'est une traînée !

Une gifle lui cingla la figure. Elle sortit en claquant la porte. Une atmosphère funeste emplit la salle commune de la maison basse du marais.

Les yeux écarquillés, Victor suçait un bâton de réglisse pour ses maux de dents. Il ne perdait pas une miette de l'agitation ambiante, et se disait que tout allait de travers dans cette maison depuis le départ de sa mère, puis de sa grande sœur.

Lénie piquait des crises, Lulu et Plume se disputaient sans arrêt, Quentin s'était planté une binette dans le pied, il était immobilisé depuis la veille et le père se fatiguait pour deux.

Victor priait pour qu'il fût guéri à la première récolte des choux-fleurs, sinon, il devrait s'y mettre lui aussi, et se rendre dès quatre heures du matin sur les parcelles. Il n'avait aucune envie non plus de repiquer des milliers de poireaux. Il préférait les bateaux, comme Baptiste.

Depuis trois jours, Victor traînait des pieds pour se lever, comme s'il avait perdu quelque chose, le goût au travail par exemple.

On l'avait peut-être ensorcelé, comme sa sœur, Flore. C'était Lénie qui l'avait dit. À fréquenter les sorcières du marais, elle en était devenue une, elle aussi. Elle leur avait jeté un sort en partant, et les esprits malfaisants s'en donnaient à cœur joie, surtout sur elle. À croire qu'elle avait la rage.

Depuis trois jours, la maison passait du silence à la violence. Ils avaient tous perdu le calme légendaire des broukaillers. Même Baptiste n'était plus le même. Il ne prenait plus sur lui les bêtises de ses jeunes frères et sœurs, et les gifles volaient à tout bout de champ. À croire que, lorsqu'on était grand, on avait le droit de brimer les petits et de se venger sur eux. Malheureusement, il était le plus petit, lui, et n'avait personne à fesser, à part le chat.

« Autant se battre la tête contre le mur ! » songea-t-il. Ils sont tous fous.

Lui aussi commençait à détester Flore.

Elle les avait abandonnés au printemps, alors que les renardeaux commencent à se dorer au soleil, que les libellules dansent sur les étangs poissonneux de Salperwick, que les haies verdissent, que des forêts d'ajoncs à longues tiges bordent les canaux et se confondent avec les hérons cendrés sortis des bois pour venir pêcher, que l'on peut se mirer dans l'eau des canaux, entre les nénuphars et les roseaux entrelacés, et que partout les petits insectes butinent les fleurs.

La nature, elle, était joyeuse et lui faisait un pied de nez. Sa mère dormait parmi les bruyères, au milieu d'un paysage magnifique, il savait la situer, mais Flore, elle, s'était volatilisée.

Il sortit en sifflotant, et courut se réfugier près du petit âne qui était né la semaine dernière. La mère devait comprendre qu'il était encore un petit, lui aussi, car la brave bête, qui était d'une grande douceur, le laissa complaisamment se réchauffer le cœur contre le flanc de son ânon.

Léonardine était accroupie, les bras autour de la tête, contre le soubassement de brique de la façade.

Baptiste avança la main, et la posa sur son épaule.

— Tu pleures ?

Elle le repoussa.

— C'est rien, ce sont mes yeux, ils me font mal. Je vois moins bien, même avec ces affreuses lunettes.

— Je vais demander conseil à Adèle, elle aura peut-être une solution, mais, dis-moi, tu la détestes tant que ça, Flore ?

L'expression de colère qui avait traversé le visage de Lénie, et déformé ses traits, laissait place à une profonde tristesse.

— Oh ! Baptiste, je meurs d'envie de hurler parfois.

— T'inquiète pas, tu le fais.

— Mais tu ne comprends donc rien !...

— Si. Tu lui en veux d'en faire à sa tête. Cette séparation vous fera du bien, ça ira mieux au retour. Et puis Lulu et Plume grandissent, elles peuvent te seconder.

Plus il essayait de donner du réconfort, plus il se sentait pris à son tour d'une violente et insidieuse colère.

Un sentiment de haine, peu à peu, remplaçait cet amour secret et interdit… La haine… C'était peut-être la solution….

— Mais ce n'est pas ça, Baptiste ! s'écria Lénie.
Elle éclata en sanglots.

— Elle me manque, tu sais !

9

Flore se réveilla en sursaut. Elle était en nage. Le corps endolori. Les paupières lourdes. Un étrange tourment la harcelait, lui étreignait la poitrine. Un frisson lui parcourut le corps : *la médaille, au cou de Clémence*… Oui, c'était cela. Elle l'avait déjà vue !

« C'est ridicule, pensa-t-elle. Je ne suis jamais revenue ici, depuis ma naissance. Le manque de sommeil ne me réussit pas. »

Elle se souleva à demi. La pièce était plongée dans l'obscurité. Aucune lueur matinale ne perçait au travers des volets clos. La lumière du réverbère semblait éteinte.

Elle tendit l'oreille pour interroger les heures de la grosse horloge du salon, mais celle-ci restait muette.

Allongée dans son lit, elle écouta les bruits de la nuit, ceux de sa chambre, de la maison des Manderel, de Lille, et tenta d'effacer la vision de cette médaille d'argent finement ciselée. Elle se refusait à devenir la proie d'une obsession absurde, due à un esprit trop avide de vérité et à une imagination égarée dans un lacis de suspicion.

Tant de choses en trois jours…

Salperwick s'éloignait dangereusement.

Un fiacre passa dans la rue, déchira le silence et interrompit quelques instants ses pensées confuses. Elle se laissa porter par le claquement des sabots et le roulement de la voiture sur les pavés. Elle se figura pelotonnée dans un vaste manteau noir à capuche, tapie dans un coin de la passementerie intérieure, telle une passagère entraînée malgré elle vers une destination mystérieuse. Le bruit s'évanouit.

Le reflet fantomatique de Baptiste lui apparut. Sous ses paupières closes, elle le vit tendre la main vers elle. Ses yeux bleu pâle étaient si tristes… Elle sentit poindre une émotion. Elle la refoula. Elle venait d'arriver à Lille. Il était encore trop tôt pour revenir près de lui. Elle se hâta d'enfouir au tréfonds son inclination envers Baptiste. Elle aurait pu se laisser aller à ce premier amour. Car c'était bien cela. Elle n'était pas sotte, savait nommer cette attirance. Mais elle la rejetait.

Elle avait seize ans, désirait connaître le secret de sa naissance et, bien que née femme, elle était trop curieuse du monde extérieur pour attendre et subir sagement, comme ses sœurs, les différentes étapes de la vie. Baptiste n'était peut-être pas vraiment son frère, mais il était un frère. Ils avaient été élevés dans la même maison, par les mêmes parents, au même lait maternel.

Elle éprouvait un malaise à l'idée de l'aimer «autrement». Pour elle, l'amour devait venir d'ailleurs, s'il venait. Elle rêvait trop sans doute.

Lénie le lui reprochait sans cesse, et la traitait de «romantique», comme dans les journaux.

«Le mariage d'abord, les sentiments suivront», lui affirmait sa grande sœur.

Flore y réfléchissait pour la première fois, alors qu'elle venait tout juste de déserter la maison. Les divertissements bourgeois lui montaient-ils déjà à la tête ?

Un bruit strident la surprit, et lui raidit les membres. Il lui sembla reconnaître le sifflet d'une locomotive, puissant et lointain pourtant, parvenu à ses oreilles par un vent capricieux.

Enfin les heures s'égrenèrent dans la nuit : une, deux, trois, quatre, cinq… cinq seulement. Au même instant, les cloches de Sainte-Catherine se mirent en branle.

Plus loin, le beffroi annonça l'ouverture des portes de la cité. Les églises et les manufactures se disputèrent les appels.

On l'avait accueillie très vite, mais on se taisait en sa présence. On changeait de conversation dès qu'il était question de Laurencine. Dans ce cas, pourquoi ne pas l'avoir rejetée ? Après tout, ses parents lillois étaient morts. Sa place était à Salperwick, auprès de ceux qui l'aimaient… Non. Attisée par les freins, sa curiosité se développait avec l'interdit. Tant pis si elle se brûlait.

Au-dehors, des pas rapides et légers claquèrent sur le pavé. Une ouvrière égarée dans le beau monde, loin des quartiers industrieux et du piétinement des besogneux. Là-bas, les fabriques refermaient leurs portes, et les marchands prenaient le relais.

Elle avait terriblement soif. La carafe était vide. Elle avait si mal dormi. Elle devait trouver de l'eau, se rendre à la cuisine.

Elle se leva doucement et se dirigea sans bruit, pieds nus, vers la porte de sa chambre.

Le couloir était vide, sombre, silencieux. Une planche grinça sous ses pas. Elle s'arrêta, le cœur battant. Personne.

Lentement, sur la pointe des pieds, craignant un tête-à-tête malencontreux avec les terribles chiens de l'oncle Floris, elle descendit au rez-de-chaussée.

Un murmure lui parvint de la cuisine. Sans doute Adélaïde Manderel ; mais il était encore si tôt. Elle huma une forte odeur de café et de chicorée. Tapie derrière la porte close, elle retint son souffle.

Le murmure s'était enflé. L'écho assourdi d'une voix de femme.

Et soudain, Flore se raidit. Elle venait d'entendre son prénom : «Marie-Flore.» Elle colla son oreille contre le bois.

— Elle amène le mal, moi, je vous le dis.

Ce n'était pas la voix d'Adélaïde mais celle de Séraphine. Peut-être parlait-elle toute seule.

— Ces aventurières sont des intrigantes. En ville, les

ennuis sont arrivés avec cette Marie-Flore. Elle nous portera malheur et tracasseries. C'est une bâtarde.

— Quelle horreur !

C'était la petite voix aiguë de Rolande.

Flore blêmit. L'exclamation de la jeune domestique lui fit l'effet d'un coup de poignard dans la poitrine.

« Une bâtarde », c'était cela. Elle était née hors mariage.

Flore trembla de la tête aux pieds, eut un haut-le-cœur et se laissa glisser le long du mur. Elle s'en doutait, sans se l'avouer bien sûr. Non, elle n'apportait pas le mal. Elle n'était pas une pestiférée. Elle allait s'expliquer avec Séraphine, lui demander la véritable raison de son acrimonie.

Elle prit son courage à deux mains, se releva, essuya les larmes qui perlaient au bord de ses paupières. Elle ouvrit la porte.

Un silence impressionnant suivit son entrée. Les visages se fermèrent.

Les domestiques étaient là, tous les quatre, assis autour de la table. Séraphine, Rolande, le cocher, et la petite femme de chambre de Floris. Quatre paires d'yeux levés vers elle, quatre regards réprobateurs.

Hormis madame Manderel, les maîtres n'entraient guère dans la cuisine. Ils n'avaient rien à faire au milieu de ces odeurs âcres, de ces fumées.

Elle n'avait pas à pénétrer ainsi, à l'improviste, au petit jour, au seul moment, dans le seul endroit un peu privé qu'ils partageaient, avant l'arrivée matinale de madame Adélaïde.

Rolande se leva, jeta un coup d'œil rapide aux autres domestiques raidis sur leur chaise, et demanda d'un ton mielleux :

— Vous désirez, mademoiselle ?

— Excusez-moi...

Le regard moralisateur de Séraphine la jugeait sans concession.

« Elle m'en veut, songea Flore. Elle m'en veut de quoi ? »

Elle entendit un pas derrière elle, fit volte-face, tomba nez à nez avec sa grand-mère. Adélaïde ne semblait pas très satisfaite de la voir, elle ordonna d'une voix sèche :

— Suivez-moi, Marie-Flore.

Elle l'entraîna par le bras hors de la cuisine, à l'abri des oreilles indiscrètes.

— Une jeune fille digne de ce nom ne se promène pas en chemise dans la maison, et encore moins en cheveux, comme une folle ou une fille des rues. Remontez immédiatement vous changer.

— J'avais très soif…

— Rolande vous apportera de l'eau. Puisque vous êtes si matinale, je vous emmène à l'église, vous ferez la connaissance de notre curé de Sainte-Catherine.

— Je le connais. C'est lui qui m'a envoyée vers vous.

— Je vous présenterai de façon plus… officielle. Allez, dépêchez-vous, je vous attends.

Elle la suivit des yeux, tandis qu'elle se hâtait dans l'escalier.

Elle soupira :

— Et pieds nus, par-dessus le marché !

Adélaïde enfila son long manteau noir.

— Tu es prête ? demanda-t-elle à Flore qui descendait à sa rencontre.

Elle la tutoyait à nouveau, et son timbre de voix redevenu plus tendre rassura la jeune fille.

— Nous n'y allons qu'à deux, grand-mère ?

Adélaïde lui sourit. Flore venait de l'appeler « grand-mère » pour la première fois. Elle en éprouvait un plaisir inattendu.

— Les hommes sont des mécréants, de nos jours. Absorbés par leurs affaires, ils agissent, ils s'agitent beaucoup. N'ayant plus l'obligation de pratiquer la religion, ils n'ont plus de temps — disent-ils — à consacrer aux bondieuseries. Ils font maigre le vendredi, mais nous laissent aller à la messe pour eux. C'est à peine s'ils font leurs pâques. Ils préfèrent subir l'influence de leur journal et des scientifiques qui considèrent notre religion comme de la superstition. Ils perdent le sens du sacré. Où cela va-t-il mener le monde ? Heureusement que nous sommes là, nous, les femmes, pour les ramener vers le Ciel de temps à autre, et prier pour leur salut.

Adélaïde s'enorgueillissait de son église. Sainte-Catherine recelait deux trésors, enviés par les paroisses environnantes : une statue de Notre-Dame-de-la-Treille et un véritable Rubens. En costume de reine, assise sur un trône, et portant l'Enfant Jésus, la vierge avait été sauvée de la destruction en 1792.

Le tableau de Rubens, lui, représentait le martyre de sainte Catherine. Flore fut bien aise d'apprendre à sa grand-mère que l'église de Saint-Omer possédait également un chef-d'œuvre du maître flamand.

Après la messe, le curé remercia Adélaïde pour ses bonnes œuvres, accorda un œil attentif à Flore, lui souhaita la bienvenue dans sa paroisse, et lui proposa de la confesser avant le prochain office.

— Est-ce lui qui m'a baptisée ? demanda-t-elle sur le parvis.

— Non.

Adélaïde la regarda droit dans les yeux :

— Tu as bien été baptisée, Flore.

Elle changea promptement de conversation, et se montra charmante.

En sortant de l'église, elle l'emmena dans une boutique de mode, examina velours, draps et cotonnades, en profita pour lui montrer un peu la ville, tout au moins les alentours de la place d'armes et de leur quartier, hésitant à pousser plus loin, par crainte des événements et de la poussière des fabriques intérieures aux remparts.

Adélaïde lui avoua qu'elle sortait rarement le matin, en dehors de la messe, et de ses œuvres.

— Pourquoi ?

— Pourquoi ?... Cela n'est pas convenable, c'est tout.

« Au fait, oui, pourquoi ? » se demanda Adélaïde. Elle en avait oublié la raison. Ce n'était pas convenable, c'est tout.

Flore partageait avec la vieille Lilloise le goût de la marche. L'activité de la cité du Nord battait son plein. Lille était un mélange d'animation militaire et commerciale. Après quelques jours de vive agitation, la ville avait repris un aspect normal dont la grand-mère se réjouissait. Mais les problèmes politiques n'étaient pas réglés. Et tous se demandaient de quoi seraient faits les lendemains.

Adélaïde lui évita de se faire emporter par une voiture, puis de passer sous un cheval fougueux, balayant tout sur son passage. Elles traversèrent la place, avec ses maisons anciennes, presque toutes d'égale élévation. Elle lui montra la Bourse, aperçue la veille. On essayait de rendre la couleur aux briques et aux pierres assombries par les fumées des manufactures ; on essayait d'arrêter les profanations, de redonner aux cariatides, aux nez éraillés par les vandales, leur allure majestueuse, quoique ce style baroque ne fût pas apprécié de tous.

Le problème — lui apprit la grand-mère — venait que Lille, avec ses soixante-seize mille âmes, était à l'étroit dans ses remparts. Il faudrait trouver une solution rapidement si l'on ne voulait pas mourir asphyxiés.

Il était bien regrettable que la ville fût hérissée de ces hautes cheminées.

Aussi se félicitait-elle que leur filature fût à l'extérieur : elle n'altérait pas le paysage, elle ne souillait pas les murs des bâtiments et des demeures bourgeoises.

Au centre d'une autre place, le grand théâtre à la façade classique avait été restauré, lui aussi, six ans auparavant.

— Visiterons-nous votre filature ?

— Quelle idée saugrenue ! Ce n'est pas ta place, voyons ! Tu es une étrange fille... Par contre, cet été, tu feras connaissance avec notre campagne. Toute la famille se réunit, de la Saint-Jean à la braderie, à Saint-Maurice. Toi qui as vécu en pleine nature, tu aimeras notre gentilhommière. Elle est située dans un véritable îlot de verdure, parmi les guinguettes et les chaumières.

Après la révélation involontaire de Séraphine, la messe et la promenade avaient été des remèdes salutaires à la détresse de Flore.

Retrouvant une relative sérénité avec la prière et le recueillement, elle avait ainsi réprimé son envie de hurler à Adélaïde qu'elle n'ignorait plus rien de sa naissance, si ce n'était l'identité de son géniteur. Elle aurait eu tort de l'assaillir de questions. Il fallait laisser le temps aux Manderel de s'habituer à elle. Le grand-père ne lui avait pas encore adressé la parole. Il l'intimidait. Solide en apparence, il était de santé fragile et parlait peu. Flore était trop pressée. C'était à elle à acquérir leur confiance. Alors, peut-être parleraient-ils, ressortiraient-ils ces tristes événements enfouis. Son père n'avait pas épousé la jolie Laurencine, faisant de leur progéniture une bâtarde. Ils avaient été punis par le Ciel, emportés par la terrible épidémie, alors qu'ils avaient peut-être simplement « mis la charrue avant les bœufs », comme on disait à la campagne. La trace indélébile, la tare, la culpabilité de sa mère, c'était elle, Flore. Elle venait de réveiller un épisode douloureux de leur vie, elle le savait.

Sa naissance avait entamé la réputation de leur fille, détruit sa virginité, menacé leur nom. Elle était le fruit pourri d'une famille de renom.

Séraphine n'avait pas tort. Elle était une intruse, une étrangère, un facteur de désordre pour les Manderel. Elle leur laisserait le temps…

« Mais un jour, se promit-elle, un jour, j'obtiendrai la vérité. »

Au retour, à proximité de l'entrée, Flore se jeta à l'eau. Passé le porche, sa grand-mère risquait d'être prise par ses nombreuses tâches familiales. Aussi, lui

122

fit-elle part de son désir de suivre des cours de dessin, et de travailler.

Adélaïde explosa :

— Faire des études, travailler !… Tu perds le sens, ma petite ! Chez nous, les femmes ne travaillent pas.

Elle se reprit aussitôt :

— Tu n'es plus une campagnarde, maintenant. Pourquoi voudrais-tu te pervertir, te dévaloriser et perdre la santé ? Une femme n'a pas besoin de diplôme pour se préparer au foyer. Certes, il faut des connaissances plus solides aux mères qu'à mon époque. Nous ne nous soucions pas de ces choses. Les hommes de demain doivent s'instruire davantage avec les nouvelles techniques, et une mère ne peut les abêtir. Mais aucune femme de notre condition ne travaille. Seules les malheureuses dans le besoin ou les veuves le font et, Dieu merci, tu n'es pas dans ce cas. Non, c'est absurde, contente-toi d'être choyée par un époux.

La grand-mère essayait de se convaincre en argumentant. Il fallait bien se résigner, sinon la vie était impossible. On ne pouvait être en révolte contre ce qui était écrit… Et si elle l'avait été dans sa jeunesse, la vie s'était chargée de la remettre au pas. Mais, au fond, elle aimait ce qu'elle sentait poindre chez les jeunes…

— N'es-tu pas bien, chez nous, ma petite-fille ?

— Si, grand-mère, vous êtes bonne de m'avoir ouvert votre porte, mais…

— C'est l'attitude de Séraphine, peut-être… Elle est vieille et n'aime guère les étrangers, mais elle a grand cœur. Quand elle te connaîtra mieux…

— Non, ce n'est pas ça.

— Ton grand-père a souffert…

— Je comprends bien…

— Alors, je ne vois pas ce que tu désires. Une jeune fille de ton âge, accomplie, doit tenir sa place, en attendant le mariage. Ne t'inquiète pas, nous tâcherons de trouver une excellente alliance. Crois-moi, Marie-Flore, tu auras assez de travail à te dévouer corps et âme à ton mari, à panser les plaies de ton époux harassé de fatigue, à tenir ta maison pour qu'elle soit digne de lui, à faire de vos fils des hommes dont le nom de la famille n'aura pas à rougir... À la maison, dessine si tu veux, cultive ce don, c'est un joli passe-temps.

Flore ne répondit pas immédiatement. Elle regarda sa grand-mère, droit dans les yeux. Et soudain, elle éclata à son tour :

— Mais je ne suis pas venue pour me marier !

— Ah non !... Tu ne vas pas t'y mettre toi aussi, comme Sideline ? Les filles d'aujourd'hui sont impossibles !

Adélaïde songea qu'elle-même n'avait jamais tenu les yeux baissés sur la vie. Ce devait être de famille.

— Le dessin est plus qu'un passe-temps pour moi, grand-mère, c'est une... une nécessité. J'ai certains dons, je dois les cultiver.

— Écoutez-moi cette orgueilleuse ! Tu manques d'humilité, ma petite !

— Non, c'est faux ! J'ai de l'humilité dans ce que je fais, j'ai de l'humilité face au Seigneur. J'en aurai, croyez-moi, si je vous aide dans votre travail quotidien, ou pour vos pauvres. Je peux leur porter des paniers de provisions, visiter les malades, lire à haute voix. En venant à Lille, j'avais pensé me proposer comme demoiselle de compagnie, ou quelque chose comme ça... Que ferais-je toute la journée à arpenter les pièces, à rester confinée dans l'atmosphère feutrée des salons ornés de tapisseries ? Il vaudrait mieux que je reparte, dans ce cas.

— Calme-toi ! lui ordonna Adélaïde. Entrons, il est malséant de nous donner en spectacle sur le pas de notre porte. Inutile de donner prise aux commérages. Mon Dieu ! comme tu me rappelles ta mère, avec ces yeux qui lancent des flammes, cette révolte fantasque, ce bouillonnement !...

— Oh ! parlez-moi d'elle !

Adélaïde en avait trop dit.

— Cela suffit, entrons. La couturière est peut-être

arrivée. Elle vient pour toi, il est grand temps que tu portes un corset et des vêtements plus appropriés.

Flore pensa que c'en était fini de sa liberté.

arrive, Elle avait pour lui, il est grand temps que je
pense un correctif, des valeurs les plus autorisées.
Flore pensa que c'en était fini de sa liberté.

10

Une lettre de Salperwick était arrivée à la campagne.
Charles l'avait apportée de Lille, et présentée à sa mère.
Adélaïde l'avait transmise, sans la lire, à sa petite-fille.

Au lendemain de son installation, Flore avait écrit à
son père, sachant que Lénie ferait la lecture à toute la
famille Berteloot. Elle leur avait appris son poste
comme gouvernante d'enfants, dans une grande famille
lilloise, les Manderel, cachant une vérité que le père
saurait déchiffrer sous ses paroles rassurantes.

Mai, juin s'étaient écoulés sans réponse de Salperwick, augmentant le vide de son cœur. Pourtant, le
transport par chemin de fer commençait à se répandre
et accélérait l'acheminement du courrier. Mais dans les
marais, on écrivait peu. La transmission des nouvelles
se faisait essentiellement par voie orale.

Aujourd'hui, Lénie lui écrivait au nom de tous les
siens.

L'air était pénétré d'une chaleur estivale. Assise sur
le petit banc de pierre, au bord de la roseraie, Flore
laissa errer son regard sur le magnifique jardin de la
propriété de campagne des Manderel-Saint-Nicolas.
Elle aimait s'isoler ainsi, s'imprégner des couleurs, des
odeurs, observer la nature, plus belle, semblait-il, dans
la solitude. Des insectes bourdonnaient autour d'elle.
Elle suivit rêveusement le parcours d'un papillon jaune,
et elle relut sa lettre pour la seconde fois.

Les Berteloot s'inquiétaient des répercussions des journées de juin à Paris sur la grande cité du Nord. Les mesures contre les ateliers nationaux, le résultat des élections en faveur des modérés avaient conduit les ouvriers parisiens à la révolte.

L'agitation avait été si vive en province que les éléments féminins de la famille Manderel avaient passé les remparts, les moulins, les champs bleutés de lin prêts à la récolte, ouvert la gentilhommière plus tôt que prévu, avec bonnes et animaux domestiques, fuyant la masse hostile d'ouvriers en blouse bleue descendus dans les rues de Lille.

Flore, ne voulant pas alarmer les Berteloot outre mesure, ne leur avait pas écrit depuis sa première lettre. Le mensonge concernant ses relations familiales lui déplaisait.

Les nouvelles couraient vite, même dans les marais. Ils avaient eu vent de cette seconde révolution de 1848, plus grave, plus sanglante que celle de février. Les chômeurs étaient légion.

À Lille, la corporation des fileurs de coton était particulièrement touchée par les mouvements d'ouvriers. Un grand patron du textile s'était vu administrer des coups de bâton parce qu'il n'avait pas voulu renvoyer ses employés belges. Ailleurs, des émeutiers chassaient les ouvriers au travail. L'effarement avait remplacé l'enthousiasme. La peur de ravages semblables à ceux de 1793 avait occulté les espoirs.

La bourgeoisie s'était jetée en masse vers la droite, désavouant cette nouvelle république qui glissait dans le carnage et allait conduire le pays à la ruine. Des Lillois figuraient parmi les insurgés de juin qui avaient été transférés à Belle-Île.

« *Le père s'inquiète pour toi...* », écrivait Lénie.

Baptiste, lui, ne semblait plus se soucier de Flore.

« *Il mène les demoiselles de Saint-Omer dans son bacôve, le dimanche. Il parle beaucoup de l'une d'elles, une jolie fille... Ah ! notre Baptiste change, peut-être irons-nous bientôt à son mariage ?* »

Le cœur de Flore se serra. Elle poursuivit sa lecture :

« *Il nous a emmenées, Lulu et moi, à la noce de Maurice, l'un de ses compagnons charpentiers. Baptiste a conduit le mariage sur l'eau. C'était extraordinaire toutes ces barques ornées de rubans multicolores ; nous avons ri comme des folles, et j'ai dansé avec un ouvrier de la fabrique de pipes... Il s'appelle...* »

Flore redoutait que Léonardine ne reste vieille fille et passe sa vie au chevet d'un vieux père malade. À la joie d'apprendre qu'un homme l'avait remarquée, qu'elle ne répugnait pas au plaisir en dehors de ses tâches ménagères, se mêlait un sentiment désagréable.

Flore imaginait le regard de ces filles à Saint-Omer, posé sur son grand frère... Non, ce n'était pas son frère... Allait-il se marier ? Cette éventualité la plongeait dans une profonde tristesse, un sentiment d'abandon, qu'elle savait injuste, capricieux. Elle était partie. Pas lui. Elle l'avait abandonné. Pas lui. Elle n'avait qu'à s'en mordre les doigts.

« La Saint-Jean... » Adèle se promenait avant l'aurore, prononçait une prière spéciale, cueillait, à jeun, l'herbe odorante de ce jour de réjouissances, qui mettait à l'abri des maléfices.

Lénie lui donnait force détails sur cette fête si prisée dans les marais.

« *Quel dommage, ton absence ! ...* »

La regrettait-elle vraiment ? S'y mêlait-il une pointe de malice ?

« La Saint-Jean... L'énorme bûcher dressé par les enfants, les danses et les beuveries ; les repas de pâtres dans les champs de Saint-Omer, les feux... »

— Tu viens, Flore, nous allons chercher le lait à la ferme !

Plusieurs enfants bruyants et pétillants de vie l'entouraient, interrompant sa lecture et ses idées noires.

La jeune Sidonie-Céline Saint-Nicolas était dans un état d'excitation et de bonheur intenses. Elle avait passé le mois de juin à l'internat du Sacré-Cœur de Lille, selon les exigences de son père. Mais, avec les événements, Léon avait décidé de la garder chez eux, après l'été.

La petite sœur, Marie-Charlotte, adorait Flore depuis sa communion. Sa cousine lui avait offert un magnifique portrait la représentant dans le costume seyant de mousseline et de voile. Une attention remarquée par la famille. Marie-Charlotte en était très fière. Immortalisée en robe de communiante chargée de symboles, de rêves. Ce jour-là, allant à l'autel comme on marche au sacrifice, elle s'était sentie pure et virginale comme Marie. Elle considérait la vie avec un sérieux ignoré de sa sœur aînée. La cérémonie avait mis le trouble dans son âme, avec l'émotion de l'hostie consacrée, les cantiques, l'orgue, la procession en blanc, la foule les saluant comme des mariées. On avait associé le personnel à la joie familiale, en l'invitant à l'église. La petite Marie-Charlotte avait offert des petits pains d'épice — les « pains-perboles » — aux enfants de la rue, et pris des résolutions vertueuses qu'elle avait bien l'intention de tenir toute sa vie. Pour la première fois, les Manderel-Saint-Nicolas s'étaient aperçus du talent de Marie-Flore, la sauvageonne des marais. La bénédiction de cette journée pieuse, le portrait de Marie-Charlotte les avaient rapprochés de Flore.

… Restaient, bien sûr, Clémence et son père. Sans lui faire ostensiblement la tête, ils lui parlaient peu. Et Séraphine.

« Dieu merci, pensa Flore, heureuse d'échapper au regard noir de la vieille femme pendant deux mois, elle ne veut plus se déplacer. »

À Lille, elle s'était sentie épiée, et ne doutait pas qu'il s'agissait de l'œil inquisiteur de la domestique. « Au grand cœur », disait-on !

Flore n'avait plus posé de questions. Un peu de repos dans la tête lui faisait le plus grand bien. Au retour de Saint-Maurice, elle tâcherait d'éclaircir le mystère de la mort de Laurencine. Pour l'heure, elle essayait de profiter pleinement de ces vacances inattendues. Elle ignorait encore si elle allait s'installer définitivement dans la famille. Pour Adélaïde, le fait semblait acquis. Pas pour Flore.

Empruntant malencontreusement l'escalier de service, elle avait surpris des paroles calomnieuses, et cela ne l'encourageait pas à rester.

En dehors de la présence des maîtres, une gouvernante régissait le personnel permanent : deux jardiniers, une cuisinière, une femme de chambre, un cocher. Pendant l'été se joignaient à eux les domestiques de Clémence et Rolande. Adélaïde Manderel reprenait les commandes à chacune de ses arrivées.

Peu après leur emménagement à la campagne, Flore aperçut les deux chiens de Floris, couchés devant les marches du grand escalier, sur le palier du premier étage. Par crainte d'affronter une nouvelle fois les deux molosses, elle se précipita, sans réfléchir, vers l'escalier réservé au personnel. À peine s'était-elle engagée dans l'étroit boyau, qu'elle entendit des voix féminines. Elle s'arrêta, rougissant à l'idée de surprendre des domestiques en flagrant délit de paresse, assises sur les marches pour comploter à l'abri des remontrances.

— Madame Clémence, elle a ses époques en grande abondance, je passe ma vie à nettoyer les taches de sang sur les tapis.

— Oh ! tu sais, moi aussi on me suit à la trace, Madame n'aime pas ça, pourtant...

— Dis donc, t'as vu la nouvelle ?

— Qui ?

— Cette Marie-Flore Manderel, elle débarque comme ça... l'été dernier, elle n'existait pas.

— Une paysanne... pour qui elle se prend !

— Il paraît que chez elle ils n'ont pas de meubles. Ils se vautrent, pêle-mêle, animaux, gens, dans la boue des mares d'eaux croupissantes.

— Mon Dieu !... Cela me rappelle l'histoire de l'ogresse de...

Flore en avait trop entendu.

Décidément, dans les faubourgs ou à Lille, elle était un sujet de médisance, un objet de dénigrement.

Qu'avaient-ils tous contre les marais et la campagne ? Elle se sentit affreusement mal. Elle comprenait l'envie de ces pauvres filles, mais ne pouvait laisser prise à des commérages injustes visant sa famille adoptive. Elle voyait se profiler la silhouette d'Orpha la courageuse, d'Aristide à la bonté tranquille.

Elle lutta contre ses larmes, et sortit de l'ombre. Les filles se levèrent précipitamment, prêtes à s'esquiver.

— Attendez !

Elle leur parla d'une voix ferme.

— J'ai été élevée à la campagne, sans meubles, c'est vrai. Mais par des gens pleins de bonté, des exemples de générosité. Je vous interdis de flétrir leur souvenir. J'ai sans doute eu plus de chance que vous ; ce n'est pas une raison pour dénigrer ceux qui m'ont élevée ; ils vous valent bien.

Un silence pesant accueillit ses paroles. Les deux coupables baissaient la tête et tortillaient leur tablier. Une petite voix intimidée s'éleva :

— Nous vous présentons nos excuses, Mademoiselle.

— Je les accepte...

— Vous n'en parlerez pas, dites ?

— Non...

Elle les gratifia d'un large sourire.

— Ai-je l'air d'une ogresse ?

Par la suite, elles se montrèrent d'une extrême gentillesse à son égard. Flore, elle, resta prudente.

L'incident clos, l'été à la campagne se passa très agréablement.

Si ce n'était l'absence de tourelles, la maison était un vrai château, par le nombre de ses pièces, l'étalement du jardin et des dépendances.

Le personnel se joignait à la famille pour la prière, mais ne mangeait jamais avec les maîtres. Surprise, Flore se souvenait des journaliers attablés avec leurs employeurs, pendant les récoltes.

Des enfants de cousins venaient régulièrement prendre un goûter de pain bis et de crème fraîche avec leurs petites cousines, cueillir les cerises sur les arbres, ou les bleuets dans les champs.

Aux jours de grisaille ou de pluie, la maison, très vivante, sentait le chocolat, la pâte d'amandes, et les couques au miel. Une nuée d'enfants rieurs et farceurs courait dans les corridors, chantait, dansait des rondes enfantines autour du grand marronnier, grimpait aux arbres, pleurait dans les orties, pêchait les crapauds, attrapait les papillons, étendait leurs ailes sur des planches de liège et les piquait, au grand désespoir de Flore. Les petits garçons partaient de bon matin à la pêche, avec leurs lignes, hameçons et seaux, les petites filles aux boucles blondes prenaient des airs de grandes demoiselles dans leurs robes de gaze à volants, jouaient avec une poupée aux yeux d'émail, habillée de crêpe rose, qui disait merveilleusement « maman ».

Flore se serait crue transportée dans le monde fermé de l'aristocratie, si ce n'était que ces messieurs passaient leurs journées à la filature. Ils les rejoignaient le soir, à l'exception de leurs rendez-vous lillois, à leur club ou l'une de leurs nombreuses associations.

Oui, les Manderel-Saint-Nicolas ressemblaient aux nobles. Sous les ombrelles et les grands chapeaux de paille d'Italie, au milieu d'une multitude d'enfants en pantalons blancs et robes courtes, Flore sentait sa méfiance fondre au soleil. Devant ce tableau idyllique et coloré, dans une telle humeur folâtre, elle se disait qu'il était impossible de cacher des secrets.

Elle avait fait la connaissance de toute la famille, hormis ce Stanislas, perdu dans les fins fonds de l'Orient. Charles avait amené sa jeune fiancée, Alexandrine. Dans cette période d'incertitude, le jeune bourgeois n'avait pas la tête aux fleurs et aux visites. Il avait demandé l'autorisation à ses parents de retarder les noces, sans rompre toutefois sa promesse. L'alliance avec une famille spécialisée dans la confection des sar-raus [1] était intéressante pour les Manderel-Saint-Nicolas.

1. Blouses bleues des ouvriers.

Léon, lui, avait invité ses sœurs, l'une étant suppo-
sée être la future femme de l'invisible Stanislas. Floris
la considérait déjà comme sa belle-fille. Il se montrait
tout à fait charmant avec elle, comme avec sa nouvelle
nièce.

La vie s'écoulait de façon paisible.

Seul le port du corset, de ces jupons empesés, amon-
celés en couches superposées, bordés d'agrafes, de
lacets et de boutons, était pénible. Les toilettes changeaient selon les circonstances et les heures. Flore était
souvent obligée de se faire aider pour le laçage, ce dont
Rolande avait l'air de se réjouir. Elle prenait de l'importance en voyant sa maîtresse dans sa nudité, dépen-
dant de ses bons soins. Elle goûtait une promiscuité
dont elle était la plupart du temps exclue. D'autant que
mademoiselle Marie-Flore se montrait sans pudeur, et
se lavait sans chemise. Il ne déplaisait pas à Rolande de
toucher cette chair ferme avec une certaine perversité,
avant d'aller le raconter aux autres domestiques
friandes d'histoires savoureuses.

— Il fait si chaud sous ces jupons ! Si je m'écoutais,
Rolande, je prendrais un bain dans la pièce d'eau !

— Vous n'y pensez pas, Mademoiselle !

— Oh si, j'y pense, mais je ne le ferai pas… Iras-tu
visiter ta famille, cet été ?

— J'irai sans doute dimanche, Mademoiselle. Après
le dîner et la vaisselle… Madame m'accorde quelques
heures de repos, mais je n'y tiens pas beaucoup… Je
préférerais aller au bal, les guinguettes ne manquent pas
ici.

Flore avait échangé sa tenue de deuil contre une
ravissante robe corolle de mousseline blanche. Elle ressemblait plus encore à Laurencine, et l'ignorait. Dès
lors, Hippolyte-Eugène se mura dans un silence dont la
cause échappa à tous, sauf à l'œil fureteur d'Adélaïde.

Les femmes oubliaient totalement les rumeurs de la
ville, en composant de magnifiques bouquets de fleurs,
sous le roucoulement des tourterelles. Elles ne savaient

du monde que ce que les hommes consentaient à leur dévoiler.

Les soirées étaient consacrées aux promenades, aux jeux de société, comme le loto, à prendre l'air du soir sur des chaises à l'extérieur, quand une lumineuse journée laissait place à un coucher de soleil d'une douceur embrumée. Les hommes se passaient l'*Écho du Nord*, pour lequel le grand-père n'hésitait pas à payer un abonnement annuel assez élevé, correspondant à trois mois de salaire d'un filateur.

Certaines polémiques apparaissaient au sein même de la famille, à propos des journaux, et les hommes s'enlisaient dans d'interminables discussions politiques. Charles défendait l'*Écho*, pour sa lutte contre l'intolérance et ses sarcasmes contre le fétichisme religieux. Adélaïde ne lisait que le feuilleton de Hugo ou d'Eugène Sue, en cachette dans la journée, ce qui la ramenait à ses rêves de jeune fille romantique. Léon s'amusait à relater certains scandales ébruités par le journal, épiant le visage des femmes en racontant la fuite d'un prêtre avec une paroissienne, ou son arrestation pour attentat à la pudeur. Floris préférait *le Journal de Lille*, plus conservateur, et jugé servile par l'*Écho*.

Silencieuse, Sideline faisait de la musique en rêvant d'amour, et Flore eut la surprise de voir Adélaïde s'atteler au piano. Tradition familiale qui égayait les soirées. Les veillées paysannes étaient prétexte à converser. Ici, les hommes et les femmes partageaient peu. Flore le déplorait, mais il y avait la musique, qui valait toutes les conversations du monde.

Ces dames s'évertuaient à être l'« horloge » de ces messieurs, leur rappel à une vie saine et normale, loin des fabriques fonctionnant sans rite et sans répit, défiant les saisons. Elles s'efforçaient d'être la sauvegarde de leurs âmes et s'y appliquaient en leur préparant des confitures de groseilles. Flore découvrait une grand-mère attachée à ses petits-enfants, aux soins de leur santé, aux recettes de cuisine, plus qu'à Lille où elle vaquait à mille travaux de maison et œuvres diverses.

Elle s'adoucissait au contact de la nature et des petits, retrouvait le sourire et leur chantait même des berceuses pour s'endormir.

La moustache arrogante, l'air de défier le monde entier, le séduisant Amaury apporta des nouvelles fraîches de la capitale en feu.

— Quelle surprise de vous rencontrer en ces lieux, Amaury ! s'exclama Adélaïde.

— Est-ce étonnant ? chuchota Flore à sa cousine Sideline.

— Oui, il déteste la campagne, et le crie sur tous les toits, répondit Sideline. Je crois bien qu'il vient pour toi, Marie-Flore. Je vais devoir en faire mon deuil !

Elle soupira, puis éclata de rire.

— Ne crains rien, je serai jalouse le jour où il m'empêchera de te voir !

Avec un détachement stupéfiant, Amaury relata l'insurrection parisienne, les quatre mille morts, lors du triomphe de Cavaignac avec l'aide des gardes nationaux de province. On était loin des illusions de février. L'ordre revenait, sans clémence. L'attitude des ouvriers était imprévisible. La violence allait-elle s'arrêter ou sourdre sous les cendres ?

Il donna des détails morbides sur les corps piétinés, sur les prisonniers entassés dans les souterrains des bords de Seine. Mais il était malgré tout très optimiste, très déterminé, car il avait foi en deux choses : le progrès et ses propres capacités.

— Vous êtes-vous mêlé aux insurgés, Amaury ?

— Non, ce n'étaient que les ouvriers, nous n'avons plus de relation avec ce soulèvement.

Pendant ces derniers mois, il avait beaucoup étudié. Brillant dans sa tête et dans ses habits.

Il tomba en admiration devant une Flore encore plus jolie dans sa robe d'été. Le corset accentuait la rondeur de ses hanches et faisait saillir deux petits seins palpitants. Elle conjuguait une grâce romantique et l'éclat d'une beauté saine et sensuelle. Ravissante avec ses cheveux cuivrés dépassant de sa capeline garnie de pâquerettes et de myosotis. Comme ses yeux.

— Savez-vous que myosotis se dit *forget-me-not* en anglais ? C'est-à-dire « Ne m'oubliez pas » !

— Ainsi, vous détestez la campagne ? lui demanda Flore, changeant de sujet, l'œil facétieux.

— Je l'avoue, belle Flore, mais en votre compagnie, ce sera un plaisir.

— Je croyais que vous étiez avide de grand air et de vent ?

— J'ai dit cela ?

— Chez tante Clémence, vous m'aviez proposé de monter à cheval, rappelez-vous.

Il sourit.

— Paroles en l'air pour moucher les commères... J'adore scandaliser, ne l'avez-vous remarqué ? Non, le cheval, je laisse cela à mon cousin Stanislas, il n'a que ça à faire.

— Vous ne semblez pas beaucoup l'aimer, ce cousin, pourtant ce n'est pas sa présence qui doit vous irriter.

— C'est un idéaliste, je déteste le gâchis.

Amaury lui parla des bains de mer, très en vogue.

— Pour se soigner ?

— Pour le plaisir, ma chère. Dieppe est encore à douze heures de Paris en voiture attelée, mais bientôt nous prendrons le train. Je vous offre une place en ma compagnie, en août.

— Vous êtes fou, Amaury.

— Si vous préférez, il existe de ces établissements à Dunkerque, à Calais, c'est plus près.

Il la fit rire en lui contant les « voitures-baignoires ». Elle s'imagina, conduite en mer dans une de ces espèces de chambre à roulettes, vêtue d'un costume spécial, à l'abri des indiscrets, pour entrer dans l'eau... Elle ne pouvait tout de même pas lui avouer qu'elle se baignait nue, à Salperwick.

— La plage détend, vous savez, chère Marie-Flore,

elle allège, elle fait tomber certaines appréhensions. Elle libère les esprits en même temps que les corps. J'ai lu dernièrement que « les eaux sont à l'été ce que les salons sont à l'hiver ».

— Amaury, je viens d'un village d'eau. Mais il n'est ni balnéaire, comme vous dites, ni thermal.

Elle acceptait sa compagnie, mais se méfiait de ses approches familières, et refusait de monter seule dans sa voiture, craignant que les rideaux ne se refermassent sur une intimité non voulue.

Elle considérait Amaury comme l'être le plus imbu de sa personne qu'elle connaisse, mais elle avait peu l'habitude des hommes. Elle ne pouvait s'empêcher de l'apprécier, pourtant... Était-ce la façon dont il la regardait et lui faisait la cour, en prenant son temps, en y mettant des attentions auxquelles elle n'était guère accoutumée ?

À la campagne, son jeune âge et sa bonne éducation l'avaient tenue à l'écart des épanchements. Mais elle ne doutait pas de la brutalité des relations entre les filles qui se laissaient conter fleurette et les garçons qui ne perdaient pas leur temps en discussion avant de les étendre sur les prés ou de les renverser derrière une meule de foin. Elle n'était pas ignorante des choses du sexe. Son éducation en la matière s'était faite en observant avec ses frères et sœurs les accouplements de bêtes ou leur mise bas, en assistant aussi aux défoulements du carnaval, aux baisers volés sous les masques, aux caresses sensuelles.

Ici, cette sorte d'amour semblait absente. Les filles respiraient la vertu et la pureté. Aucune vulgarité de langage ni de gestes. En la compagnie d'Amaury, elle se sentait femme, et se laissait aller à cet insolite badinage.

Le jeune « dandy » sentait que la conquête ne serait pas aussi aisée que prévu. Cela le rassurait. Se donnant trop vite, Flore l'aurait déçu.

Aussi, vis-à-vis de l'objet convoité, modérait-il sa hardiesse et sa hâte habituelle à rendre hommage dans l'instant à la beauté éphémère de la femme. Il se grisait de ce jeu. Il se délectait du péché à venir.

Il voyait dans ce lisse et tendre visage la promesse d'un bonheur absolu. Dans ses lèvres s'ouvrant à demi pour laisser passer un tendre sourire, il devinait une sensibilité à fleur de peau.

Il imaginait des impulsions refoulées par son extrême jeunesse, non par l'absence de désir, encore moins par une volonté délibérée, inexistante selon lui dans le cerveau inachevé de toute compagne de l'homme. Lui seul possédait le feu vital, les poils, les muscles, la voix mâle qui témoignaient d'une évidente supériorité, il lui était inconcevable que la femme puisse se refuser à lui. Ne pas la perdre de vue, l'amener peu à peu à ne plus pouvoir se passer de lui, la rendre esclave de ses sens, en lui distillant de façon insidieuse des mots sensuels, en frôlant du bout des doigts son cou, ses épaules, en effleurant sa main, en la faisant rougir par un compliment sur la sensualité de son corps. Tel était son objectif. Elle était comme un cheval sauvage, et la moindre erreur pouvait provoquer ses rebuffades.

Avec elle, il perdait un peu de son humour incisif, de son côté sarcastique. C'était lui — non elle — qui se laissait dompter peu à peu.

Flore dessinait souvent au bord de la pièce d'eau. L'air était imprégné d'odeurs familières, de parfums déjà respirés. Les yeux clos, elle se rappelait... Les taches de lumière sur la surface paisible des étangs de Salperwick, le regard éperdu de Baptiste, les paroles d'Orpha : « *Dans le marais... Flore... Dans le marais...* »

Sideline lui tenait fréquemment compagnie, tandis qu'elle immortalisait tel ou tel autre aspect du paysage.

— Je n'ai pas encore dessiné les moulins du village, avec leurs grandes ailes garnies de toile rouge.

— Alors, dépêche-toi, ils vont tous disparaître peu à peu, m'a dit mon frère.

— La campagne lilloise est différente de la mienne. Sans vouloir te froisser, elle se domestique, pour ainsi dire. C'est dommage.

— Elle est moins sauvage ? dit Sideline, en la raillant gentiment.

— C'est ça.

Elles éclatèrent de rire.

— Aujourd'hui, la lumière est superbe. Tout l'art du dessin réside dans la lumière, tu sais.

— La lumière… et la main ! La tienne, Marie-Flore, glisse sur le papier sans hésiter. Si je savais dessiner, je commencerais par ta main, elle parle de toi.

Flore la regarda, sourit.

— Merci. Ce que tu viens de me dire me touche beaucoup.

Elle entreprit alors de dessiner Sideline.

— Reste tranquille, si tu viens toutes les deux minutes par-dessus mon épaule, je ne pourrai achever le bout de ton nez !

Sideline reprit sa pose, avec docilité, la tête légèrement penchée.

— C'est trop joli, ces ombres, et l'ondulation de la chevelure. Tu fixes chaque détail. Je ne pensais pas qu'on puisse obtenir ces effets avec un simple crayon noir et de la craie.

— Et quelques traits de sanguine pour la couleur. J'aimerais aussi travailler avec de l'encre brune, mais je manque de matériel.

Elle soupira.

— J'aimerais essayer toutes les techniques, du fusain à l'encre de Chine. À présent, j'estompe avec le doigt. J'y mettrai peut-être des touches d'aquarelle grise. Ce n'est encore qu'une esquisse au crayon noir, mais elle restera une esquisse si tu continues !

— Tu ne te protèges pas le visage avec ton ombrelle ? Méfie-toi, Marie-Flore, le soleil va gâter ton teint de rose.

— J'ai le teint trop coloré, c'est vrai, mais je n'y pense jamais. Je n'ai pas eu l'habitude.

— Comment fais-tu pour avoir de si beaux cheveux ? Moi, j'ai beau brosser les miens, longuement...

— Je les lave avec soin, c'est tout.

— Mon Dieu ! Tu les laves ! Tu ne crains donc pas les rhumes ! Quelle étrange chose ! À propos de maladie, maman est partie s'aliter. Le médecin est à son chevet.

— Elle est souvent malade ?

Flore était stupéfaite des visites régulières du médecin. Dans les marais, on l'appelait en dernier recours, quand la médecine des plantes et des guérisseurs n'agissait pas.

— Oui... Et elle aime bien s'enfermer dans sa chambre. « C'est une éternelle malade », dit mon père, « une poupée à migraine ». Je trouve qu'il exagère, mais cela l'irrite tellement. Nous avons une santé fragile, nous les femmes. Notre existence est ponctuée de malaises.

Flore ne partageait pas cet avis.

Elle se souvenait des paysannes dans les champs, sur les parcelles des maraîchers, qui élevaient de nombreux enfants, entretenaient les maisons... Et à Lille, une femme comme Adélaïde...

— Le médecin de maman dit toujours : « La femme est orageuse comme ses organes. »

— Ah ? Je ne connais pas bien les médecins, Sideline.

— Lui, c'est le confident de maman. Il prend le thé à la maison. Elle écoute toutes ses recommandations, et elle lui obéit davantage qu'à mon père, ce qui le rend furieux. Il dit qu'il faut se méfier des médecins, que ce sont des graines de révolutionnaires. (Elle se mit à rire.) Tu sais, je vais t'avouer quelque chose.

— D'accord, mais arrête de bouger.

— Ma mère prend sur elle pour les mondanités. Elle n'y a pas vraiment le goût. Elle se conforme au plaisir de mon père, et à sa position dans le monde, comme il se doit pour une famille comme la nôtre. Moi je serai différente, j'aime les salons, j'aime les bals, je m'en réjouis d'avance !

Pour la remercier du croquis et de sa patience, Sideline l'emmena dans la chambre qu'elle partageait avec ses petites sœurs. Elles étaient absentes. Sideline voulait lui montrer son secret.

— C'est mon journal intime. J'y marque tous les événements de la famille. Mes lectures, mes premiers admirateurs, eh oui, ma chère !… Ce que je ressens, mes résolutions. Je te le montre, car tu es mon amie, mais je l'écris la nuit, et le dissimule le jour. Il y a aussi certaines lectures que je dois cacher.

— Quel genre de lectures ?

— Oh ! je lis tout ce qui me passe sous la main ! se vanta-t-elle avec un petit air très fier. Surtout les histoires d'amour. Mon père a peur que cela ne me mette des idées en tête. Il exècre George Sand. Moi, je l'adore ! Je l'envie ! Elle ose s'habiller en homme, fumer la pipe, circuler dans les cercles masculins. Si mon père savait cela, je crois bien qu'il me tuerait.

— Vraiment ? fit Flore, effrayée.

— Non, rassure-toi, j'exagère. Mon père n'a pas toujours le dernier mot avec ses filles. Mais j'aimerais bien sortir davantage. Je voulais travailler, comme mes frères. Si tu avais vu la tête de mon père quand je le lui ai demandé ! J'aurais aimé être journaliste. Enfin, grand-mère m'a expliqué que c'était une mauvaise affaire pour les femmes mariées. On croirait que la famille a des problèmes financiers. De toute façon, le salaire irait à mon époux. Et puis, la femme subit les effets de sa nature ; nous ne pouvons la maîtriser ; alors que l'homme, fertile en inventions, l'a vaincue, lui.

— Pourtant, Adélaïde a aidé son mari à bâtir son empire, n'est-ce pas ? Je ne comprends pas très bien. Elle est parfois dure, et pourtant elle n'arrête pas de faire la charité.

— Oh, tu sais, il ne faut pas chercher à comprendre. Moi je sais quand grand-mère est fâchée ; elle me vouvoie, c'est tout. C'est comme grand-père, je crains ses

sautes d'humeur ; il me fait peur car il passe brutalement de la raillerie à un visage sombre et effrayant. Il
ne parle plus beaucoup ces temps-ci, tu as remarqué ?
Sa santé décline, on dirait. L'an passé, il se rendait fréquemment à la filature, mais, cette année, il reste passivement dans son fauteuil.

Flore songea qu'un drame invisible rongeait l'esprit
d'Hippolyte-Eugène Manderel et ravageait son corps. Il
était comme une forteresse aux murs fissurés, qui n'attend qu'une tempête pour s'écrouler.

La bourrasque se produisit à la fin des vacances.

C'était un soir de grand vent. Les petits cousins
s'étaient envolés vers Lille, Amaury vers une destination à la mesure de son ambition : le faubourg Saint-
Germain.

Dès l'aurore, la maison allait être l'objet d'un va-et-
vient incessant de la part des domestiques préparant les
malles. Les cochers jetteraient un dernier coup d'œil à
leur attelage, Adélaïde donnerait ses consignes au personnel en demeure et, le surlendemain, les Saint-Nicolas, les Manderel se sépareraient pour rejoindre leurs
foyers lillois respectifs.

Les nuages filaient, s'étalaient, se poursuivaient,
dérivaient en une fantastique contredanse et, de la terrasse, la famille assistait, médusée, à ce fascinant combat aérien. Le ciel s'assombrit brusquement. Au loin
roulait le tonnerre.

— L'orage approche, dit Adélaïde. Rentrons.

On entendit une pluie de volets se refermer. Le ciel
devint si noir au-dehors que chacun gagna rapidement
sa chambre.

Les nuits agitées de Flore s'étaient apaisées avec la
villégiature à la campagne. La sensation de danger ressentie à son arrivée s'était dissipée avec l'été. Ce soir,
elle revenait brutalement. Était-ce ce retour imminent ?
Une singulière impression de malaise la poursuivait
jusque dans son premier sommeil.

La maison venait de plonger dans l'obscurité, lorsque le bruit d'un effondrement précéda un cri rauque. C'était la voix d'Adélaïde.

Endormie, Flore songea : «C'est le fracas du tonnerre… Il a ébranlé la maison.»

Un visage aux traits indistincts surgit de son rêve. Tendu vers elle, il avait la blancheur d'un masque. Elle se dressa sur son séant. «Encore un cauchemar !» Au-dehors, la grêle tambourinait sur le toit, contre les fenêtres. «L'été nous fait ses adieux.»

Un volet mal fermé claquait quelque part. Le bruit sans doute. Mais ce hurlement ? L'avait-elle rêvé ? Au même instant, elle entendit des pas précipités dans le couloir.

— Mon Dieu !… Grand-père !

Il lui était arrivé malheur. La tempête, c'était lui. Le visage de son rêve, c'était lui. Le cri, c'était Adélaïde.

Elle se leva, enfila promptement sa robe de chambre, sortit.

Des domestiques allaient et venaient. Certains se concertaient à voix basse.

— Que se passe-t-il ?

— Monsieur Manderel… Il est inanimé sur le plancher.

Flore entra dans la chambre de ses grands-parents. Gisant sur le sol, Hippolyte-Eugène était inerte. Seuls ses épais sourcils frémissaient par saccades. Cet unique signe d'agitation semblait le maintenir en vie. Effondrée au pied du lit, Adélaïde lui entourait la tête de ses bras. Flore courut à ses côtés.

— Je peux t'aider, grand-mère ?

Adélaïde releva son visage baigné de larmes vers sa petite-fille.

— Oui.

Elle s'adressa à la jeune servante qui les regardait, indécise, empruntée.

— Toi aussi. On va le remettre sur le lit.

— La voiture est partie chercher le médecin, Madame.

Elles le soulevèrent avec difficulté, le recouvrirent de l'édredon. Adélaïde lui bassina les tempes.

— Il faudrait prévenir Floris.

— Je vais le faire, grand-mère, proposa Flore.

Elle refermait doucement la porte lorsqu'une main la saisit à l'épaule. Elle pivota sur elle-même. Tremblante, Clémence la regardait avec une fureur non dissimulée.

— C'est ta faute !…

— Comment ?

Flore était abasourdie. Les yeux de Clémence jetaient des flammes.

— Depuis que tu es là, rien ne va plus ! fulmina-t-elle. Sois maudite comme Laurencine !

Une gifle de Floris arrêta les insinuations et menaces vociférées par sa sœur.

— Ça suffit !… File te recoucher… Emmenez madame Clémence, elle a besoin de repos, ordonna-t-il à l'une des femmes de chambre.

Flore se jeta dans les bras de son oncle, en sanglotant.

— Qu'ai-je fait, oncle Floris, qu'ai-je fait ?

— Rien, voyons, rien…

— C'est ma faute, dis ?

— Non. Calme-toi. Père est solide. Tout le monde est à bout de nerfs. Le temps, seul, en est la cause.

— Qu'est-il arrivé à Laurencine, ma mère ? Quel acte terrifiant a-t-elle commis ?

— Rien, ma belle, rien… Rien…

11

L'aube commençait à poindre sur la gigantesque braderie de Lille. Envahie par une foule de noctambules occasionnels, de paysans des alentours revêtus de leur grosse blouse et de leur chapeau en peau d'anguille, la ville retentissait des appels en patois, des cris du marchandage. Pour la « fête à guenilles », filles et garçons couverts de haillons se ruaient sur les emplacements avec leur brouette et se hâtaient de vendre avant la pointe du jour. Peu après minuit, les premiers curieux avaient assisté au grand déballage des bradeux. Une marmaille facétieuse les bousculait, coiffée de képis militaires ou de bonnets à poils pour le « carnaval à vieuseries », dernier vestige des temps médiévaux. Toute trace de la friperie devait avoir disparu au lever des maîtres, mais de nombreux bourgeois s'amusaient eux aussi à déambuler entre quatre et six heures du matin, ce lundi de septembre, dans les rues engorgées. Une joyeuse excitation en résultait.

Floris Manderel s'était pressé autour de la porte de Paris, avec l'espoir de dénicher des pièces rares à ajouter à son impressionnante collection d'objets anciens ou exotiques. Des enfants de riches liquidaient les défroques parentales. S'y ajoutaient bohémiens, dentistes, marchands ambulants, petits employés vendant les rossignols de comptoir, sous les quolibets et sous l'appel traditionnel : « Au reste ! »

La veille, Flore avait entendu un sacré remue-ménage dans les combles de la maison, encombrés de malles, de vieux bois de lits et d'autres antiquités. Elle avait assisté à l'incessant va-et-vient des domestiques dans l'escalier, le visage réjoui par la perspective de l'argent récolté à leur profit, les bras chargés des vieilleries et trésors consentis par Adélaïde. Tout bon bourgeois se devait de se conformer à cette coutume ancestrale et d'offrir à son personnel la vaisselle ébréchée, les vêtements défraîchis, chaussures hors d'usage, manteaux ou capes râpés.

Retenue à la campagne par la maladie de son mari, Adélaïde avait envoyé Flore en éclaireur, afin que la braderie ne se transforme pas en pillage. Une autre guettait : Séraphine. Méfiante de nature, elle surveillait particulièrement la jeune Rolande. C'est ainsi qu'elle l'arrêta brutalement dans ses déplacements, avant qu'elle ne s'installe avec ses trophées devant la porte de la maison.

— Madame ne veut pas se débarrasser de ce vase, Rolande !

— Mais si… Laisse-moi, veux-tu ?…

Elle essaya de passer. Séraphine lui barra le chemin.

— Ma petite, j'observe ton manège depuis un moment. Ce n'est pas le premier objet…

— Ce n'est pas vrai ! Lâche-moi !

— Attention !… Le vase va se casser ! s'exclama Flore, en s'interposant entre les deux femmes d'une voix ferme.

— Madame m'avait offert ce vase, protesta Rolande.

— Quel aplomb ! répliqua Séraphine, stupéfiée. J'ai peine à en croire mes sens.

La mauvaise foi de Rolande ne faisait pas l'ombre d'un doute.

— Séraphine est dans la maison depuis toujours, ce qui n'est ni votre cas, Rolande, ni le mien, déclara Flore. Mieux que quiconque, elle connaît les désirs de madame Adélaïde. Je me fie donc à elle, et vous prie de remettre ce vase à sa place.

Flore avait tranché. Devant témoins, elle rendait hommage à la compétence, à l'autorité de Séraphine.

— Allez donc faire un tour, mademoiselle Marie-Flore, proposa la vieille femme. Je reste là, vous pouvez compter sur moi.

Séraphine la remerciait à sa manière, et lui octroyait un sourire entendu. La glace était brisée. Flore lui rendit son sourire et négligea la colère sournoise de Rolande.

— Tu es folle, murmura la jeune bonne de Floris à l'oreille de Rolande. Madame est une bonne paye, tu veux te retrouver à la rue ?

— C'est facile pour toi… lui répondit-elle. On sait bien comment tu obtiens les bonnes grâces de Monsieur Floris !

Flore n'en revenait pas : robes, sabres, livres anciens, vaisselle, vieux galons, assiettes à fleurs, bénitiers, bréviaires, reliques des guerres napoléoniennes s'étalaient le long des rues, dans une odeur âcre de pommes de terre chaudes, de rôtisseries, de saucisson de cheval, et de chandelles fumantes. Dans son esprit, « septembre » signifiait le début des veillées, non cette folle cohue, sortie des temps reculés, échappée des guerres et des invasions, plus vivace que jamais. Elle retrouvait pourtant un petit air des marchés de campagne à la vue des charlatans qui vantaient des secrets de jeunesse et de vigueur, étalaient des onguents capables de détourner selon eux les sortilèges et les maléfices.

Les paysans se renippaient à peu de frais et manifestaient bruyamment leur joie lorsqu'ils reconnaissaient un gars du « pays ».

Flore avait l'impression que Lille portait le visage d'un gros village, d'une immense famille. La rue était revenue aux hommes ; ces rues aux attelages trop nombreux et encombrants, qui empêchaient habituellement les gens de se retrouver. Le pavé avait repris son aspect convivial.

Mais, pour Flore, la fête était assombrie par la maladie de son grand-père.

Quelques jours plus tard, Hippolyte-Eugène Mande-rel regagna son domicile de Lille.

« Une fièvre cérébrale », avait diagnostiqué le médecin de campagne. La fièvre avait cessé, mais l'attaque avait laissé de lourdes séquelles. Il était transportable, mais ne pouvait plus se déplacer. Il n'en sortait pas indemne. Cette fois, il y avait plus que sa main. Une nouvelle paralysie provoquée par des lésions du cerveau avait atteint ses membres inférieurs. On la nommait savamment : paraplégie. On l'installa dans une imposante chaise à deux grosses roues latérales, munie d'un parasol pour les intempéries et le soleil, qu'il fallut retirer sans délai car cette toiture ne passait pas les portes.

Il ne parla pas de tout l'automne, mais, selon les experts venus à son chevet, il avait gardé toute sa tête. La parole comme la mobilité avaient des chances de revenir avec le temps.

Flore lui tint souvent compagnie. Plus que son corps, son regard semblait tendu vers son entourage. La bourrasque avait traversé cet homme puissant, digne, à la voix grave. Il avait suffi d'un après-midi de grand vent pour abattre cette forteresse inexpugnable, anéantir ce robuste chêne, rouvrir une plaie secrète. Lui qui passait si vite de la facétie à la sévérité vivait à présent dans le silence et l'immobilisme, comme si son esprit s'était mis en éclipse de conscience. Arriverait-elle à rompre la barrière dressée entre eux, à comprendre l'intensité de son regard à son approche, à ne pas en être intimidée ?

Du jour où elle osa lui prendre la main, il ne lâcha pas la sienne. Tout ce qu'il ne lui avait pas consenti auparavant semblait concentré dans la pression de sa grosse main valide. « Allons, pensa Flore, il ne me hait pas. »

Parfois, sous l'œil attendri d'Adélaïde, la main dans celle de Flore, avec une confiance enfantine, il allait se

148

perdre dans le lointain, dans un pays oublié du passé, dans des souvenirs gravés dans sa solitude.

Il fixait fréquemment le mur, à un certain endroit, comme pour montrer quelque chose à Flore, à elle seule ; il ne le faisait jamais en présence des autres.

Était-ce un effet de sa dérive, ou y avait-il eu sur ce pan de mur nu un tableau, un portrait ?... celui de Laurencine... ?

À d'autres moments, Flore avait la conviction que son grand-père essayait, en vain, de lui parler... Et la jeune fille éprouvait alors la sensation de se débattre au bord d'un gouffre.

Elle décida de s'adresser à Séraphine.

La vieille femme l'avait rendue responsable de la mort de son mari, mais, depuis l'altercation avec Rolande à la braderie, leurs rapports s'étaient sensiblement améliorés.

Séraphine se laissa même aller à quelques confidences. Elle était née dans un village du Nord, avait fui, toute jeune, la «pelouse aux fées», où une centaine de filles étaient parquées, jaugées chaque année, en vue d'un éventuel mariage. Elle s'était unie au cocher de la famille, le couple se dévouant ainsi totalement aux Manderel.

L'heure était venue de l'interroger sur Laurencine.

Séraphine hésitait, baissait les paupières, se mordait les lèvres. Flore ne la lâchait pas des yeux. Après un long silence, elle perdit son air contrit, se lança :

— Il n'y a pas eu de billets de mort pour assister au convoi et aux funérailles. Rien dans les estaminets, rien sur le mur de la maison. Ni cierge ni crucifix... Aucune cérémonie. C'est étrange, non ?

— Les billets de mort ne se font plus, Séraphine, ils sont remplacés par des lettres de faire-part. Vous étiez dans la maison, il était inutile de vous en envoyer...

— Cela n'existait pas à l'époque, Mademoiselle, les «faire-part».

— Mais, avec le choléra, les morts se comptaient par centaines, n'est-ce pas ?

— Peut-être, mais je n'ai rien vu, moi, rien su. Madame m'a laissée mettre les voiles noirs sur les miroirs, elle pleurait beaucoup, mais on ne s'est pas recueilli sur Mademoiselle Laurencine.

— Mademoiselle ?

Séraphine reprit une mine embarrassée :

— … Oui… Quand j'ai voulu arrêter les horloges, Monsieur s'est fâché avec une violence !… Il est tombé… Ce fut sa première crise.

Elle s'interrompit, très émue.

— Ce n'est pas votre faute, Séraphine, murmura Flore, d'une voix douce.

— Madame ne m'a jamais rien dit là-dessus… J'étais dans ses confidences jadis, mais là-dessus, rien. Moi, je croyais mademoiselle Laurencine remise de ses couches… Puis un jour, elle a disparu. Le choléra, à ce qu'il paraît…

— C'était rapide ?

— Oh ! Ce fut très rapide pour mon homme aussi. À peine fut-il emmené à l'hôpital général…

Elle réprima un sanglot.

— C'est lui qui m'a emmenée ?

— Oui…

— Racontez-moi, Séraphine !

— Il n'y a rien à dire. Je ne sais rien.

Son visage s'était refermé.

— Je suis vraiment désolée d'être la cause…

— Vous n'y êtes pour rien, mademoiselle.

— Et vous n'avez pas interrogé madame Adélaïde ?

— Si elle ne dit rien, c'est qu'elle a ses raisons, mais je ne l'ai jamais vue se rendre au cimetière.

« Le cimetière ! songea Flore. Pourquoi n'y suis-je pas encore allée ? »

Très excentré, peu de gens s'y aventuraient, en dehors de la visite solennelle de la Toussaint. Et la Toussaint était passée. Les dames avaient revêtu les toilettes sombres, les bottines et les manchons pour se préparer à l'hiver. Dans les rues de Lille, l'odeur des marrons se mêlait à celle des pommes de terre.

Quelques familles commençaient à se rendre plus fréquemment sur les tombes, et se faisaient construire des caveaux surmontés d'édifices funéraires luxueux, de véritables mausolées. L'engouement pour l'après ou l'au-delà pointait son nez.

En bon scientifique, Amaury prétendait que la peur des cimetières était le fruit de siècles d'obscurantisme et de superstitions. Pour l'Église, seule comptait la vie éternelle, soit, mais il n'était pas fâché de contredire les religieux, et d'affirmer que le culte des morts était un acte de civisme. Adélaïde avait d'ailleurs envisagé d'embellir le caveau familial.

Flore prétexta une visite à Sideline, et sauta dans un fiacre.

— C'est loin, ma petite dame, émit le cocher d'un air renfrogné. C'est en dehors des murs !

— Je sais, j'ai de quoi payer.

— Vous êtes sûre de vouloir y aller ? Le ciel est sombre, chargé de nuages…

— En route, s'il vous plaît.

— Décidément, si ça devient un lieu de visite, maintenant ! ronchonna-t-il dans sa barbe, tandis que son cheval se mettait à trotter allègrement vers le cimetière.

Une lumière glauque, un silence lugubre entouraient Flore. Elle ne craignait pas cet endroit, loin de la folie des hommes. Elle ne se sentait pas assaillie de tristesse là où reposaient les morts. Avec l'habitude de déambuler seule au milieu de la végétation des marais aux aspects étranges, elle avait aimé cette enclave du merveilleux que sont les ruines de Saint-Bertin. Mais, en ce jour de novembre 1848, elle n'avait pas compté avec les intempéries, et l'obscurité qui montait si tôt.

Elle marcha longtemps autour des tombes, avant de repérer l'endroit indiqué par un gardien soucieux de rester abrité dans sa petite cabane. Elle marcha le long des croix, des formes vagues de stalles funéraires. Les fleurs déposées à la Toussaint étaient fanées.

En cet après-midi brumeux, la solitude avait repris sa place dans cet immense terrain réservé aux disparus.

Des arbustes décharnés, morts eux aussi, montait le murmure d'une prière. Elle croisa quelques mines patibulaires, ressentit l'impression d'un espace rempli de fantômes, l'impression qu'il s'en faudrait de peu pour qu'ils ne se relèvent de dessous leurs pierres tombales.

Les arbres prenaient l'allure de silhouettes gigantesques. Elle entendait des bruits, le battement de son propre cœur dans sa poitrine. Elle n'avait pas éprouvé cette étrange tension dans les ruines de Saint-Omer, mais elle y était avec Baptiste. Le brouillard laissa place au crachin. Elle commençait à ressentir la morsure du froid. L'humidité transperçait son manteau, pénétrait sous ses jupons. Sur la pierre étaient gravés les noms de deux enfants Manderel, mais aucune trace de celui de sa jeune mère : Laurencine…

Au travers de nuées diaphanes, Flore distingua un petit cercueil de bois blanc porté par un homme et un enfant. De loin, elle assista au cortège funèbre, à la bénédiction du prêtre, courte cérémonie religieuse, enterrement de troisième classe en plein après-midi, suivi par des malheureux à l'aspect pitoyable. Elle ferma les yeux, et sous ses paupières endolories, dans un tourbillon de brume, défilèrent des images de Salperwick. Une envie folle de hurler montait en elle.

Un garçon blond aux oreilles décollées, hirsute et débraillé, des trous à la culotte, fit irruption dans ses rêveries comme une luciole. Il lui tapa sur l'épaule. C'était l'enfant au petit cercueil de bois blanc.

— T'as perdu qui, toi ? lui demanda-t-il sans ambages.

— Maman… Mais elle n'y est pas !

Flore se surprit à appeler Laurencine du doux nom de maman. Elle se mit à trembler.

— Tu comprends, elle n'est pas enterrée là…

Elle se rebiffait, se cabrait. Sa mère n'était même pas retournée en poussière. Évanouie. Évaporée.

152

La pluie tombait dru à présent et se mêlait à ses larmes, ruisselait sur son visage. Ses cheveux collaient.

— T'en fais pas, on va la retrouver, ça se perd pas comme ça, affirma l'enfant avec conviction.

— Oh! pardon, je ne sais pas ce qui me prend... Mais pourquoi ne repose-t-elle pas là, dis? Qu'est-ce qu'ils me cachent?...

— Ils l'ont mise ailleurs, c'est tout. Chez nous, c'est les garçons qui partent, pas les «pisseuses», comme dit not' père. J'ai cinq sœurs. Le petit frère est parti d'un coup, ce matin...

— Et vous l'avez déjà...

— On n'a pas le temps d'attendre, faut travailler demain.

L'attention du jeune Lillois revint sur le nourrisson qui gisait non loin de là.

— C'est le deuxième qui nous fait ça. À peine le temps d'ouvrir la bouche pour téter la mère. J'aimais bien ses petites mains... Quand je lui ai baisé le front, il était glacé, ça m'a fait drôle. Pour la Saint-Nicolas, je m'étais saigné pour de coûteuses dragées, avec ce que j'avais déposé à «mon oncle», enfin, «au clo»... au «mont-de-piété», précisa-t-il devant l'expression déconcertée de Flore. On a eu de vraies obsèques religieuses, grâce au curé de Sainte-Catherine. Je vais te ramener, si tu es perdue.

Bravant la pluie, il la regardait avec un air héroïque.

— Moi, c'est Adolphe. Tout le monde m'appelle Dodo. Je suis apprenti.

— Déjà... Tu n'as pas douze ans?

— Neuf! répondit-il, très fier. Ils sont pas trop regardants... Je suis très habile pour me glisser sous les métiers, huiler les machines, ou rattacher les fils... C'est mieux que ma mère qui file les pieds dans l'eau, dans la vapeur. De temps en temps, on reçoit une raclée des autres ouvriers chargés de nous apprendre le métier. Mais ils battent moins qu'à la maison. Les coups pleuvent chez nous, alors, je vis beaucoup dans la rue.

«Je combats dans les rangs des «saint-sauveurs», même que cela m'a coûté une dent, une vraie, regarde.

L'enfant lui sourit, ouvrit grande la bouche.

— On s'amuse bien dans la rue ; mon père, lui, c'est dans les estaminets. Il est marchand de wassingues[1], je préférerais qu'il soit marchand de gaufres ou de guimauve. Il était tellement plein de bière qu'il n'a pas pu se rendre au cimetière. Je suis venu avec le frère aîné. Je prends des cours du soir, je veux devenir célèbre comme Bianchi, faire de la politique, être président de la République. Ma femme ne travaillera pas, je serai fier de ma bourgeoise.

Dodo apprécia Flore, d'un air connaisseur :

— Comme toi. Et si ça ne marche pas, alors je ferai des chansons avec mon ami Desrousseaux.

— Desrousseaux ?

— Alexandre Desrousseaux. Un vieux de vingt-huit ans, mais c'est mon ami. Il est gai et gentil. J'te le présenterai. Il était au mont-de-piété, mais c'était pénible de monter les gages sans arrêt. Il en a eu mal aux intestins, a dû renoncer à sa place. On vient de le publier, et il a chanté en public, en remportant un grand succès ! Tu verras, on parlera de lui, il connaît le théâtre et même l'opéra. En garnison, il jouait du violon et de la clarinette pour les soldats, et dans les bals. C'est le plus grand poète du monde.

La pluie battante avait décimé les passants dans les rues luisantes. Ils étaient trempés.

Dodo s'exprimait dans le patois de Lille. Flore éprouvait une certaine difficulté à le comprendre, mais elle était attendrie par ce môme aux yeux dévorants de vie, qui lui rappelait son petit Victor, à Salperwick.

Il sifflota malgré la pluie torrentielle et l'enterrement de son frère. Il s'en aperçut, s'interrompit.

— Je ne devrais pas siffler, mais je ne peux pas m'en empêcher… Attention ! (Flore glissait, il la retint :) Attention à la Deûle, c'est dangereux ! L'autre jour, il y en a deux qui sont tombés dedans.

— L'eau, je connais.

1. Serpillières.

154

— Moi, c'est Lille que je connais, comme ma poche, un vrai « Lillos » ! Je joue sur les remparts... Avec les « saint-sauveurs », on y brûle de vieux matelas de paille de colza, pour regarder sauter les puces... J'ai déjà habité six courettes, comme je te dis... car dès que le père ne peut plus payer le loyer, on « déménage à la Saint-Pierre »...

Devant son air étonné, il précisa :

— Dans la nuit, si tu préfères... Oh ! tu n'es pas d'ici, toi... Tiens, c'est le vent d'est, on entend les moulins à vent... Elle est morte de quoi, ta mère ?

— Du choléra, mais il y a longtemps, et je ne la retrouve pas.

Le souffle de la nuit pénétrait par tous les pores de la peau. Les ténèbres s'épaississaient autour d'eux. Il lui prit la main, pour la protéger. Elle serra la sienne pour le rassurer.

— Si elle n'est pas venue dans ce champ de morts, ta mère, c'est qu'elle est peut-être restée sous une dalle du sanctuaire de l'église. Mais si c'est le choléra, beaucoup de cadavres ont été enlevés de nuit, m'a dit mon vieux, ce fut le cas pour ses parents... Depuis, le père ne boit plus d'eau : à cause du choléra.

Elle rentra vers cinq heures ce soir-là, dans l'obscurité, ruisselante de pluie, frissonnante. Adélaïde l'attendait à la porte. Le lendemain, Flore dut garder le lit. Mécontente, sa grand-mère la frictionna au camphre, lui fit ingurgiter des tisanes chaudes, et la sermonna :

— Je devais m'y attendre. Laurencine n'a pu être mise dans le caveau familial, ma petite-fille...

— Où est-elle ?

— Dans notre cœur, ma fille...

— Dans votre cœur ? répéta Flore en colère. C'est pour cela que vous avez supprimé son portrait sur le mur du salon ?

— Comment ?...

Les lèvres fiévreuses, Flore défiait Adélaïde, sans lui répondre.

— Ce n'était pas bon pour ton grand-père, avoua-t-elle.

Il sembla à Flore que sa grand-mère accusait brutalement le poids des ans.

— Mais il le regarde sans arrêt, ce portrait invisible, grand-mère. Il le cherche, il me le montre !

— Allons !... Allons !... Tu te fais des idées, ma fille...

Elle changea de sujet, et lui adressa, à son tour, des reproches :

— Je ne veux plus que tu te sauves sans m'en parler. Pendant ton absence, Sideline est arrivée avec Clémence, nous nous sommes inquiétées. Je devrais te punir, pour ce mensonge... Si tu n'étais si chaude...

Cette nuit-là, Flore refit son rêve sur la barque et les canaux de Salperwick. Cette fois, aucune lumière ne perçait au travers des volets clos, aucune fumée ne sortait de la cheminée de leur maison basse. À mesure qu'elle glissait sur l'eau, elle ne reconnaissait plus rien... Soudain, une main se tendit vers elle, celle de Baptiste.

Elle ne put l'attraper.

Elle se réveilla, trempée. La fièvre était tombée. L'espace d'un instant, avant d'ouvrir les yeux, Flore se sentit sur le bord d'un souvenir, sans parvenir toutefois à se rappeler.

Était-ce la médaille de Clémence ?

Le 6 décembre, la ville de Lille reconnut avec horreur le spectre du choléra dans les visages cadavériques de plusieurs malades.

Pour les enfants, c'était la fête de la Saint-Nicolas. Flore n'avait jamais vu un tel étalage de jouets, de cadeaux : croquets, cerfs-volants, ballons, poupées et, bien sûr, les petites gâteries de bouche.

Depuis l'été passé à la campagne de Saint-Maurice, Flore songeait qu'une grande famille était une bénédiction du Ciel, lorsqu'on pouvait élever les enfants sans soucis d'argent et de pain.

À Salperwick, la vie n'était pas rose tous les jours pour la belle Orpha.

«Orpha». Dès que Flore évoquait son prénom, elle entendait ses dernières paroles ; son cœur se serrait ; une douleur indéfinissable, terriblement inquiétante, lui irradiait le cerveau.

À l'annonce du retour de l'épidémie, Séraphine se mit à traquer les mauvaises odeurs, effluves, miasmes, puanteurs des latrines, crachats, urines, qui pouvaient créer, propager, exhaler la mort… Elle rabâchait à longueur de temps :

— Le fléau revient, il va nous dévorer, propager son venin mortel, son haleine fatale.

Sideline prit peur. Adélaïde se fâcha, tenta de raisonner sa vieille domestique qui perdait la tête :

— Voyons, Séraphine, les conditions sont différentes, on nettoie davantage aujourd'hui, les détritus sont ramassés, on ne laisse plus pourrir les porcs en plein air, et nous ne sommes pas dans un de ces faubourgs mal aérés aux eaux stagnantes. Tais-toi donc, tu effraies mes petits-enfants avec tes imprécations.

Le mal était fait. Sideline se voyait le corps envahi de sangsues. Elle plongea dans un état d'anxiété déraisonnable, inspiré par une peur panique.

Quant à Adélaïde — malgré ses rassurantes paroles —, elle alla refleurir la niche du petit salon dans laquelle se trouvait une statue de la Vierge Marie. Elle vérifia elle-même la fermeture des fenêtres. Elle se procura de l'eau de Vichy en grande quantité, mit des sachets aromatiques dans les poches des jupes, tabliers et pantalons de la famille et des domestiques.

Une expression douloureuse s'était installée sur le visage d'Hippolyte-Eugène, et ne s'évanouissait qu'à l'entrée de Flore. Il était à la fois perdu dans ses rêves, dans un monde irréel ou disparu, et inquiet qu'on lui cachât des drames familiaux.

Il s'agrippait aux yeux de Flore pour chercher une

confirmation, ou un refus. Ses yeux couleur de jade quémandaient la tendresse.

Elle sentait une souffrance, une agonie plus intense en son âme qu'en la paralysie de son corps.

— La femme de Floris est morte du choléra, comme ma mère ? s'enquit Flore auprès de sa grand-mère.

— Non... En mettant Stanislas au monde. Floris est resté très affecté. Il adorait sa femme. Ce fut la volonté du Seigneur...

Minée par des sentiments morbides, Sideline avait perdu sa pétulance.

— Je ne sentirai jamais le baiser moelleux d'une moustache, le grand frisson d'aimer et d'être aimée, confia-t-elle à sa cousine.

— Pourquoi ?

— J'ai peur de rester vieille fille.

— Tu es si jeune, voyons !

— Mais on ne peut rester dans le monde plus de deux saisons sans être fiancée ! On va croire que je suis atteinte de quelque tare inavouée.

— C'est valable pour moi alors ?

— Toi, ce n'est pas pareil, tu viens d'arriver. Il me semble que l'avenir m'est interdit. Je rêvais de vivre avec un époux adoré, sans faire chambre séparée comme mes parents. Ces temps-ci, mon père chicane ma mère pour les notes de couturière. Il lui a interdit de revoir son médecin, qu'il a congédié, en l'accusant de jouer un rôle « socialiste » aux côtés de Bianchi. Il lui a ordonné de suspendre sa correspondance avec une cousine qui n'est pas heureuse en ménage, la menaçant d'envoyer le courrier au mari. Il la surveille sans arrêt, et lui, par contre... Ne le répète à personne, surtout : quand elle reste couchée dans le noir de sa chambre, les rideaux tirés, prise par une indisposition ou ses migraines, mon père en profite avec les femmes de chambre.

— Mon Dieu, comment le sais-tu ?

— Je ne vais plus chez les sœurs... J'ai surpris des conversations, des fous rires, des clins d'œil... Ma mère en a assez, je le sens bien. Un jour, elle va faire quelque chose.

— Quoi ?

— Si je le savais, Marie-Flore !... Elle qui ne touche jamais un chiffon, hier elle a frotté les boiseries du matin au soir. C'était très étrange. Parfois, elle reste des heures entières devant son secrétaire.

— Si elle tient d'Adélaïde, elle doit en remplir des livres de comptes, de recettes, de blanchisseuse... Sans compter les inventaires, le livre du médecin avec les traitements, les factures !

— Elle écrit d'autres choses, j'en suis sûre, mais je ne sais pas où elle cache ses cahiers.

— Et tant mieux, Sideline, c'est son secret...

« Moi, je me confie bien à mes croquis », pensa-t-elle.

— J'ai peur du choléra, Flore, j'ai peur des vomissements, du regard halluciné, j'ai peur à en devenir folle. Alors, mon père me fera interner. Je deviendrai la honte de la famille, on m'oubliera, on m'attachera sur une planche de bois et l'on m'arrosera d'eau froide.

— Calme-toi, Sideline. Tu t'affoles inutilement.

— J'éprouve parfois une sensation d'étouffement... Je suis peut-être déjà atteinte ? Si je meurs, on ne s'apercevra même pas que j'ai existé. Si je meurs, répéta-t-elle, tu trouveras mon journal secret au fond du troisième tiroir de mon secrétaire ; il y a une petite cavité, c'est là...

Flore ne savait plus à quel saint se vouer pour rassurer sa cousine. Adélaïde vint à son secours :

— Sideline, c'est surtout à Saint-Sauveur que le choléra a reparu. Certaines cours sont entièrement visitées par l'épidémie. C'est dans l'habitation de nos pauvres que le fléau va sévir, parce que l'air est vicié ; pas chez nous, voyons. C'est tellement humide là-bas, mal éclairé, mal aéré, ils sont tous entassés.

Flore songea à Dodo, le petit apprenti. N'était-il pas atteint ? Elle ignorait son adresse...

La République élisait son président : les bourgeois de Lille votaient pour Cavaignac, le vainqueur des insur-

gés de juin. La France rurale donna raison à Louis-
Napoléon Bonaparte, le neveu de l'Empereur.

Flore pensa combien son père des marais, Aristide
Berteloot, devait s'en réjouir à Salperwick. Il avait toujours vénéré Napoléon.

Malgré la paralysie d'Hippolyte-Eugène, l'annonce
du choléra dans les quartiers pauvres de la ville, et peut-
être à cause de tout cela, Adélaïde leur fit un merveilleux Noël.

Pour la première fois, un sapin trôna dans le grand
salon. Les enfants reçurent des oranges, des gâteaux traditionnels — les coquilles en forme d'Enfant Jésus
emmailloté —, mais aussi d'autres petits cadeaux, ce
qui était très nouveau. On mit une belle bûche dans la
cheminée, on se rendit à la messe de minuit et, au
retour, on soupa de boudins grillés, dinde truffée froide,
bouchées glacées et gaufres au dessert.

Face au superbe sapin décoré, une image de Salperwick traversa l'esprit de Flore : celle de Baptiste
cueillant le gui sur les arbres nus de décembre.

Peu après le jour de l'an 49, Flore reçut une lettre.
Elle rougit de plaisir. Ceux de Salperwick ne l'avaient
pas oubliée. Elle déchanta à la lecture.

C'était un message de Baptiste. Bref. Bien bref.
« *Père est au plus mal, le choléra.* »

Une forte bouffée d'émotion submergea Flore à la
lecture de ce mot, griffonné à la hâte tandis qu'elle-
même recevait ses premières étrennes. Des larmes coulaient, silencieuses, le long de ses joues lorsqu'elle
releva la tête, mais ses yeux brillaient d'une volonté
sans faille.

Adélaïde comprit immédiatement la détermination de
sa petite-fille :

— Tu pars, n'est-ce pas ?

— Oui, je dois partir.

— Je vais tout organiser. Dans deux jours, tu auras
quitté Lille.

— Ne te dérange pas, grand-mère, je vais me renseigner sur les horaires des diligences…

— Il n'en est pas question. Notre voiture t'y emmènera.

Elle resta silencieuse un instant.

— Marie-Flore… (Elle se sentait d'une maladresse inaccoutumée. Elle hésitait.)… C'est… C'est ta maison ici, maintenant… Vas-tu revenir ?

— Je ne sais pas.

12

Léonardine Berteloot ôta ses lunettes rondes, se frotta
les paupières, réajusta les branches de la monture sur
ses oreilles. La vision se confirmait : au bout de l'allée,
à l'opposé des berges du canal, s'était arrêtée une voiture de maître tirée par deux chevaux racés.

Elle remit le peigne qui tenait son chignon, jeta un
coup d'œil à son reflet dans la vitre de la fenêtre, soupira tristement, mécontente de son image ingrate. Les
gros verres lui donnaient un air sévère, mais, sans eux,
sa démarche devenait hésitante, son univers se rétrécis-
sait, et Lénie vivait dans l'angoisse de finir sa vie à
tâtons dans le monde obscur et sans forme de la nuit.
Elle sortit, le torchon à la main pour se donner une
contenance.

Le cocher descendit de son siège, abaissa le marchepied, ouvrit la porte. Une jeune femme apparut, enveloppée dans une pelisse fourrée. Elle sortit les mains de
son manchon, se retint à l'homme en livrée, et fit un
signe en direction de Léonardine, qui plissait les yeux.
Sa vue ne s'arrangeait pas.

— Vous désirez, madame ? s'écria-t-elle de loin,
méfiante envers l'étrangère qui s'introduisait chez elle
sans invitation.

Flore se précipita vers sa sœur :

— Lénie !... C'est moi !

— Enfin, Lénie, tu es aveugle ! clama Baptiste. (Il

lâcha les bûches qu'il rapportait de la grange.) C'est Flore !…

Il la devança, prêt à étreindre Flore sur son cœur. Il attendait ce moment depuis des mois.

Intimidé par son élégance, il se contenta de lui saisir les mains avec tendresse.

— Tu ne m'embrasses pas ? demanda Flore, déconcertée.

— Si, si, bien sûr !

Baptiste s'exécuta, et devint cramoisi en recouvrant la vieille gaucherie qui le mettait hors de lui.

Lénie freina elle aussi son enthousiasme. Sous son regard embrumé de myope se tenait une bourgeoise à la mise recherchée, semblable — selon elle — à ces demoiselles à capeline qui papillonnaient sur le parvis de Notre-Dame de Saint-Omer le dimanche, le missel contre la poitrine, et l'air faussement prude.

Flore s'avança pour l'embrasser mais Léonardine se recula.

— Enfin, Lénie, c'est moi, Flore !

— Bonjour, Flore, répondit-elle d'une voix sèche, essayant de camoufler le sentiment de jalousie qui remontait malgré elle ; malgré les semaines à espérer — sans se l'avouer — le retour de la brebis égarée. Excuse-moi, ajouta-t-elle, attentive derrière ses lunettes. C'est… ton costume, cet équipage… Tu es de la ville, maintenant.

— Non !

Flore lui octroya son plus charmant sourire, mais Lénie se tournait vers Victor, d'un air furieux :

— Descends immédiatement !

Espiègle, il avait pris place à l'intérieur de la voiture tapissée de passementerie jaune. Il obéit, courut vers sa grande sœur. Ses yeux rayonnaient d'une joie enfantine.

Flore oublia la froideur de Lénie et serra le petit frère dans ses bras.

Apolline et Lucienne, dites Plume et Lulu, la dévisageaient avec curiosité.

— Grâce au Ciel ! Vous êtes tous sains et saufs ! Dieu vous a épargnés… Et le père, comment va-t-il ?

Victor la tira par la main :

— Entre, il fait froid !

Un silence contrit enveloppait tous les membres de la famille Berteloot présents dans la pièce basse, éclairée de manière capricieuse par les reflets des chandelles et le feu dans l'âtre.

Les sourcils froncés, la poitrine comprimée par une terrible envie de pleurer, Flore réitéra son reproche :

— Pourquoi ne m'avez-vous pas prévenue, avant ?… Il était déjà mort quand tu m'as écrit, Baptiste… Pourquoi ?…

— Pour que tu l'attrapes ?…

— Dis donc ! s'interposa Léonardine. C'est toi qui es partie, fais-nous grâce de tes remontrances !… Tu crois que la vie a été facile ? Pour toi, sans doute, pas pour nous…

— Silence, Lénie, ordonna Baptiste. Père fut l'un des premiers cas, et quand on a compris ce qu'il en était, c'était déjà trop tard. Personne d'autre n'est atteint. Flore, tu aurais pris des risques à venir plus tôt.

— À Lille aussi, le choléra court…

— Non, mais tu l'entends ? reprit Léonardine. Elle nous l'amène peut-être ?…

Flore était malheureuse. Elle n'avait pas vu son père Aristide sur son lit de mort, n'avait pas recueilli ses dernières volontés. Elle n'avait pas été présente avec les autres enfants, à son chevet, et elle sentait bien qu'ils lui en faisaient grief, Lénie en tête.

— Avez-vous pris toutes les précautions, désinfecté les… ?

— On ne t'a pas attendue, coupa Lénie. On a brûlé sa paillasse et ses habits. Il ne reste rien de notre pauvre père. Heureusement, il a eu le temps de nous faire ses adieux, à tous…

Elle la défia d'un regard inquisiteur.

Rouge de honte, maladroite, Flore n'arrivait plus à maîtriser son émotion. Le moment des comptes était venu. Les hostilités étaient ouvertes.

— Tu es là pour longtemps ? demanda Plume, d'une petite voix timide.

— Tu reviens ? s'enquit Lulu, plus directe.

Flore se mordit les lèvres, ravala ses larmes. Le malaise planait sur l'assemblée.

Elle retrouvait la pénible sensation d'être seule, face à un tribunal. Jugée, condamnée par ceux qu'elle aimait.

— Puis-je rester… un peu ?

La réponse de Léonardine lui fit l'effet d'une cravache.

— On a dû prendre ton lit pour Victor. Il a grandi, tu as peut-être remarqué ?…

— Bien sûr… Cela ne fait rien, j'irai dormir à l'auberge. Le cocher attend, pour me raccompagner ou… rentrer.

— Dieu ! Vous entendez ! Un cocher au service de mademoiselle ! Eh bien, il n'a pas fallu longtemps pour faire ton chemin dans le monde, commenta Lénie qui avait retrouvé sa verve cinglante.

— Reste à savoir comment elle l'a fait, ce chemin…

Quentin toisait sa sœur avec sévérité, l'estimant trop apprêtée pour être honnête.

— Arrêtez, vous deux ! leur signifia Baptiste. Flore est chez elle, et elle restera autant qu'elle le désire. Je vais lui fabriquer une paillasse.

Il ajouta, en maître du logis :

— Sois la bienvenue parmi tes frères et sœurs, Flore.

Ces derniers mots détendirent l'atmosphère, et chacun se prépara pour la soirée. Afin de mettre la main à la pâte dès ce premier jour, Flore se changea, revêtit son ancienne tenue de paysanne. Plume et Lulu s'extasièrent devant le corset, la finesse de ses bas et de ses jupons bordés de dentelle. Elles furent stupéfaites d'apprendre qu'en ville l'usage était d'en porter six à huit, sous une jupe surchargée de volants et de bouillons. En coupant d'épaisses tranches de pain destinées à tremper dans la soupe, elles la questionnèrent sur sa nouvelle vie. Les sept orphelins s'attablèrent autour d'une potée de tête de porc salée aux carottes, navets, poireaux et choux, et se délectèrent des pains d'épice et carrés de Lille à l'anis, rapportés par Flore.

Lénie retirait fréquemment ses lunettes, se frottait les paupières. Flore remarqua le contour des pupilles, injecté de sang :

— Tu devrais consulter Adèle…

Lénie haussa les épaules :

— Adèle n'est pas capable de me guérir. Qu'elle aille au diable !

Elle savait pertinemment l'amitié qui l'unissait à la jeune guérisseuse. Flore n'envenima pas la discussion.

— Je te rapporterai des lunettes plus appropriées… Ou un joli face-à-main. Tu ne seras pas contrainte de le porter constamment.

— Tu repars alors ?… Quand ?… On peut savoir ?

— Si tu le permets, je te le dirai demain, Lénie. Je suis un peu fatiguée par le voyage.

Pourtant, cette nuit-là, Flore s'endormit très tardivement, et le visage d'Aristide hanta son sommeil. Le regret de n'avoir pu lui raconter les Manderel succédait au remords d'avoir manqué ses derniers instants. Grâce à ses lettres, Dieu merci, il n'avait pas ignoré son installation. Les vœux d'Orpha étaient respectés.

L'absence des parents pesait sur l'entente de la fratrie. Était-ce le contact des bourgeois de Lille qui rendait Flore suspicieuse, ou la mésentente s'était-elle effectivement installée au sein de cette famille unie, fierté de la courageuse Orpha ?

La solidarité semblait avoir disparu, et Flore se sentait responsable du chaos.

Toute la soirée, Lénie avait fait valoir son dévouement, les heures passées sans relâche à s'occuper des plus jeunes, à tenter de sauver le père. C'était un miracle qu'elle ne fût pas atteinte par le mal, dont on disait qu'il

166

s'infiltrait partout avec la rapidité des grands fauves, comme la peste chez les anciens.

Flore avait été témoin de fâcheries entre filles, les cadettes faisant preuve de velléités d'indépendance vis-à-vis de Lénie, témoin aussi de la rébellion de Quentin qui acceptait difficilement l'autorité de Baptiste, le chef de famille. Accompagnant jadis le père dans son travail et ses déplacements, Quentin se sentait le dépositaire de ses volontés.

Seul, Victor poursuivait son petit bonhomme de chemin, philosophe dans l'âme et sans problèmes apparents. Flore se demandait s'il en avait toujours été ainsi, ou si son retour était la cause d'une grande lessive familiale.

Le lendemain, la journée fut longue, sombre, maussade.

Chacun avait regagné son travail, s'efforçant d'oublier la menace du choléra qui sévissait avec force dans la région. Baptiste était parti en forêt de Clairmarais pour le bois, avec Victor et d'autres artisans. Quentin sortait la vase des fossés avec la baguernette au long manche posé sur l'épaule pour la déposer sur les berges, puis l'étaler sur les parcelles cultivées avec le père. Ce dernier lui manquait cruellement. Lulu était employée au château de Salperwick, et Plume, du haut de ses dix ans, aidait Lénie pour les courses et les travaux ménagers.

Flore emprunta son ancienne escute, inutilisée pour l'instant. Le ciel était pluvieux, le marais inhospitalier, noyé sous le silence de ses secrets. Le jardin vide de Baptiste lui sembla triste.

« Des fleurs de janvier, on ne remplit point le panier », récita-t-elle.

Rentrée du cimetière, elle se mit en quête d'Adèle, mais ne la trouva ni chez elle ni à la chapelle du marais.

Sans doute nourrissait-elle les oiseaux qui peinaient en plein hiver, faute de poissons réfugiés dans les eaux profondes. Immobile, un héron cendré souffrait patiemment dans l'attente d'une proie improbable. Quelques canards sédentaires, colverts et souchets, cherchaient leurs aliments dans la vase. Des foulques venues de Sibérie pour la saison froide, des siffleurs, barbotaient et bondirent hors de l'eau à son passage.

La plupart des espèces migratrices hivernaient dans les climats chauds. Dans un mois déjà commenceraient les remontées de printemps, voyages impressionnants qui dureraient jusqu'en avril.

Des broukaillers élaguaient leurs haies, coupaient des branches en bordure de l'eau, curaient avec leur « grèpe » afin d'extraire les matières organiques au fond des canaux et de faciliter ainsi la circulation dans les watergangs. Elle les interpella avec familiarité, comme par le passé. Certains la reconnurent de suite, d'autres plus difficilement. Un an était passé...

Elle retrouvait goût au marais, mais, en même temps, elle se sentait une visiteuse dans ces lieux où elle avait grandi, où elle avait été choyée.

Elle se revoyait dans le bacôve d'Aristide, en train de chercher Orpha, ignorante encore de la mort, ignorante de sa véritable identité, ignorante des Manderel. Elle songeait à ce vaillant père, maigre, les yeux délavés, penché sur sa perche, acharné au travail, amoureux de sa femme, et si triste par la suite. Le choléra avait exaucé son vœu, celui de rejoindre sa belle Orpha. Était-il nécessaire de s'éteindre dans d'horribles souffrances ?

À plusieurs reprises, elle cassa le givre qui s'installait. C'était dans l'ordre des choses. Et c'était bien. Ce froid repousserait les brouillards et empêcherait peut-être la « maladie » de remplir le cimetière, son haleine mortelle de se propager parmi les siens...

Ce deuxième soir, l'indispensable veillée les réunit autour du feu. Ils se remémorèrent les parents avec affection, ils prièrent, évoquèrent les attaques du mal dans les environs et à Saint-Omer, questionnèrent Flore sur ces gens qui l'hébergeaient et lui procuraient un travail, l'interrogèrent aussi sur la ville et les événements de juin, sur les transformations incroyables qui se produisaient avec la machine à vapeur et le chemin de fer.

Plusieurs fois, elle croisa le regard appuyé de Baptiste. Troublé, il prit machinalement une pipe, la bourra, l'alluma, tira une bouffée. L'arôme qui s'en dégageait leur rappela le père, les attendrit.

Elle imita, pour les enfants, le patois de Lille, si pittoresque et différent, qu'elle avait entendu auprès du jeune Dodo et des marchands ambulants. Lulu, qui brodait, fit entendre son rire en cascade, le premier depuis la mort d'Aristide. Victor restait accolé à sa grande sœur, la main dans la sienne. Flore respira enfin plus paisiblement.

Ils parlèrent des broukaillers, des rumeurs concernant l'apparition nocturne de belles et dangereuses femmes dansant sur les canaux. Afin que Victor et Plume aillent se coucher, il fallut raconter les feux follets qui s'agitaient avec les vents d'hiver, et les autres esprits des marais comme les lum'rottes, engloutissant les enfants dans les profondeurs marécageuses.

La nuit était venue. La maison sentait encore la soupe de poireaux, le légume roi de l'hiver sur le marais.

Flore se réveilla. Elle perçut le bourdonnement d'une conversation.

Elle se leva, s'approcha de la trappe, l'entrouvrit sans bruit.

C'étaient les voix familières de Léonardine et de Baptiste. Celle de sa sœur s'élevait, dure, implacable, chargée de rancœur :

— Flore est revenue chercher son héritage, moi je te le dis !

Baptiste la défendait mollement.

— Ne dis pas de sottises, elle ignorait la mort de père.

— Comme si on échappait au choléra... Tu t'étais bien chargé de le lui annoncer, d'ailleurs...

Il ne répondit rien. Lénie poursuivait son réquisitoire :

— Elle était la préférée de la mère, la préférée du père. On se demande pourquoi, d'ailleurs, ce n'est qu'une fille. Et elle est partie, l'ingrate. Je suis sûre qu'elle va réclamer son dû.

— Elle a une bonne place… Tu as vu ses vêtements, ses bagages ? C'est du riche, tout ça.

— Oui. Je me demande d'ailleurs si, en s'occupant d'enfants, on gagne autant.

— Alors, tu vois bien, Lénie, qu'elle n'a nul besoin d'argent.

— Plus tu gagnes, plus tu en réclames, c'est connu ! s'exclama-t-elle avec aigreur.

— Dans ce cas, elle a le droit… Il y a égalité dans l'héritage entre les frères et sœurs, maintenant, admit Baptiste.

— Mais ce n'est pas juste ! protesta Lénie. On va pas couper la maison en sept… Nous avons fait tout le travail ici, et nous serions récompensés en donnant une part à cette mijaurée ! Je me crève, moi, je mange debout pour vous servir, je cuisine, je cherche l'eau, j'allume le feu, je lave le linge, je soigne les enfants, je m'occupe du poulailler plus souvent que Victor, j'aide au-dehors, et je crotte mes sabots quand il le faut, tu ne peux dire le contraire !

— Personne ne le dit, Lénie.

— Et si je veux me marier, moi ?

— Alors, nous ferons les comptes.

— Ce sera trop tard, elle aura pris sa part, et la bonne, crois-moi ! J'ai refusé une fois un parti sérieux pour m'occuper des gosses et du père, je ne le ferai pas deux fois… si l'occasion se présente encore, parce qu'avec ces affreuses bésicles on dirait une vieille ! Et si je me marie, je devrai bien quitter notre maison. Mais en attendant, elle peut nous obliger à vendre. Tu es le chef de famille. Réagis, voyons !

— Mais que veux-tu que je fasse ?

— Lui interdire de repartir à Lille.

— Je croyais que…

— Je ne tiens pas à ce qu'elle me colle aux basques, c'est vrai, mais il faut l'avoir à l'œil. Place-la, comme Lulu. Notre renommée en dépend. Tu as remarqué ses façons doucereuses, son teint de lis, ses lèvres roses… Une vraie pimbêche !

— Ça suffit, Lénie, la jalousie t'égare une fois de plus ! s'indigna Baptiste.

Flore en avait assez entendu.

Elle referma la trappe, réprima un haut-le-cœur, et se recoucha.

La souffrance de Lénie lui sautait aux yeux, lui martelait les tempes ; sa peur de finir vieille fille, servante sans gages de ses frères entre quatre pauvres murs, tandis qu'elle-même se promènerait dans les rues brillantes et pavées de la ville. Flore comprenait les tourments de sa sœur, mais il était vain de se voiler la face plus longtemps : elle n'était pas la bienvenue dans le foyer qu'elle avait déserté.

Le silence s'imposait à nouveau dans la petite maison maraîchère. Flore se leva lentement, prit soin de ne rien heurter. Elle s'habilla, à l'écoute du moindre craquement. Gêné par un gros rhume, Quentin ronflait.

Elle allait s'éloigner dans la nuit froide et claire. Elle serait prudente. Elle manierait doucement la perche de l'escute. Assez de vase était remuée comme cela.

Son cœur revivait une autre nuit, mais elle ne s'égarerait pas comme Orpha, et Baptiste retrouverait aisément la barque. Elle leur avait laissé un mot, y avait indiqué le petit débarcadère donnant près de l'église.

Tout était dit. Sa place n'était plus à Salperwick.

« Adieu Baptiste. À peine le temps de t'apercevoir. Pas celui de te serrer dans mes bras, de sentir ton torse, ta peau, tes lèvres… »

Elle avait tout expliqué dans sa lettre. Sa naissance. Le désir d'Orpha de se taire pour protéger sa famille. Les Manderel. Laurencine morte du choléra comme

171

Aristide. Les Berteloot n'avaient plus rien à craindre pour l'héritage, aussi mince fût-il. Elle n'était pas leur sœur, ne pouvait prétendre aux mêmes droits, et n'y tenait pas. Tout était dit dans sa lettre. Tout. Qu'Orpha les aimait autant qu'elle. La tendresse d'une mère a ceci de merveilleux qu'elle se déploie à mesure que les enfants naissent. Tout était dit. Qu'ils restaient ses frères et sœurs, si chers à son cœur...

Le papier en main, prête à le déposer sur la longue table de chêne de la cuisine, sans bruit, elle jeta un dernier coup d'œil à ceux qu'elle quittait, ne put résister au désir d'embrasser Victor.

Quand le reverrait-elle ? Posséderait-il encore son regard assoiffé de vie, ses joues fraîches et rebondies ?

Elle approcha son visage de celui de son petit frère pour y déposer un délicat baiser. Le front de l'enfant était trempé de sueur. Le geste de Flore resta en suspens.

Comme s'il eût deviné sa présence, il se réveilla. Mais ses yeux s'agrandirent aussitôt en une expression affolée, tandis qu'il se pliait brutalement en deux :

— Mon ventre ! gémit-il.

Livide, il porta la main à la bouche, mais ne put empêcher son visage de se décomposer, ses lèvres de se tordre en une horrible grimace et un liquide blanchâtre, visqueux, de s'en écouler.

— Aidez-moi ! cria Flore. Victor est malade !

En un instant, la fratrie fut réunie. Lénie remarqua les vêtements de Flore, mais n'y fit aucune allusion. Victor, seul, comptait. Victor était atteint du choléra.

Les garçons le déshabillèrent, les filles le lavèrent. Baptiste brûla sa chemise.

— Ne vous approchez pas, les petites, ordonna Lénie. Flore, recule-toi.

— Non, je reste.

Les lèvres bleuies, la voix éraillée, Victor poussait d'insupportables cris de souffrance. Il se tenait l'estomac, gesticulait comme un pantin désarticulé. Les convulsions se succédaient, impitoyables.

La journée suivante, aucune amélioration ne se fit sentir malgré les décoctions de plantes, le nettoyage au vinaigre, les frictions au camphre, le brûlage des souillures. Les bruits les plus divers circulaient sur les canaux concernant les traitements possibles : épices, vin, tabac. On essayait tout. Le mélange d'odeurs rendait la pièce nauséabonde.

Impuissants, malheureux, les six frères et sœurs assistaient à la progression inexorable du mal, à ses dévastations sur le corps de Victor.

Flore alla s'enquérir d'Adèle, et la ramena.

Elle connaissait toutes les recettes de bonne fame[1].

Elle soignait certaines douleurs par une imposition des mains. Elle avait guéri à distance, par des prières spéciales et secrètes, les verrues de la petite Lucienne. Mais elle refusait de lire dans les cartes ou de réciter des formules magiques pour ceux qui désiraient tirer le bon numéro, celui qui exemptait de service militaire. Elle laissait ces pratiques à d'autres. Adèle était chrétienne. « Plus que la plupart des gens d'aujourd'hui », pensait le curé.

Elle invoquait saint Gilles pour les maux de tête de Quentin, et sainte Claire pour les yeux de Lénie qui étaient si faibles. Elle avait garde de fleurir régulièrement la madone de la chapelle du marais située aux confins de Salperwick et de Saint-Martin-au-Laert. Pour ses guérisons de verrues, de zona ou de fièvre, elle refusait tout paiement en espèces. Elle ne voulait pas en faire un métier. Elle acceptait éventuellement, lorsqu'elle manquait de nourriture, des dons en gibier, ou des légumes.

La jeune guérisseuse le fit couvrir plus chaudement. On supprima l'eau fraîche, on lui donna un bain très chaud qui le fit suffoquer. Quatre jours, quatre nuits, Flore, Lénie, Adèle se relayèrent au chevet du malade, renouvelant les soins. Les garçons ne veillaient pas ; à l'aube, ils se rendaient au travail.

1. Bonne renommée.

Lulu pleurait à chaudes larmes. Après sa mère, son père, perdre son petit frère était une éventualité qu'elle envisageait avec répulsion.

— Tu es vraiment sorcière ? demanda Plume à Adèle.

— Non. Ma mère a sauvé des familles lors de l'attaque de choléra, en 1832. Elle m'a légué ses bons conseils. C'est tout… Victor a tenu deux jours, c'est bon signe, Lulu.

À la quatrième nuit de veille, Flore s'était assoupie, exténuée.

Le silence la réveilla. Les gémissements avaient cessé.

— Mon Dieu !

Elle se pencha vers l'enfant, appréhendant le pire.

Son visage émacié avait perdu ses ombres blafardes. Sa respiration était paisible, libérée du feu dévastateur. Victor avait tenu bon.

Il soupira profondément, ouvrit ses grands yeux animés d'une nouvelle soif de vivre, esquissa un sourire.

— Mon chéri, tu es le plus costaud des petits frères !

Le poids énorme qui s'était abattu sur la famille s'évanouit. La tension qui leur avait ôté toute parole s'envola avec la maladie. Victor était sauvé. Ensemble, ils pleurèrent. De soulagement, de joie.

Les jours suivants, aucun membre ne fut atteint. Mais le choléra n'en avait pas fini avec les humains en cette douloureuse année 1849. La bête rongeait, tourmentait, s'engouffrait dans les foyers, s'accaparait des plus faibles. Pourtant, elle allait épargner le reste de la famille.

Flore en aurait oublié sa lettre et son dessein de les quitter, si Lénie ne l'avait rappelée à l'ordre par son air soupçonneux. La trêve était achevée.

— Qu'y a-t-il, Lénie ?

— Rien.

— Si… insista Flore. Que me reproches-tu, à présent ?

— Tu veux savoir ?... C'est toi qui l'as amené, le choléra.

— Enfin, Lénie, je n'étais pas atteinte.

— Tu l'as transporté avec toi, dans tes bagages. Tu nous as bien avoué que Lille était touchée, n'est-ce pas ?

— Oui, Lénie. Lille est touchée, répondit Flore.

Elle regarda sa sœur droit dans les yeux. Honteuse, Lénie baissa les siens, réprima une envie folle de lui sauter au cou, de l'embrasser.

— Tu as raison, Lénie.

La voix de Flore était douce :

— C'est peut-être moi qui l'ai amené.

Sa résolution était prise.

Le lendemain, les yeux arrondis de stupeur, Baptiste lisait et relisait les mots de Flore.

Lénie éclata d'un rire sonore, le sortit de sa léthargie.

— Tu peux lui courir après : c'est pas ta sœur !...

L'exaltation de Léonardine secoua son désarroi. Un sentiment violent le pénétra. Une furieuse envie d'étrangler sa sœur pour éteindre à jamais son rire, et de se tirer ensuite une balle dans la tête. Mais Lénie poursuivait, insatiable :

— J'avais deviné juste !... Eh bien, tu as le droit, maintenant, mais c'est elle qui voudra plus de toi. C'est trop comique, hein ?... Une bourgeoise !... Je savais bien qu'elle n'était pas de chez nous !... Je le savais !... C'est une fille de riches, une étrangère, une intruse, qui nous a pris nos parents, nous a trompés !...

— Assez ! hurla-t-il. Assez !

Des larmes perlaient au bord de ses paupières. Ne trouvant aucun argument pour l'obliger à se taire, il la gifla. Les lunettes de Lénie se brisèrent, mais Baptiste claquait déjà violemment la porte, en criant à la cantonade :

— Qu'on ne me parle plus de Flore !... Jamais !

DEUXIÈME PARTIE

RÉVÉLATIONS

Ni les inondations n'éteindront un tel feu
Ni les fleuves jamais
N'emporteront l'amour.

Le Cantique des cantiques

13

Une foule se pressait devant l'embarcadère du chemin de fer à l'aube du 1er avril 1850. Un nombre incroyable d'attelages en tous genres essayait de se faufiler dans la cohue pour déposer les voyageurs. Les cochers s'invectivaient sous les lueurs des réverbères. Deux trains spéciaux s'apprêtaient à quitter Lille pour Dunkerque.

«Dix mille personnes», allaient titrer les journaux ; dix mille pour assister au grand départ annuel des «Islandais», les pêcheurs de morue. Au péril de leur vie, ces courageux marins allaient affronter le bouillonnement des eaux tumultueuses, le tourbillon des vents irascibles, et les brumes glacées de l'Arctique.

Pour la plupart des Lillois, c'était aussi une expédition de passer le portique soutenu par treize colonnes menant à la grande halle, une aventure de prendre le train, une révélation de voir la mer, une curiosité de visiter une ville lointaine comme Dunkerque, une occasion de longer la campagne flamande où s'étendent les champs de lin et les moulins, une aubaine de participer à une fête étrangère à la ville, avec musique, cortèges, et géants.

Ils se réjouissaient à l'avance des usages inhabituels, des costumes régionaux, des mœurs différentes qu'ils pourraient observer pendant cette journée peu ordinaire. Et comme il était dit qu'une année à choléra était suivie par une année saine, toute opportunité de plaisir était bonne à prendre.

Une immense toiture de fer maintenue par des barres s'entrecroisant, sorte de toile d'araignée suspendue, s'étendait au-dessus de Flore. Elle regardait tellement en l'air, ahurie par l'architecture étonnante du débarcadère [1] édifié en 1847, qu'elle trébucha sur un vieux paysan assis par terre, et s'étala de tout son long sur le sol.

Amaury se précipita pour la relever.

— Merci, cousin.

Flore était écarlate.

Rasé de près, pommadé, la canne à la main, Amaury était vêtu aussi soigneusement que pour une soirée parisienne.

— Eh bien ! ma chère, vous avez fait une entrée remarquée !

— Ne vous moquez pas, Amaury, je me sens si confuse ! Je marcherai les yeux baissés à présent.

— Au moins ne vous laisserez-vous plus choir sur des inconnus ! Ces masses sont insupportables, oser se mettre sur votre chemin !...

Ses yeux vifs semblaient particulièrement moqueurs.

— Marchez-vous sans difficulté ?

— Je me suis tordu la cheville, mais la douleur est infime... Ce sont des caisses de diligence que l'on hisse, n'est-ce pas ?... Comme c'est drôle !

Flore se dirigea en queue de train, prête à monter dans l'un des chars à bancs découverts de troisième classe.

Floris l'arrêta :

— Non, Marie-Flore, nous sommes en tête.

Les premières classes étaient composées de compartiments aux sièges rembourrés et matelassés.

— Gâter votre teint en troisième, vous casser les oreilles par des vibrations incessantes seraient des offenses à votre beauté, chère cousine.

1. Premier débarcadère à l'intérieur des remparts. Il ne s'agit pas encore de la gare commencée en 1864 ; le bâtiment de voyageurs n'existait pas

— Amaury, vous exagérez encore !

Les compliments répétés à l'adresse de Flore agaçaient Clémence. Elle s'adressa à Sideline, ignorant volontairement sa nièce :

— Nous faisons un arrêt dans le pays natal de ta grand-mère Adélaïde, à Hazebrouck, en Flandre.

— Hazebrouck ? s'étonna Flore. Mais je m'y suis arrêtée en diligence l'an passé. Un drapeau tricolore flottait sur la tour de l'église…

— Quel dommage que grand-mère ne soit pas des nôtres ! s'exclama Sideline.

— Quand elle a appris que nous roulerions si vite, elle a eu peur, annonça Floris.

— Dix lieues à l'heure, affirma le jeune Constant Saint-Nicolas, très sûr de son fait comme à son ordinaire.

— Non, près du double, rectifia Amaury. Adélaïde ne s'en rend pas compte, mais le progrès est incontournable ; le train, c'est l'avenir.

Floris défendit le point de vue de sa mère :

— Elle s'en méfie depuis toutes ces catastrophes : en 42, à Meudon, cinquante-cinq morts. En 44, à Versailles, en 46 à Saint-Étienne et chez nous, à Fampoux, quatorze morts à chaque fois ; c'est terrifiant quand on y songe, ces voitures broyées, en feu, renversées…

— Arrête, Floris, ou je descends.

Clémence était bouleversée par les évocations morbides de son frère.

— À cette heure matinale, le mécanicien roule dans le noir, surenchérit Constant.

— Tu ne vas pas t'y mettre, toi aussi !

— Je plaisantais, maman.

Adélaïde était à la maison, auprès d'Hippolyte-Eugène. Elle avait exigé que Flore aille se divertir, et l'avait envoyée avec les autres, en disant :

« De toute façon, je n'aime pas ces chemins de fer ! »

Au retour de Salperwick en 1849, accueillie à bras ouverts par Adélaïde, les rapports de Flore et des Manderel s'étaient profondément améliorés. Et lorsque la jeune fille avait offert à son grand-père une pipe au long tuyau de terre fabriquée à Saint-Omer, des larmes avaient coulé le long de ses joues creusées par la maladie. La grand-mère lui avait réservé à son tour des petits présents. C'est ainsi qu'elle découvrit un rond de serviette portant son prénom sur la table familiale, du linge brodé à ses initiales dans sa chambre.

Tout au long de l'année, avec opiniâtreté, Flore avait fait travailler son grand-père, aussi tenace que lorsqu'elle instruisait les petits de Salperwick, aussi courageuse que pour remuer la ruie dans la vase, courbée sur les sillons des broukaillers. Au prix de gros efforts, elle parvint à lui faire articuler quelques mots. Les désastres provoqués par la dernière attaque reculèrent.

Une fois encore, Hippolyte récupérait. Les médecins s'en félicitaient, Adélaïde, elle, rendait grâces au Ciel, et à la venue de Flore dans leur existence. Le miracle s'était produit. La guérison était envisageable. Au compte-gouttes, les mots se déversaient, effritant peu à peu sa forteresse de solitude. Hippolyte-Eugène sortait de sa nuit de silence. Certes, il confondait le matin et le soir, restait souvent confiné dans son monde, oubliait des faits récents, perdait des noms familiers. Il parlait, mais répétait souvent les mêmes phrases, mélangeait rêve et réalité, s'obstinait à vouloir quelque chose et s'en désintéressait totalement l'instant d'après. Il éprouvait une terreur nouvelle à la vue des rottweilers aux mâchoires puissantes. Floris refusa pourtant de s'en débarrasser.

Enfin, Hippolyte appelait Flore du nom de Laurencine.

Il lui demandait parfois :

« Ta médaille, Laurencine, tu l'as perdue ? »

La médaille ! Les deux sœurs, Clémence et Laurencine, en avaient reçu une identique à leur communion. Cet objet harcelait toujours l'esprit de Flore, comme un souvenir vague, trop vague, trop informe, trop enfoui sans doute pour remonter à la surface de sa conscience.

Adélaïde conclut crûment :

— Ton grand-père a fini par se détraquer.

Des employés des chemins de fer leur placèrent des bouillottes sous les pieds. Encastrée dans la toiture, une lampe éclairait faiblement le compartiment.

Le contrôleur avait beaucoup à faire. Il interdit l'accès de la voiture à des individus peu recommandables qui n'avaient pas attendu la mer pour s'enivrer, et à un miséreux malodorant qui risquait d'incommoder les voyageurs. Les portières vitrées claquèrent avec un bruit sec, comme une nuée d'applaudissements. Des coups de sifflet retentirent. Les Manderel-Saint-Nicolas retinrent leur respiration à l'appel strident du départ. D'un même élan, ils se précipitèrent aux fenêtres pour saluer les Lillois restés sur le quai, qui contemplaient, fascinés, le démarrage du buffle reniflant aux muscles d'acier.

— Quelle merveille ! s'exclama Flore. Nous glissons tout en douceur sans être secoués sur des pavés inégaux.

Le souvenir de ses voyages s'inscrivait encore dans le creux de ses reins. Au même instant, un freinage provoqua un affreux grincement de ferraille et projeta Sideline contre sa cousine. Elle éclata de rire :

— En douceur !… C'est vite dit.

— Les cahots ne sont pas de bas en haut comme en diligence, mais d'avant en arrière, et ça me fait mal au cœur, se plaignit Clémence.

« Les troisièmes classes doivent subir le vent, la poussière, la fumée », songea Flore, agacée par les lamentations incessantes de sa tante.

Les pensées d'Amaury devaient être tournées vers celles de Flore, car il déclara :

— Dans le courant de l'année, les troisièmes classes auront des voitures fermées.

Il lui raconta l'effervescence de 1846, lors de l'inauguration de la ligne Paris-Lille.

— Oh oui !... Ce n'est rien aujourd'hui, en comparaison !

— Voyons, Sidonie-Céline, vous étiez un *baby* à l'époque. Je doute que notre chère Clémence vous ait emmenée.

— Évidemment, mais tu l'as déjà raconté maintes fois, cousin, répondit l'accusée avec un tutoiement effronté.

— Bien dit, baby, je suis touché !

— Arrêtez de m'appeler ainsi, j'ai seize ans !

— Il a raison, Amaury, tu n'étais qu'un bébé à l'époque, intervint son frère Constant, qui ne perdait aucune occasion de chahuter sa sœur.

— Toi, ne t'en mêles pas, sinon... !

Sideline était cramoisie.

Dans la voiture attenante, des gens chantaient en patois. Ils contaminèrent les bourgeois de leur bonne humeur débordante et de leurs rires sonores. Ce joyeux mélange faisait déjà partie des réjouissances.

Flore entendit le nom de Desrousseaux, dont les chansons piquantes, facétieuses et touchantes à la fois, sans aucune allusion graveleuse, se répandaient sur Lille, comme une traînée de poudre magique, et savoureuse.

« Desrousseaux ! songea Flore, perplexe. Où ai-je entendu ce nom ?... bien sûr ! L'ami de Dodo, le petit apprenti ! »

Les larmes lui vinrent aux yeux. Elle ne l'avait pas revu dans les rues de Lille. Sans doute était-il du nombre des victimes...

À son retour, en 49, le choléra était revenu en force avec le printemps, et ce, malgré une neige incongrue, fin avril, menaçant toutes les récoltes à la campagne.

L'épidémie fit une pointe en juillet.

Le nombre des malades — plus de mille huit cents — dépassa l'atteinte de choléra de 1832, mais la mortalité fut plus faible, grâce aux efforts conjugués de la ville et de ses habitants pour une meilleure salubrité. À Lille pourtant, la moitié des malades moururent. Le spectre noir du choléra endeuillait nombre de foyers, particulièrement dans les quartiers pauvres.

Les espoirs des révolutionnaires avaient été étouffés dans le pays, ainsi qu'en Allemagne, en Italie, en Autriche. En France, les républicains n'étaient plus unis. Les ouvriers prenaient conscience de leur existence et s'opposaient aux bourgeois. C'était l'année des réactions.

À Lille, divers incidents se produisirent, au carnaval de février et à la sortie d'un vaudeville.

Les Manderel-Saint-Nicolas n'osèrent se rendre en fiacre dans les jardins de la Nouvelle-Aventure, dans les faubourgs, pour participer joyeusement à la fête du Broquelet, la fête des dentellières. Le lendemain, veille de l'Ascension, une grave émeute de la faim éclata sur la grand-place. Des centaines d'ouvriers, femmes et enfants en haillons brisèrent des vitres, pillèrent des boulangeries. La répression fut tragique, les peines de prison — enfants compris — terrifiantes… Léon parla des émeutiers comme de « chiens enragés ».

— Ils sont dans le dénuement, oncle Léon, et certains se suicident, s'éleva la voix indignée de Flore.

— Aurions-nous un bonnet rouge à table ?

Un sourire dédaigneux apparut sur les lèvres de Léon Saint-Nicolas :

— Il faut être bien misérable en effet pour se détruire. Ce genre de forfait n'arriverait pas chez nous.

Flore se mit à détester le mari de sa tante, avec son air suffisant, ses favoris, sa moustache arrogante, ses escapades amoureuses, et ses cigares. Auparavant, elle n'avait éprouvé aucun sentiment particulier à son égard. Être traitée de révolutionnaire n'était pas pour lui déplaire, mais ses paroles méprisantes envers les malheureux avaient heurté son âme. Ceux de Salperwick faisaient partie de ces infortunés. Elle en était honteuse pour sa nouvelle famille lilloise.

De plus, Léon ne se préoccupait nullement des écarts

185

de comportement de sa femme. Clémence oscillait entre les migraines à répétition et les crises d'hystérie, allant jusqu'à déchirer sa robe de mariée dans un accès de colère, devant le regard désemparé de sa fille aînée, qui s'empressa de se confier à Flore. Heureusement pour Clémence, les Manderel étaient des associés trop précieux aux yeux de Léon pour qu'il songeât à faire enfermer son épouse. Flore plaignait Clémence, et la considérait désormais avec plus d'indulgence. Elle vivait dans l'opulence, les relations mondaines, mais n'avait même pas le droit de se faire remettre une lettre par un domestique.

L'année 1850 s'ouvrait sous de meilleurs auspices. Certes, au carnaval, Bianchi et ses amis avaient eu le front de faire défiler un Louis-Napoléon de pacotille au milieu des géants lillois, mais le choléra s'était envolé, et la République installée.

La campagne flamande aux haies vives, les pâtures, les chênes et ormes groupés en petits bois, les moulins dans la plaine défilaient derrière les vitres du train.

Amaury était intarissable. Il s'exprimait dans une langue châtiée, tout scientifique qu'il fût. Les mots lui sortaient avec panache.

« Il est parfait », pensait Sideline.

Ce citadin ne se plaisait qu'à Paris. Il venait à la mer — comme à la campagne — pour y cueillir une certaine fleur au parfum agreste. Il se sentait transporté par la présence de Flore. Après des mois studieux suivis de succès dans ses examens, ce voyage représentait la récompense attendue : séduire enfin cette jeune plante sauvage venue des profondeurs des marais.

Amaury contait l'inauguration de 46, l'arrivée du premier convoi ferroviaire en gare de Lille, et la grande fête populaire de ce dimanche de juin.

— Deux trains se sont suivis, traînant chacun une série de voitures, le tout actionné par la seule force de la vapeur ! Vous rendez-vous compte ? M. de Rothschild, le directeur de la compagnie, avait organisé les manifestations de main de maître. Dans les voitures se trouvaient des ministres, deux fils du roi Louis-Philippe, les ducs de Montpensier et de Nemours.

— Pas le roi ? demanda Sideline.

— Non… Il paraît qu'il n'avait pas confiance.

L'auditoire éclata de rire.

— La ville entière était pavoisée, poursuivit Amaury. Dès le matin, il y eut distribution de pain aux indigents, des expositions florales, des jeux. Une foule énorme avait envahi les remparts, tandis que les machines à vapeur entraient en sifflant dans un débarcadère enfumé, celui de Fives, sous une envolée de cloches, les salves des canons, la fanfare militaire. C'était extraordinaire. Le progrès en marche. Il était temps d'ailleurs, car l'Angleterre nous devançait…

Floris l'interrompit :

— Là, mon cher, je vous arrête, nous les rattrapons à grande vitesse, le réseau anglais pèche par le nombre insensé de compagnies qui se partagent le prix des billets.

— N'est-ce pas à Douai que l'on conserve un souvenir ulcéré de l'inauguration ? demanda Léon.

— C'est exact, lui répondit Amaury. Le train ne s'est pas arrêté, alors qu'il y avait foule, discours préparés, l'artillerie au grand complet, enfin tout un cérémonial… Que voulez-vous, les fausses notes sont imprévisibles.

Il poursuivit, les yeux rivés à Flore :

— Le train fut béni par l'archevêque de Cambrai, il y eut un banquet de mille sept cents couverts, une triple rangée de lustres, un bal à l'hôtel de ville, des illuminations. Le Tout-Paris y était…

— … Avec ses cuisiniers, ses nappes et ses serviettes, comme si les Lillois ne savaient rien faire, objecta Clémence.

— Vous avez raison, ma tante, acquiesça Flore, qui n'aurait guère apprécié que des étrangers imposent leur loi au marais de Salperwick.

— Voyons, mes amies ! protesta Amaury. Il faut voir le résultat : la croissance des villes de passage, des ateliers de construction, l'essor de l'agriculture, les échanges, c'est ça, la vraie révolution !

— Et tu oublies le concert à l'esplanade, Berlioz... ajouta Sideline pétrie d'admiration envers le bel Amaury.

— Berlioz ? s'enquit timidement Flore.

Sideline se tourna vers elle :

— Un musicien de renom... Depuis sa visite, Lille est considérée comme la ville la plus musicale de France !

— Elle l'était avant lui, rétorqua Clémence.

— Mais quand un grand compositeur l'écrit dans les journaux, c'est mieux, maman !

— Berlioz eut droit à une sérénade sous ses fenêtres... reprit Amaury. Il interpréta lui-même une symphonie de sa composition, devant mille trois cents invités parmi lesquels Victor Hugo, Lamartine, Théophile Gautier, et Dumas.

Floris fit la grimace :

— Ce qui valut à mon fils, Stanislas, de s'enticher un peu plus des arts et surtout de la musique... J'aurais mieux fait de ne pas l'emmener, celui-là !... (Il soupira.) Enfin, Stani a daigné m'annoncer son arrivée pour le mois de juin.

— Nous ferons une grande réception pour son retour et celui des jeunes mariés, n'est-ce pas, mon oncle ?

Les yeux de Sideline brillaient de l'excitation des jeunes vierges à l'évocation de leur premier bal.

Charles avait enfin épousé son Alexandrine. Tous deux formaient un couple amoureux, heureux, et envié. De famille un peu moins aisée que les Manderel, Alexandrine avait reçu une bonne éducation ; bru idéale, épouse soumise et parfaite pour un jeune bourgeois ambitieux ; souriante, jolie, modeste, ne parlant jamais à tort et à travers, sachant se tenir en compagnie, s'exprimer au besoin, mais aussi se taire, chanter et recevoir des convives de prestige. Avec la grâce de la fragilité, elle semblait parfaitement attachée à son image de douceur. Aucun feu rebelle ne couvait en son sein, contrairement à Sideline qui s'efforçait péniblement d'étouffer sa spontanéité, et de ressembler à un ange d'innocence et de pureté ; contrairement à Flore, qui n'était pas prête à renoncer à sa nature volontaire et curieuse pour une dépendance imposée par le Code civil.

En période d'incertitude politique et de choléra, par égard pour Hippolyte-Eugène, afin d'éviter aussi une gêne financière pour la famille d'Alexandrine, le jeune marié avait souhaité une cérémonie discrète. Six semaines après avoir « pris possession » de sa femme, Charles l'avait emmenée en voyage de noces sur les lacs italiens.

Ils avaient toutefois promis à la famille de fêter dignement leur retour de voyage de noces, à la condition, bien entendu, que l'état d'Alexandrine le permette. Il était évident que la jeune épousée annoncerait un héritier avant la fin de l'an 1850. Pour l'instant, ils profitaient au mieux de l'Italie et de la douceur de son climat à cette époque de l'année.

Adélaïde avait décidé de concilier cette soirée avec les fiançailles de Stanislas. Nul doute dans son esprit que le fils de Floris accepterait sans sourciller de se mettre en promesse avec la jeune sœur de Léon. Pour asseoir le prestige des Manderel-Saint-Nicolas, ce mariage serait le plus somptueux de Lille depuis des décennies. Il n'aurait rien à voir avec les modestes épousailles de Charles. S'il n'y avait eu les circonstances particulières de l'année 49 et la paralysie de son beau-père, Léon eût estimé le mariage de son beau-frère, sans bal et sans étalage de trousseau, inconcevable dans leur milieu. Le père d'Alexandrine était un marchand spécialisé dans la confection des sarraus, employeur de centaines d'ouvriers des alentours de Lille. C'était une alliance non négligeable. La cérémonie sobre était le vœu de Charles, soucieux de ne pas faire étalage de luxe en une période trouble. Léon estimait son beau-frère pour son ardeur à la filature, mais le trouvait trop scrupuleux dans ses idées, presque trop proche des ouvriers. Il ne pouvait décemment prendre la misère des « petits » sur ses épaules !

Si les autres membres de la famille ne cherchaient nullement à entrer dans l'aristocratie — estimant l'avoir largement remplacée —, Léon, lui, aspirait à créer une véritable dynastie. Et comme la République, contrairement à la monarchie, permettait bien des choses, de nouveaux nobles voyaient le jour. Léon était sur le point d'obtenir le droit d'ajouter une particule à son nom de famille.

— N'envisagez-vous pas de vous marier, Amaury ? demanda Clémence. Vous ne craignez pas de devenir la proie de la solitude dans votre grand âge ?

— Tout le problème est là, chère cousine : lorsqu'on est vieux, le mariage rassure, réchauffe, je vous l'accorde, mais je n'ai pas encore besoin de bouillotte... Sauf dans ce train !

— Le mariage resserre les liens familiaux, se mêla Sideline, d'une voix doucereuse.

— Et les fortunes, ajouta Clémence.

— C'est un complot, grands dieux !... Marie-Flore, vous ne dites rien ?

— Je crois qu'il faut de l'amour, c'est tout.

— Rassurez-vous, mesdames, je ne dis pas non au mariage, mais laissez-moi encore goûter avec gourmandise au péché de chair. Il sera bien temps de sombrer dans la sagesse !... Je n'y suis pas opposé, mais j'en refuse l'ennui. Et puis je vais vous avouer autre chose, ajouta-t-il, son regard plongé dans celui de Flore. Je désire une épouse charmante, qui sache tenir son rang, qui connaisse ses devoirs, mais qui possède néanmoins de l'esprit ; une épouse dévouée mais compréhensive. Elle devra tolérer mes écarts, respecter mes droits ; une épouse attirante, voluptueuse et toutefois honnête.

— Tolérer vos écarts ? s'indigna Clémence. Alors méfiez-vous des mères ! À ce prix-là, mon cher, vous n'aurez que des aventurières, des intrigantes.

— Je ne suis pas pressé.

Flore baissa les paupières.

Amaury se conduisait dans le train comme un vieil habitué.

— Que voulez-vous, je prends régulièrement le train de 4 h 12 pour Paris. J'en suis un des plus fidèles, et l'on devra m'accorder bientôt quelque préférence si l'on veut que j'en fasse une réclame élogieuse !

Il se tourna vers Flore avant de poursuivre à sa seule intention :

— Un jour, vous le prendrez avec moi, ce train pour Paris !

Flore s'en sortit par un éclat de rire,

— Vous déraisonnez, Amaury !…

Flore n'avait jamais pris le train, elle n'avait jamais vu la mer. Elle restait sans voix. Face à cette immensité bleutée ponctuée de voiles blanches, face à la forêt de mâts vibrant comme les cordes d'une harpe, elle se sentait incapable d'exprimer avec des mots l'émotion ressentie. À l'aide de ses crayons, sur le papier, elle pourrait peut-être exprimer ce sentiment extraordinaire. Le cordon de dunes, derrière lequel s'abritaient la ville et les villages des alentours, était à lui seul un spectacle étonnant. Des maisons éparses étaient enfouies dans les sables légers et impalpables, dans l'odeur âcre du sel. Le vent fouettait les visages, soulevait les vagues venant s'étaler par saccades sur le rivage.

Repeints à neuf, quatre-vingt-huit bateaux étaient entassés dans le bassin portuaire, une vingtaine partiraient de Gravelines. Quelques-uns, peut-être, s'abîmeraient en mer. Le port était aussi encombré que la petite place du débarcadère au moment du départ de Lille. Sur les quais, certains navires étaient amarrés trois par trois, ce qui laissait bien peu de place pour les manœuvres.

Partout retentissaient les chants des pêcheurs d'Islande, ces marins aux manières rudes, au cœur tendre. Aux mots flamands se mêlaient des termes anglais ou picards.

Avant de s'embarquer, les « Islandais » se rendirent à la chapelle de Notre-Dame des Dunes pour y adresser leurs prières, déposer leurs offrandes, afin d'obtenir une pêche fructueuse et sans deuils.

Aux robes corsetées se mêlaient les costumes traditionnels des gens de la mer : caracos, foulards en bandeau et jupons rayés.

Les jeunes Manderel-Saint-Nicolas s'étaient mis à courir pour rattraper le cortège, et être en bonne position pour admirer le départ des Islandais. Un élancement à la cheville arrêta Flore, la douleur s'était réveillée.

Elle se courba, se toucha le pied, sentit la cheville gonfler dans ses bottines. Amaury était à ses côtés :

— Avez-vous mal ?

— Un peu, je l'avoue.

— Appuyez-vous sur moi.

Elle hésita.

— Voyons, Flore, ne craignez rien, je veux juste vous aider.

Elle posa sa main sur son épaule. Pour la soutenir, il lui passa le bras autour de la taille.

— Amaury !…

— Non, ma chère, je ne souffre plus aucune plainte, ni de douleur, ni de protestation.

Il était absolument ravi de la situation, et ne s'en cachait pas. Il se tourna vers leur entourage, qui n'était pas dupe de sa cour assidue :

— Marie-Flore est en mon pouvoir, et j'en abuserai… Modérément, je vous le promets !

C'est ainsi qu'il se serra contre elle pour l'emmener vers la fête.

Le cortège avait fait des haltes nombreuses dans les différents estaminets. Les marins y calmaient leur angoisse, à défaut d'y calmer les tempêtes à venir. Un géant de carnaval attendait à chaque arrêt, vidé de ses porteurs. Avec son visage de papier mâché tourné patiemment vers la porte, il avait l'allure d'un ange gardien. La veille, la bande des pêcheurs d'Islande, la

192

« Vischerbande », s'était travestie, et les géants étaient sortis en famille.

« *Quand vient la bombance, personne ne se plaint. Au moment d'embarquer, la tête est lourde* », dit la chanson.

Sur les jetées, des milliers de spectateurs saluèrent le départ des Islandais. Ils assistèrent, émus, à la procession, dans le chenal, des voiles blanches, semblables aux communiantes.

En atteignant la pleine mer, le capitaine chanta avec ses hommes d'équipage, chants de marins en flamand, chants d'adieu des loups de mer pressés par les vents, médailles et cierges pour tout bagage.

Après des mois de préparation et une dernière nuit de tendres adieux, leurs femmes, restées sur le rivage avec les enfants, les ont encouragés, puis se sont agenouillées pour une interminable prière, le visage fermé dans l'attente d'un retour ou d'un deuil. La lampe des Islandais brille au pied de l'autel de la Vierge, dans la petite chapelle. Les familles vont s'y relayer. Elles vont veiller…

Pour les autres voyageurs — ceux des trains confortables —, pour les flâneurs, les curieux, une fois le grand moment d'émotion passé, le printemps répandait sur les êtres sa légèreté d'âme.

Flore était gagnée par l'ivresse des réjouissances, par l'air salin qui lui piquait la peau, la vue splendide de la mer, par la bière consommée dans la guinguette de la vieille ville du bord de mer, par la fierté de se sentir dorlotée comme une reine, désirée comme une femme.

La brise même s'encanaillait, qui soulevait les coiffes, les jupes de mousseline des coquettes, découvrait les dessous empesés et brodés. Flore sentait le corps musclé d'Amaury contre elle ; l'envie de le dessiner lui traversa l'esprit. Elle rougit. Cet homme insupportable lui inspirait des sentiments mêlés, des désirs contradictoires. Flore découvrait le plaisir, un plaisir certes mesuré, mais un plaisir, le premier. Entourée de sa famille, ce léger badinage ne prêtait pas à conséquence.

Pas pour elle.

Pour Baptiste, oui.

Il l'avait aperçue dans la foule, puis perdue. Hésitant à la poursuivre — elle était accompagnée de bourgeois à l'humeur plaisante — et face aux bourgeois, Baptiste se sentait rustre, honteux de sa personne. Ému de la retrouver pourtant, après l'avoir maudite à son départ.

Elle l'avait abandonné une première fois avec sa culpabilité de frère amoureux, elle s'était enfuie une seconde fois sans lui laisser le temps...

Pourquoi ne lui avait-elle jamais dit ?...

Le savait-elle depuis toujours ?...

Mais le moment était mal choisi pour des jérémiades.

Il avait voyagé de nuit, pour accomplir les six lieues ' qui séparaient Saint-Omer de la mer, en empruntant l'Aa, dans son escute plus maniable qu'un bacôve ; glissant bravement le long des canaux épars, le long des saules alanguis, des roseaux géants aux murmures indicibles, faisant fi des frissons sur la surface des étangs endormis, à peine troublés par l'appel d'un cygne sauvage. Au milieu des sphaignes entremêlant leurs tiges, se fiant aux lueurs des étoiles, il avait suivi le croissant de lune qui devançait — serein — des traînées blanchâtres de nuages.

Il n'était pas seul. Victor l'accompagnait.

Bien remis de la maladie, il était en pleine croissance et se portait comme un charme. Depuis un an, il avait acquis du métier, et son grand frère était fier de lui.

L'expédition nocturne, suivie du cortège avec géants, du départ des Islandais, était une récompense à son courage. Victor désirait construire des bateaux, et les voir quitter le port était un spectacle féerique pour le jeune broukailler. Baptiste, lui, était moins optimiste. Avec la progression des chemins de fer, il craignait pour le transport des marchandises en bacôve.

Quand Flore reparut à ses yeux, il était décidé à lui parler, à courir l'embrasser, à implorer son pardon pour

---

1. Six lieues : environ 31 km.

son silence. Il ne lui avait pas écrit depuis un an. Adèle l'avait fait pour la famille, Adèle, la petite sauvage, qui savait lire et écrire grâce à Flore.

— Regarde, Baptiste, la belle dame, là-bas, c'est Flore ! s'écria Victor, médusé par l'apparition endimanchée de sa grande sœur. On dirait une princesse.

— Oui, c'est elle…

— Vite !… On va la perdre !

Baptiste le retint brutalement par le bras.

— Non, Victor.

Blême, le visage décomposé, il assistait à la scène qu'il redoutait secrètement depuis l'enfance : un jeune homme, vêtu avec recherche, se penchait vers elle. Baptiste sentit son cœur le lâcher à mesure qu'il les observait. L'inconnu retira ses gants, délaça sa bottine, lui prit le pied entre ses mains, massa doucement la cheville, relaça la chaussure. Il passa son bras autour de la taille. Flore posa la main sur son épaule.

Baptiste s'appuya contre un mur en torchis blanc. Un cri rauque se brisa dans sa gorge.

Il devait l'emmener à la mer, un dimanche ; il ne l'avait pas fait. Il avait baladé les bourgeoises de Saint-Omer sur son bacôve. Flore, il l'avait perdue. Un autre homme l'y avait conduite, qui n'avait pas les bottes encroûtées de terre comme les siennes. Un autre qui se promènerait avec elle le long de la grève ; elle marcherait alors pieds nus sur le sable fin, il lui offrirait le plus beau coquillage, en guise de porte-bonheur, ou gage d'amour.

— Mais, Baptiste, c'est Flore… protesta le petit frère.

— Non, ce n'est pas elle…

— Mais si, c'est elle, je veux la voir !

— Non, je te dis, viens, on s'en va !

Victor ne se laissait pas faire aisément. Baptiste le prit de force par les épaules et l'entraîna loin, très loin du groupe des Lillois. Il en voulait à la ville de lui avoir volé sa fleur des marais ; il en voulait aux chemins de fer pour les bateaux. Il tirait son frère, loin d'une Flore volage, inconsciente du drame qui se créait, ignorante de la présence de ses deux frères qu'elle chérissait. Elle les perdait à cause d'une cheville foulée et d'un chevalier servant trop complaisant, à cause de son rire sonore, de sa folle envie de mordre la vie à pleines dents.

Une pure merveille que l'antre d'Hippolyte-Eugène Manderel !

Flore n'avait jamais vu tant de livres réunis, et si bien tenus. Il s'était fait conduire par sa petite-fille devant la porte de sa bibliothèque, et lui avait tendu la clé. C'était un privilège rare pour une jeune demoiselle.

La pièce mystérieuse, lambrissée de chêne, était remarquable. On ne pouvait atteindre les hautes étagères surchargées de livres qu'à l'aide d'un petit escabeau de bois. Le sol en parquet était paré d'un tapis oriental tout à fait original. Des éléments de marqueterie agrémentaient les murs, le plafond était rehaussé de moulures. Par les deux grandes fenêtres à vitraux cloisonnés s'épanchait la lumière du jour. Une table allongée recouverte d'un tapis vert permettait l'étude des ouvrages. Deux vases de porcelaine de Chine bleu et blanc ornaient la cheminée.

En lui donnant la clé, il dit ces simples mots :

— C'est à toi, ma fille.

Grâce aux livres, Flore découvrit un peu mieux sa grand-mère. Sous les extérieurs bourrus d'Adélaïde se cachait une jeune fille empreinte des idées de la révolution de 1789, une femme des années 20, qui avait lu, aimé les poètes romantiques. Elle lui avoua n'avoir rejoint sa société de bienfaisance qu'après 1830. « Sans doute, songea Flore, après le décès de Laurencine. »

Aux premiers beaux jours du mois de mai, on délaissa les pelisses pour de superbes robes corolles aux couleurs claires ; la vie redevint douce, et les échos du choléra très lointains.

Gagnée par la gentillesse de Floris à son égard, Flore laissa son oncle feuilleter ses carnets.

Elle fut surprise par son expression médusée.

— C'est mauvais ?

Anxieuse, elle n'osait jeter un nouveau regard sur ses anciennes esquisses.

— C'est très intéressant…

— Intéressant ?

Flore ressentit un malaise devant l'air étrange de Floris. Contracté, tendu, un sentiment proche de la haine semblait s'inscrire sur ses traits. À quoi pensait-il donc ?

— Cela ne vous plaît pas, n'est-ce pas ?

L'oncle releva enfin le visage, et sourit.

— Pardon, ma chère Marie-Flore, je veux dire… Magnifique ! Tu possèdes de réelles qualités.

Déconcertée par le revirement brutal, Flore chassa l'impression désagréable qui s'était emparée d'elle de façon insidieuse. Rassurée, elle lui rendit son sourire.

Il lui offrit de la chaperonner au musée de Lille. Il avait aimé ses dessins, et désirait lui montrer les merveilles acquises par la ville. Flore attendait ce moment avec impatience.

Elle oublia ses vieux dessins, les rangea au fond de la commode, près de sa tenue de maraîchère. Elle pleurait souvent Orpha et Aristide, ses chers parents adoptifs. Mais elle ne devait pas s'appesantir sur les regrets. Elle gardait le marais au fond du cœur, cela suffisait. Salperwick appartenait à son passé. D'autres visages, d'autres paysages devaient remplir ses cahiers.

Le musée venait de quitter l'ancienne église des Récollets pour s'installer à l'étage du nouvel hôtel de ville. En grimpant l'escalier d'honneur aux reproductions de bas-reliefs grecs, Flore se sentit intimidée. Son cœur battit à tout rompre en découvrant les quatre salles aux immenses toiles exposées sur les murs baignés de lumière : Rubens, Van Dyck, Véronèse ou Watteau, et les dernières acquisitions de la République.

Des ruines romantiques lui rappelèrent celles de Saint-Omer. Le soleil printanier s'amusait à produire des dégradations de lumière sur les visages et les chairs. Des corps nus se montraient sans honte et sans pudeur, elle s'en troubla. Elle sentait son corps comme en attente. Elle éprouva l'envie de dessiner ces corps masculins.

Floris s'était décidément entiché de ses nièces. Il les mena dans un autre musée, où un certain Wicar, peintre lillois, avait en 1835 fait un gros legs à sa ville natale. Il s'agissait de mille deux cents dessins de grands maîtres comme Raphaël, Michel-Ange ou Léonard de Vinci. Elle s'extasia devant ces rêveries de grands maîtres, premières envolées au crayon, préludes aux chefs-d'œuvre, esquisses à la poésie pénétrante, mais aussi parfois corps mêlés, vautrés, ensanglantés, auréolés de lumière blafarde, visions d'apocalypse.

Sideline lui rappela ses propres dessins :

— Tu devrais les montrer aux journaux, je suis certaine qu'ils t'engageraient.

— Voyons, Sideline !

Au désir de Flore de prendre sérieusement des cours, le conseil de famille avait rétorqué que les arts étaient métiers d'hommes.

— Dommage ! Moi, cela m'aurait plu d'être journaliste, mais avec six ou sept enfants comme ma mère, ce sera difficile.

Sideline soupira, puis éclata de rire.

Depuis le retour de Flore, elle avait repris ses couleurs, et perdu ses appréhensions. Et Flore avait retrouvé avec joie sa pétillante petite cousine. Malgré ses seize ans tout frais, Sideline était l'amie de Flore, laquelle se sentait à l'aise, à présent, au milieu des Manderel.

Elle était décidée à faire sa vie à Lille, tout en tâchant

de ne pas se complaire dans l'inactivité des jeunes bourgeoises de son entourage.

Ses grands-parents étaient affectueux avec elle. Une étrange sensation de non-dit envahissait pourtant certains silences et certains regards. Tous deux semblaient oppressés par le poids d'un coupable secret. Adélaïde se dévouait plus que jamais à ses œuvres de charité, rencontrait d'autres bourgeoises pour prier sur le pauvre sort des hommes, racheter leur attitude irréligieuse, et clamait que les femmes étaient faites pour prier, les hommes pour agir. Il n'en avait pas toujours été ainsi pour elle. Au début de ce siècle, Adélaïde avait travaillé avec son mari, dirigé à ses côtés leur entreprise montante, partagé le même désir de réussite.

En dehors de ses visites et de ses réceptions le mercredi, Clémence, au contraire, s'occupait de ses tâches domestiques et de son personnel, Léon lui refusant toute visite aux pauvres, toute manifestation dévote. Floris était on ne peut plus gentil, en dépit de ses affreux chiens, relégués, la plupart du temps, au second étage.

Aucune allusion à la bâtardise de Flore ne venait entacher son assimilation à la famille. La naissance illégitime, la faute de Laurencine, tous ces malheurs semblaient définitivement enterrés, comme si les Manderel-Saint-Nicolas s'étaient donné le mot pendant son absence. Elle pensait bien retourner un jour à Salperwick, mais en visiteuse, afin de prendre des nouvelles des petits et de les embrasser. Elle se défendait de penser à Baptiste, ou à Léonardine.

Tout aurait été pour le mieux si elle n'avait commencé à ressentir de l'ennui dans la monotonie des quatre murs de la belle demeure des Manderel, entre les toilettes de jour et les toilettes du soir. Confinée loin de la turbulence du monde, elle se sentait atteinte d'une langueur douceâtre.

Son marais vivait, au-delà de son silence. Même en hiver, il recelait des milliers d'espèces que l'on devinait, dont on percevait les murmures.

La ville — elle — faisait du bruit, beaucoup de bruit

200

et de désordre. Mais la vie féminine et bourgeoise était faite de discipline et d'une tranquillité dont Flore ne se satisfaisait pas.

Elle passait de nombreuses heures près de son grand-père, son carnet de croquis sur les genoux. Elle le dessina, car en dépit de sa maladie, il avait gardé fière allure. Elle s'enfermait de longs moments dans la bibliothèque, enivrée par l'odeur du papier et du bois ciré, dans un silence de chapelle, et là elle ne s'ennuyait nullement.

Charles et Alexandrine rentrèrent. La fête approcha ; réception et bal pour les jeunes époux, fiançailles pour l'intouchable Stanislas...

15

Les préparatifs furent achevés en trois semaines, ce
qui était extrêmement court, étant donné le nombre
d'invités et l'ampleur de la fête. Flore soupçonnait
Adélaïde d'avoir l'intention de profiter du bal pour la
présenter au milieu huppé, particulièrement fermé, des
éventuels maris et belles-mères des hautes sphères. Dix-
huit ans était l'âge idéal pour envisager son avenir et,
en deux ans, Flore avait acquis le savoir-vivre et les
manières d'une jeune Lilloise bien née. Elle gardait
quelques mouvements d'humeur surprenants, dus à sa
franchise, au manque d'éducation bourgeoise, à Laurencine peut-être, mais, en société, elle avait compris
les règles, les limites à ne pas dépasser, et elle se pliait
de bonne grâce aux conventions. Elle semblait avoir
oublié Salperwick.

La réception était prévue chez les Saint-Nicolas,
selon le désir de Léon, à qui reviendrait l'honneur d'annoncer publiquement les fiançailles de sa jeune sœur.
Monsieur Saint-Nicolas père étant décédé, il s'était vu
attribuer le titre et la responsabilité de chef de famille.

L'oncle Floris arborait, lui aussi, un air satisfait. Il
se réjouissait de ce nouveau rapprochement. Il s'entendait bien avec son beau-frère. Léon l'emmenait fréquemment dans son club ; en contrepartie, Floris lui
servait d'alibi pour ses sorties clandestines. Son fils,
Stanislas, allait enfin entrer dans l'entreprise familiale,

et Marcelline, la sœur de Léon, saurait le tenir à l'œil. Floris en avait assez de payer les tribulations de cet insatiable voyageur, même si Stanislas contribuait aux dépenses par des concerts privés, se faisait héberger par des princes orientaux ; même si chaque retour était l'occasion de couvrir son père de trésors antiques, afin de se faire pardonner ses longues escapades.

Au retour de ses dernières pérégrinations, Stanislas ne s'était pas présenté à la maison paternelle. Éprouvé par le vent brûlant du désert, la poussière, et une mer houleuse, il avait préféré récupérer ses forces dans l'isolement d'une petite garçonnière, en ville. C'était sans doute un prétexte pour ne pas affronter directement son père, mais cela contentait Floris.

Aidée par Adélaïde, Clémence supervisait les préparatifs, choisissait les fleurs, les plats pour le buffet, contrôlait la liste des invités, et les toilettes de la famille.

Léon désirait que l'on puisse danser dans les différentes pièces. La plupart des meubles du rez-de-chaussée furent ainsi déplacés : les fauteuils portés vers les chambres, par des hommes de main musclés ; les guéridons vers la bibliothèque ou le fumoir. Le grand salon fut pratiquement vidé. On roula les multiples petits tapis. On prit soin de ranger soigneusement les bibelots les plus fragiles, tâche ardue, car Léon partageait le goût de Floris pour les collections, et avait une fâcheuse tendance à transformer sa demeure en magasin d'antiquités. On laissa toutefois le piano du grand salon pour l'orchestre, ainsi que celui du jardin d'hiver, des chaises, et bien entendu les tableaux et les candélabres montrant l'aisance des Saint-Nicolas. Les domestiques astiquèrent plus que de coutume. Une partie de l'argenterie fut enfermée à clé, l'autre fut bientôt prête sur les longues tables dressées pour le buffet.

Rendant visite à sa cousine, Flore fut prise par l'excitation ambiante. Une foule de serviteurs se croisaient dans les couloirs, des extras pour la plupart. Elle admira l'aisance avec laquelle ils déambulaient, comme s'ils avaient toujours fait partie de la maison.

Sideline était dans un état d'agitation intense :

— Nous pourrons enfin approcher de près nos cavaliers ! Quand je pense qu'en Amérique les filles sortent sans chaperon, et n'attendent pas les bals pour se laisser embrasser !

Flore se mit à songer au grand jour avec émotion. C'était son premier bal. Elle y pensa avec le souvenir de ses neuf ans, celui de la réception à l'hôtel de ville de Saint-Omer. Baptiste serait fier d'elle. Baptiste… Il emmenait les bourgeoises sur son bacôve…

Flore acheva de s'habiller avec soin.

Regardant son reflet dans la psyché, elle eut peine à reconnaître la petite Berteloot qui était arrivée un soir de février 1848 devant la demeure des Manderel, dans sa modeste robe de deuil. Lui apparaissait une jeune fille au visage encadré de boucles, faites en papillotes, une couronne de fleurs dans sa chevelure rousse, vêtue d'une ravissante robe de soie blanche. Des rubans de satin recouvraient la cicatrice qu'elle portait à l'épaule, et dont elle ignorait l'origine. Elle commençait à s'habituer aux toilettes se succédant pour le thé, l'église, les visites. Cette tenue-ci était certainement la plus jolie, la plus somptueuse…

Elle sourit à son image, exécuta une profonde révérence, avant de s'apercevoir que Rolande l'observait d'un air curieux. La jeune domestique avait lacé patiemment le corset qui permettait l'ancrage des jupons se superposant les uns aux autres. Ensuite, Flore lui avait donné congé.

Elle camoufla sa gêne en riant.

— Madame Adélaïde vous attend, Mademoiselle. Il est temps pour vous de descendre.

Sur le pavé, devant les portails en fer forgé et les colonnes napoléoniennes, s'agglutinaient d'innombrables voitures particulières aux stores levés afin d'afficher l'élégance des passagers : des fiacres, des « vigilantes » à six places et deux chevaux, des cabriolets légers.

Ils encombraient la rue Royale, formaient un défilé, déposaient l'un après l'autre, dans la cour intérieure, des dames en grande toilette et des messieurs en haut-de-forme, arborant leurs décorations et leurs rubans. Tout ce que Lille comptait de grosses fortunes en cette année 1850 montait les marches du perron surmonté d'un fronton de pierre sculptée. L'air exhalait des parfums de femmes et les vapeurs légères d'un doux soir de printemps. L'hôtel des Saint-Nicolas resplendissait sous les lumières flamboyantes des lustres et des candélabres.

Flore se sentait transformée en une princesse de conte de fées, et craignait à chaque pas qu'un malencontreux coup de baguette magique ne la ramène à sa condition première. Quel contraste avec les veillées de Salperwick !

La décoration intérieure se prêtait admirablement à ce genre d'enchantement. Avec des fleurs à tous les recoins, les musiciens à leur poste pour accueillir les invités, c'était un véritable foisonnement de couleurs et de sons.

Les yeux pétillants, le visage lisse, Sideline se tenait dans le hall d'entrée, près de sa mère. Clémence camouflait sous un sourire figé son peu de goût pour les mondanités. Elle portait au cou des colliers de grande valeur, montrant ainsi la fortune de Léon, et le beau parti que représenterait Sidonie-Céline. Leurs toilettes étaient ravissantes, appropriées à la différence d'âge des deux femmes. Celle de Sideline, moins fastueuse que celle de sa mère, et d'une relative modestie liée à son état de jeune fille, était faite de taffetas et de mousseline rose pâle. Sa couleur, comme sa fraîcheur, s'accordait parfaitement à la légère coloration de ses joues enfiévrées par le bal, ainsi qu'aux rubans fixés à sa coiffure et à ses manches bouffantes. À sa grande fierté, la robe atteignait ses chevilles, et Sideline-la-rebelle se demandait si elle n'allait pas se faire appeler dorénavant « mademoiselle Sidonie-Céline Saint-Nicolas ».

Dans le grand salon, les conversations s'animaient, les rires, les bruissements d'étoffes soyeuses se mêlaient à la musique. Quelques hommes indécrottables s'entretenaient de politique, et se réjouissaient de la nouvelle loi selon laquelle il faudrait justifier de trois ans de résidence pour voter, loi faisant perdre nombre d'électeurs aux quartiers ouvriers.

Rigoureusement droite, son épais chignon fixé par un large peigne, Adélaïde se tenait au côté de son mari. Hippolyte-Eugène trônait dans un fauteuil, imposant, immobile, princier.

Les femmes les plus âgées, aux gorges les plus parées de bijoux, s'étaient assises. L'éventail ouvert, elles bavardaient d'un ton affable, le regard tyrannique, affranchi par l'âge et les désillusions.

Flore était surprise par le déploiement extraordinaire des parures féminines, les broderies, les perles, les plumes, les formes vaporeuses et la largeur impensable de certaines robes aux tons pastels. Elles lui semblaient loin, les jupes grossières des campagnardes, lavées tous les mois après les souillures du sexe.

— Cette dame porte au moins huit jupons !

— Il s'agit de l'une de ces fameuses crinolines… lui apprit Sideline. Une cage en lames d'acier… Nous en aurons toutes une bientôt.

Sideline montra un sourire espiègle et ajouta :

— Quand les femmes l'auront toutes adoptée, nous n'aurons plus qu'à déménager, ou agrandir les pièces !… Oh, regarde ! Elle a du mal à s'asseoir !

Les deux cousines réprimèrent un fou rire.

— Dis-moi, Marie-Flore, demanda Sideline pour se calmer, que penses-tu de ma coiffure bouclée ?

— Elle vous sied à merveille, cousine.

Les yeux moqueurs, le blond et fringant Amaury surgissait comme par hasard, entre les deux jeunes filles.

Vêtu de noir, un gardénia à la boutonnière, le gilet de satin portant des boutons ciselés et ornés de pierres, la moustache parfumée de jasmin, il avait l'allure blasée de l'habitué.

— Amaury !... (Sideline rougit de plaisir.) Je dois vous laisser, pour recevoir nos invités, dommage... Je vous inscris sur mon carnet de bal !

Elle esquissa une petite moue enfantine, et se retira à contrecœur.

— Sideline est devenue une très jolie jeune fille, remarqua Flore de façon délibérée.

— Jolie, fraîche, naïve... Pour notre baby, c'est le grand soir, renchérit-il de son petit air ironique, qui ne laissait entrevoir aucun réel sentiment, au grand regret de Flore. Vous, ma chère, vous êtes rayonnante... Vous êtes née dans les fleurs, mais la soie et le satin sont l'écrin qui manquait à votre parure.

Il la regarda attentivement, s'attarda sur ses bras dénudés, son cou long et gracieux, et d'un air sérieux, ajouta :

— Je vais bientôt connaître la jalousie par votre faute... Ah !... (Il soupira.) Je me retiens, je me retiens !

— Arrêtez, Amaury !...

Elle sourit, coquette.

— ... Jaloux !... Et de qui, s'il vous plaît ?

— Mais de tous ces hommes... Ils n'ont d'yeux que pour votre regard myosotis et votre chevelure d'or. Je me demande si je ne ferais pas mieux de vous enlever immédiatement avant qu'on ne vous enlève à moi !

Flore ne sut que répondre à tant de flatteries. Elle aperçut nombre de paires d'yeux, tournés vers elle, semblant la convoiter. Des femmes aussi l'observaient, avec une méfiance dissimulée sous un sourire enjôleur, essayant de deviner si cette vision troublante était celle d'un ange ou d'une pécheresse. L'un et l'autre, sans doute. Dangereuse, quoi qu'il en soit. Sans s'en rendre compte, elle était devenue l'objet de la curiosité générale, remportait un succès involontaire, à faire pâlir d'envie les jeunes mariés et les nouveaux fiancés.

Le cœur de Flore cogna dans sa poitrine. Elle se sentit à demi nue. Elle rougit.

— Allons, ma chère, ne craignez rien, je suis là. Ah ! cette nuit, j'aime tout. J'aime ce printemps, qui nous porte vers l'amour. J'aime ces bals où la plus simple des provinciales prend l'allure ensorcelante d'une Parisienne. J'aime ces heures nocturnes où la vie est enfin libre, où les femmes abandonnent leur pudeur pour offrir leurs bras, leurs épaules, leurs blanches gorges aux désirs des hommes. Elles ont troqué leurs médailles et leurs missels pour des perles et des pierres précieuses. Elles ne sont plus les bons petits soldats de Dieu, mais les déesses perverses de l'amour.

— Amaury ! protesta Flore, troublée malgré elle par les allusions de son cavalier.

Il poursuivait, insatiable :

— Il est curieux, n'est-ce pas, que, selon les heures, une toilette décolletée jusqu'à la naissance des seins paraîtra un outrage et sera exposée aux huées et aux pierres, ou au contraire une merveille recelant des dessous mystérieux, promesses de nuits fiévreuses...

Amaury aimait lui parler crûment, sans détour, dans le dessein d'attiser la sensualité qu'il ressentait en elle.

Il l'emmena au milieu d'une foule d'invités, la présenta à plusieurs de ses relations, hommes corpulents et chauves, grands et secs, tous vêtus de noir, de la moustache aux chaussures, ne portant de la couleur que dans leurs doublures de soie. Ils félicitèrent Amaury pour le choix de sa cavalière, adressant indirectement à Flore des compliments flatteurs. On eût dit qu'il était le fils de la famille, et le fiancé de Flore. Il en était ravi, et savourait avec délices cette première victoire.

Elle comparait les beautés présentes avec le charme naturel des filles de la campagne. Certaines ressemblaient à des poupées sans vie, le regard assujetti, figées dans leur corset, emprisonnées sous une montagne d'étoffes ; d'autres étaient si belles, avec leur taille fine, leur maintien altier, la délicatesse de leurs traits, leur teint de nacre — demoiselles aux petites mains, aux petits pieds, aux seins généreux et provocants, au visage gracile — qu'elle était inconsciente de son propre éclat.

Amaury lui tendit sa première coupe de champagne. Elle la leva en l'honneur des jeunes mariés, rayonnants de bonheur. Charles tenait Alexandrine par les épaules, affichait le regard confiant de l'époux ayant créé une bonne harmonie conjugale, le regard fier du futur père qu'il était devenu. Alexandrine arborait un ventre rond. Un héritier allait naître dans quelques mois, un nouveau petit Manderel, un fils bien entendu, qui porterait le prénom d'Eugène, en l'honneur de son grand-père.

— Tout compte fait, j'aimerais que ma femme ne soit pas qu'un ventre, chuchota Amaury à l'oreille de Flore.

Elle le regarda sévèrement :

— Continuez ainsi, et je ne vous accorde aucune danse.

— Je vous ai choquée ? Je ne crois pas. Pas vous.

— Pourquoi pas moi ?

— Vous aimerez le plaisir des sens, cela se voit à votre regard fiévreux, à votre bouche aux lèvres ourlées. Vous êtes faite pour l'amour, même si vous l'ignorez encore.

Sans attendre la réponse, qu'il devinait orageuse, il s'approcha de son ami.

— Alexandrine a rempli son contrat... Et toi, mon cher Charles, tu n'as pas chômé !

— Eh oui, me voici moins disponible pour nos escapades nocturnes.

— Un petit moment, seulement, répondit Amaury, l'air canaille.

La jeune épousée s'interposa, la voix douce, les yeux pleins de reproches :

— Je vous ai entendu, Amaury !

— Grâce à moi, chère Alexandrine, vous échapperez à un mari bouffi et vieux avant l'heure... Et ne craignez rien, il est davantage mon ange gardien que je ne suis l'esprit du mal.

Les danses commençaient à se succéder : polkas de

Bohême, mazurkas, galops. Les danseurs sautillaient en cadence, se rapprochaient, se séparaient, se retrouvaient en un formidable ballet amoureux. Flore était très sollicitée.

Tandis que ses cavaliers l'emmenaient l'un après l'autre dans la contredanse, une sensation inexplicable de malaise germait en elle. Elle avait beau chercher la raison de ce pressentiment, en s'étourdissant au son des airs entraînants, ses doigts effleurant ceux de son partenaire, la raison ne venait pas.

Une valse s'ensuivit. Les mères désapprouvaient ce rythme indécent. Les hommes, eux, en étaient charmés, du moment qu'il ne concernait pas leur propre fille. Amaury invita Flore.

— Impossible, Amaury, j'en suis incapable.

— Laissez-moi vous diriger pour une fois…

Amaury était un maître dans cet art, et sa maîtrise eut vite raison des hésitations de Flore. Elle avait des dispositions. Elle éprouvait un réel plaisir à sentir des bras masculins entourer sa taille. Ils éclipsèrent les autres danseurs. Les spectateurs se demandaient comment ce brillant normalien pouvait montrer des aptitudes remarquables dans ses études et jouir de ses plaisirs avec une égale perfection. Les jeunes bourgeoises enviaient cette demoiselle Manderel. Les couples tournoyaient avec grâce. On n'effleurait plus, on enlaçait. Était-elle imprudente ? inconvenante ?

Elle eut soudain la sensation d'être épiée dans l'ombre d'une porte. Mais la vision s'évanouit comme elle était venue.

En dansant, son regard parcourait l'assemblée. Léon était en grande discussion avec des invités. Non loin de là, Marcelline, sa sœur, ne dansait pas. À chaque passage, Flore se mit à l'observer. Elle semblait attendre. Stanislas sans doute. Où se cachait-il ? C'était étrange pour des fiançailles, même arrangées. Il ne semblait pas très pressé de connaître sa future femme. Cette absence confirmait la rumeur selon laquelle c'était un être insupportable et peu sociable. Amaury perçut ses muettes interrogations.

— Que cherchent ces beaux yeux ?

— Les fiancés, répondit-elle ajoutant un pluriel pour dissimuler son léger trouble.

— Marcelline se tortille sur sa chaise, près de sa mère et de ses tantes.

— Je la vois.

— Une vraie oie blanche.

— Arrêtons-nous, Amaury, je n'en puis plus.

Haletante, Flore sentait le sang affluer à son visage. Grisée par la valse, mais rouge de confusion de s'être donnée en spectacle, elle le remercia d'une légère révérence, et lui dit, d'un ton détaché, sans le regarder, afin d'éviter les inévitables commérages :

— Je croyais que vous étiez contre le savoir des femmes.

— Je n'aime guère les raisonneuses, c'est vrai, mais je ne supporte pas les oies blanches au rire niais, emmaillotées dans leurs préjugés. Ce sont là mes petites contradictions, ma chère. Je n'envie pas Stanislas, d'autant que ces périodes de fiançailles sont ennuyeuses pour l'homme… Je suppose que votre grand-mère se chargera de tout, comme à son habitude, jusqu'aux bouquets quotidiens, car je doute que Stanislas s'en préoccupe. Non… (Il fit une petite moue dédaigneuse.) Je ne voudrais pas être à sa place.

— Mais il ne semble pas y être, lui non plus, à sa place.

— Stanislas est un instable.

— Ne l'êtes-vous pas ?

— Non, je profite de ma jeunesse.

— Ne fait-il pas la même chose ?

— Sa vie est débraillée, moi je prépare l'avenir, dit-il d'un ton sardonique et supérieur. Ce rêveur ne peut apprécier ce genre de festivités. Il se complaît davantage dans la fréquentation des sauvages et des vieilles pierres que dans celle de nos belles.

Il eut un regard étrange, chargé de sous-entendus, dont Flore ne saisit pas la signification.

— On dit qu'il dilapide la fortune des Manderel. On le laisse faire ?

— C'est un incapable, ma chère, un indiscipliné, donc un indésirable. Floris préfère le savoir au loin.

— Alors, pourquoi ce revirement ? Comment Léon Saint-Nicolas peut-il vouloir marier sa sœur à un bon à rien ?

— Il le fait entrer dans l'entreprise familiale. Ce mariage est essentiellement le moyen, pour Léon, de s'assurer la mainmise sur les Manderel. Il acquiert ainsi un peu plus de pouvoir.

— À la satisfaction générale.

— Vous comprenez vite, pour une fleur des marais.

Un soupçon de crainte traversa le regard d'Amaury :

— Assez parlé de lui, voulez-vous, et dansons ?

Elle refusa de lui accorder les danses qui suivaient. Sa grand-mère l'avait mise en garde contre les écarts, et elle avait déjà outrepassé la bienséance, en se laissant aller à ces valses grisantes, en se laissant pénétrer par le charme insidieux de ces envoûtantes cadences.

Il y eut une pause pour les musiciens.

Amaury se trouva accaparé par un jeune étudiant, et Flore les abandonna à la science, à l'éther, au chloroforme, nouveautés révolutionnaires dans les soins aux malades. Elle échappa avec plaisir à son entreprenant cavalier, dont le pédantisme l'exaspérait, quoiqu'elle lui accordât une sincère amitié. Ailleurs, on discutait de l'Angleterre, ailleurs encore du textile, car le monde des affaires lillois se trouvait réuni dans les salons des Saint-Nicolas.

Pendant que l'orchestre se reposait en goûtant aux rafraîchissements, des invités prenaient le relais au piano. Sideline joua de façon charmante une valse de Chopin que Flore put identifier à son grand plaisir.

Amaury était revenu à ses côtés. Elle murmura :

— Écoutez-la, Amaury, n'est-ce pas joli ? À la reprise, faites-moi le plaisir de l'inviter à danser.

— Vous voulez me l'offrir en mariage?

— Vous m'agacez! Regardez comme elle est aimable.

— Clémence est trop... raide. Il n'y a chez elle aucun abandon.

— Je ne vous parle pas de Clémence.

— ... Quand j'épouserai, je regarderai d'abord la mère.

Flore s'enfuit.

Elle se promena un moment parmi les robes surchargées de volants et de bouillons. Il y en avait partout : dans le grand vestibule, sur les marches de l'escalier monumental, dans le fumoir et la salle de billard, dans le grand salon bien entendu, mais aussi les petits salons, le jardin d'hiver, la salle à manger, la terrasse.

Elle s'éloigna dans le parc au feuillage épais du mois de juin, illuminé pour l'occasion, y respira un air estival alourdi par les parfums de la nuit. La solitude du jardin avait fait place aux chuchotements et au bruissement des amoureux. Elle croisa des couples se promenant au clair de lune. Plus loin, deux silhouettes enlacées, dissimulées derrière un buisson. Elle se sentait jeune encore — dix-huit ans. La vie s'offrait à elle. Des hommes la courtisaient, mais elle n'avait aucune envie de se lier. Baptiste, peut-être. Plus tard. Elle n'en était plus très sûre.

En revenant vers la maison par les allées sinueuses, une musique étrange lui parvint, de façon étouffée. Elle rentra.

Envahi de lierre et autres feuillages, embaumé de fleurs de printemps et de plantes exotiques, le jardin d'hiver comportait lui aussi un piano à queue, noir. Un attroupement s'était formé autour du magnifique instrument. L'atmosphère s'était apaisée, comme par enchantement : plus de brouhaha, plus de rires, ni de bruit de verres, tout semblait s'être arrêté. Sauf la musique.

À pas lents, elle s'approcha. Son cœur se mit à battre violemment. Elle savait. Son pressentiment. C'était là, dissimulé dans ce jardin d'hiver. C'était lui. C'était le moment qu'elle avait attendu depuis le début de la soirée, depuis des semaines peut-être.

Il était penché sur le clavier, absent de toute agitation terrestre, suspendu à ses notes. Il ne levait pas les yeux. Elle ne distingua d'abord qu'une chevelure, ondulée et longue, qui lui tombait sur les épaules, une mèche rebelle sur le front bougeant au rythme de sa musique.

Sideline se rapprocha d'elle :

— Stanislas, lui chuchota-t-elle à l'oreille.

Elle s'attendait à la blondeur des Manderel. Ses cheveux étaient d'un brun chaud, sans doute hérités de sa mère défunte.

— Beethoven ? demanda-t-elle doucement, car elle commençait, grâce à sa jeune cousine, à connaître les compositeurs célèbres.

— Non, je crois qu'il improvise.

Il plaquait des accords, exécutait des variations, écrivait une mélodie qu'il devait entendre dans sa tête. La musique était brutale, déchirante. Les notes vibraient sous ses doigts avec une virtuosité qui coupait le souffle.

Flore était fascinée par les doigts, longs, fins, souples, aux ongles courts et impeccablement coupés, qui virevoltaient sur les touches. Ce furent d'abord ces mains qu'elle reconnut, sans les avoir jamais vues, ces mains qu'elle aima. Elle ne voyait pas son regard. Sa peau était hâlée — souvenir de son séjour dans les pays chauds —, ce qui devait contribuer à en faire un rebut de la bonne société, qui alliait peau pigmentée avec colonisés. Il ne portait qu'un gilet sur sa chemise blanche. Et une cravate verte, nouée négligemment.

Ivre de musique, abandonné à ses sensations comme sous l'effet d'un philtre aux pouvoirs surnaturels, il semblait en parfaite communion avec un monde que lui seul entendait. Que pouvait-il y avoir de plus beau qu'un visage habité par la musique ? Cet homme, si jeune encore, avait l'âme d'un grand artiste. C'était

214

donc lui cet ange déchu, enclin à la débauche et aux excès, qui, ce soir-là, rentrait dans le rang et se fiançait avec la douce Marcelline Saint-Nicolas.

«C'est impossible», pensa Flore.

En écoutant ses accords brutaux et révoltés, elle ne pouvait l'imaginer sage et discipliné, s'endormant dans le confort. L'annonce des fiançailles était prévue aux douze coups de minuit. Il cherchait à apaiser ses appréhensions. Celles de Flore étaient là, angoisse de danger imminent, désordre intérieur amplifié devant ce piano. Le souffle coupé, elle écoutait, transportée, attirée par la personnalité étrange de cet homme dont elle ne voyait pas le regard, mais de longues mains, un visage encadré de cheveux bruns fous éclairé par les chandelles du pupitre, des yeux clos pour mieux s'imprégner de la musique. Elle savait qu'il avait deviné sa présence. Elle lui était apparue, appuyée sur ce piano, bien avant qu'il ne relevât la tête.

Lorsqu'il leva lentement le visage dans sa direction, ses doigts restèrent comme suspendus au-dessus du clavier. Arrêta-t-il de jouer un instant ?

Peut-être pas, mais ses doigts, instinctivement, touchèrent d'autres notes, plus douces, plus tendres, et la mélodie se transforma. La musique se fit amour. Ses admirables yeux verts auréolés de cils noirs et fournis, habités d'une flamme, étaient à la fois lumineux et sombres. Son être portait quelque chose de ténébreux et de vulnérable. Il était d'un autre monde.

Leurs regards restaient accrochés l'un à l'autre. Flore sentit un frisson la parcourir. Elle s'accrocha au piano mais ne put s'arrêter de trembler.

Elle entendit une voix chuchoter dans son dos :

— C'est du Schumann, maintenant.

Flore savait que ces accents plus tendres lui étaient adressés. Elle savait aussi que jamais plus elle n'entendrait cette musique sans voir ce visage, sans ressentir cette intense émotion lui traverser le corps. Un dialogue intime s'était instauré entre eux deux, au travers de la musique.

Quelques membres de la famille, quelques amis étaient réunis autour du piano, mais Flore ne les voyait plus. Stanislas et elle étaient seuls. Avait-on saisi leur intimité ? Imprudente, elle ignorait Marcelline qui s'était approchée à son tour, séduite par le talent de son futur fiancé.

Seuls comptaient son cœur qui vibrait dans sa poitrine, le regard de Stani qui pénétrait son âme, et sa musique. On aurait pu les accabler, les chasser, les maudire, seul comptait le fluide mystérieux qui s'écoulait entre leurs deux êtres, cette chose indéfinissable, mais évidente, qui venait de s'installer entre eux.

Il n'avait pas besoin de se parer pour avoir l'élégance d'Amaury. À l'instant même où elle croisa le regard énigmatique mais merveilleusement velouté de Stanislas, Flore comprit le voile de crainte qui avait obscurci le regard de son cavalier, Amaury. La vraie beauté était là, face à elle, celle d'une âme déchirée et pure à la fois. Authentique, sans apprêt. Sans faux-semblants. Il y avait tant de sensibilité en lui que des larmes perlèrent aux paupières de Flore.

Quand il se leva, il se dirigea vers elle. Ni l'un ni l'autre ne parlèrent.

Marcelline avait observé la scène, son instinct de femme l'avait prévenue.

Elle avait alors aperçu l'éclat du désir briller dans leurs regards.

Les douze coups de minuit sonnèrent de façon providentielle pour la jeune sœur de Léon. Vite, il fallait annoncer les fiançailles, vite, avant qu'il ne soit trop tard. Stanislas emmenait Flore vers le parc.

Marcelline courut vers son frère. Léon parla d'une voix forte :

— Ah ! Stanislas, je vous enlève à votre cavalière, c'est l'heure !

Et il ajouta, très haut, à l'adresse de ses nombreux invités :

— Venez tous, nous avons une grande nouvelle à vous annoncer !

Pressé de conclure un marché incertain, tenant sa sœur par la main, il monta précipitamment sur la petite estrade où se trouvait l'orchestre silencieux, prêt à rouvrir le bal dès le signal du maître de maison.

L'assistance était attentive, souriante. Le cœur de Flore battait trop fort, ses joues brûlaient. C'était impossible. Les yeux de Stanislas étaient fixés sur elle. Elle crut voir aussi ceux d'Amaury, mais cela elle n'aurait pu le jurer. Elle avait l'impression de sombrer dans un vertige. En un éclair, elle comprit que, s'il ne se passait rien, Stanislas disparaîtrait à jamais. Lui ou elle devait agir. Sans réfléchir. Sans craindre les conséquences. Le pressentiment s'accomplissait. Inexorable.

— J'ai le plaisir de vous annoncer les fiançailles de ma sœur Marcelline avec Stanislas Mander…

— Non !

Un cri strident interrompit le discours de Léon. L'espace d'un instant suspendu, tous les yeux se fixèrent sur l'auteur du désordre. On eût dit qu'une brume glaciale s'était engouffrée dans le salon, que les lumières vacillaient de façon inquiétante. Le choc d'un corps sur le sol vint juste perturber le silence. Blême, à bout de force, pénétrée de froid, dénudée aux yeux de tous, comme au bord d'un abîme qui se serait ouvert sous ses pieds, Flore venait de s'engloutir dans les ténèbres.

Stanislas se précipita, la souleva et, devant tous les invités médusés, il se tourna vers Marcelline :

— Je regrette, mademoiselle, c'est impossible.

Il sortit, Flore dans les bras, au milieu d'un silence pesant. Dans l'ombre, Amaury les observait attentivement. Stupéfaits, les invités s'étaient figés, transformés en pantins de cire tels les personnages de *la Belle au bois dormant*. Stanislas ne se retourna pas, de peur d'être pétrifié lui aussi.

Marcelline était prostrée de honte. Elle éclata brusquement en sanglots. S'ensuivit un brouhaha confus dans l'assemblée. Rouge de colère, jurant intérieurement, Léon annonça d'une voix enjouée, le sourire aux lèvres :

— Chers amis, ce léger malentendu sera vite dissipé... Que la fête continue... Musique, maestro !

Oubliant l'humiliation de sa petite sœur pour ne penser qu'à la sienne, il se tourna vers Clémence :

— Cet imbécile ne peut renoncer à l'entreprise.

— Et à moi ? balbutia Marcelline.

Agacé, Léon réprima l'envie de lui donner un soufflet.

— Toi, arrête de te donner en spectacle, et sèche tes larmes sur-le-champ !

Stanislas l'avait posée délicatement sur l'herbe. Agenouillé à ses côtés, il lui soutenait la tête. Elle ouvrit les yeux.

Dans la maison illuminée, l'orchestre jouait avec allégresse. Rien ne semblait subsister du scandale provoqué par Flore et Stanislas, hormis eux deux, qui s'ignoraient encore une heure auparavant. Deux inconnus, deux vilains petits canards, qui décidément n'apportaient que le désordre et le malheur. Deux âmes sœurs qui s'étaient reconnues dans un désir sauvage, incontrôlable.

— Merci, dit-il simplement, d'une voix basse.

— Merci ?... Que se passe-t-il ?

— L'évidence, répondit-il avec douceur. Je ne suis pas un beau parleur comme Amaury...

— Chut, fit-elle en lui posant le doigt sur les lèvres.

Il l'aida à se relever.

Elle réalisa brusquement les dégâts provoqués :

— Qu'ai-je fait, mon Dieu !... J'ai tout gâché... Rentrez vite, Marcelline doit vous attendre.

— Non. Vous m'avez évité la plus grande erreur de ma vie... Et, rassurez-vous, vous avez juste précédé mes paroles. Je ne me serais pas fiancé.

— Mais...

Il lui offrit un irrésistible sourire :

— Il était temps, n'est-ce pas ?

218

Dans le ton même de sa voix s'échappaient un certain mystère, une mélopée charmeuse.

— Stani... C'est impossible, murmura-t-elle.

Elle tenta de s'arracher à la puissance de son regard, mais il la prit dans ses bras ; il approcha ses lèvres. Elle sentit son corps comme irradié par celui de Stanislas. Leurs bouches se mêlèrent. Il l'embrassa. Longuement. Son souffle était brûlant. Ce premier baiser n'était qu'un prélude. Son être le savait, le réclamait, et rien, ni personne, ne pourrait l'empêcher. Elle se donnait à lui dans ce simple baiser. Il la possédait déjà par ce premier enlacement. Elle frémissait contre la chaleur animale de cet inconnu. Elle savait que, désormais, son corps réclamerait davantage, et n'aurait de cesse qu'abreuvé de ses étreintes.

Quand il retira ses lèvres des siennes, il la laissa nue sous son regard.

— Viens.

L'oncle Floris les avait suivis. Il les sépara avec violence.

— Laisse-la. Rentre immédiatement, Marie-Flore, ordonna-t-il, sévère. J'ai à parler à mon fils.

Elle interrogea Stanislas du regard.

— Je te rejoins.

Ses traits s'étaient subitement durcis à l'apparition de son père.

— Il n'en est pas question, dit Floris, d'une voix coupante. Tu vas me faire le plaisir de retrouver Marcelline, et de lui présenter tes excuses...

Le reste se perdit dans l'air de la nuit. En regagnant la terrasse, Flore sentait Stanislas lui échapper, comme un rêve qui s'étiole quand les astres pâlissent et que l'esprit s'arrache aux illusions. Elle se retourna.

Floris appelait son fils, l'adjurait d'obéir. Stanislas avait disparu.

L'oncle se tourna vers elle. Une grimace menaçante lui barrait le visage, figeait ses traits couleur de cendre, laissant place à un masque froid, impénétrable. L'être charmant s'était volatilisé. Elle se sentit prise d'un incoercible frisson.

Pour la seconde fois, elle lisait dans son regard une espèce de rejet. Pis : des pensées malfaisantes. Elle ne le reconnaissait plus. Mais peut-être était-ce l'effet de sa propre peur ?

Elle rentra dans la maison comme on marche au supplice. Elle devait affronter le monde ou se sauver à jamais. Elle se retourna une dernière fois vers le parc. Enveloppé de brume, il avait repris son aspect solitaire. Il était désert. La brise chaude avait laissé place à un petit air vif et cinglant. Les silhouettes de Stanislas et de Floris s'étaient évaporées comme si elle avait été sous l'empire d'une hallucination.

Elle s'avança sur la terrasse, soupçonna quelques regards désapprobateurs, et s'attendit à recevoir les foudres familiales dès son entrée dans l'arène. Soudain, elle perçut des exclamations dans le grand salon. La musique s'arrêta. Les rires s'effacèrent devant les cris. Un incident se produisait vers la cheminée.

La bourgeoise à la robe excessivement large, dont elle avait ri sans malice avec sa cousine, se battait contre le feu. Imprudente, elle s'était trop approchée de l'âtre en dansant.

En quelques instants, les flammes furent étouffées par le manteau d'un invité prenant congé, et la malheureuse, couchée sur le sol, en fut quitte pour la peur de sa vie. Ce n'était pas le premier accident du genre. Il ne serait pas le dernier — se mit-on à commenter — vu l'ampleur des crinolines. Il aurait pu être tragique. Il ne le fut pas. Le monde alla se désaltérer, ravi d'avoir un nouveau sujet de discussion. Décidément, cette soirée s'avérait riche en émotions. Une polka emporta les danseurs, dans une cadence endiablée. Les couples, pourtant, prirent soin de ne plus approcher du feu.

Flore se sentait providentiellement oubliée. Elle glanait ici et là des bribes de conversations sans intérêt. Elle éprouvait le désir de s'isoler pour songer à Stanislas, tâcher de faire le ménage dans ses pensées confuses.

Elle se dirigea vers le petit salon. La porte était entrouverte. Des voix provenaient de l'intérieur.

Elle s'arrêta, fit demi-tour, prête à repartir, mais le murmure s'était amplifié, la conversation la concernait...

— C'est bien la fille de Laurencine Manderel, affirmait une voix haut perchée.

— Qui est Laurencine ?

— La sœur de Clémence, qui avait rompu ses fiançailles avec Léon Saint-Nicolas.

— C'est ainsi que la chère Clémence en a hérité !

— Refuser un mariage n'est pas un crime, nous ne sommes plus en un siècle d'obscurantisme.

— Soit, mais Laurencine attendait l'enfant d'un autre !

— ... Cette Marie-Flore !... n'est-ce pas ?

— Tout juste !

— Sont-ils sûrs qu'il s'agisse bien de sa fille ? Ils l'ont sortie des marécages, paraît-il...

— C'est son portrait craché.

— Une bâtarde... Mais de qui ?

— Un révolutionnaire des années trente... Je crois. En tout cas, ce cher Hippolyte-Eugène a bien failli y passer. Le scandale fut énorme à l'époque. Vous n'aviez pas su l'histoire ?

— Vous m'en direz tant !... Depuis lors, ils ont bien réussi à étouffer l'affaire. Et Laurencine, qu'est-elle devenue ?

— Envolée, disparue, on ne l'a jamais revue... Elle serait morte du choléra... Personne n'a su ce qui s'était réellement passé. Léon n'a pas gagné au change. Elle était sacrément belle, la Laurencine, une admirable chevelure rousse, comme sa fille. Il en était très amoureux, le bougre.

— Ah !... Les affaires sont les affaires !

Ils s'éloignèrent en riant.

Flore tendit l'oreille encore quelques minutes, mais les commérages se perdirent dans le flot des conversations et de la musique qui provenait des pièces de réception. Elle erra dans les couloirs, se terra dans un recoin.

Dix-neuf ans auparavant, sa mère rompait ses fiançailles avec Léon, car elle attendait l'enfant d'un autre !... Et cette nuit, Stanislas rompait avec la jeune sœur de Léon par sa faute !... Quel héritage !

Flore se sentait pétrifiée par ces dernières révélations.

Elle en avait assez des Manderel, de leurs secrets. Elle n'avait pas sa place dans la ville. Qu'était-elle devenue, loin des siens, des canaux, de son marais ? Loin des cygnes sauvages, des broukaillers, de son village ? Elle éprouva le désir de fuir ce monde d'artifices, ces robes aux largeurs tellement excessives qu'elles prenaient feu, ces gens riches, Stanislas... Ne l'avait-elle pas rêvé, celui-là ?

Elle entendit des mains claquer derrière son dos.

Amaury lui octroyait son petit sourire moqueur, et applaudissait, très lentement :

— Beau travail ! fit-il en parfait connaisseur. (Il la saisit par le poignet :) Ne vous enfuyez pas, je désire vous parler.

— Je vous en prie, laissez-moi.

— Marie-Flore, vous êtes incroyable.

Il ajouta, caustique :

— Je savais que sous la fleur tranquille des marais se cachait un courant tumultueux, que sous ce regard myosotis couvaient la liberté, le feu... Je savais que vous n'étiez pas femme à faire l'amour dans l'ombre... Cela promet...

Elle se dégagea, lui jeta un regard meurtrier.

— Lâchez-moi, vous me faites mal... J'en ai assez de vos sarcasmes, de...

— Attendez !... Voulez-vous m'épouser ?

— Pardon ?

— Depuis que je vous connais, tous mes principes s'écroulent. Je répète : voulez-vous m'épouser ?

— Non, Amaury.

— C'est donc lui ?

— Qui... lui ?

— Stanislas, n'est-ce pas ? lança-t-il d'un ton persifleur. Je m'en doutais depuis longtemps.

Hébétée, elle ne répondit pas. Tout allait trop vite ce soir.

— Méfiez-vous de Stanislas. Méfiez-vous de ne pas tomber dans les griffes de ses démons invisibles, de ses hantises, des êtres malfaisants qui cohabitent avec lui. Mon cher cousin appartient au monde des fantômes, vous, vous êtes faite de chair, vous êtes bien vivante, et vous aimez la vie... Il vous abandonnera pour la beauté brune des Nubiens, les formes sculpturales des Adonis grecs. Je n'ai pas dit mon dernier mot. Je gagnerai. Je suis de nature optimiste, moi !

Il insista sur le « moi ».

Adélaïde s'entretenait avec Léon et Clémence. Marcelline avait disparu.

Flore se dirigea vers eux, balbutia quelques incompréhensibles excuses à ses oncle et tante, imperturbables, puis, sans attendre de réponse, elle se tourna vers Adélaïde :

— Grand-mère, je rentre, si vous le permettez.

Elle n'en dit pas plus. Aucun ne répondit.

Elle sentait plus de condamnation dans leur silence que si elle eût été assaillie de reproches. Elle sortit.

Peu à peu, les larmes envahirent son visage, l'aveuglèrent, tandis qu'elle montait dans l'une des voitures qui attendaient patiemment devant le portail du somptueux hôtel particulier des Saint-Nicolas.

Que signifiaient les allusions d'Amaury envers Stanislas ? Quels fantômes allait-elle encore affronter ? Rêve et cauchemar se succédaient dans son esprit troublé.

Dans le brouhaha du bal, ou en flânant sur la terrasse, au milieu de rires ou entre deux valses, certains invités murmuraient son nom, source de malédiction des Manderel. Peut-être chuchotaient-ils ces secrets qu'on lui taisait, mais que tous semblaient se répéter derrière son dos.

Elle avait rouvert une brèche dans l'édifice apparemment solide des Manderel. Ce soir, elle avait expulsé ses parents inconnus de leur tombeau. Un cri avait permis d'ôter un de leurs voiles.

Habitée, elle ne repondit pas. Elle allait trop savse sait

16

Flore remonta son châle sur les épaules. Les papillons nocturnes s'effaceraient tantôt dans la pâleur de l'aube, les oiseaux annonceraient gaiement le réveil d'un nouveau jour. Depuis combien de temps était-elle à la fenêtre, elle n'aurait su le dire. Au loin résonnaient de vagues bruits de fiacres. La nuit était superbe, l'air si doux en ce mois de juin.

Elle imaginait le bel hôtel des Saint-Nicolas. Il se vidait peu à peu de ses invités, les lumières s'éteignaient les unes après les autres, les musiciens emportaient leurs instruments. Seuls restaient la vaisselle sur les tables, un serviteur assoupi sur une chaise, une cape oubliée, une vague odeur de tabac flottant dans tout le rez-de-chaussée, et plus particulièrement dans le fumoir. D'ici une heure ou deux, une véritable armée allait se réveiller après un trop bref répit, et nettoyer, jusqu'à disparition de la moindre trace des festivités. Comme à la braderie. Tout devait disparaître.

Il resterait à Flore le souvenir d'un bal étrange, les yeux de Stani, la demande en mariage d'Amaury, la musique de Stani, son cri de protestation, les mains de Stani sur le clavier, le scandale provoqué par son intervention, les mains de Stani sur son corps, les fiançailles rompues de Laurencine, le baiser de Stani, les fiançailles avortées de Marcelline et de Stani, Stani...

Rapidement dévêtue, prête à se mettre au lit, mais

l'esprit trop perturbé pour trouver le repos, elle avait ouvert la fenêtre, afin de prolonger la nuit. Trop de visions défilaient encore dans sa tête. L'image de Stanislas l'obsédait ; Stani aux cheveux bruns de sa mère, aux yeux verts des Manderel… Trop de musique aussi, sa musique. Trop d'émotions pour se détendre. Elle se faisait l'effet d'être sur une corde raide, funambule d'un soir, ignorant encore si elle atteindrait l'autre extrémité sans tomber.

Les cheveux dénoués, les bras appuyés au rebord de la fenêtre, elle songeait qu'il avait disparu comme il était venu. L'âme de Flore était en souffrance. En proie à un véritable tumulte, son corps bouillonnait à l'intérieur. Elle ne comprenait pas comment, en si peu de temps, un être inconnu pouvait exercer une emprise telle que, même au plus profond de ses sommeils, elle était certaine de le croiser.

Soudain, son cœur se mit à cogner violemment. Cette ombre, là-bas, qui passait à pas lents, était-ce… ? Il allait passer sous le réverbère. Il se ferait connaître d'elle, il s'arrêterait, il l'appellerait…

L'inconnu s'arrêta.

Il ôta son haut-de-forme pour saluer la belle qui rêvassait, enveloppée d'une pâle clarté, et dont les cheveux dorés semblaient se mouvoir, caressés par les ombres de la nuit. Son visage sortit de l'obscurité. Ce n'était pas Stanislas. Elle perçut une expression empreinte de concupiscence. Elle se recula brutalement, attendit quelques instants avant de réapparaître. Découragé, l'individu avait repris sa balade nonchalante. Sa silhouette s'était estompée pour laisser renaître cet autre passant qui occupait ses pensées, cet être au regard pénétrant et déconcertant, marqué du sceau de la mélancolie, Stanislas, ténébreux et lumineux à la fois, qu'elle avait espéré deux heures durant à sa fenêtre.

L'aube était proche maintenant. Une petite brise fraîche la fit frissonner. Elle referma la croisée, se résigna à regagner le lit, aperçut son carnet de croquis posé sur le secrétaire. Voilà ce qu'elle devait faire.

Elle s'installa, et commença de mémoire, à la lumière d'une bougie, le portrait de celui qui l'avait tant émue. Son crayon courait adroitement sur le papier, avec une précision inégalée, comme sous la dictée d'une force supérieure.

Elle n'avait jamais dessiné si vite, si bien.

Elle s'arrêta, fascinée par le visage qui prenait vie sous ses doigts. L'image de Stanislas semblait sortir du dessin. Et Flore revivait le trouble de leur rencontre.

Elle n'entendit pas Adélaïde ouvrir la porte, elle ne la sentit pas se rapprocher d'elle, contempler le croquis par-dessus son épaule. Lorsqu'elle la complimenta sur la réussite de son portrait, Flore réalisa sa présence.

— Il est temps que tu m'accompagnes.

Flore releva le visage sans comprendre. Ses yeux étaient dévorés d'un feu qu'Adélaïde reconnaissait.

— Tu es éreintée, tu te reposeras en voiture. Nous avons de la route à faire.

— Ce matin, grand-mère ?

— Oui. Nous descendons d'abord prendre un petit déjeuner… dès que tu es prête.

— Où allons-nous ?

— Tu le sauras bien à temps.

Elle sentit qu'il était inutile de poser davantage de questions, ni de résister. Adélaïde était très obstinée. Flore en avait hérité. Son ton était sec. De toute évidence, elle lui en voulait pour son comportement de la veille. Flore commençait à ressentir sérieusement les fatigues du bal et de son insomnie. Elle s'habilla comme une automate, la suivit sans joie, docile.

Le fouet claqua, le cocher agita les rênes, la voiture se balança. Elle aperçut les premières maisons défilant devant la vitre. Elle désirait questionner sa grand-mère sur leur destination. Elle s'assoupit. Elle dormit longtemps, bercée par le roulement sur la route. À peine quelques cahots inopportuns lui firent-ils lever des paupières lourdes qu'elle referma aussitôt.

Quand elle ouvrit les yeux, incapable de mesurer la durée de son sommeil et la longueur du trajet, sa grand-mère lui apprit qu'ils avaient parcouru huit lieues, et qu'elles approchaient.

— Mais enfin, on approche de quoi ?

— Nous avons passé l'heure du dîner [1], as-tu faim ?

— Non, grand-mère, mais pourquoi ce voyage le lendemain du bal ? Était-ce si urgent ?

Adélaïde ne répondit pas à sa question, elle ne lui dévoila rien de leur destination, mais lui parla franchement, sans détour, de sa conduite de la veille :

— J'ai beaucoup réfléchi à ton sujet. Après ton départ, j'ai glané çà et là des bribes de conversation. Ton attitude et celle de Stanislas ont suscité de nombreux commentaires. (Elle eut une moue éloquente.) Je doute que les Saint-Nicolas soient très satisfaits de la tournure des événements, mais je tâcherai d'arranger vos sottises. Je ne veux, en aucun cas, que tu perpétues nos erreurs.

— Je ne comprends pas.

— Celles de ta mère... Et de moi. Stanislas et toi, ce serait catastrophique pour l'un et pour l'autre. Tous deux abandonnés à vos sensations ! Quelle imprudence ! Les mariages de cette sorte s'avèrent éphémères. Stanislas doit épouser Marcelline.

— Pourquoi ?

— Parce que Marcelline est raisonnable. Avec l'aide de Léon, elle saura calmer cette espèce de fièvre erratique qui le tourmente.

Ainsi, Stanislas devait épouser la raison.

— Où m'emmenez-vous, grand-mère ?

— À Douai.

— Douai ?

— Oui. Il est temps pour toi de connaître la vérité. Tu dois savoir, avant que tu ne reproduises les mêmes folies. Le fardeau devient trop lourd à porter.

— Où allons-nous ?

1. Déjeuner.

— Tu le sauras bien assez tôt.

La voiture pénétra à l'intérieur de cette cité fortifiée que Flore ne connaissait pas. Elle longea de vastes bâtiments militaires, casernes, arsenal. Ville de garnison importante, à l'université réputée. Elle s'étendait sur les rives de la Scarpe.

Au même instant, un carillon joua un air assez gaillard. Un superbe beffroi se dressait devant elles. C'était sans doute l'un des plus beaux édifices existant au monde, avec sa tour gothique au toit d'ardoise, flanqué d'une multitude de petites fenêtres et des tourelles aux quatre coins. Le soleil était haut. La voiture s'arrêta devant une porte garnie de ferrures, le long d'une façade de hauts murs de pierre.

— Nous y sommes, annonça Adélaïde.

— Mais c'est un couvent !

— Le Carmel.

— Je ne veux pas y aller !

— Tu n'y resteras pas, Marie-Flore. Attends-moi, je reviens tout de suite.

Inquiète, Flore vit sa grand-mère enfiler ses gants blancs. La porte s'ouvrit. Elle aperçut une vague silhouette de nonne. Adélaïde s'engouffra à sa suite dans l'enceinte. Flore guetta la grosse porte de chêne.

Le temps s'écoulait lentement. Les cloches sonnèrent le quart, la demie, avec régularité, avec enthousiasme. Elle essayait de se distraire par le spectacle de la rue. Il n'était pas question qu'on l'enfermât entre ces murs épais.

« Tu n'y resteras pas », lui avait assuré Adélaïde. Non, elle ne lui aurait pas menti. La grand-mère n'aurait pas le cœur de se débarrasser d'elle, de lui infliger les tourments d'une recluse. L'angoisse de Flore augmentait pourtant avec les airs du carillon.

Adélaïde apparut.

— Tout est réglé. Nous avons une autorisation spéciale de la prieure, à condition d'être parties pour cinq heures. Mets tes gants, et suis-moi. Si nous rencontrons la révérende mère, n'oublie pas de la saluer.

Un profond silence régnait à l'intérieur du monastère.

Isolées dans leur cellule, travaillant dans la solitude, réunies dans un atelier ou un office, les carmélites semblaient s'être évaporées. Flore se souvenait avec bonheur des religieuses de son marais, qui faisaient l'école, éveillaient l'envie d'apprendre, répandaient la joie de vivre. Ici, c'était très différent. La règle du silence, de l'isolement, de la clôture, était en vigueur, et elle s'étonnait d'avoir reçu l'autorisation d'y entrer. Il lui semblait bien que les cloîtrées avaient le droit de recevoir, certes, mais uniquement leur famille. Encore cet ordre pouvait-il lever les yeux sur les visiteurs, ce qui n'était pas le cas des bernardines. Une religieuse de Saint-Martin-au-Laërt, près de Salperwick, bien ancrée dans le monde, et qui connaissait les carmélites de Saint-Omer, n'enviait pas le sort des moniales cloîtrées. Elle lui avait confié que même l'aumônier leur faisait la messe de l'autre côté de la clôture.

Un frisson désagréable parcourut le corps de Flore. Sans doute le froid humide sévissant en permanence à l'intérieur de l'enceinte…

— Que fait-on ici, grand-mère ?

— Chut, lui ordonna celle-ci à voix basse.

Elles suivirent une carmélite voilée dans un long couloir sombre, vers le parloir. Avant de s'éloigner d'un pas discret, elle leur annonça :

— Notre sœur Marie-Laurencine de la Miséricorde est prévenue. Elle ne tardera pas.

Et sans laisser le temps à Flore de réagir, Adélaïde lui glissa à l'oreille :

— Tu vas faire la connaissance de ta mère.

Pétrifiée, le regard hébété, la gorge nouée, Flore fixait sa grand-mère.

— Sois courageuse, poursuivit Adélaïde, imperturbable. Elle l'a été.

Flore sortit de son mutisme. Elle parvint enfin à articuler :

— Ce n'est pas vrai…

— Chut ! Si tu hausses la voix, nous devrons partir.

— Elle n'est pas morte…

— Tu t'en doutais, non ?

— Peut-être…

Oui, du soir où elle avait franchi le seuil de la jolie chambre de Laurencine, au tréfonds de son être, une petite voix lui avait soufflé que sa mère n'était pas morte.

— Mais… Elle sait, pour moi ?

— Je suis venue le lui annoncer, il y a un an, après avoir longuement réfléchi. Je craignais son regret d'être cloîtrée, le rappel de sa faute. J'ai bien fait, je l'ai sentie réconfortée à la nouvelle de ton existence, de ta présence parmi nous. Mais nous avons pensé, d'un commun accord, qu'il était inutile que toi, tu saches… Jusqu'à hier soir…

Le volet ouvert, une double grille à petits carreaux allait encore la séparer de celle qu'elle n'avait jamais vue, mais qui l'avait portée dans son sein, puis mise au monde, de celle à qui — disait-on — elle ressemblait tant. Les yeux fixés sur le volet clos, Flore se sentait au bord d'un état de folie, avec l'envie de poser des tas de questions à sa grand-mère avant que la carmélite — sa mère — n'apparaisse. Mais ses lèvres soudées l'une à l'autre l'empêchaient de prononcer la moindre parole. Elle avait vu passer deux sœurs, de loin, dans le déambulatoire, le visage recouvert d'un voile noir, raidies dans leur scapulaire, les mains enfouies dans leurs longues manches larges, telles deux condamnées marchant vers la pénitence. Une cloche retentit. Il était trois heures. L'esprit de Flore était en effervescence. Ses yeux lançaient des flammes à l'encontre de ceux de sa grand-mère. Adélaïde évita son regard.

— Elle est là depuis combien de temps ?

Flore respirait difficilement.

— Ta naissance, enfin presque. Elle était entrée d'abord au Carmel de Lille. Les événements politiques obligèrent les sœurs à quitter leur monastère.

— Pourquoi n'est-elle pas rentrée à la maison, à ce moment-là ?

230

— Ses vœux solennels étaient déjà prononcés. Elles se réfugièrent à Warneton, en 1834, si je me souviens bien. Puis, elle rejoignit, avec quelques autres, le monastère de Douai, qui rouvrait ses portes. Les anciennes moniales de Douai s'étaient éparpillées en Belgique.

— Pourquoi le Carmel, alors que la plupart des religieuses, aujourd'hui, soignent, ou éduquent ? Pourquoi le cloître ?

— Chut !

Le volet de bois s'était déplié. Un rideau noir, encore, les séparait.

« Non, pensa Flore. Ce n'est pas possible, il ne va pas rester fermé ! »

Derrière le rideau, la voix de Laurencine s'éleva, avec une extrême douceur.

— Bonjour, mère.

— Bonjour, ma fille. La mère prieure t'a prévenue ?

— Oui. Vous êtes venue avec… Marie-Flore ?

— Elle est là, répondit Adélaïde.

Laurencine marqua une légère hésitation, puis, d'une main ferme, tira le rideau noir qui les séparait. Flore était interdite.

Debout dans un sombre scapulaire cachant ses formes féminines, l'allure fantomatique, un voile noir lui recouvrant la tête, sœur Marie-Laurencine prononça :

— Ma petite fille, mon Dieu.

Elle avait parlé de façon à peine audible, mais le silence était lourd dans le monastère. Flore ne distinguait qu'une silhouette noire. Elle éclata :

— Non ! Je ne vous crois pas…

Elle se tourna vers Adélaïde et répéta, d'une voix vibrante :

— Ce n'est pas vrai, grand-mère, ce n'est pas ma mère !…

— Si, ma fille.

— Non !

Flore tremblait des pieds à la tête.

— Je ne sais pas ce que vous voulez me faire comprendre... C'est un cauchemar.

Adélaïde la retint par les épaules.

— Calme-toi, veux-tu ?

Alors, la sœur Marie-Laurencine enfreignit la règle de la clôture. Elle retira son voile, laissa apparaître un beau visage entouré du bandeau blanc, un visage que Flore reconnut immédiatement : celui du portrait, ce visage lisse si semblable à celui qu'elle voyait dans son miroir, avec ses deux yeux couleur myosotis. Le doute était impossible. Cette femme de trente-cinq ans était encore très belle, bien que son épaisse chevelure dorée n'existât plus sous la guimpe lui couvrant la tête.

Au bout de quelques instants de confrontation silencieuse et émue avec sa fille, Marie-Laurencine de la Miséricorde se mordit les lèvres, mit la main devant son visage, refoula un sanglot.

Les larmes de Flore coulaient sans restriction le long de ses joues. Elle laissa enfin échapper un douloureux :

— Maman.

Il leur était impossible de se précipiter dans les bras l'une de l'autre, de se toucher, de s'embrasser.

La double grille empêchait toute intimité, toute manifestation d'amour. Elles étaient là, toutes deux, pitoyables, unies en une même communion.

— Que Dieu me pardonne cet excès d'attendrissement, mais je suis si heureuse de te rencontrer enfin !

Flore lui sourit, intimidée :

— Je vous ressemble...

— Oui.

— Racontez-moi. Dites-moi pourquoi.

— Tout est de ma faute, intervint Adélaïde. J'ai élevé Laurencine de façon trop libre, trop influencée moi-même par des idées révolutionnaires, celles de 89, et les lectures des aristocrates des Lumières. C'est ma faute.

— Mère, je vous en prie... Tu as dix-huit ans, Marie-Flore. J'en avais seize. Mon frère Floris venait de perdre sa femme. Cela lui changeait les idées de sortir sa petite sœur, de la chaperonner dans Lille.

Elle avoua, en la vouvoyant cette fois :

— C'est ainsi que j'ai rencontré votre père. La révolution de 1830 fut d'abord celle des journalistes. Il était républicain. Je croyais au romantisme, aux idées révolutionnaires, j'étais une révoltée.

— Et moi, je ne l'étais plus, avoua Adélaïde.

— Je l'ai aimé sans frein, créant ainsi le malheur autour de moi, amenant le mépris, entachant le nom de mon père. Le déshonneur des Manderel. Je rompis mes fiançailles. J'attendais l'enfant d'un autre. La famille m'enferma les derniers temps de la grossesse. Après la délivrance, on vous enleva à moi pour vous mettre en nourrice. Le déchirement fut tel que je crus devenir folle. On me dit malade. Je n'avais plus de nouvelles de celui à qui j'avais sacrifié ma virginité, mon honneur, celui de la famille. Il me fallait expier mes fautes, recouvrer, si possible, le respect de moi-même. Mon père était brisé. Je devais alléger sa peine. Mes parents ne m'ont pas forcée. Certes, le passage à la vie monastique arrangea tout le monde. Il permit à la famille d'extirper la honte, en camouflant mon entrée au Carmel. Je leur fis mes adieux au moment de la cérémonie de vêture. Mère était présente, avec Clémence, et Floris. Père avait eu une attaque. L'humiliation avait été trop forte. Les autres me croyaient morte du choléra. C'est ainsi que je devins sœur Marie-Laurencine de la Miséricorde.

Elle s'arrêta un instant.

— … Pardon, je parle trop, comme toutes nos sœurs, quand cela nous est possible… Mais nous avons tant de choses à nous dire… J'avais postulé pour réfléchir, me faire oublier. Une fois le pardon de Dieu et de ma famille obtenu, j'espérais vous récupérer très vite. Novice, j'étais encore libre de partir. Dieu en a décidé autrement. Les recherches de mère s'avérèrent sans résultat. Je vous crus morte.

« Que de fois dut-elle se contraindre », songea Flore.

— Au moment du vote pour les vœux définitifs, je faillis être renvoyée dans le monde. Ma position était tellement exceptionnelle. J'avais déjà été femme et mère. Mais les sœurs ont vu ma transformation, ma sincérité. Dieu m'avait enfin ouvert la porte… Je m'étais apaisée. Laurencine Manderel n'était plus. Je ne cherchais plus à me protéger par la règle. Mon combat était achevé. Je quittai la guimpe blanche, et mes cheveux, avec allégresse. Aujourd'hui, notre prieure m'a chargée des novices qui s'interrogent.

Un silence accueillit ces révélations. Laurencine ajouta, d'une voix très douce, cherchant à rassurer sa fille :

— Nous vivons d'amour dans les monastères.

Flore reprenait avec peine l'usage de ses sens.

— Si Laurencine Manderel est morte, comment avez-vous eu l'autorisation de me parler ?

— Laurencine-la-pécheresse n'est plus, mais sœur Marie-Laurencine de la Miséricorde peut recevoir sa famille. Notre mère prieure, au nom du Christ, a d'ailleurs souhaité cette épreuve.

— Et… mon père ?

— … Je n'ai jamais su ce qu'était devenu Rodolphe.

Elle prononçait son prénom pour la première fois.

— Dieu seul sait où il est aujourd'hui. Je n'ai jamais su s'il m'avait aimée.

Flore sentit la blessure du doute dans le cœur de Laurencine.

Elle se tourna vers sa grand-mère, l'interrogea du regard.

Adélaïde baissa les yeux pour dire :

— On ne sait rien. De toute façon, la loi interdit la recherche de paternité. La fille doit assumer sa faute. Il a fui sans doute…

— Pourquoi ? demanda Flore, puisque l'homme n'est pas responsable ?

— Il faisait partie d'une société secrète, qui fut appréhendée par la police, avoua Laurencine. La rancœur s'est envolée. Mon cœur a gardé un tendre sentiment à son égard, mais il ne lui appartient plus. Il appartient au Christ.

« Amour, renoncement, obéissance », face à tant

d'abnégation, le cœur de Flore, lui, se sentait submergé par une vague d'incompréhension et de révolte.

— Mais enfin, que de sacrifices… et ces vœux !

— Nous les faisons librement.

— Derrière une prison, protesta Flore, agacée.

— Voyons ! gronda Adélaïde.

— Laissez, mère, sa réaction est compréhensible.

La voix de Laurencine prit des inflexions extrêmement douces pour exprimer un jugement brutal à l'encontre du monde extérieur :

— Crois-tu, Marie-Flore, que la femme au-dehors soit plus libre ? Elle doit obéissance à son mari, pauvreté en sa faveur, chasteté au-dehors, charité envers les siens.

La sentence était irrévocable, comme ses vœux. Elle sourit. De son visage serein émanait l'amour, mais son regard trahissait son désir de la tenir dans les bras.

— Tu as une chevelure magnifique.

Elle tutoyait Flore à présent. Celle-ci en fut heureuse, lorsque soudain elle ajouta :

— Vous étiez si différentes toutes deux.

Flore ne comprenait plus rien. Tour à tour, Laurencine la tutoyait, la vouvoyait.

— Qui étaient différentes ?

Laurencine fronça les sourcils, et s'adressa à Adélaïde :

— Mère, vous ne lui avez rien dit…

Adélaïde secoua la tête en signe de dénégation.

— Mais enfin, de quoi parlez-vous ? explosa Flore, excédée par tant de mystères. Que se passe-t-il ? Je vous en prie !

— Je n'ai pas eu une fille, Marie-Flore, mais deux. Tu as une sœur.

Un interminable silence accueillit cet aveu.

— Une sœur… jumelle… ?

— Oui. Au moment de vous laisser partir, j'ai enveloppé l'une de vous deux dans un châle blanc, brodé à mes initiales.

— Celui que j'ai gardé…

— À l'autre enfant, j'ai accroché ma médaille et sa chaîne.

… «*La médaille !…*»

— J'ai fait cela sans réfléchir, sans choisir, afin de vous retrouver un jour. (Sa voix baissa.) J'étais mue par la peur, c'est tout ce dont je me souvienne.

— Où est-elle ? Comment s'appelle-t-elle ? demanda Flore.

— Marie-Adélaïde, reprit sa grand-mère, venant au secours de Laurencine, épuisée par tant d'aveux. Nous ignorons ce qu'elle est devenue. Morte, sans doute, c'est pour cette raison que je ne t'en ai pas parlé plus tôt. Elle était de santé plus précaire à la naissance.

Le secret d'Orpha… Était-ce cela ? Elle n'avait jamais parlé d'une autre petite fille. Son père adoptif, Aristide Berteloot, non plus. Le savait-il ? Orpha, elle, devait savoir : «*Il y a autre chose…*», c'étaient ses derniers mots…

— Je me suis lâchement déchargée sur notre cocher, lui demandant que la petite Marie-Adélaïde, si chétive, soit mise en nourrice en ville ou dans une campagne proche de Lille, de façon à lui éviter un long trajet risquant de la tuer. Le mari de Séraphine est mort avec son secret.

Comme un glas, les cloches retentirent, annonçant l'heure de l'oraison.

— Je dois vous quitter. Si vous avez besoin de quoi que ce soit pour votre route, notre sœur tourière se fera une joie de vous aider.

Elle marqua une légère pause.

— Adieu, ma petite fille, je prierai pour toi tous les jours. Je repars sereine.

Mais en ce court instant où la sœur Marie-Laurencine de la Miséricorde se recouvrait du voile noir, Flore se jeta sur la grille, s'écrasa le visage contre les petits carreaux :

— Maman !… Maman !…

La poitrine de Laurencine se souleva, laissa échapper un haut-le-cœur.

Elle murmura :

— Ma petite fille…

Et referma le rideau, tandis que Flore s'écriait, collée à la grille :

— Je reviendrai… Je reviendrai avec ma sœur !…

Elle entendit les petits pas légers de Marie-Laurencine de la Miséricorde s'éloigner rapidement. Elle sentit les bras d'Adélaïde l'entourer. Alors, elle laissa son chagrin s'épancher contre l'épaule de sa grand-mère, et sanglota.

Dans la voiture qui les ramenait à grande vitesse vers Lille, Flore observait en silence la ville qui s'effaçait pour laisser place à la campagne. Elle ne voyait rien du paysage. Dans son cœur était gravé le visage tendre de sa mère retrouvée, aussitôt perdue. Elle était bouleversée par cette avalanche de révélations.

Le carillon du beffroi sonnait à nouveau, mais elle entendait d'autres cloches dans sa tête, celles d'un monastère invitant les fidèles à fêter des fiançailles avec le Ciel. Elle voyait les larmes d'Adélaïde, le sourire triste de la jeune fille, l'évêque en costume de fête.

Elle imaginait Laurencine au moment de la prise de voile, vêtue d'une somptueuse robe de mariée blanche, conduite par son frère Floris, en l'absence de son père, en procession vers le couvent. La porte s'ouvrant sur des moniales en robe de bure, immobiles, alignées, tenant des cierges, le visage invisible sous un grand voile noir. La porte se refermant, après un dernier adieu au monde et à sa mère.

Elle se représentait la postulante dépouillée peu à peu de ses vêtements — dentelles, soieries, fleurs jetées, pêle-mêle, à terre —, revêtue de la tunique de bure pour une dernière vision au monde extérieur. Laurencine méconnaissable pour ses proches.

Elle se la figura allongée, la face contre terre, les bras en croix, avant de disparaître dans une sombre cellule, sans chaise, sans décoration, si ce n'est le crucifix et une tête de mort symbolique. Une cellule froide, aux murs nus, sans soleil ni couleur, qui serait dorénavant son univers. Le sacrifice de Laurencine la remplissait d'un mélange d'admiration et de frayeur sans bornes. Elle se sentait incapable d'agir de cette façon... De son plein gré. La vie circulait avec trop de passion et de violence dans ses veines.

Adélaïde l'observait. Elle guettait un mot, un reproche, qui briserait le lourd et douloureux silence qui s'était instauré entre elles.

— Pourquoi m'avoir amenée auprès de ma mère, après tout ce temps ? demanda-t-elle enfin. Tu n'as pas craint que je regrette, moi, qu'elle ne puisse sortir, venir avec nous ?...

— Le jour où je t'ai ouvert la porte, en février 48, j'ai décidé de soulever le voile. Mais il a fallu la peur pour m'y résoudre...

— La peur ?

— Que tu ne suives nos traces. Dès que j'ai croisé ton regard, j'ai craint pour toi. Tes yeux expriment la liberté des femmes de la famille. C'est dangereux.

— Je comprends. C'était pour me montrer ce qui arrive quand on ne se plie pas aux devoirs d'une fille soumise à sa famille, n'est-ce pas ?... C'est pour cela ? Pour m'ensevelir vivante, moi aussi ?

Flore était bouleversée.

— Non, ma fille. Je suis très coupable envers Laurencine. Je regrette pour elle, pour toi aussi. Personne ne peut élever des enfants comme une mère. Grâce au Ciel, tu as eu la chance d'être aimée par ta nourrice. Aujourd'hui, Laurencine possède une seconde famille. Ne sois pas triste pour elle. Elle a trouvé la paix. Mais je ne voudrais pas qu'il arrive la même chose à ma petite-fille...

Adélaïde se tut. Ses larmes coulaient. Elle n'était pas totalement rassurée sur la sérénité de Laurencine. Le débordement de sentimentalité, dont elle venait d'être le témoin, l'effrayait. Il était largement justifié, mais incongru chez une carmélite. Elle n'en dit mot. Elle laissa échapper un soupir plaintif. Flore prit la main de sa grand-mère.

Alors la voix d'Adélaïde se brisa pour avouer :

— Tu ne peux t'imaginer mon chagrin, à l'instant des adieux. J'ai essayé de la retenir. Je me suis donnée en spectacle, en m'accrochant à elle. Floris et Clémence ont dû me maintenir. La porte s'est refermée lourdement, comme le couperet d'une guillotine. Happée par la souffrance, je me suis évanouie. La peine de Laurencine a dû être encore plus cruelle. Nous n'en avons jamais parlé dans nos lettres. (Elle ajouta :) Naître femme est déjà un châtiment. On l'oublie trop facilement, n'est-ce pas ?

Flore était médusée.

Elle ne sut que répondre. Elle ne répondit rien.

Elle garda la main de sa grand-mère dans la sienne tout au long du voyage. Elle avait l'impression d'être entortillée dans une inextricable toile d'araignée. Lorsqu'elle s'était dégagée d'un fil, d'autres venaient l'emprisonner. N'en finirait-elle donc jamais avec ces secrets ?

Ainsi la famille savait que Laurencine était enfermée à l'intérieur de l'enceinte du Carmel. Clémence, Léon, Floris le savaient. Ils s'étaient bien gardés de le lui dire !

Pendant qu'elle-même glissait, enfant inconsciente et heureuse, sur les canaux de Salperwick, une jeune femme expiait sa passion : Laurencine, belle, aimée, fortunée, vêtue à jamais d'un uniforme noir, derrière des grilles et des murailles.

Laurencine était une réprouvée. Sa révolte avait été domptée. On avait utilisé le spectre du choléra pour faire oublier la honte de la fille-mère. À jamais cloîtrée, vivant dans la pauvreté, les pieds glacés, serrés dans des sandales en corde, en toutes saisons. De beaux yeux cachés sous un voile. Un corps coupable annihilé par la discipline [1]. Des nuits et des jours dans la solitude, la séparation de ceux qu'elle aimait.

Avait-elle vraiment choisi, en prononçant ses vœux

1. Fouet de cordelettes à nœuds.

définitifs, en disant adieu au monde, ce matin-là, pour consacrer sa vie au Christ ? Ses filles perdues, abandonnée par celui qu'elle aimait, coupable de la maladie de son père, ne s'était-elle pas jetée par désespoir dans la religion ?

À l'aube de ce jour-ci, penchée à sa fenêtre, Flore était encore loin de se douter qu'une femme de trente-cinq ans, sa mère, que l'on disait morte, était levée depuis longtemps, et priait en compagnie de ses sœurs carmélites.

Une mère retrouvée, qu'elle n'avait pu embrasser.

Après leur départ, avait-elle pleuré ? Avait-elle vraiment trouvé la paix, comme semblait le croire sa grand-mère ? Qu'était devenue sa sœur ? Et Rodolphe, cet inconnu... Avait-il disparu de Lille ?... À mesure de ses découvertes se posaient de nouvelles questions à l'esprit de Flore. Une sœur... Elle avait une sœur jumelle !

17

C'était le mois des récoltes du chou-fleur dans le marais, et du trèfle dans les champs des alentours. Le mois de la floraison du coquelicot et du lis blanc, celui de la tonte des moutons. Le blé montait en épis. Les fraises étaient belles, bientôt les premières cerises feraient leur apparition. La verdure éclatait partout, dans les forêts environnantes de Watten, Clairmarais et Nieppe, dans les plantes aquatiques aux longues tiges dépassant des marécages, dans l'herbe abondante des prés et les arbres bordant les canaux. Le mois de l'été. Et pour Saint-Omer, celui de la fête historique.

Entouré de ses compagnons, Baptiste s'activait autour des géants du pays. Il n'avait plus le cœur à l'ouvrage. Il accumulait les maladresses dans l'accomplissement de son travail, dans ses gestes, dans ses propos, dans sa conduite.

Depuis ce fameux jour d'avril, à Dunkerque, où Flore s'était évanouie, dans un horizon embrumé, comme les marins d'Islande, deux mois s'étaient écoulés. La douleur persistait, lancinante, en dépit de ses efforts pour l'enrayer.

En plus — ou à cause — de ce mal, sa tête le faisait souffrir depuis la veille. Une sensation de brûlure. Pour aggraver le tout, aucun vent de la mer ne venait rafraîchir l'atmosphère et calmer ce feu. Il cachait l'une et l'autre souffrances, qu'il considérait comme des infirmités.

Baptiste se sentait déchoir.

Il ne s'était pas enivré d'alcool, ce n'était pas pour lui. Il avait, de ce point de vue, le sérieux des Audomarois. Mais il était devenu libertin, comme les jeunes bourgeois de la ville. Il essayait d'oublier Flore à sa manière, sans y parvenir. Il se grisait dans des bras potelés, mais, l'ivresse calmée, la chute était à chaque fois plus brutale.

Il n'en avait dit mot ni à Victor, déçu par l'attitude étrange de son grand frère, ni à Lénie. Il n'avait osé davantage se confier à ses camarades.

— Hé, Baptiste ! Voilà ta belle qui pénètre dans la cour !

Il se retourna vivement vers la fenêtre, dans l'espoir insensé d'apercevoir Flore. Ce n'était pas elle, bien sûr. Ses compagnons n'auraient pas parlé de sa sœur sur ce ton.

Après un rapide coup d'œil vers la fille qui hésitait à les déranger, et patientait à l'extérieur, Baptiste commanda, d'un ton inflexible :

— Dis-lui qu'elle reparte, j'ai du travail.

Avec une ardeur simulée, il se remit sur le visage sculpté. Il essaya, une fois encore, d'apporter les finitions nécessaires manquant à son malheureux pantin de bois et d'osier. La touche finale, celle de la vie. Mais il lui manquait la foi de Gepetto.

— Tu t'es encore disputé avec ta bonne amie, Baptiste ?

— C'est fini. Elle ne veut rien comprendre. Je ne lui avais rien promis.

— Elles ne font pas long feu avec toi. Tes balades sur l'eau étouffent la flamme ! Fais attention tout de même de ne pas te retrouver avec un môme sur les bras.

— Ma sœur Lénie veut me fiancer. Mais elle dénigre chacune de mes... attaches, comme une mère abusive.

— Les vieilles filles, toutes les mêmes. Elle a peur

de perdre la place. Tu devrais d'abord marier Lénie, et ensuite te fiancer. Pas le contraire.

— Depuis que les parents nous ont quittés, j'ai besoin d'elle pour les petits.

— Alors, tu t'en trouves une qui lui plaît. Tu auras une femme de plus à la maison, c'est autant de gagné.

Le pauvre géant négligé allait bientôt sortir, afin d'être baptisé. Mécontent de lui, Baptiste n'eut pas le courage de placer secrètement sa griffe, à l'intérieur de la tête : le B, en forme de fleur, sa fleur du marais...

— Arrête-toi, Baptiste, si tu es fatigué. Tu t'énerves inutilement. T'en as le visage tout rouge.

— Il est lourd, not'bonhomme, il va falloir au moins deux gars pour le mouvoir. Il faut bien rembourrer les barres de portage avec le cuir.

— T'inquiète, j'ai même prévu les trous pour placer nos chopes de bière... Allez, rentre chez toi, Baptiste.

— Je ne sais ce qui m'arrive, mes doigts ne m'obéissent pas.

— Tu travailleras mieux demain.

Baptiste marchait dans les rues de Saint-Omer, insatisfait, amer, honteux de son attitude. Il ne se reconnaissait plus depuis le printemps. Ce n'était pas son genre, à lui, de courir les filles. Et voilà qu'il en était au point de confondre les prénoms.

Tout avait commencé avec l'une de ses clientes de Saint-Omer, embarquée sur son bacôve pour visiter les marais. Les yeux dans les yeux, ils s'étaient éloignés du trajet habituel. Ils avaient prolongé la promenade du dimanche dans la hutte appartenant au père de la bourgeoise. Elle s'était donnée avec fougue, sans s'encombrer du moindre préambule. Elle lui avait littéralement sauté dessus. Il ne s'était pas défendu, flatté de se sentir enfin convoité. Il était rentré tard à Salperwick.

Imprudente, Lénie s'était hâtée d'annoncer les prochaines fiançailles de son frère aîné. Malheureusement, la jeune dame était déjà mariée, et leur amour n'était que feu de paille.

Mais le pli était pris ; certaines demoiselles en

243

goguette s'étaient donné le mot et Baptiste avait enchaîné les conquêtes. Le beau charpentier était disponible pour la bagatelle.

Caressant des cheveux blonds, roux ou noirs, dévoilant des hanches rondes ou étroites, c'était toujours Flore qu'il tentait de ressentir dans sa chair.

Chaque recoin de la ville lui rappelait leur dernière promenade avant son départ en diligence.

Elle s'était arrêtée pour croquer la silhouette de son oiseau préféré : un cygne blanc sculpté dans la pierre. Bien qu'ils fussent très nombreux dans la région, nul n'osait jadis tuer ces animaux vénérables sous peine de sanctions très sévères.

Il s'en remit au hasard, et ses pas le menèrent au parvis Notre-Dame, oasis de calme avec ses petites maisons aux noms symboliques comme «l'Étoile», ou «le Purgatoire». Louis XIV, disait-on, avait franchi la porte de l'ancienne cathédrale, à cheval, après que la ville lui avait été rendue.

Ce chef-d'œuvre d'art sacré contenait le sanctuaire de Notre-Dame-des-Miracles et attirait de nombreux pèlerins. Flore s'y était recueillie avant son départ.

À l'intérieur, un cantique résonnait. Il trempa sa main dans le bénitier, s'agenouilla, saisi à nouveau par la sérénité du lieu saint. L'air y était lourd de senteurs d'encens. Des candélabres illuminaient l'autel. Le chœur était entouré de boiseries et de stalles sculptées. La superbe horloge astronomique aux divers cadrans figurant les signes du zodiaque et les phases de la lune n'indiquait plus que les heures. Mais les orgues baroques monumentales possédaient le plus beau buffet de France. Baptiste se retrouva devant le tombeau de saint Erkembode, en grès rougeâtre, supporté par deux lions. Comme au jour de son départ, des fidèles se frictionnaient contre la pierre pour obtenir la guérison de leurs maux de reins. On y déposait des offrandes, pour ceux qui avaient des difficultés à marcher. Des pèlerins laissaient leurs chaussures hors d'usage.

Baptiste ferma les yeux. Au côté de Flore, il avait prié silencieusement pour son retour :

« Faites qu'elle revienne vite déposer ses chaussures. »

Sans elle, il était incapable de se recueillir. La foi avait disparu, la foi en son retour.

La longue rue Saint-Bertin était ponctuée d'anciens couvents de religieux mutés à la Révolution. Baptiste n'avait pu entrer au collège. Il eût tant aimé faire partie de ces « blanches manches¹ ». Flore aurait été si fière de lui. Certes, il s'était rattrapé en suivant les cours des Frères des écoles chrétiennes, en étant accepté dans la respectable Société d'agriculture, grâce aux Marescaux, ceux du château de Salperwick. Il longea le pensionnat Saint-Bertin.

S'il avait fait des études, il aurait osé défier les jeunes bourgeois pommadés. S'il avait pu s'acheter la cense² à l'immense toit de panne et aux volets de couleurs pimpantes, sa Fleur en aurait été la reine. Tandis que dans leur pauvre masure...

Il se frotta le front. Il rêvait encore. Flore avait goûté aux plaisirs, aux possibilités de la ville, et ces bourgeois sans bottes pouvaient satisfaire ses désirs. Elle ne reviendrait pas. Elle avait certainement d'autres exigences, d'autres besoins que ceux de leur paisible vie des marais. Il l'imaginait sans cesse dans les bras de cet inconnu, aperçu au départ des Islandais.

Vêtues de jupes bleues, les paysannes portaient des chapeaux de paille, des boucles d'oreilles, des colliers, des bracelets, pour rivaliser avec les bourgeoises de Saint-Omer. Deux jeunes femmes se retournèrent et adressèrent un sourire charmeur à l'adresse de l'inconnu aux yeux clairs, le regard appuyé sur sa musculature harmonieuse et svelte.

Il reprit sa barque et fila dans les marais.

1. Surnom donné aux élèves de l'ancien collège Saint-Bertin (au XVIᵉ siècle), à cause du drap blanc cousu sur leurs manches et, par extension, dans l'esprit de Baptiste, aux enfants de riches.
2. Ferme à cour close.

Bien que relié au monde par d'innombrables chemins d'eau, peuplé d'un nombre infini de gens travaillant sur les terres cultivées, mais aussi de bestiaux, de chevaux paradant sur les prairies, d'oiseaux, et d'une faune aquatique, ce coin de terre gagné sur les mers, œuvre des hommes qui firent reculer le rivage, ce curieux pays, était isolé par l'eau et le vent, un vent de la mer, parfois violent et brutal.

Ce soir-là, le vent ne soufflait pas. La tête de Baptiste était toujours douloureuse, ce qui augmentait son irritabilité.

Aussitôt rentré, sa sœur lui assena des reproches :

— Tu as rompu ? Tu es fou. Elle était bien, celle-là ! Je ne sais pas ce qui te prend, mais tu deviens malade, ma parole !

Il lui répondit avec lassitude :

— Laisse-moi, Lénie...

— T'en préférerais une qui reste toute la semaine dans ses habits du dimanche, et qui ait besoin d'une bonne parce qu'elle aura peur de se salir peut-être ? Comme celles que tu emmènes sur les canaux ? À moins que ce ne soit Flore...

— Lénie !

Il refusait que quiconque la calomniât.

— Oh ! proteste, va, mais on sait bien ce qu'on sait. N'oublie pas ce que disait père : « *Femme coureuse, soupe froide.* » Il te faut une fille de chez nous, qui sache tenir le ménage, courageuse sur le marais comme au potager, comme maman. Enfin, Baptiste !... Mais qu'est-ce qui t'arrive ?... Tu as des plaques rouges !

Elle lui toucha la main.

— Et tu es fiévreux !

— Oui, je vais me coucher.

Au petit matin, après une nuit peuplée de cauchemars et d'insomnies, Baptiste sentit des démangeaisons intenses au niveau du cuir chevelu et du front. Nauséeux, la poitrine oppressée, il se leva péniblement dans l'intention de rejoindre son lieu de travail.

Il se dirigea vers le miroir de ses sœurs. De vilaines

vésicules, arrondies, lui couvraient la tête, du côté droit uniquement, ainsi que le pourtour de l'œil. Il avait une terrible envie de se gratter, mais se retint. La douleur frontale provoquée par l'éruption était violente, presque intolérable.

Lénie s'approcha de lui.

— … Mon Dieu !

Il n'eut que le temps de sortir. Il se dégagea l'estomac sur le petit chemin menant à son jardin de fleurs.

Toute la journée, les douleurs augmentèrent. Il ne put sortir.

La nuit suivante, il délira. Quand il se réveillait, c'était intenable. Il avait la sensation de nerfs à vif. Il ne voyait plus de l'œil droit. Il marchait de long en large, irritable, fébrile, se retenant difficilement de se gratter. Léonardine tentait de lui prodiguer quelques soins, mais devant l'ampleur de l'éruption, qui le mettait dans un état d'excitation extrême, elle se sentait démunie. Elle lui appliquait des compresses dans l'espoir de le soulager. Les boutons étaient devenus des cloques.

Elle savait pourtant ce qu'il aurait fallu faire. Adèle avait le don pour cela. Elle avait bien soigné Victor. Mais Adèle était l'amie, la protégée de Flore. Lénie avait toujours éprouvé un mélange de pitié et de jalousie envers la petite sauvage des marais. Elle ne la croyait pas sorcière, elle ne lui voulait pas de mal. Adèle avait l'art de préparer des décoctions magiques, elle possédait un don de guérisseuse. Après tout, elle était comme elle, Lénie, elle n'avait plus Flore.

Au bout de deux jours, Lénie se décida, et prit son escute.

Adèle n'était pas chez elle. Après une heure de recherche, elle la dénicha, à demi cachée par des roseaux, suspendue à sa canne à pêche, dans l'espoir de ramener les seuls animaux qu'elle n'élevait pas, mais qui constituaient pour elle une réserve de nourriture bon marché et très saine. Les grandes étendues d'eau de la région étaient très poissonneuses et, comme la plupart des ouvriers ou des Anglais résidant en ville, elle pêchait fréquemment. Les soirs d'hiver et de printemps, elle pratiquait aussi le braconnage au filet.

Adèle donna son verdict, d'une voix brève :

— C'est un zona.

Elle demanda à Lénie et aux autres enfants réunis de sortir. Elle fit à Baptiste une imposition des mains. Elle récita une prière à voix haute à l'intention du malade. Elle lui piqua le doigt, lui prit un peu de son sang, avec lequel elle traça des signes de croix.

Évidemment, Lénie l'avait prévenue un peu tard. Elle ne pouvait plus grand-chose pour l'éruption, tout au plus atténuer le feu qui le brûlait. Baptiste souffrait beaucoup. Mais les boutons allaient rapidement devenir des croûtes, à présent. Par contre, elle lui sauva l'œil droit, atteint par le mal. Ce n'était pas le premier zona qu'elle soignait.

Elle devinait que le mal de Baptiste ne se situait pas seulement en superficie, comme tendait à le faire croire l'éruption maligne.

Elle attendit que Lénie fût occupée ailleurs pour lui parler, et l'adjurer de ne pas se laisser aller.

— Je n'y peux rien, c'est cette maladie.

— Non, tu as mal dans ton cœur, dans ton âme. C'est Flore, n'est-ce pas ?

— Comment le sais-tu ?

— Je le sens. Si tu ne te reprends pas en main, ton corps continuera de faire des siennes. Aujourd'hui, c'est le zona, demain, ce sera autre chose. Ton corps pleure ce que tu caches à tout le monde, c'est tout.

— Sans elle, je ne suis plus bon à rien, même les bateaux, je n'y crois plus.

— Que veux-tu dire ?

— Avec le chemin de fer, c'est fichu, il prend tout.

— Ce monstre de fer peut t'aider au contraire.

— C'est toi, Adèle, qui dis cela, toi si proche de la nature ?

— On ne peut lutter contre les hommes. La nature, les animaux me l'ont dit depuis mon enfance. C'est la vie. Mais ce n'est pas si triste, tout de même. Tu construiras peut-être moins de bateaux, mais tu expédieras plus loin tes fleurs. Tu les enverras à Lille, à Flore, et elle te reviendra alors.

En le quittant, elle alla fleurir sa petite chapelle du marais. Elle pria pour «une bonne fin» dans les entreprises de Baptiste, elle pria pour qu'il n'aille pas faire de bêtises, non plus, comme se donner la mort.

Dès le surlendemain, Baptiste se sentit mieux. La maladie perdit de sa violence. Elle daigna enfin se retirer, comme Adèle le lui avait demandé. Les croûtes diminuèrent les unes après les autres, laissant des marques qui disparaîtraient plus tard.

Il sortit enfin.

La conversation avec Adèle, plus peut-être que ce mal, avait réveillé son esprit combatif. Il avait assez bayé aux corneilles, il était temps de se reprendre en main.

Il s'apprêtait à rejoindre ses bateaux et ses géants, quand Lénie apparut, en compagnie de sa dernière petite conquête. De toute évidence, Lénie avait attendu que son visage reprenne forme humaine pour lui amener la petite.

Elle était du marais, certes, mais que diable venait-elle faire ici, en compagnie de sa sœur?

— Merci pour ta visite, mais je vais très bien, il ne fallait pas venir...

Empruntée, la fille ne répondit rien.

Lénie la prit par la main. Elle l'amena devant son frère, et annonça :

— Baptiste, tes fiançailles seront courtes, mais tu dois te fiancer aujourd'hui.

— Enfin, Lénie, tu ne vas pas recommencer...

Et se tournant vers la jeune fille :

— Je suis désolé, vraiment, il y a malentendu...

— Tu dois faire ton devoir, reprit Lénie, d'un ton particulièrement appuyé. Dois-je te mettre les points sur les i?

— Je ne comprends pas...

— Vos noces ne doivent pas tarder.

— Pardon ?…

Il se tourna vers la jeune campagnarde.

— Oui, renchérit-elle, d'une petite voix, sans oser le regarder. Je suis… grosse.

— Mais cela fait un mois à peine que nous…

— Cela suffit ! s'exclama Lénie. Tu ne veux pas être déshonoré et quitter le village ? Il faut donc que tu l'épouses d'ici à deux mois au plus tard. Bien, je vous laisse, les amoureux, moi, je vais l'écrire à Flore. Elle doit être tenue au courant.

Lénie partit gaillardement, laissant Baptiste coi de stupéfaction, face à cette fiancée d'un soir, qui s'était offerte avec liberté. Son honneur lui imposait à présent d'en faire son épouse devant Dieu et les hommes. Lui, l'aîné des Berteloot, qui répondait jadis devant son père des bêtises de ses jeunes frères et sœurs, allait devoir payer pour son inconséquence.

« Mon Dieu, eut-il envie de hurler, qu'ai-je fait ? »

18

Un enfant de Clémence dans chaque main, Flore et Sideline se dirigeaient à pied vers le quartier ouvrier de Saint-Sauveur.

Flore était profondément troublée. Les visages de ses deux mamans étaient gravés côte à côte dans son esprit. Elle s'était attachée à l'une sans oublier l'autre. Connaître Laurencine avait ravivé le souvenir d'Orpha. Plus pénible était la perte de sa mère adoptive. Aristide lui manquait aussi cruellement. Elle eût tant aimé les entretenir de ses rencontres, de ses découvertes. De sa sœur. De Stanislas.

Elle ne l'avait pas revu depuis le bal et sa visite au Carmel. Il lui était apparu l'espace d'une soirée, juste le temps de s'imprimer dans sa chair, pour disparaître aussitôt. Elle se sentait désorientée, démunie par cette étrange attitude.

La dernière lettre de Léonardine l'avait affectée. Sa sœur de Salperwick annonçait les fiançailles de Baptiste avec une jeune maraîchère. Elle laissait supposer une naissance précoce, des noces rapides, qui ne semblaient pas nécessiter son retour.

Flore venait d'y répondre par un mot, aussi bref que celui de Lénie, mais plus affectueux. Elle envoyait ses vœux de bonheur aux fiancés, entretenait l'espoir de venir les embrasser d'ici à quelques mois, sans autre précision. Elle se sentait mortifiée de n'avoir pas été prévenue directement par Baptiste, et ces promesses précipitées ne lui disaient rien qui vaille.

Une légère morsure lui lacérait le cœur, mais son âme était si pleine encore de l'image de Stani que celle de Baptiste s'était estompée. La vie des Berteloot appartenait au marais. La sienne était ailleurs. À moins qu'elle ne se trompât. Stanislas était peut-être reparti vers d'autres cieux, ce baiser n'était que l'attendrissement d'une belle soirée de printemps, la griserie du champagne et des jolies toilettes. Aristide l'avait mise en garde :

« Méfie-toi, ma fille. »

Elle ne s'était pas méfiée.

Plongée dans ses pensées, elle oubliait la présence des enfants à ses côtés. Sideline rompit le silence :

— Flore !… Où es-tu ?

— Excuse-moi… Je crains de t'avoir embarquée dans mes chimères.

— Que veux-tu dire ?

— Comment retrouver ma sœur ? Autant chercher une aiguille dans une botte de foin !

— Je ne crois pas, Flore. Ta sœur est jumelle, il suffit de montrer ton visage.

— Tu m'as assuré un jour, Sideline, que je devrais présenter mes dessins aux journaux. Tu le pensais vraiment ?

— Bien sûr !…

— Ce serait, en tout cas, un moyen d'obtenir des renseignements sur ce journaliste, Rodolphe…

— Ton… père, n'est-ce pas ?

— Oui, répondit Flore, gênée.

Sideline changea de sujet :

— Pas mal nos subterfuges, pour sortir tranquilles ! Maman n'en revient pas : je n'ai jamais autant promené les petits. Elle est ravie !

— Sans toi, je resterais consignée à la maison, en attendant notre départ pour la campagne. Depuis le bal, grand-mère refuse que je sorte seule.

— M'accompagner aux marionnettes, en étant chaperonnées par les enfants, ne comporte aucun risque. Quoique… La semaine dernière, la séance fut houleuse, le géant Phinaert[1] a reçu sa ration de marrons !

Le rire clair de Sideline était contagieux. Il se propagea autour d'elle.

— Tu n'as aucune nouvelle de Stanislas ?

— Non. Je souhaite ardemment le revoir, et j'ai peur.

— Pourquoi ?

— Je sais ce qui arrivera.

Un silence s'ensuivit. Les deux cousines s'étaient comprises.

En recevant les confidences de son amie de cœur, la jeune Sidonie-Céline avait, par procuration, sentit naître en elle-même des émois tumultueux.

— Tes parents réagissent de quelle façon, Sideline ?

— Notre cher Stanislas a décliné les invitations de mon père. Il s'obstine à rester chez lui, semble-t-il. Marcelline en a fait son deuil.

— Grand-mère a hâte de m'emmener à Saint-Maurice. Elle prétend que les révélations sur ma mère ont été trop fortes… Elle désire surtout m'éloigner de Stani.

De jeunes Lillois paradaient dans le quartier, armés d'une cloche.

— La comédie, la comédie à un sou !

L'un d'eux, particulièrement dégourdi, avait le visage à moitié caché par un immense casque de cuirassier. Il apostrophait les promeneurs, plaisantait avec eux, sortait des calembours d'une voix gouailleuse, distribuait des papiers, et s'éloignait en sifflotant…

— Dodo !

L'appel de Flore fut prononcé avec une telle force que les badauds se retournèrent. Elle ne s'en aperçut pas. L'enfant souleva son casque. Ses yeux rieurs croisèrent ceux de Flore. Il ôta lestement sa coiffe bouf-

___

1. La légende des géants de Lille, « Lydéric et Phinaert », représentée en marionnettes.

fonne, une touffe de cheveux roux et hirsutes apparut. Sa bouche s'agrandit d'un large et facétieux sourire.

C'était bien le petit apprenti lillois, le baladin de Saint-Sauveur, qui l'avait accompagnée un soir de détresse dans le cimetière.

— Mam'zelle Flore !

Adolphe-le-turlupin se précipita vers elle, sans pudeur ni retenue. Elle le fit tournoyer dans ses bras, sous l'œil ahuri des enfants bien habillés qui l'entouraient, surpris de ses familiarités avec un tel pouilleux.

— Sideline, les enfants, je vous présente mon ami Dodo.

— Dodo, quel drôle de nom ! laissa échapper le petit frère de Sideline, avec une moue dédaigneuse.

— C'est un sobriquet, voyons ! lui expliqua la jeune Marie-Charlotte qui jouait les grandes sœurs depuis sa première communion.

— Exact. Je me nomme Adolphe, et Dodo pour les intimes.

Il fit suivre son explication d'une révérence de pantomime.

— Que je suis heureuse de te revoir, tu as donc échappé au choléra.

— Dodo a la peau dure !... Et cette fois...

Son sourire devint glorieux :

— On a gardé toute la famille !... Y a p't'êt bien un bon Dieu !

— Tu travailles dans le spectacle maintenant ?

— Mon oncle... le vrai, ajouta-t-il avec un clin d'œil à Flore pour lui remémorer le mont-de-piété, mon oncle est montreur de marionnettes. Je ne l'aide pas souvent, car j'ai la filature. Mais quand j'en ai assez du fil, je me sauve pour prendre l'air, comme aujourd'hui. Lui, ça l'aide, vu qu'il est aussi cordonnier. Mes promenades en ville me manquent trop, sinon.

— Nous emmenons justement les enfants aux marionnettes.

— Alors, je vous guide.

Flore et Dodo s'entretenaient comme de vieilles

254

connaissances. Sideline s'interposa dans leur conversation animée :

— Pourquoi ne profiterais-tu pas de la présence de ton jeune ami, qui semble connaître Lille comme sa poche, pour lui demander...

— Le spectacle va commencer, nous risquons d'être en retard.

— Dodo, demanda Sideline, dois-tu aider ton oncle pendant la séance ?

— Pas aujourd'hui.

— Alors, je te confie ma cousine. Je n'ai pas besoin d'elle pour les marionnettes.

Et comme Flore hésitait, Sideline ajouta à voix basse :

— Les enfants ne diront rien, je leur offrirai des crêpes chaudes à la cassonade, ne t'inquiète pas.

— Mais...

— Ma cousine a un grand service à te demander, Dodo.

— À vos ordres ! s'exclama l'enfant, les joues cramoisies de plaisir.

— Ah !... J'allais oublier ! s'écria Sideline, sur le point de s'éloigner avec les enfants. Quelle est la pièce représentée par les marionnettes, aujourd'hui, Dodo ?

— *Le Comte de Monte-Cristo.*

— Raconte l'histoire à Marie-Flore, tu veux bien ?

Respectueux de sa jolie et gracieuse compagne, fier de se faire voir en si galante compagnie, Dodo marchait, silencieux, au côté de Flore.

— Je t'offre une gaufre ?

— C'est pas de refus... Mais je préférerais une saucisse...

— Dodo, je dois absolument retrouver quelqu'un dans Lille, et la personne en question vit probablement dans ces quartiers que tu arpentes sans arrêt.

— Tu as encore perdu quelqu'un... Toujours ta mère ?

— Non, ma mère, je l'ai revue.

— Ça, c'est une bonne nouvelle !... Mais c'est qui alors ?

— Ma sœur.

— Quelle famille !

— Nous avons peut-être une chance, si tout au moins elle a survécu : c'est ma sœur jumelle.

Il la contempla un instant de son air le plus sérieux, le sourcil droit levé, et eut une moue de désappointement.

— Jamais vu comme toi... Mais je peux demander !

— Et puis il y a autre chose... Tu m'avais parlé d'un journaliste, un certain Bianchi, n'est-ce pas ?

— Oui ! Il est bien connu ici.

— Où peut-on le trouver ?

— À son journal, ou à la Guillotine, un cabaret. Mais t'y trouveras pas ta sœur, là-bas.

— Ma sœur non, mais peut-être mon père...

Les yeux du jeune garçon s'arrondirent.

— Quoi, tu cherches aussi ton père ? Mais ils perdent tout le monde chez toi ! Bon, on va questionner les amis, ensuite, si ça ne marche pas, on ira plus loin, on fera les fabriques, et les remparts.

— Les remparts ?

— Près des remparts, il y a certaines maisons... Tu sais, pour les soldats qui s'ennuient en ville. Mais on s'en occupera en dernier... En tout cas, je suis content, je sers à quelque chose, c'est pour une bonne cause, et pour une belle amie !

Il rit de toutes les dents qui lui restaient ; ses dents de lait étaient tombées, ainsi que deux autres à jamais perdues dans les bagarres de rues.

Flore frémissait à l'idée que sa sœur ait pu atterrir dans l'une de ces maisons de tolérance que venait d'évoquer discrètement Dodo. Elle se refusait à ces idées de turpitudes, de vierge vendue, de sœur devenue la proie des fantaisies les plus débridées, atteinte peut-être de phtisie ou autre maladie honteuse. Elle était convaincue de sa pauvreté, certes, mais aussi de sa respectabilité. Ses gestes témoigneraient de sa dignité, ses vêtements montreraient son honorabilité.

Ils rencontrèrent des filles errant dans les rues. Elle eut un imperceptible mouvement de retrait. Elle craignait qu'on ne la prenne, elle aussi, pour une fille de rien. Mais Dodo alla à leur rencontre, leur parla avec familiarité, montra le visage de sa jolie compagne, et peu à peu ses réticences tombèrent, ses préjugés s'évanouirent.

Ils croisèrent des enfants au visage émacié par une mauvaise alimentation, un travail harassant, qui s'accordaient une récréation en sautant allègrement dans les ruisseaux. Un groupe marchait en scandant des comptines.

— Eux, c'est pas not'bande, ce sont les ennemis, souffla Dodo dans l'oreille de Flore.

— N'as-tu pas peur ?

— En temps ordinaire, il vaut mieux être à plusieurs. Ils nous cherchent des noises, mais en compagnie d'une belle dame, ils n'osent pas.

Il prit des airs de grand seigneur en passant à leur hauteur, et c'est en conquérant qu'il croisa quatre gamins morveux, ahuris et envieux. Il poussa même la hardiesse jusqu'à les interpeller d'un ton doctoral.

Il salua, plus humblement, un homme. Chacun se découvrait d'ailleurs sur son passage.

— Qui est-il ?

— Le père Damerin, not'maître d'école de la rue du Bourdeau.

Ils entrèrent chez le graissier — cet épicier affable qui possédait un arsenal fantastique —, pénétrèrent dans maintes vieilles boutiques aux portes carillonnantes.

Dodo interrogea, en patois, les teinturiers aux ongles bleus, les ouvriers en sarraus, les marchands ambulants de légumes, de fraises, de sable pour les sols. Ils se heurtèrent à certains personnages, hauts en couleur, aux surnoms excentriques, souvent cocasses comme Marabout, le marchand de cirage, Boiboite qui réveillait les garçons boulangers. Dodo mentionna aussi l'homme bleu, ce marchand de bleu d'outre-mer qui se faisait appeler le « roi de Lille », le « grand-père du paradis » au tricorne, et tout un monde insolite pour la jeune bourgeoise : le monde de Dodo, celui de son père, des marchands de chiffons, de cirage, de braises, de bois...

La réponse était invariablement :

— Une belle demoiselle comme ça, on l'aurait vue.

Navrés, mais formels, ils secouaient la tête, en signe de dénégation. Ni le prénom Marie-Adélaïde ni le visage de Flore ne leur rappelaient une autre Lilloise.

La famille de Dodo avait encore déménagé à la « Saint-Pierre ».

Un dédale de ruelles les mena à une longue courette bordée de maisons basses. Nombreuses étaient les familles qui s'entassaient dans des réduits. Une odeur difficilement soutenable s'en dégageait, due aux latrines collectives peu vidangées, à la paille pourrie des paillasses. Dodo y vivait, en sifflotant.

Flore pensait à Saint-Omer. Elle y avait vu des familles aisées habitant les étages supérieurs, les pauvres occupant la cave humide, aux émanations fétides de la combustion de tourbe.

Ici, des rues séparaient la richesse de la misère ; là-bas, une simple voûte, parfois, séparait l'abondance et le besoin. Ce n'était pas mieux.

Un attroupement obstruait le milieu de l'étroite courette conduisant au logis du petit Adolphe.

— Que se passe-t-il ? demanda Flore.

— C'est une de nos voisines, elle fait ses couches.

— Dehors, devant tous ces gens ?

— Elle a pas dû avoir le temps d'arriver chez elle. Déjà, hier, elle a bien failli accoucher à la filature.

Dodo lui fit visiter son palace. Il était extrêmement fier de sa propreté. En l'absence de sa mère, il s'était acharné sur les murs avec du savon noir. Il avait enfin réussi à en chasser les punaises.

— Le père est en train de boire le bénéfice de ses wassingues à sa société de bourleux, située dans un estaminet.

Sa mère — « une belle Lilloise au visage pâle et fatigué », précisa Dodo, visiblement très amoureux — gagnait un salaire maigre mais essentiel pour faire bouillir la marmite d'une multitude d'enfants. Elle n'allait au bistrot que pour y rechercher son mari. La progéniture bruyante exaspérait souvent la malheureuse, qui répercutait sur les siens la tension subie par les contremaîtres et les règlements contraignants.

— Quand la mère rentre, j'arrête de siffler, ça lui porte sur les nerfs, lui confia l'enfant. Elle trime dur, on l'abrutit de coups de sifflet, on lui crie dessus toute la journée.

La mansarde grouillait de monde.

— Des cousins de la campagne. On partage la chandelle, expliqua Dodo.

Il lui offrit une tasse de chicorée, et du jus de houblon. Elle accepta de grand cœur un verre de bière.

Dans la courette, nul ne connaissait de jeune femme semblable à Flore. On lui conseilla de faire les sorties de fabriques. On finirait bien par la reconnaître, à moins bien sûr que cette personne ne vive pas à Lille…

Le petit dernier ne marchait pas.

Assis dans un coin sur le sol humide, il mâchouillait un morceau de pain rassis.

— Ils sont tous à vous, ces petits ?

— Non. Il y en a un aux voisins, et deux aux cousins.

Les parents de Dodo n'étaient pas mariés, en dépit de leurs nombreux enfants. La sœur aînée allaitait un bambin de huit mois. Les filles mères ne manquaient guère dans ces milieux ouvriers du textile. Le déshonneur était pour l'homme qui fuyait ses responsabilités, non pour la pauvre fille qui avait cherché un peu de réconfort à son épuisante journée de labeur, ou éventuellement un petit complément de salaire.

À l'égard des filles mères, les gens simples nourrissaient des sentiments plus sains que le monde des bourgeois. La honte ne franchissait pas les ruelles de Saint-Sauveur. Comme tout aurait été différent pour

Laurencine !... Et l'on était dans la même ville, pourtant ! Il y avait pléthore de parents non mariés, comme ceux de Dodo.

— Le trousseau, les toilettes, les honoraires des bans et du repas de noce sont des dépenses que les vieux n'ont pas pu faire. Ce serait bien d'aller à la noce !

— Dodo, je te le souhaite de tout cœur !

Leur misère bouleversait Flore. Mais elle apprenait à leur contact qu'un enfant abandonné, comme sa sœur, était recueilli. Qu'au milieu de ces cris, de ces maladies, ivrogneries, promiscuité, un petit restait toujours un don de Dieu. Il était leur lien avec le paradis.

La maladie avait peut-être eu raison de Marie-Adélaïde Manderel. Mais si elle vivait, aujourd'hui, parmi ces gens simples, Dodo la retrouverait.

La séance de marionnettes était achevée.

Heureusement, Adélaïde devait penser que Flore était rentrée avec Sideline, chez Clémence. Et Clémence, elle, ne devait pas s'en inquiéter non plus.

Sur la grand-place, débutait la « retraite militaire ». À partir de huit heures, on danserait la polka et la mazurka au son des musiques de garnison. En cette fin juin, la ville méritait bien son appellation de « Lille la mélomane ». Dodo promit à Flore d'entamer une enquête sérieuse, et de l'en informer dès son retour de la campagne.

Elle décida de se rendre dès le lendemain dans les milieux journalistiques. Il ne lui restait guère de temps avant Saint-Maurice. Il fallait, coûte que coûte, amener sa sœur à leur mère. Alors, seulement, Marie-Laurencine de la Miséricorde pourrait vivre en paix, et Orpha reposer tranquillement. Flore aurait achevé sa mission.

Le monde semblait heureux en cette fin de journée. La grand-place sentait le pain d'épice. Des senteurs de parfums embaumaient les pieds de la statue, la Déesse de Lille, les boutiques l'entourant s'étaient donné le mot, semblait-il, pour la parer de bijoux et d'objets précieux. On en oubliait presque la misère des quartiers populaires.

Des chœurs improvisés entonnaient avec ferveur des chansons aux accents de tendresse.

— De mon ami Desrousseaux ! lança Dodo, l'air réjoui.

Elle le quitta.

Lille s'éveillait à la fête du soir. Toute à ses pensées, la démarche lente, elle ne remarqua pas le fiacre qui s'arrêtait un peu plus haut. Le cocher en descendit, ouvrit la portière, fit un signe discret à son attention.

Surprise, elle s'arrêta. Elle se retourna, perplexe. Personne ne la suivait. Ce signe ne pouvait lui être destiné. Ce n'était pas la voiture d'Adélaïde. Elle allait passer son chemin, quand l'homme s'adressa à elle à haute voix :

— Mademoiselle Marie-Flore, voulez-vous monter ?

— Comment connaissez-vous mon nom, est-ce madame Manderel...

Elle s'interrompit.

Au fond du fiacre, sur la banquette capitonnée, un jeune homme en noir lui tendait la main. Tremblante, elle avança la sienne. Les yeux de Stanislas lançaient un éclat qu'elle n'avait pas oublié. Il l'attira à lui. Le volet du fiacre se baissa, les sabots claquèrent sur le pavé, elle se sentit aspirée, enveloppée dans une chaleur secrètement désirée.

Lille resplendissait sous les illuminations. Dodo raccompagnait les militaires jusqu'au Champ de Mars, vers la caserne. Il précédait le tambour major. Sa marche scandait la musique.

Il mima la grosse caisse et disparut vers la rue Esquermoise en sifflotant.

Le fiacre prit un autre chemin.

L'antre de Stanislas était décoré à profusion, et dégageait un aspect d'étrangeté, comme son locataire. Flore n'avait encore côtoyé l'exotisme que dans le jardin d'hiver des Saint-Nicolas, dans ce lieu même où elle avait croisé le regard de Stani.

Un canapé aux tons chamarrés, un coffre décoré à l'orientale, un colossal vase de Chine, des poufs, un piano meublaient la première pièce. Des bougies parfumées jetaient des lueurs semblables aux feux follets. Sur un large plateau mauresque tenant lieu de guéridon, trois assiettes de porcelaine offraient aux visiteurs éventuels leur contenu en signe d'hospitalité. L'une était remplie de figues et de dattes, les deux autres contenaient des dragées et des petits gâteaux secs. Des tapis, des draperies colorées et divers objets étonnants pour Flore complétaient le décor.

— La plupart de mes acquisitions sont chez ton oncle Floris... Je lui en ramène à chaque fois...

Il avait formulé ces derniers mots avec douceur. En dépit de leurs différends, il aimait profondément son père.

Avec des gestes précis, il lui délia son épaisse chevelure cuivrée, approcha ses lèvres des siennes, les effleura, et l'embrassa longuement.

Suspendue aux yeux vert jade de Stani, Flore sentait son cœur fondre sous l'attraction exercée par cet être au regard magnétique.

Il murmura :

— Mes lèvres, je le jure, ne baiseront plus jamais d'autres lèvres que les tiennes... Depuis le bal, je portais en moi le souvenir de ton corps contre le mien, ta bouche avec la mienne. Ton regard me hantait... Viens !

Il l'emmena dans la chambre.

De multiples petits miroirs aux contours dorés, de formes variées, agrémentaient les murs. Des drapés de mousseline s'évadaient du dôme du lit en acajou. Des bûches incandescentes crépitaient dans l'âtre. Des senteurs d'encens, des parfums rares et épicés se répandaient dans la pièce éclairée par les reflets scintillants des flammes dans les glaces.

Silencieux, il fit descendre sa robe, ses jupons. Ses mains caressaient chaque parcelle de son corps dévoilé. Un baiser lui effleura le ventre.

Elle frissonna. Sa peau réagissait au moindre contact de la sienne. Elles semblaient faites l'une pour l'autre.

Elle succomba d'abord à ses étreintes. Puis, d'un même élan, elle répondit à ses appels. À présent, son corps réclamerait son dû, sous le soleil ou dans la moiteur de la nuit. Dorénavant, elle garderait en elle le parfum de cet amour, il embaumerait sa chair.

Il laissa tomber sa chemise blanche. Il avait le torse nu. Sa culotte glissa sur ses reins. Sa peau, dorée par le soleil d'Orient, avait perdu le teint pâle du Nord. L'avait-il jamais eu ? Sa poitrine était musclée, et douce au toucher.

Il l'étendit, nue, sur les coussins. Dévêtu, sculptural comme un dieu grec, il s'allongea à ses côtés. Ses mains coururent le long de son corps, provoquant une vague de sensations, un désir presque insupportable, qui la fit gémir. Le poids de Stani s'affaissa sur elle. Elle sentit sa poitrine contre ses seins, son corps dans le sien. Leurs deux êtres s'épousaient parfaitement. La passion les guidait. Peu à peu, une vague de chaleur la submergea, et son corps hurla à l'amour.

— Tu portes en toi la sensualité d'une fille de harem et la grâce d'une reine, murmura-t-il. Ton ventre a la blancheur des cygnes, ton sexe la tiédeur de leurs plumes.

Elle respirait la chaleur de son buste dont s'exhalaient des senteurs de myrrhe. Il mettait une ardeur extraordinaire à l'aimer, afin que ses étreintes, sans doute, demeurent à jamais inscrites en elle.

Pour lui, elle venait d'enfreindre toutes les convenances. Pour la passion qui l'unissait à Stani, elle venait de reproduire les erreurs de sa mère. La déraison de Laurencine lui avait pourtant été fatale.

Mais, pour l'heure, Flore ne craignait rien, ni les désillusions, ni les conséquences de son acte, ni son entourage. Elle suivait ce désir que l'on disait étranger, voire anormal aux femmes ; elle suivait son cœur, car elle aimait Stani, elle l'aimait avec passion. Elle chérissait ce corps qui avait éveillé le sien à l'amour.

En silence, il lui tendit une coupe remplie d'un breuvage au goût puissant, qui fit briller les yeux de Flore, et lui brûla la gorge.

— Que contient-il ?

— De l'eau-de-vie, des épices, du citron. Aucun philtre magique…

Il lui parla d'Ophélie et de Hamlet, en d'autres marais que les siens.

— Tu es certainement la perle de ton pays, tu possèdes la fragilité des roseaux, leur solidité aussi. Ta peau tremble au moindre de mes contacts. Tu es comme l'Ondine, de Hoffmann, sortie des eaux.

— Qui est Hoffmann ?

— Un musicien sans avenir, comme moi, mais un écrivain génial ; ses contes fantastiques furent appréciés du monde entier.

Il entoura son cou d'un collier de grains en verre offert par des habitants du désert :

— Nue dans cette parure, tu ressembles aux petites filles de Nubie, tu en possèdes les formes parfaites.

Il posa ses mains sur ses reins, l'attira à lui avec une brutalité animale, et, insatiable, lui refit l'amour à même le sol, la prenant cette fois avec avidité.

Plus tard, il la drapa d'un très beau tissu bariolé, et revêtit une longue tunique blanche orientale.

— Tu es faite pour les longues robes amples et fluides, les drapés à la grecque, non pour ces corsets emprisonnants et laids.

Il se mit au piano. Le premier morceau qu'il interpréta fut celui de leur rencontre. Il y avait, dans cette composition de Schumann, la vibration et la rêverie qui correspondaient à leur état d'âme.

Ivre de musique, son visage semblait à nouveau habité par un monde fantastique, peuplé de personnages mythiques. Il y rejoignait ces êtres d'exception, transportés par la passion de l'art.

Par moments, il ponctuait sa musique de paroles étranges.

— J'ai cherché l'oubli dans des pays de rêve, mais c'est dans tes yeux seulement que je l'ai trouvé.

— L'oubli ?

— J'aurais dû m'effacer dès la naissance, disparaître à la place de ma mère, sans bruit. C'eût été mieux pour mon père.

Voilà donc cette souffrance nommée remords, ce tourment enfoui au tréfonds et ressenti par Flore. Il portait en lui la perte de sa mère.

Il jouait en virtuose, mais il n'avait pas eu la possibilité de s'exercer le nombre d'heures exigées pour faire carrière.

— On disait sans cesse que je gaspillais ma vie.

Il imaginait un opéra, rempli de fées sortant des ondes, et d'ombres de la nuit, évoluant dans une salle de bal.

Il lui parla de pays étrangers, car il avait visité la Bohême, il avait vu le Vésuve, vécu à Ravenne ; il se passionnait pour les mythologies, les merveilles de la Grèce antique, les fabuleux trésors des pharaons, et les hiéroglyphes dont un certain Champollion avait découvert les secrets. Il gardait une soif insatiable de l'inconnu. Il évoquait la splendeur orientale, la magie d'une terre lointaine et sauvage appelée Nubie, qui gardait, sous un soleil brûlant, les vestiges d'une civilisation mystérieuse, offerte aux divinités de l'Égypte. Il aimait ces contrées, où la vie s'écoulait lentement, au rythme éternel du Nil…

— Le temps s'y est arrêté, disait-il, les siècles s'y mêlent, sans effacer le passé.

Deux ans auparavant, Flore n'avait pas franchi les limites de ses marais. Aujourd'hui, au travers des yeux d'un jeune homme étrange et fascinant, elle apercevait des rivages lointains, des ciels cuivrés, des cités recouvertes d'un voile d'or et d'encens. Elle y lisait le rêve et l'évasion, les reflets ambrés sous les rayons du soir, les cavaliers sauvages aux silhouettes couleur de bronze, les palais et les colosses millénaires émergeant des sables. Elle l'imaginait, lui, Stani, pieds nus dans le désert, marchant avec une sensualité animale. Elle s'y découvrait désormais son esclave.

19

D'un pas déterminé, faussement assuré, Flore grimpait l'escalier menant au premier étage où siégeait la rédaction du journal, ses carnets sous le bras. Seuls, les battements accélérés de son cœur trahissaient, pour elle seule, l'appréhension d'être confrontée à un milieu exclusivement masculin.

À la crainte d'être ridicule dans sa démarche se mêlait une conscience tourmentée ; elle venait encore de mentir à sa grand-mère. Depuis quelques jours, elle mentait sans arrêt. Elle n'avait pas le choix. Dans moins d'une semaine, elle partait à la campagne, et Dieu sait qu'en cette année 1850 elle n'avait aucune envie d'y passer l'été. Elle avait menti pour Stani.

Son grand-père avait recouvré un peu de ses capacités, mais les améliorations étaient lentes à présent. Du fond de son fauteuil, que pouvait-il savoir ?

Flore ne restait plus guère à ses côtés. Elle se le reprochait, mais se promettait de rattraper le temps perdu dans le jardin de Saint-Maurice. Elle avait juste passé un moment dans la bibliothèque de son grand-père, et consulté un gros volume réunissant des cartes géographiques, afin de situer l'Égypte, la Grèce et les lieux magiques décrits par Stani.

Adélaïde était fine. Tôt ou tard, elle découvrirait que sa petite-fille n'avait nullement passé la soirée chez les Saint-Nicolas. Il était trop tard pour reculer. Ce qu'elle avait commis la mettait désormais au ban de la bonne société. Elle serait immanquablement traitée de débauchée si ses relations avec Stani s'ébruitaient. Malgré les mises en garde de sa grand-mère, et l'exemple révélateur de Laurencine, elle venait de compromettre sa réputation dans les bras de son cousin. Elle ne regrettait rien.

Adélaïde était persuadée que la sœur de Flore était morte, que ce séducteur de Rodolphe s'était enfui, et elle n'éprouvait, de ce fait, aucune envie de les rechercher. Elle évitait d'ailleurs toute allusion à leur égard. Elle en avait assez dit, elle en avait assez dévoilé.

Le silence planait autour de Stanislas. Son propre père, Floris, esquivait le sujet. Flore se sentait révoltée par cette attitude. L'ensemble de la famille semblait à nouveau le rayer de son existence. Qu'avait donc cet être pour qu'ils s'en détournent comme d'un pestiféré ? L'aura de mystère qui en émanait, le halo de sensualité qui flottait autour de lui leur faisaient-ils peur à ce point ? Elle l'avait quitté la veille au soir, il lui manquait déjà passionnément. Son âme, son corps étaient tendus vers lui.

Pour l'heure, elle s'interdisait de trop y penser. Elle devait se concentrer sur ses démarches. Dodo cherchait de son côté, elle en était assurée. Sideline camouflait ses escapades avec effronterie, et lui servait d'alibi avec amitié. Puisque personne n'avait recherché son père, c'était à elle de le faire. Mais dix-huit ans avaient passé. C'était long. Il s'en était déroulé, des événements : un nouveau roi, une troisième révolution, une seconde République... Alors, dans la vie d'un homme, en vingt ans, on peut se marier, avoir des enfants, mourir...

Dans ce milieu des journalistes, le monde défilait au rythme précipité de la politique. Les employés d'aujourd'hui n'étaient plus ceux d'hier. On lui rirait probablement au nez, on la mettrait à la porte avec ses croquis prétentieux. Elle pensait à tout cela en grimpant les marches, mais il n'y avait plus lieu d'hésiter. Et des démarches, elle n'en était plus à sa première. En débarquant de sa petite escute, et de ses eaux dormantes, elle s'était lancée dans un océan de tumulte, elle l'avait désiré, elle devait en affronter les périls.

Le couloir tenait lieu d'antichambre à toute une série de pièces aux portes vitrées dans le haut : les salles de rédaction. Plusieurs hommes en redingote, des feuilles à la main, discutaient avec fébrilité. Elle attendit sur l'une des banquettes posées contre le mur, ainsi qu'on le lui avait indiqué au rez-de-chaussée. Le directeur était « en conférence ». Elle n'avait pas vraiment saisi la signification de cette expression, si ce n'était qu'on lui faisait comprendre, avec amabilité, que nul n'était introduit auprès de lui sans rendez-vous.

Un léger brouillard flottait dans l'air ; une forte odeur de tabac et d'encre envahissait le corridor. L'agitation régnant à l'étage, le ronflement venant de l'imprimerie la détournèrent de ses peurs. Les portes s'ouvraient sans arrêt sur des messieurs pressés, toujours dignes, fiers sans doute d'appartenir à un journal réputé ; certains, en manches de chemise, les bras chargés de papiers, d'épreuves, d'autres moins chargés mais l'air plus grave et imposant. Sans doute des gens d'importance.

Au bout de quelques minutes, on la fit entrer dans une petite pièce qui tenait lieu de salon d'attente. Elle attendit longtemps, et replongea dans ses appréhensions. On s'affairait dans les salles de rédaction.

Enfin la porte s'ouvrit sur un élégant, dont la tenue extrêmement soignée lui rappela Amaury.

— Je vous laisse la place, chère demoiselle...

L'homme à lunettes qui la reçut lui montra, sans un mot, la chaise lui faisant face, de l'autre côté de son bureau. Il acheva d'abord de dicter un article à un jeune employé, lui indiqua un certain nombre de colonnes, l'interrogea sur les derniers abonnements, le congédia en lui recommandant la promptitude, puis se cala dans son fauteuil pour entendre la requête de sa visiteuse.

Flore prit son courage à deux mains. Il l'écouta, un

léger sourire au coin des lèvres, avec un air condescendant.

« Encore une femme qui prétend faire de la création, pensait-il. Elles sont de plus en plus nombreuses à oser se mêler de ce qui ne leur appartient pas, de plus en plus acharnées à pousser la porte de mon bureau, surtout depuis le début de la photographie. Encore celle-ci ne prétend-elle pas révolutionner le monde. Elle est charmante… »

Il accepta donc de jeter un œil à ses dessins. Il ajusta sa monture sur le nez, et commença à feuilleter les carnets. Soudain, il releva un sourcil, puis la regarda intensément, par-dessus les verres de ses lunettes, d'un air soupçonneux.

— Où avez-vous trouvé ces croquis ? Qui vous les a donnés, ou vendus ?

— Monsieur, c'est moi…

Elle se leva, empourprée, furieuse de l'attitude insultante de cet homme dont elle réprouvait le sourire en coin depuis le début de l'entretien. Elle s'était exprimée d'une voix forte, trop forte sans doute, car, dans le couloir, son esclandre avait été perçu. Elle venait d'ouvrir la porte du bureau, lorsque à sa grande surprise une voix féminine s'éleva pour prendre sa défense.

L'un des hommes en redingote, et cravate blanche, un haut-de-forme gris sur la tête, se dirigea vers elle. Il avait d'admirables yeux bleus en amande, des pommettes assez hautes. Il retira son chapeau, et une chevelure blonde et bouclée s'en échappa. C'était une jeune femme, assez grande, à la démarche élancée. Elle s'écria, à l'intention du journaliste, avec un fort accent étranger :

— Cela ne vous viendrait pas à l'esprit qu'une femme puisse avoir un joli coup de plume, non ?

Elle roulait joliment les r.

— Enfin… Je n'ai rencontré qu'un homme qui ait ce style, se défendit-il.

Il appela un collaborateur, et lui présenta l'un des carnets de Flore, qu'il avait gardé en main :

— Voyez vous-même, Maurice… Ces dessins vous rappellent-ils quelqu'un ?

— Jolis traits !… approuva ce dernier. Cela me rappelle… mais qui donc ?… Oui, jolis traits ! ajouta-t-il, en regardant cette fois l'auteur avec une admiration non dissimulée.

Flore ne put s'empêcher de sourire au compliment.

— Oui, je me rappelle à présent…

Il hocha la tête :

— Vous avez son sourire : celui de Rodolphe !… Il n'y avait que lui pour avoir ce coup de crayon… Vous êtes sa fille ?…

— Oui.

— Pas possible !… Le Beau avait une fille ! s'écria celui qui l'avait reçue.

— Lebeau, c'est son nom ? demanda timidement Flore.

Ils éclatèrent de rire.

Celui qu'on appelait Maurice s'arrêta le premier, conscient de leur indécence.

— Non, le Beau, c'est son surnom, référence à ces demoiselles… Désolé… Son vrai nom est Monfort. Rodolphe Monfort. Vous ne savez donc rien de lui, mademoiselle ?

— Non. Je suis à sa recherche.

— Il a travaillé ici pendant quelque temps, lui apprit Maurice. Puis il nous a quittés pour rejoindre Bianchi et ses excités. Il dessinait rudement bien. Il nous a manqué, d'autant qu'on ne s'ennuyait pas avec lui.

— De toute façon, le patron n'aurait pas pu le garder, reprit l'homme à lunettes.

— Pourquoi, monsieur ? demanda Flore.

— Il était bagarreur, et grande gueule avec ça.

— Oui, renchérit un autre. Rodolphe le Beau, plus révolutionnaire que Bianchi. Lui doit savoir ce qu'il est devenu. Mais ce n'est pas chez nous. C'est au Messager du Nord… Ça bouge beaucoup chez lui ces temps-ci. Aura-t-il le temps de vous recevoir ? Il est tellement occupé avec toutes ces graines de révolutionnaires, d'individus sans morale…

— Connaissez-vous la Guillotine, monsieur, rue des Trois-Couronnes… ?

Flore se souvenait des indications de Dodo.

— Vous êtes folle !… le quartier général de Bianchi !

— Justement, on dit qu'il y reçoit du monde.

— C'est un repaire d'hommes sans scrupules, pas un endroit pour une jolie jeune fille comme vous, vous seriez vite chahutée.

À ces dernières paroles, le journaliste à lunettes mêla le geste familier de lui caresser la joue.

Elle se recula.

— Monsieur !

Ses yeux lançaient des flammes.

— Ça veut se lancer dans un métier d'homme, et ça fait des manières d'oie blanche…

La jeune étrangère, travestie en homme, avait écouté d'une oreille, car elle avait elle-même de sérieux problèmes à résoudre avec ses collègues de travail. Elle intervint de nouveau :

— Vous ne pourriez pas la laisser tranquille, non ?

— Ah, ces Russes ! Quel tempérament ! s'écria un des journalistes.

— Katia a raison, déclara Maurice, qui se tenait au côté de Flore : Tu es insupportable, dès qu'un jupon passe… Tu n'es pas mieux que Rodolphe le Beau… Oh ! excusez-moi, mademoiselle…

— Ce n'est rien…

— Si, c'est quelque chose ! protesta l'inconnue au fort accent. Venez, on sort d'ici, on en a assez entendu.

Elle prit Flore par le bras, tandis que Maurice tentait de la retenir :

— Écoutez, mademoiselle, nous pouvons vous faire travailler.

— Non, ne les écoutez pas, répliqua la Russe. Ils vous exploiteront, ou vous accorderont un emploi « rustique », dans une rubrique de cuisine, comme ils me l'ont proposé. Allez savoir si c'est parce que je suis russe ou femme… Je m'en vais voir ailleurs, et mes articles aussi. Aucun moyen de se faire entendre dans ce tintamarre masculin.

Flore était stupéfaite. Non seulement, elle n'avait jamais croisé de Russe dans son existence, mais cette créature à peine plus âgée qu'elle, de deux ou trois ans peut-être, se vêtait sans crainte en homme, faisant fi de sa réputation et du savoir-vivre, et s'exprimait d'une manière effrontée envers la bonne société bourgeoise.

— Connaissez-vous la Guillotine, mademoiselle…

— Katarina Ivanovna… Mais l'on m'appelle couramment Katia. C'est ainsi d'ailleurs que je signe mes articles.

Elle soupira.

— Sortons. Je vous emmène au cabaret.

— Elles sont folles… conclut l'homme à lunettes, en haussant les épaules.

Maurice le contredit avec véhémence :

— Je ne suis pas d'accord avec toi, nous nous conduisons comme des imbéciles. Ces filles ont du talent… Hé ! mademoiselle, attendez ! je vous assure que nous pourrions vous faire travailler ! lança-t-il du haut de l'escalier.

Flore se retourna.

— Merci, j'y réfléchirai, monsieur.

Elles sortirent en riant, bras dessus, bras dessous.

— Enchantée de vous rencontrer, Katia, mon nom est Marie-Flore Manderel, appelez-moi Flore.

Elles se serrèrent la main, comme deux vieilles amies.

— Je crois avoir saisi un soupçon de désappointement, en ce qui concerne la signature de vos articles.

— Lorsque je pourrai signer de mon nom complet, alors, nous autres femmes, nous aurons accompli un grand pas…

— Qui s'y refuse ?

— Ce serait la honte pour les miens, pensez donc, une femme, une comtesse, devenue journaliste !… Je suis correspondante pour un journal parisien. Mais je ne peux me résoudre à signer d'un nom masculin, comme font tant d'autres.

— Tant d'autres ? répéta Flore abasourdie.

— Oui. Beaucoup de femmes écrivent sous un faux nom, souvent celui de leur époux. Celui-ci en retire toute la gloire et les fait travailler comme des esclaves. J'appellerais cela du proxénétisme, comme les entremetteurs.

— Pourquoi ce costume masculin ?

— Ma concession. On me respecte davantage, on m'agresse moins dans cet habit, et je me fonds dans la masse de ces messieurs journalistes. Nous sommes mal loties avec nos corsets, et nous pourrions pleurer toutes les larmes de notre corps pour cette révolution manquée. Heureusement, je suis d'une nature plutôt gourmande en ce qui concerne la vie, je l'aime avec passion.

— Je ne crois pas non plus que nous soyons vouées au malheur. Je refuse de me laisser abattre par les souffrances, et j'ai l'espoir au cœur.

— Bravo, Flore, tu me plais ! Puissions-nous connaître ces grands changements attendus... Pour en revenir à cet habit, ce n'est pas pour imiter les hommes quoi qu'on en pense, mais on se sent plus libre dans ce costume que dans un corset. On évolue plus aisément dans l'espace. Il faudra essayer, Flore ! Et c'est aussi un hommage à votre grande dame, George Sand, sauf que je ne fume ni pipe ni cigare.

— Le rêve de ma cousine Sideline : se vêtir en homme, comme George Sand. Mais vous venez de Russie, Katia, et vous connaissez cet écrivain ?

— La moitié de la Russie l'adule, l'autre la fuit. George Sand est très lue chez nous. Elle a bouleversé de nombreux ménages... Pensez donc ! Choisir son époux !... Ça, c'est révolutionnaire !

Elle fit entendre un rire clair.

Le tsar avait exilé les parents de la jeune Russe en Sibérie. Noble, son père critiquait le régime de servage des paysans. Après avoir participé aux guerres napoléoniennes, cet officier imprégné d'idées libérales s'était associé à la révolte de décembre 1824, et avait refusé de prêter serment à Nicolas Ier.

Malgré l'opposition de sa famille, sa mère avait vendu ses bijoux pour rejoindre Yvan, son mari, parti au bagne, chaînes aux pieds.

La petite Katarina Ivanovna avait à peine un an. Les enfants de ces «décembristes», comme on les appelait, étaient considérés comme des serfs, des esclaves de la Couronne. Heureusement, la grand-mère de Katia la fit passer pour sa fille et l'éleva tendrement.

À treize ans, elle fut emmenée chez un oncle, qui terrorisait sa maison, battait sa femme, et avait décidé de marier sa nièce.

Le fils aîné, opposé aux méthodes despotiques de son père, réussit à leur obtenir de faux papiers, sur lesquels sa mère était veuve, et lui-même était l'époux de Katia. Il les fit passer, clandestinement, à l'étranger.

C'est ainsi qu'elle arriva, un jour de 1846, à Paris.

La mère de Katia s'était sacrifiée pour son mari, devenant femme de forçat, démunie de tout, même de son enfant. Elle avait vécu dans des conditions très difficiles, ne rencontrant son Yvan qu'en présence d'un sous-officier, ne pouvant plus correspondre avec sa famille, alors que son enfance s'était passée dans un palais somptueux aux colonnes blanches, dans l'insouciance, l'oisiveté, les bals de Saint-Pétersbourg.

Flore pensait à Laurencine... Leurs mères avaient toutes deux renoncé à ce que la vie offre de plaisirs, d'espoirs, d'ambitions... Héroïques dans leur abnégation, apprenant l'une comme l'autre à manquer de tout, à mettre la main à la pâte, elles qui n'avaient, ni l'une ni l'autre, travaillé auparavant. Flore se confia à son tour. Leurs cheminements avaient quelque chose en commun.

— Tu ne lui en as jamais voulu de t'avoir abandonnée ? demanda Flore.

— Pas plus que toi, répondit-elle en souriant. Par

contre, quand j'ai appris que j'avais un frère et une sœur élevés en Sibérie, je fus prise d'une terrible jalousie. Aujourd'hui, je les plains de vivre dans ces conditions, quoique...

Elle baissa le ton, pour ajouter :

— Ils sont près d'eux.

Elle reprit, d'une voix plus forte, tronquant son émotion :

— Ils vivent à Irkoutsk, dans une maisonnette. Mon père est libéré, mais ne peut quitter ces lieux. Je ne les connais pas.

Elles franchirent enfin le seuil de la Guillotine.

À l'intérieur, les conversations allaient bon train, ponctuées par un grand remuement de tabourets. Il y avait du monde, et la fumée dégagée enfermait la pièce dans une chape de brouillard dont nul n'avait conscience. C'était une vraie tabagie, et l'air vicié piqua de suite les yeux de Flore. Des hommes, à la face rougie par un trop-plein de vin bon marché, lançaient des vérités à la figure d'autres buveurs à l'haleine repoussante.

Flore n'éprouva aucun haut-le-cœur dû aux différentes odeurs — bière, alcool, transpiration, manque d'hygiène — qui se côtoyaient. Son âme au contraire se remplit de compassion et de peine. Ce lieu dit «de perdition» n'était pas un ramassis de criminels. Le cabaretier veillait à la bonne tenue et à la bonne réputation de son établissement. Si des ouvriers ou artisans, comme le père du petit Adolphe, venaient y boire leur argent gagné laborieusement, et en repartaient plus démunis encore, certains recherchaient ici la chaleur qui manquait à leur misérable mansarde ; des êtres comme Dodo venaient aussi pour rire et chanter, en famille, entre amis ; d'autres enfin y faisaient de la politique, et satisfaisaient leur soif de socialisme dans le petit cabinet de lecture attenant à la salle.

— Je cherche Bianchi, annonça Katia, son haut-de-forme bien enfoncé, d'une voix forte qui trompa le cabaretier.

Croyant avoir affaire à un gentleman, vu son allure et sa tenue de qualité, il lui indiqua courtoisement une table vers le fond, particulièrement agité et bondé.

— Je vous y emmène, monsieur…

— Mademoiselle m'accompagne.

Katia lui lança un discret clin d'œil. Flore retint un fou rire. L'aventure imprévue la divertissait. Flore s'amusait beaucoup à transgresser ainsi les convenances, avec cette drôle de jeune fille russe dont elle venait tout juste de faire la connaissance.

Le client corpulent désigné par le cabaretier s'exprimait avec ardeur devant une assemblée subjuguée. Bianchi ressemblait bien au portrait qu'en avait fait le petit Dodo, sauf que l'enfant avait omis de spécifier la beauté de ce blond révolutionnaire, fils d'émigré toscan, et âgé de trente-quatre ans. Il se souvenait parfaitement de Rodolphe Monfort, leur en fit une description plus flatteuse qu'au journal. C'était, selon lui, un homme de courage et d'idées généreuses.

— Rodolphe a dû fuir en 1832. Il est allé se faire oublier en Louisiane. Il est revenu en 45. C'est à cette époque que je fis sa connaissance. Il est reparti l'an passé, pour chercher de l'or aux Amériques, en Californie je crois. On ne le reverra pas de sitôt.

Il jaugea Flore, avec une expression bienveillante.

— Vous ne lui ressemblez pas vraiment, vous êtes aussi dorée, le regard clair, qu'il était brun aux yeux sombres, mais vous avez sinon ses yeux, du moins son sourire et son talent. Passez au journal, un matin. Nous reparlerons de vos dessins, si cela vous dit de croquer quelques personnages bien en vue.

— Je n'en suis pas sûre, mais je vous remercie.

Quand elles quittèrent la table de Bianchi, Flore crut l'entendre prononcer le nom de Desrousseaux.

Elle se retourna. Était-il présent, cet ami de Dodo, lors de cet entretien ? Elle était incapable de mettre un visage sur son nom. Pourtant, tandis que la porte du cabaret se refermait derrière elle, une chanson s'élevait du fond de la salle, en patois. Un sourire éclaira ses traits. Elle l'avait entendue, en compagnie de son petit ami de Saint-Sauveur, c'était bien une chanson de Desrousseaux...

Elles s'arrêtèrent sur la grand-place, sur un banc ; il leur était difficile de se quitter ainsi. Flore était extrêmement déçue. Un an auparavant, elle aurait pu rencontrer ce père prodigue, lui demander des comptes... Le beau Rodolphe Monfort avait-il aimé Laurencine ?

Elle pouvait tout au moins le nommer, en imaginer les traits, grâce au témoignage de Bianchi.

— Je repars demain sur Paris, lui apprit Katia. J'ai du travail là-bas. Il faut montrer à ces messieurs que nous savons, nous aussi, œuvrer en professionnelles, et non seulement pour la détente.

Flore pensa à ses cousines, à sa tante, pour lesquelles le travail, le salaire féminin signifiaient « honte ».

— J'ai rencontré des femmes remarquables, qui croient en une égalité dans le mariage et les enfants. J'ai assisté à des banquets en décembre 48, où des femmes ont prêché avec talent une véritable liberté parmi les hommes. Certaines furent emprisonnées. La répression de 49 m'a rappelé la Russie. J'avais tant espéré de ces courants. Ils ne pouvaient avoir qu'une influence favorable sur la politique de notre tsar Nicolas Ier. Je crois à l'amour, mais je n'épouserai qu'un homme qui partagera mes idées d'égalité, et encore, cela sera difficile, tant que nous serons mineures dans le mariage. Voilà, je te confie mes sentiments intimes, comme si je te connaissais depuis des siècles. Mais je sens que tu partages ce que j'éprouve.

— Tu n'as pas tort, murmura Flore.

La jeune Russe s'exprimait dans un français admirable, en vogue à Saint-Pétersbourg... Encore un lieu à repérer sur ses cartes, comme la Louisiane, et la Californie, là où avait disparu celui qui s'était uni à Laurencine pour faire deux petites filles dont il ignorerait à jamais l'existence.

— J'espère que nous nous reverrons.

— J'en suis certaine, répondit Flore.

Cette nouvelle amie, révolutionnaire dans l'âme, passionnée et si chaleureuse, lui plaisait infiniment.

Katia griffonna quelques mots sur un papier :

— Voici mon adresse, Flore. À bientôt.

20

Malgré son âge et son auréole de respectabilité, Adélaïde était imprévisible. Flore allait en faire l'expérience durant ce nouvel été champêtre dans le faubourg de Saint-Maurice.

Le mystérieux Stanislas avait décidé de ne pas l'y rejoindre, évitant ainsi de la mettre en défaut vis-à-vis de ses grands-parents. Mais elle y retrouva Sideline, et la ribambelle des Saint-Nicolas. Charles confia Alexandrine à sa mère. La jeune femme affichait avec fierté un ventre de plus en plus proéminent.

La campagne apporta dans l'âme de Flore un vent de quiétude, un regain de fraîcheur. Clémence et Léon semblaient avoir oublié l'incident du bal. Aucune trace de rancune ne transparaissait dans leur comportement. Floris, lui, était redevenu le gentleman courtois de son arrivée. L'été faisait des miracles.

À présent que Flore savait à quoi s'en tenir vis-à-vis de Rodolphe Monfort, elle était résolue à l'effacer de son esprit. À moins d'embarquer pour l'Amérique — projet farfelu et inenvisageable —, elle ne voyait, ni ne souhaitait, d'issue au problème. Il avait fui la politique et son aventure d'un soir avec Laurencine, il avait condamné la « faiblesse » de la jeune fille à son égard et ne s'était nullement embarrassé des conséquences éventuelles de son acte. Flore en faisait son deuil ; sans chagrin, sinon sans amertume. Au moins lui avait-il légué ses dons artistiques... Une idée la taraudait depuis sa visite dans les milieux journalistiques : sa sœur jumelle avait peut-être hérité, elle aussi, de ses compétences en dessin. Dans ce cas, faire paraître des croquis dans la presse, sous un faux nom bien sûr, serait susceptible de les mettre en contact. L'été était une période bénie pour réfléchir à l'offre de Bianchi...

Obstinée, Flore n'avait pas dit son dernier mot. Une sensation inexplicable la persuadait de l'existence de sa sœur.

Elle cacha prudemment ses relations avec Stani. Toutefois, elle confia à Adélaïde les démarches entreprises pour retrouver les traces de son père, et fut amenée, de ce fait, à lui conter sa rencontre avec la journaliste russe.

Pratiquant un métier d'homme, Katharina Ivanovna n'était certes pas un exemple, dans un milieu où l'éducation des jeunes filles les orientait vers la seule profession envisageable pour elles : celle d'épouse et de mère.

Or contrairement à tout ce qu'elle eût osé imaginer, Adélaïde fut très attentive au récit de la vie de Katia. Elle posa mille questions sur son origine, sur sa famille, sur son père. Et loin d'interdire à Flore toute relation ultérieure avec une journaliste qui se permettait des accoutrements masculins et des manières jugées licencieuses pour les âmes bien-pensantes, avec une étrangère qui faisait fi du savoir-vivre et de sa réputation, Adélaïde stupéfia sa petite-fille en lui proposant :

— Pourquoi ne lui écrirais-tu pas pour l'inviter à la campagne ?

Déconcertée par l'attitude de sa grand-mère, Flore resta muette.

— La ville est inconfortable pendant les beaux jours. Ton amie serait certainement très heureuse de te rejoindre...

Adélaïde émit un sourire malicieux.

— Conseille-lui de venir en robe...

Le soir même, Flore cachetait sa lettre.

« Grand-mère est insensée. Katia représente l'inverse de ce que la bienséance nous inculque. »

Une semaine plus tard, elle recevait une lettre enthousiaste de son amie qui remerciait chaudement Adélaïde, et annonçait son arrivée pour la fin du mois de juillet. Les activités parisiennes se relâchaient en cette période.

En apprenant la nouvelle, les Saint-Nicolas occultèrent le mode de vie, les idées, l'exil des parents de la jeune Russe. Ils ne retinrent qu'une chose : Katharina Ivanovna appartenait à la haute noblesse de son pays.

Léon fit la leçon à ses enfants :

— N'oubliez pas que cette personne est contrainte de travailler, en dépit de son rang.

Sideline interrogea Flore à son tour sur l'étrange inconnue qui faisait irruption dans leur paisible vie. Elle se réjouit de l'animation que sa venue provoquerait. Elle fut étonnée qu'à l'âge de vingt-six ans Katia ne soit pas encore mariée.

— Elle n'a pas rencontré l'âme sœur, lui confia Flore.

— Comme c'est romantique ! répondit Sideline, grisée à l'idée de rencontrer une Russe, noble, journaliste, et libre, qui semblait être une incarnation de l'idée qu'elle se faisait de George Sand.

Réconfortée par cette attente, Flore passa dès lors de longs moments en compagnie de son grand-père.

Les larmes aux yeux, Adélaïde assista aux premiers pas de son mari dans le jardin, soutenu par sa petite-fille, et sa canne. Il affichait une préférence certaine pour Flore, parlait peu, comme si les mots étaient restés coincés dans sa gorge.

Un matin, il sembla sortir définitivement de sa léthargie, en évoquant la visite de Flore au Carmel.

— Grand-mère t'en a parlé ?

— Non, répondit-il, très simplement. Je l'ai deviné, ma petite-fille.

Au récit de Flore, des expressions contradictoires traversèrent le visage du vieil homme. Une émotion intense envahit la jeune fille. Dans sa fragilité, sa solitude, il n'était plus que tendresse, et Flore l'aimait infiniment ainsi.

Elle posa ses lèvres sur son front, avec douceur, et s'apprêtait à annoncer l'évolution positive de son grand-père à Adélaïde, lorsqu'il mit sa main dans la sienne, plongea ses yeux vert jade dans les siens, et lui dit :

— Ma petite Laurencine, je t'aime bien.

Amaury leur fit une visite inattendue et rapide. Passage d'autant plus rapide qu'il se vit éconduit par Flore. Il n'était venu que pour elle. Il était nerveux, moins sûr de lui, moins brillant qu'au bal du mois de juin.

Il perdit pied et se vengea par des propos désobligeants vis-à-vis de son cousin Stanislas.

— Vous le revoyez, Marie-Flore. Je vous plains. Vous serez déçue. Vous voyez bien qu'il n'est pas ici, près de vous. Moi je le suis. Vous êtes-vous posé la question, belle fleur ?

Elle le rabroua :

— Taisez-vous, Amaury. Si c'est pour être désagréable...

— J'aimerais simplement vous protéger de certaines... folies.

— Vous préféreriez que je les fasse avec vous, ces folies, répliqua-t-elle aussitôt.

— C'est un aveu...

— Non, je n'ai rien dit de tel. Laissez-moi, vous m'ennuyez.

Le ton d'Amaury devint agressif. Une crispation enlaidit ses traits.

— Il ne peut vous aimer, c'est un anormal, un malade, un inverti...

Elle le gifla violemment.

— C'est vous, le malade...

Il rattrapa les mains qui le menaçaient à nouveau.

— Quelle belle furie !

— Je ne veux plus jamais vous voir, vous m'entendez, plus jamais !

282

Elle tourna les talons et disparut.

Pantois, Amaury venait de recevoir un soufflet colossal, de se faire congédier, et de perdre, semblait-il, toutes les chances de se faire aimer par Flore.

Il se dandina, perplexe. « Ce ne sera pas encore cet été. »

Il se toucha la joue, chercha un miroir.

— Quelle furie ! répéta-t-il. J'aurais préféré une autre estampille que la marque violacée de ses doigts. De quoi ai-je l'air, à présent ?

Il soupira, décida de réintégrer dès le lendemain ses quartiers parisiens, où des filles moins compliquées l'attendaient. Flore, il verrait plus tard, s'il ne se lassait pas avant…

Au petit matin, la voiture d'Amaury passa le porche d'entrée de la maison. Préoccupée par ses incessantes allusions aux mœurs relâchées de Stanislas, Flore épiait son départ. Lorsque le bruit des sabots s'évanouit dans le lointain, elle se sentit rassurée, et referma la fenêtre. Vis-à-vis des Manderel, Stani s'était conduit comme un vagabond, avec ses fugues, ses voyages, son instabilité ; mais de là à le soupçonner de… de quoi au juste ? de perversité ? Elle n'était pas totalement sûre d'avoir compris le sens des accusations, ignorant le terme d'« inverti ».

Un train renvoya Amaury vers Paris, un autre amena Katia vers Lille, au grand soulagement de Flore.

Dès que Sideline vit la longue silhouette descendre du cabriolet, avancer vers elles d'une démarche déliée, dès qu'elle croisa le franc sourire illuminant un visage rond, encadré de cheveux blonds ondulés, et éclairé par deux grands yeux bleus en amande, dès cet instant, elle éprouva un vif sentiment de rejet.

— Elle n'est pas habillée en homme ! Elle n'a rien de George Sand ! déclara-t-elle, dépitée.

— Évidemment, elle n'a nul besoin de se travestir ici ! répliqua Flore en riant.

Elle se précipita vers son invitée.

Sideline pivota sur ses talons, disparut à l'intérieur de la maison, et se replia sur elle-même.

«Quand on est vieille fille, pensa-t-elle avec mauvaise foi, on ne fait pas tant d'esbroufe.»

Elle ne supportait pas qu'une étrangère lui prenne sa cousine, l'amie de cœur qu'elle s'était choisie, l'unique détentrice de ses confidences.

Flore l'avait mise dans les secrets de la famille. Ses propres parents ne lui avaient pas accordé cette confiance.

Flore lui avait fait jurer le silence, et lui avait appris l'existence de Laurencine, du beau Rodolphe, de sa mystérieuse jumelle. Sideline savait — comme les autres — et se taisait, comme eux. Mais elle en savait plus que Clémence et Léon. Plus qu'Adélaïde. Elle savait pour Flore et Stanislas. Cette fille, qui roulait les r, dont sa cousine avait immortalisé les traits sur son carnet, allait lui ôter l'exclusivité de ses secrets.

De longues promenades quotidiennes permirent à Flore et Katia d'épancher leur cœur. Elles se découvraient de nombreux points communs. Issues de milieux différents, élevées à distance et dans une langue différente, toutes deux venaient d'une terre marécageuse. Saint-Pétersbourg était née dans les tourbières et les marais. Petites filles, elles avaient sillonné des canaux enchanteurs. En exil de leurs parents, leurs mères adoptives les avaient aimées tendrement.

À l'écoute des souvenirs d'enfance de Katia, d'autres images traversaient l'esprit de Flore : leur humble et accueillante maison au bord du marais, aux murs blanchis à la chaux, les fêtes avec Orpha, les cortèges sur l'eau et le violon sur les barques, les couronnes de fleurs. Elle revoyait les mains de Baptiste sculptant la tête des géants, les rondes autour des brasiers allumés, les maraîchères se déhanchant pour danser. Son père adoptif, Aristide, lui apparaissait. Il aimait tant l'Empereur. Qu'aurait-il pensé ? Sous les ordres d'Alexandre Ier, le bien-aimé, les Russes avaient guerroyé contre Napoléon. Katia haïssait cet ennemi de son père, et proclamait bien haut qu'il avait mis les Françaises en état de dépendance avec son fameux Code.

La jeune Russe avait en tête de créer un journal féminin, en association avec des traductrices, des femmes écrivains et la collaboration de Flore pour la partie illustration de la revue. Ensemble, elles rêvaient. Pour Katia, ces rêves deviendraient réalité. Flore n'en doutait pas. Son amie était tenace, entière. Elle était moins convaincue de la rejoindre. Sa vie était entourée du flou de certains dessins à l'estompe. Flore avait la sensation d'évoluer sur un sol marécageux, manquant à chaque pas de s'enliser, comme sur des sables mouvants.

En débarquant à Lille, elle avait mis le pied dans un engrenage dont il lui serait malaisé de s'extraire. Sa passion pour Stanislas avait quelque chose d'irréel qu'elle ne comprenait pas.

Du jour où elle avait appris l'existence d'une sœur jumelle, une moitié d'elle-même s'était évanouie dans la nature et cette moitié lui faisait défaut. Des fantômes valsaient autour d'elle, l'étourdissaient de leurs secrets. Pourtant, il y aurait une issue. Orpha réclamait la délivrance du fond de son tombeau. Le ciel, alors, s'éclaircirait.

L'entente de Katia et d'Adélaïde s'avéra parfaite. La grand-mère posait mille questions concernant la vie en Russie.

À la fraîcheur du soir, quand la journée avait été chaude, qu'une petite brise soufflait délicieusement, chargée de vapeurs humides, de senteurs de fleurs, les femmes profitaient des fins d'après-midi estivales en paressant sur la terrasse. Elles y attendaient ces messieurs retenus à la filature, et rêvaient, avec Katia, aux neiges de Saint-Pétersbourg.

Pétrifiée dans les glaces l'hiver, inondée au printemps, la ville payait de ces maléfices sa beauté démesurée. Les Lilloises imaginaient les grandes étendues d'eau de la Neva devant les palais aux escaliers gardés par des sphinx — comme en Égypte, pensait Flore — aux couleurs tendres, dans une cité somptueuse, excessive, construite au prix du sacrifice de milliers d'hommes. Même Clémence se laissait aller avec délectation, l'éventail ouvert pour chasser les mouches importunes, sur une chaise longue, les yeux fermés, détendue, grisée par les récits de la jeune étrangère.

Les paupières closes, Flore écoutait les bruissements dans les feuilles, se figurait que le vent, en soufflant, lui ramenait Stani. Le jeune homme se plantait devant les femmes réunies. Elle s'abreuvait de son regard, elle riait, et son rire s'égrenait comme les notes d'une cantate, jusqu'au baiser, qu'elle quémandait en secret.

Ces nuits-là, affamée d'amour, elle guettait derrière sa fenêtre les ombres et les reflets. À l'aube enfin, sous un ciel irisé, le tourment s'apaisait, les larmes séchaient, les diables rentraient sous terre. Elle s'endormait.

Katia admirait autant Adélaïde que celle-ci montrait de sollicitude envers elle. Elle aimait le caractère de la vieille Flamande, qui prenait la famille en main, et n'avait pas attendu la maladie d'Hippolyte-Eugène pour être maîtresse en son domaine.

— Est-ce différent chez toi ? lui demanda Flore.

— Ma grand-mère ressemblait à la tienne, mais c'était une révolutionnaire dans l'âme. Et une veuve. Ce qui lui permit, tout en m'élevant, de mener sa vie à sa guise. Dans les milieux aisés de la Russie, la femme ne travaille pas, pas plus qu'ici, mais là-bas, le maître s'occupe de tout, de la maison, du jardin…

— Pas de la cuisine, ni de la blanchisserie tout de même ? s'enquit Adélaïde, très intéressée, les bras chargés d'assiettes de tartines de pain perdu et de couques aux raisins, de sa confection.

— Si, madame.

— Que leur reste-t-il, alors ?

— Rien.

— Comme je les plains !

Un dimanche, l'oncle Floris emmena toute la famille dans une guinguette de Saint-Maurice, où l'on dansait en dégustant de la bière. Sideline retrouva le fils d'une famille lilloise du textile, qui l'avait invitée plusieurs fois, au grand bal de juin.

Elle lui accorda une polka, et revint à la table des Manderel-Saint-Nicolas rouge de confusion.

Quelques jours plus tard, le jeune bourgeois fut reçu au souper. Le soupirant était parfait de courtoisie, de bonne conduite. Il était l'héritier d'une belle fortune. Léon envisagea de suite une alliance. Et avant que Sideline ait réalisé ce qui lui arrivait, un dîner entre les deux familles fut annoncé pour le retour à Lille.

— N'est-ce pas un peu prématuré ? demanda Flore, inquiète, à sa cousine.

— N'oublie pas que je vais sur mes dix-sept ans.

Flore ne répondit pas.

— Les fiançailles sont une période délicieuse, insista Sideline.

— Es-tu amoureuse de lui ?

— J'aime les hommes à moustache, tu le sais, et la sienne me plaît.

— C'est tout ?...

— Certes, il n'a pas la séduction d'Amaury, mais je n'obtiendrai jamais rien de celui-là. S'il n'a aucune chance avec toi, il me préférera les grisettes ou les danseuses. (Elle soupira.) Lui, il est élégant et riche. Il me comble déjà de présents... D'ailleurs, en me couchant hier soir, j'ai mis en croix mes souliers, mon linge de corps, et j'ai prononcé la formule magique : « *Croissant, croissant, fais-moi voir en mon dormant, qui j'épouserai en mon vivant* », et j'ai rêvé de lui, alors...

— Tu fais ce genre de choses ? Je croyais que cela n'existait qu'à la campagne !

— C'est mon ancienne gouvernante qui me l'a apprise. Et ne sommes-nous pas à la campagne ? ajouta Sideline, en souriant avec malice.

— Ne regretteras-tu pas cette décision ?

— Oh ! assez !... Tu m'ennuies, Marie-Flore, on verra bien.

Énervée, elle lui tourna le dos. Elle précipitait les

événements dans le dessein inconscient de récupérer sa part de vedette, dont Katia l'avait privée.

Flore en fut affectée. Sideline ne ressentait pas de véritable sentiment amoureux.

Entre Floris et Katia, la surveillance s'installa. L'un comme l'autre s'observaient souvent à la dérobée. Les raisons étaient différentes. Floris était visiblement attiré par cette superbe plante des pays slaves. Katia se méfiait de Floris. Elle livra ses craintes à Flore :

— Un homme qui élève des chiens pareils, dressés à l'attaque... Je ne sais pourquoi, je n'ai pas confiance en lui.

— Il est dur avec son fils, mais Stani aime son père. Et avec moi, oncle Floris est toujours charmant...

« Enfin, presque », pensa-t-elle.

Un malaise suivit cette discussion. Flore revoyait l'expression haineuse qui avait traversé le visage de son oncle à deux reprises. La première fois, quand elle lui avait montré ses dessins. La seconde... Quand était-ce ? Flore n'arrivait pas à se le rappeler. L'impression désagréable dura toute la journée.

Ce soir-là, Flore surprit le regard de son oncle tourné vers elle, avec une certaine attention. Elle lui sourit.

La physionomie de Floris se transforma aussitôt en un charmant sourire.

« *Oui, c'est au bal, dans le jardin de Clémence... oui, c'est là, après le premier baiser de Stanislas... J'ai vu les traits de mon oncle se durcir en une expression hideuse. D'où lui vient cette grimace ? Ni d'Adélaïde, ni d'Hippolyte-Eugène... Hippolyte...* »

Soudain, elle s'écria :

— Grand-père !... Où est-il ?

Personne ne l'avait vu. Tous fouillèrent la maison. Les enfants prirent les recherches comme un jeu très amusant, mais l'inquiétude se lisait sur le visage des adultes.

— Ne serait-il pas ?...

Flore se précipita dans le jardin, arrosé par une pluie

288

battante, qui les avait fait rentrer en trombe deux heures auparavant.

Il était là, immobile sous l'averse, enfoui dans son fauteuil, perdu dans ses pensées...

— Mon Dieu ! Grand-père !

Elle le serra contre elle, avec tendresse, et l'emmena rapidement à l'intérieur. Aidée par les filles, Adélaïde le déshabilla, le sécha, grommela contre lui, furieuse contre elle-même de l'avoir abandonné dehors. Il en fut quitte pour un bon rhume.

La famille se passionna pour la photographie, introduite par la journaliste. Les petits cousins ne lâchaient pas Katia d'une semelle lorsqu'elle installait ses gros appareils.

Cela changeait tellement des parties de cartes, ou d'autres jeux, comme le « chapitre », qu'affectionnait Sideline. Elle prédisait l'avenir de tous par ce moyen. Elle ouvrait un livre au hasard, piquait, les yeux fermés, un mot sur la page avec une épingle. Il s'agissait alors d'interpréter ce mot par rapport à une question posée mentalement.

Une parole blessante de Sideline avertit Flore de l'étendue de son amertume.

— La photographie, c'est la fin, pour toi, Flore.

— Que veux-tu dire ?

— Pour tes dessins...

Elle ajouta, plus bas :

— Et c'est ton amie qui te l'apporte, comme Judas !

Katia n'entendit pas ces derniers mots, mais rassura Flore quant à l'avenir du dessin. Merveilleuse pour conserver une image des ancêtres, la photographie ne pourrait pas remplacer la main de l'homme, qui éternisait ses rêves, avec sa griffe. Elle ne pourrait supplanter les tableaux, ni exalter la poésie.

Un débat animé s'ensuivit. Selon certains, la photographie ne serait jamais que le reflet d'instants volés. Pour les autres, c'était un art plus précis que le crayon... Mais était-ce encore de l'art ?

— Avec cet appareil, vous n'aurez plus besoin

d'écrire vos articles, assura Charles. Il suffira de regarder l'image.

— Et que faites-vous des idées ? Le public aime discuter, riposta Constant.

— C'est vrai, admit Katia. Le rédacteur en chef nous dit toujours : «Les lecteurs veulent des faits, nourrissez-les de faits, soit, mais aussi d'idées.» Les Français ne veulent pas seulement regarder, mais aussi apprendre.

— N'apprenons-nous pas mieux en regardant ? s'enquit Léon.

— L'image est un instant de vie… dit Flore.

— Un instant… C'est pauvre comme commentaire, conclut Constant.

Cela dit, la famille entière posa, pour le bonheur des grands-parents. Stanislas, seul, manquait sur la photographie.

21

Le message venait de Clémence. Sa tante l'avait fait appeler de toute urgence dans son hôtel particulier.

Le coupé entra rapidement dans la cour. S'il était arrivé un accident à l'un des Saint-Nicolas, Clémence n'eût pas mandé Flore, mais Adélaïde. Or elle avait profité de l'heure de la messe et des bonnes œuvres de sa mère pour réclamer sa nièce, d'une manière péremptoire.

D'ordinaire allongée sur son lit de repos, ou douillettement installée dans un fauteuil, Clémence vint à sa rencontre dès sa descente de voiture.

— Que se passe-t-il ? demanda Flore, inquiète.

— C'est Sidonie-Céline.

— Il ne lui est rien arrivé de fâcheux ?

— Entre, ordonna-t-elle.

Un silence embarrassé s'instaura entre les deux femmes, assises face à face dans le petit salon. Clémence hésitait à lui parler. Flore craignit un instant qu'elle ne fût la cause de quelque malheur.

Enfin, Clémence leva vers elle un visage tourmenté, et annonça :

— Ma fille est devenue folle.

— Comment ?

— Elle est terrée dans sa chambre, elle refuse d'en sortir.

— Pourquoi ?

— Je l'ignore… Il y a autre chose.

Flore la fixa, attentive.

Clémence avala sa salive.

— Sidonie-Céline désire prendre le voile. Comme sa tante, dit-elle.

— Oh !… Je ne lui ai aucunement introduit ces idées en tête, croyez-le bien, au contraire…

Clémence l'interrompit :

— Marie-Flore, je ne crois rien. Toi seule peux nous aider.

— Merci de votre confiance, ma tante.

— Elle était amoureuse de ce jeune homme, nous avions fixé la date de fiançailles avec les parents. Ce soir, il y a un opéra, je devais l'y accompagner ; elle doit y rencontrer son promis. Elle refuse d'y aller. Je ne sais plus que faire… Et Léon qui n'est pas là…

— Depuis quand est-elle ainsi ?

— Ce matin.

— Et il n'y a rien eu ?

— Rien. La couturière lui a apporté une nouvelle robe pour ce soir, elle était enchantée, puis Amaury est passé, rien d'autre…

— Je monte la voir, ma tante.

— Merci, je t'attends ici.

Pour la première fois depuis son arrivée à Lille, Clémence gratifia Flore d'un large et franc sourire.

« Amaury, pensait Flore, en montant l'escalier de marbre. Qu'a-t-il pu inventer, celui-là ? »

La faute incombait à cet insupportable cousin. C'était évident.

Sideline la laissa entrer sans trop de difficulté. En chemise, assise sur son lit, un oreiller serré dans les bras, les yeux cernés, elle respirait avec peine.

— Cela ne va pas, Sideline ? demanda Flore.

— J'ai mal, ici, dit-elle, en montrant son estomac. J'ai envie de vomir…

Flore s'approcha. La jeune fille éclata en sanglots.

Elle essaya de la questionner. Les larmes redoublèrent. Elle attendit. Sideline se calma. Après un long soupir, elle lâcha :

— Je ne veux pas me marier. Jamais.

— Il s'est passé quelque chose avec ton fiancé ?

— Non. Mais je ne veux pas... Oh !...

Sideline se cacha la tête dans son oreiller, et s'exclama :

— C'est affreux ! c'est affreux !

Brusquement, elle regarda Flore. Ses yeux se plissèrent. Un mélange de reproche et d'incompréhension s'y lisait. Une grimace de dégoût lui barra le visage.

— C'est ce que tu as fait avec Stanislas ? C'est immonde !

— Enfin, calme-toi, Sideline, calme-toi.

Elle avança la main vers sa cousine, qui recula.

— Allons, ma chérie, calme-toi, répétait Flore, indécise.

Elle la prit d'autorité dans ses bras, sentit d'abord un peu de résistance, puis elle la berça lentement, comme sa mère aurait pu le faire. En silence. Son esprit commençait à entrevoir ce qui mettait Sideline dans un tel état de fureur, mais cette éventualité lui paraissait en même temps insensée.

— Aucun homme ne m'approchera, tu entends, Flore, aucun !

— De quoi veux-tu parler ? Raconte-moi, ne nous sommes-nous pas tout dit jusqu'à présent ?

— Oui, comme à Katharina Ivanovna.

— Sideline, tu es ma petite cousine, la première qui m'ait admise et aimée à Lille. Crois-tu que je l'oublie ? Ce n'est pas parce que Katia est une amie que je t'en aime moins. Tu as toujours une place énorme dans mon cœur.

— Tu ne lui diras pas, alors ?

— Je te le promets.

— Amaury...

C'était bien lui, le responsable.

Elle lui prit les mains dans les siennes, la regarda droit dans les yeux.

— Dis-moi, ma chérie. Amaury t'a fait des… avances ?

— Non.

Flore soupira de soulagement.

— Bon, alors… Je t'écoute, que s'est-il passé, avec Amaury ?

— Il m'a tout dit.

— C'est-à-dire ?

— Tout. En détail. Sur les devoirs conjugaux.

— Tu parles de…

— Oui ! s'écria-t-elle, soudain hors d'elle. Oui, je parle de ce que tu as fait avec Stanislas, de ce que mes parents ont fait, de ce qu'il me faudra faire avec mon mari, le soir des noces, et tous les autres soirs…

Elle était déchaînée. Son regard dévoilait une espèce de répulsion.

— Il sera nu. Moi aussi.

Déroutée par la candeur de sa petite cousine, Flore balbutia un petit « oui ».

— Mais c'est dégoûtant ! Amaury m'a tout dit… répétait-elle, indignée.

« Il a même dit qu'il fallait se conduire comme une vicieuse, comme toi avec Stani, si je voulais satisfaire mon époux, que lui-même n'hésiterait pas à se conduire avec brutalité, à me contraindre par la force, que c'était son droit, que je ne devrais gêner en rien cette… opération, que je ne serais pas la première à subir ses caprices, que ce serait ainsi, même quand il sera devenu bouffi, vieux, et laid…

Un haut-le-cœur lui souleva la poitrine et, cette fois, elle alla se décharger de sa nausée dans la cuvette de porcelaine.

Amaury s'était ainsi vengé sur la pauvre Sideline de ses déboires sentimentaux avec Flore. Il avait travesti en accouplement bestial un acte sublime quand il était l'accomplissement d'un amour. Il le lui avait débité comme une recette de cuisine, à l'aide de détails scabreux. Il avait omis les caresses et la tendresse. Il avait omis l'amour.

« Il ne perd rien pour attendre, celui-là, lorsque la "vicieuse" le reverra, songea Flore, mortifiée. De quel droit démolit-il les rêves d'une jeune fille pure ? »

Stupéfaite, elle prenait conscience de la naïveté de Sideline. Sa cousine ignorait tout. Sa mère, bien entendu, ne lui avait rien dit, mais Flore imaginait sa cousine différente des autres demoiselles de son milieu. Pétillante et délurée, prompte à la réplique, Sideline s'était vantée d'avoir tout lu, tout compris. Les livres interdits... Elle avait donc exagéré.

À la campagne, Flore avait été instruite de la vie par la nature. En compagnie de Baptiste, elle avait surpris l'accouplement d'un étalon et d'une jument, ensuite, elle avait assisté à la naissance du petit, faisant ainsi le rapprochement entre l'un et l'autre.

— Tu n'étais pas au courant ?

— C'est donc vrai ?

Elle était livide. Flore se mordit les lèvres. Elle tâcha de rattraper sa maladresse, et lui assura qu'Amaury avait omis de parler de l'essentiel : la raison pour laquelle deux êtres éprouvent le désir de se rapprocher, de s'embrasser, de se fondre l'un dans l'autre. Elle déclara, forte de sa jeune expérience, que l'acte d'amour était une preuve de l'amour, une communion. Elle employait des mots qu'elle ne croyait pas posséder, consciente du péché de penser, de parler, de faire ces choses, mais l'avenir de Sideline en dépendait. Elle savait, par ouï-dire, que de jeunes bourgeoises étaient livrées comme des pouliches à l'homme agissant en maître absolu. Certaines nuits de noces étaient vécues dans l'épouvante. Mais il existait un acte fait de passion et de désir, qui sublimait l'homme car il était aussi amour. Son visage, sa voix douce et aimante, son émotion furent les meilleurs avocats et attendrirent le cœur de Sideline.

Quand elle descendit, laissant sa cousine à sa toilette,

295

Clémence piétinait au bas de l'escalier, agitée, impatiente.

Flore lui fit comprendre, à mots couverts, le motif de rébellion de sa fille. Clémence se mit d'abord dans une rage insensée. Flore craignit un instant qu'elle ne succombât à une nouvelle crise nerveuse.

— Amaury a outrepassé les bornes ! Ma fille était pure. Que lui a-t-il mis en tête maintenant ? J'ai eu assez de mal à la rendre docile, et douce.

Flore laissa passer l'orage.

Elle comprenait la fureur de sa tante envers Amaury, mais ne partageait pas son avis sur l'éducation des filles.

Dans ses marais, on était peut-être ignorant de tout, mais pas des choses de la vie. Dans le monde de la ville, c'était le contraire.

— Enfin, cela ne se dit pas... continuait Clémence, d'un ton aigu et offusqué.

Elle se calmait peu à peu.

— À présent, elle accepte son fiancé, ma tante. Tout ira bien...

Clémence entendait à peine la voix rassurante de Flore.

— Elle l'aurait découvert le soir de ses noces. C'est au mari de nous instruire en la matière.

Les larmes lui vinrent aux yeux, subitement. Le souvenir n'avait pas été à la hauteur de ses espoirs, semblait-il.

— Ma petite Marie-Flore, j'aimerais que tu prennes ma place ce soir au Grand Théâtre. Léon est absent de Lille pour quelques jours. Chaperonne-la. J'ai autre chose à faire, et Sideline sera heureuse que tu l'accompagnes à l'opéra.

Flore marqua un temps avant de répondre :

— Mais, ma tante, je n'ai jamais assisté à un opéra... D'ailleurs grand-mère n'acceptera pas...

— Je m'en porte garante.

— C'est déconseillé par l'Église... Et grand-mère...

Clémence l'interrompit :

— Ma mère s'arrange avec son curé et le bon Dieu quand l'intérêt de ses enfants est en jeu.

— Mais vous, ma tante...

— Tu me rends service. Accepte, Marie-Flore, je t'en prie.

— Eh bien...

L'image de Stanislas penché sur le piano lui traversa l'esprit.

— Avec plaisir, ma tante.

Elle se leva, afin de prendre congé. Sa tante la retint :

— Merci, Flore.

Toute son aigreur à l'égard de sa nièce s'était envolée.

— Je suis heureuse que Sideline ne veuille plus rejoindre ma sœur au Carmel.

Elles se regardèrent sans un mot. Clémence lâcha brusquement :

— Pardonne-moi.

Flore ne répondit rien.

— Attends, veux-tu ?... Assieds-toi.

Flore s'exécuta.

— Oui, pardonne-moi, répéta Clémence, ses yeux verts plongés dans ceux de sa nièce.

— Mais, ma tante, je n'ai rien à vous pardonner... C'est plutôt moi, au bal...

— Le bal ? C'est oublié.

— ... Marcelline est seule.

— Pas pour longtemps. De ce côté-là, je fais confiance à mon mari. Comme marieur, il n'a pas son pareil. C'est d'ailleurs un bien pour Marcelline : les mœurs de Stanislas sont à éviter.

L'expression indifférente de son visage semblait vide de sous-entendus concernant sa nièce.

— Je dois t'avouer quelque chose.

Flore se méprit :

— Pour Stanislas ?

— Stanislas ? Non.

Clémence haussa les épaules, comme pour chasser un sujet sans importance, et poursuivit :

— Voilà. Lorsque tu es arrivée, j'ai retrouvé ma sœur en toi. Tu me rappelais ma faute. Je t'ai détestée.

— Je ne comprends pas.

— Quand Laurencine est entrée au Carmel, j'ai respiré. Elle me gênait. J'étais amoureuse de Léon. Elle ne l'était pas. Mais ce n'était pas à nous de choisir. Léon, lui, désirait Laurencine. Peu après, elle rompit ses fiançailles, et le scandale éclata. La famille s'empressa de l'étouffer, et les Saint-Nicolas, très intéressés par une alliance avec notre famille, acceptèrent que Léon m'épouse…

Elle ajouta, d'un ton cassant :

— Les enjeux étaient plus importants que l'honneur.

— Tout fut pour le mieux, murmura Flore avec une légère pointe d'amertume pour sa pauvre mère.

— Oh ! non ! Je croyais être heureuse avec Léon, mais il ne m'a jamais aimée. C'était Laurencine qu'il aimait, ou plutôt qu'il préférait, car je doute qu'il fût jamais capable d'amour. Passer de l'une à l'autre avec une telle désinvolture… Il ne l'a pas pleurée. C'est son ambition, seule, qu'il a toujours affectionnée. Oui, je croyais naïvement qu'une fois ma sœur écartée je serais heureuse avec lui…

— Et ce ne fut pas le cas…

— Non… Mais j'ai des compensations, ajouta-t-elle, d'une voix si basse que Flore se demanda si elle avait bien entendu. J'ai eu peur de toi, ma chère Flore.

— Je ne suis pas Laurencine, ma tante !

— Léon pouvait tomber amoureux de toi… (Elle se frotta le front.) Non, ce n'est pas ça… Je dis des sottises, je me fiche de Léon aujourd'hui… pourquoi je te dis tout cela ?…

— Peut-être parce que vous n'avez pu le dire à Laurencine.

Elle sourit tendrement à sa tante, qui l'embrassa.

— Reviens me voir bientôt, nous avons beaucoup de temps à rattraper, et j'aimerais ton avis…

Elle hésita, lui sourit.

— Oui, ma tante ?…

298

— Nous en reparlerons.

Flore n'insista pas.

Clémence lui toucha le menton, déposa un baiser sur sa joue, et murmura, émue :

— Merci. Demain, je vais rendre visite à Laurencine.

À dix-huit heures, lorsque les portes s'ouvrirent, on se bouscula à l'entrée du Grand Théâtre à la façade classique, restauré quelques années auparavant.

Flore gravit les marches, frémissante. Elle passa entre les colonnes de l'impressionnant édifice, pénétra dans ce vaisseau de l'art.

Une belle agitation régnait à l'intérieur. On s'interpellait d'une travée à l'autre, on s'observait à la dérobée, on se retrouvait comme de vieux habitués dans les loges louées à l'année. On se les partageait, on s'y invitait. Les Saint-Nicolas possédaient — comme il se doit — l'un de ces enclos-salons grâce à un abonnement onéreux.

Flore était conquise. En deux ans, elle en avait vu des choses : réceptions, bal, voyage en chemin de fer, mais c'était la première fois qu'elle était assise sur un fauteuil de velours au milieu de ces privilégiés, dans l'antre des arts, du plaisir, de l'insouciance. De sa loge, elle écoutait la rumeur s'enfler à mesure des entrées, elle suivait l'installation des spectateurs en habits noirs et robes à corolles.

Elle fut surprise par l'apparition de quelques dominos noirs. Elle entendit l'orchestre accorder ses instruments dans un bruissement de partitions, de froissement d'étoffes. Elle observa le luxe des tentures, les décorations du plafond. Un foisonnement de lumière provenait des lustres et des girandoles. Elle imagina le trac des artistes, de l'autre côté du rideau.

Elle suivait le tout avec gourmandise, comme elle avait contemplé la mer pour la première fois à

Dunkerque, et convoité, enfant, la pièce montée du buffet de l'hôtel de ville de Saint-Omer.

Au parterre, comme à la dernière galerie, une foule exaltée se pressait. Elle leva les yeux vers le haut du théâtre, le poulailler. Son jeune ami, Dodo, de Saint-Sauveur, figurait peut-être parmi ces « enfants du paradis ».

Au côté de son fiancé, Sideline était on ne peut plus souriante et charmante.

« L'aime-t-elle un peu ? se demanda Flore. Le compte rendu d'Amaury n'a-t-il pas été d'autant plus odieux qu'elle n'éprouve aucun amour envers son promis ? Sideline attend avec impatience sa robe de noces et les cérémonies, mais cela suffit-il ? »

Flore se rassura en voyant sa cousine prendre la main du jeune homme.

Une Sideline un peu moins ingénue, qui se tourna vers Flore, et lui fit un clin d'œil malicieux. L'orage était passé, les ombres de l'innocence aussi.

— Sais-tu que de grands acteurs ont déjà triomphé sur notre scène lilloise, comme la grande Rachel, Marie Dorval, et Frédérick Lemaître ?

— Ah !… répondit Flore.

Sa jeune cousine semblait impressionnée par l'évocation de ces noms d'artistes, qui n'avaient jamais pénétré le marais de Salperwick.

Les pensées de Flore se dirigèrent vers Clémence.

Qu'avait-elle voulu signifier par « compensations » ?

Sa tante désirait son avis. Elle irait lui rendre visite. Par curiosité, par affection. Flore avait la conviction qu'en ce moment même où Léon était absent, Clémence, non plus, n'était pas seule. Cette idée lui parut d'abord aberrante. Sa tante ne semblait guère encline aux choses de l'amour, à ses abandons. Sa raideur, son aigreur… Pourtant, elle l'avait découverte différente cet après-midi. Derrière son masque de respectabilité perçaient une fragilité, des désirs.

« Si c'est ça… Pourvu qu'elle soit discrète et ne se

fasse pas surprendre. Elle risquerait la prison. Léon aurait la garde des enfants… »

Son imagination commençait à galoper de façon vertigineuse. Elle chassa ces effrayantes pensées. Flore était heureuse d'être enfin en bons termes avec la sœur de sa maman. Elle songea à la joie de la carmélite Marie-Laurencine de la Miséricorde face à Clémence, au destin de ces deux sœurs. Laquelle, aujourd'hui, était la plus heureuse ?

Elle oublia sa tante, et reprit son inspection.

En acceptant d'accompagner sa cousine, elle espérait rencontrer Stanislas dans ce refuge musical. Plusieurs regards masculins se tournèrent vers elle. Des sourires se dessinèrent. Lui, était absent.

Depuis leur retour de Saint-Maurice, elle ne l'avait pas revu. Elle était allée frapper à sa porte. Sans succès. Elle n'avait osé questionner sa grand-mère. L'oncle Floris, lui, ne parlait jamais de son fils.

Elle éprouvait une affreuse sensation de manque ; un vide que seule la présence de Stani aurait pu combler. Sa pensée, son âme, son corps, sa chair le réclamaient.

Était-il fait du même bois que Rodolphe Monfort, coutumier d'amours éphémères ? Une fois l'amour consommé, la femme possédée, la dépréciait-il, comme Rodolphe avait méprisé Laurencine ? Cela expliquerait les allusions aux « mœurs relâchées » de Stanislas. Elle se refusait à entrevoir une autre possibilité.

Son tempérament l'avait poussée, comme sa mère, à suivre ses pulsions. Elle aussi s'était évanouie de plaisir dans les bras d'un bel homme, se livrant corps et âme à ses émotions amoureuses. Elle aussi avait transgressé les normes, les limites de l'honneur, en perdant sa virginité et sa pudicité. Pourtant, contrairement à Laurencine, elle n'en concevait aucun effroi, dût-elle passer pour un monstre aux yeux de la bonne société.

Une petite voix lui assurait qu'il la désirait autant qu'elle, cette même petite voix qui lui avait dicté les paroles réconfortantes adressées à sa cousine Sideline.

La pénombre envahit la salle comble ; le rideau

s'ouvrit ; les trois coups retentirent dans un silence religieux ; la toile se leva sur une scène illuminée, à l'incroyable décor. D'acte en acte, Flore oublia le malaise provoqué par les paroles de Clémence concernant les mœurs de Stanislas, elle oublia Stanislas.

Elle était conquise par le talent des chanteurs, par la beauté des costumes.

Elle ne ferait pas comme Rodolphe, non. Pas de croquis de journalistes, ni de caricatures d'hommes politiques. Elle avait envie de réaliser des costumes, des coiffes... Oui... Créer des modèles.

22

Flore surveillait la sortie de la fabrique, évitant les chariots de livraison, les chevaux, et la cohorte d'ouvriers aux mines patibulaires s'éparpillant dans les rues adjacentes.

Son ami Dodo n'avait pu l'accompagner. Ils se répartissaient les quartiers. Les recherches s'avéraient plus longues, plus ardues que prévu, car il était impossible de ratisser toute la ville.

Que de femmes déjà rencontrées ! Le nombre d'ouvrières du textile se comptait par milliers, entre les rattacheuses qui réparaient le fil rompu, les retordeuses qui en éprouvaient la solidité, les dévideuses qui mettaient le fil en écheveau, celles qui travaillaient la laine, le lin, le chanvre, le coton. Les dentellières au bonnet blanc plissé avaient l'air triste de celles qui savent que le temps leur est compté.

Au-dehors des remparts, il y avait les faubourgs de plus en plus peuplés, et au loin, le charbon de terre et ses terrils, qui noircissaient le paysage et les poumons des mineurs. Une douleur aiguë lui transperçait la poitrine quand elle croisait les regards des femmes aux visages émaciés, les enfants aux membres tordus, courbés comme des vieillards par le mal de dos, peu habillés, malgré la froidure de l'hiver.

Elle en avait vu pourtant de ces métiers pénibles dans son enfance : les broukaillers penchés des heures durant sur les parcelles, les courageux tourbiers ; mais existait-il plus dur labeur que celui de ces fileuses en chemise, travaillant dès cinq heures le matin, enfermées dans une salle à l'atmosphère moite, les pieds dans l'eau ?

Son petit ami de Saint-Sauveur lui faisait rencontrer, sans le vouloir, un aspect de la vie lilloise totalement opposé à celui qu'elle côtoyait journellement. Ah ! on était loin, ici, des fastes du bal, de l'opéra et des thés de Clémence. Malgré la simplicité de sa mise, le contact douillet de son manteau la gênait lorsque certains employés la toisaient sans complaisance, comme si elle eût gagné son confort de façon malhonnête. Certains lui adressaient des remarques flatteuses, d'autres désobligeantes, et l'un d'eux lui proposa de l'argent.

Agacée, humiliée, elle pivota sur elle-même dans le désir de s'esquiver au plus vite, et tomba nez à nez avec Floris Manderel.

Il attaqua aussitôt :

— Que fais-tu par ici, Marie-Flore ?

— Je…

— Oui ?

— Eh bien, ma sœur travaille peut-être ici.

— Ta sœur ?

— Oui, mon oncle. Vous êtes au courant, je suppose, que Laurencine a eu deux filles…

— Ma pauvre Marie-Flore, ta sœur est morte.

— Quoi ?

— Oui, à la naissance.

— Mais c'est faux, mon oncle, elle a été emmenée en nourrice, comme moi.

— Le cocher l'a tuée.

— Le mari de Séraphine ? C'est impossible…

— Il n'est pas là pour le confirmer, bien sûr, mais c'était un homme dur, il nous effrayait terriblement durant notre enfance. Il a dit qu'il s'en débarrasserait, je l'ai entendu, cela m'a frappé.

Son ton était très convaincant.

Flore oublia de lui demander ce qu'il faisait là, lui aussi, sans voiture de maître, ni fiacre.

304

— Inutile de rester ici.

Devant l'air catastrophé de sa nièce, il se fit très tendre, la prit par les épaules.

— Je te ramène à la maison.

Ils marchaient côte à côte, sans un mot. Flore cachait ses larmes.

Ainsi, cette sorte de prescience d'une autre moitié d'elle-même existant quelque part, et qui l'attendait, était fausse : sa sœur était morte...

Elle décida de profiter de ce long tête-à-tête avec son oncle pour l'interroger sur son fils. Bras dessus bras dessous, se comportant avec familiarité, il n'aurait pas le cœur de lui taire la vérité.

— Oncle Floris, savez-vous ce qu'est devenu Stanislas ? On ne le voit plus.

— Tu ne l'as jamais vu qu'une seule fois, ce me semble, au bal, répondit-il d'un ton doucereux.

— Oui... balbutia-t-elle.

Son regard inquisiteur la fit rougir.

— Ne me raconte pas d'histoires, veux-tu ? Je sais que tu l'as revu.

— Une seule fois, mon oncle.

— Tu ne dois pas le revoir.

— Pourquoi ce silence autour de lui ? Pourquoi le cache-t-on ainsi ?

— Ma chère nièce, ne crois pas cela. On ne le cache pas, c'est lui qui se cache, et qui nous fuit.

— Il faut que je le voie... Je vous en prie, oncle Floris.

Son expression suppliante dut l'attendrir, car, après un instant d'hésitation, il déclara :

— Très bien, viens avec moi.

— Où allons-nous ? lui demanda-t-elle, en montant sur le marchepied d'un fiacre.

— Tu veux voir Stanislas ? Tu le verras.

Floris entra le premier dans le vestibule dallé d'une maison cossue.

— Où sommes-nous, mon oncle ?

— Tu vas assister à un curieux spectacle. Les propriétaires ont ramené de Paris ce nouvel engouement. Il arrive tout juste d'Amérique.

— Qu'est-ce que c'est ?

Il lui fit signe de se taire, et pénétra dans un grand et sombre salon, éclairé par deux bougeoirs posés sur la cheminée, et un chandelier trônant sur une table. Les lourds rideaux de velours étaient fermés.

Elle distingua des gens assis autour d'un guéridon à trépied.

Floris la mena à l'écart, où deux personnes assistaient, debout, à une sorte de cérémonie secrète.

Ses yeux s'habituèrent peu à peu à la semi-obscurité.

Au milieu de ces convives qui ne dînaient pas, ne parlaient pas, ne jouaient pas aux cartes, mais semblaient recueillis, se tenait Stanislas. Ses mains, comme celles des autres, reposaient au-dessus du plateau de table, ses longs doigts de pianiste effleuraient à peine le guéridon.

L'une des personnes, les yeux fermés, invoquait un esprit.

Flore murmura à l'oreille de son oncle :

— Il prie ?

— Non. Il essaye de rentrer en contact avec une âme ayant vécu sur terre, un esprit.

— C'est une religion ?

— Ils appellent cela « fluidomanie », ou « spiritualisme[1] ».

Au même instant, la table bascula, frappa du pied.

Flore sursauta. Elle étouffa aussitôt l'exclamation qui sortait de sa gorge.

— Silence ! leur intimèrent les deux voisins, incommodés par leurs chuchotements.

— Es-tu heureux où tu es ? demandait l'homme en liaison avec le royaume des morts, et qui traduisait le langage du guéridon. Reviendras-tu ?

À chaque question, des coups répondaient, indiquant

1. Doctrine qui deviendra le « spiritisme », en 1856, avec Allan Kardec.

« oui » ou « non ». Ces frappements ne pouvaient provenir des personnes assemblées autour de la table. Flore était fascinée. Elle n'avait jamais assisté à pareille cérémonie. Était-ce de la sorcellerie ?

« On est plus fou à la ville qu'à la campagne », pensa-t-elle.

Elle chuchota :

— L'esprit est enfermé dans le bois ?

— Non. D'après leur conviction, l'esprit se sert de la table pour transmettre sa pensée. Il fait passer une espèce de courant fluidique.

— Il parle par l'intermédiaire de cette table ?...

Elle était au comble de l'étonnement. Communiquer avec l'au-delà... Elle entrevit un instant la possibilité d'interroger Orpha.

Elle éprouvait surtout l'envie de se précipiter vers celui qu'elle aimait, mais elle n'osait rompre le déroulement étrange de ce qui se passait sous ses yeux. Que faisait-il au milieu de ces gens qui essayaient de connaître le secret du peuple des ténèbres ?

Soudain, la voix de Stanislas s'éleva pour réclamer la présence de sa mère.

— Mon Dieu ! laissa échapper Flore.

Son oncle, alors, se dirigea vers le groupe. Sans un mot, il prit une chaise, et s'installa autour de la table. Stani leva le regard, le vit, ne sourcilla pas. Avaient-ils l'habitude de se retrouver ici ?

Flore frissonna sous la sensation que des ombres emplissaient la pièce, que des esprits erraient autour d'elle, l'environnant de leurs souffles.

« L'interprète » épela des lettres de l'alphabet pour appeler l'âme de la morte. Mais il ne se passa rien. Le silence était lourd.

— L'esprit ne veut pas se manifester, dit-il enfin à haute voix.

Stanislas pâlit :

— Essayez encore.

— Je ne peux le faire venir contre son gré.

La table s'ébranla brusquement. Le trépied frappa de

façon précipitée. Et sous l'œil halluciné de Flore et des autres invités, elle se mit à glisser avec légèreté, puis à virevolter, avec frénésie, comme sous l'emprise de forces souterraines déchaînées.

— L'esprit se venge! s'écria l'homme.

La table s'immobilisa.

— Il est inutile de poursuivre la séance. Je sens une influence néfaste, une présence funeste. La démence rôde, ajouta-t-il, d'une voix émue.

Stani se leva précipitamment, le visage déformé par la nervosité.

— Non!... Ce n'est pas vrai!

Sa chaise tomba, il se heurta à l'un des participants, et reconnut Flore. Il se décomposa.

— Flore!...

Il s'enfuit en courant. Elle le suivit.

Floris rattrapa sa nièce dans le vestibule.

— Tu as entendu? Sa mère le nie.

— Vous y croyez, vous?

— Laisse-le.

— Il a besoin de moi!

— Tu n'as donc pas compris que ses facultés mentales sont altérées?... Mon fils est malade!

— Ce n'est pas vrai!

— Laisse-le, ou bien il te détruira comme il a détruit sa mère!

Son regard était dur, sa voix menaçante. Elle se dégagea, et s'enfuit à son tour de cet antre de la folie.

Dans la rue, elle héla un fiacre, et se fit déposer chez Stanislas.

Elle tira la cloche. Personne. Elle écouta. Aucun son de piano. Alors, elle attendit. Ce n'était pas la première fois. Tant pis pour la pluie qui commençait à tomber dru, tant pis pour les rares piétons qui s'aventuraient dehors et la regardaient de travers, tant pis pour son retard à la maison. Elle pleurait. Ses larmes se mêlaient à l'averse. Qui était fou? Son oncle ou son Stani?

Il rentrait peut-être à pied. Elle devait l'attendre. Elle n'osa s'asseoir sur les marches du perron, et se cala sous le porche voisin, pelotonnée dans son manteau, à l'abri de la pluie torrentielle.

Elle avait besoin de lui, de sentir son corps contre le sien, elle était sa femme. Lorsqu'elle fermait les yeux, elle revivait leur longue nuit d'amour, leurs enlacements et leurs caresses, elle entendait les mots tendres, les promesses et les murmures. Elle était son ombre. Elle ferma les yeux…

Lorsqu'elle les rouvrit, elle eût préféré ne jamais se réveiller. Elle s'était assoupie dans un demi-sommeil, peuplé d'esprits frappeurs et de tables tournantes. Un monde invisible de spectres ricanants s'était insinué dans sa semi-conscience.

Ce n'était que le rire de jeunes gens en état d'ébriété. Leurs pas clapotaient sur les pavés mouillés. Les ombres du soir s'étaient abattues sur la ville. Elle se tassa dans l'encoignure, craignant d'être importunée. Ils étaient cinq ou six. Une voix, bientôt, domina toutes les autres. Elle n'entendit plus que celle-là. La voix de Stani.

Son cœur battait à tout rompre. C'était bien lui, sous une toque de fourrure, dans une longue pelisse. Ainsi, il s'était enivré avec des camarades, afin d'oublier les haines familiales et son sentiment de culpabilité. Avec du vin ou de la « fée verte », cet alcool qu'on disait mauvais pour l'esprit : l'absinthe.

Elle les laissa entrer, n'osant l'interpeller devant les autres, demeura indécise. Ils ressortiraient. Elle avait bien attendu jusque-là…. Alors, elle tirerait la cloche. Alors Stani lui ouvrirait. Ils parleraient. Elle lui ferait oublier…

Le temps passa.

Elle était trempée. L'allumeur de réverbères arrivait à sa hauteur. Elle ne pouvait plus attendre. Il était impossible qu'il ne réponde pas à son amour. Il était venu la chercher dans son fiacre. Il l'avait aimée avec passion. Il était sincère. Pour lui, elle avait jeté la décence au panier…

Elle sonna. Un jeune homme lui ouvrit, sans un mot, sans lui adresser la moindre attention, plongé dans une sorte d'abrutissement. La puissante odeur d'un tabac inconnu lui parvint aux narines, lui tourna l'estomac. Digne, très droite, elle traversa le petit salon, où trois autres hommes reposaient sur les tapis. Stani n'était pas au piano. Elle se dirigea vers la chambre.

Sans doute était-il affalé, ivre mort...

Elle ouvrit la porte, et se figea : Stanislas était à demi allongé au milieu du lit, une tunique blanche orientale ouverte sur sa poitrine hâlée. Un turban blanc sur les cheveux faisait ressortir l'étrangeté de ses yeux verts en amande. Contre son flanc reposait une sorte d'éphèbe, nu comme un ver...

Un instant, leurs regards se croisèrent. Elle lut dans le sien un engourdissement nébuleux. L'absence.

Elle se précipita hors de la maison, frissonnant des pieds à la tête sous la pluie diluvienne. Elle avait sous les yeux l'image d'un cygne blanc perdu dans l'inextricable labyrinthe d'une secrète maladie.

Elle courut longtemps, comme poursuivie par des démons malfaisants.

Elle courait vers son marais bruissant d'odeurs — celles de l'enfance —, vers les sous-bois et les fleurs. Les giroflées. Elle courait loin de ces lourdes émanations animales, loin de ces vapeurs exotiques, de cette fumée empoisonneuse.

Des coups lui martelaient la tête.

Elle s'arrêta, épuisée, le cerveau brûlant, courbée par un mal de ventre qui lui tordait les entrailles. La tête lui tournait.

L'image du cygne lui revint. Mais le cygne était blessé, ballotté au gré des vagues d'une mer agitée.

Un profond sanglot sortit, énorme comme un hurlement. Elle eut alors l'appréhension d'un imminent danger.

23

Une saison s'écoula. Et une autre. Elle ne chercha pas à le revoir. Lui non plus. Elle tenta de l'oublier.

Aux premiers jours de juillet, la ville clôtura son festival de musique par un grand bal mené par le prince de la valse en personne : Strauss, et «Lille la mélomane» mérita une fois encore son surnom.

Les Manderel-Saint-Nicolas étaient de la fête. Adélaïde avait jeté au panier ses principes monastiques, et s'était jointe à la famille, afin de repérer les fiancés potentiels d'une ravissante bourgeoise nommée Marie-Flore.

Amaury revenait d'Angleterre, avec des idées nouvelles en tête, une admiration sans bornes pour les innovations d'outre-mer, et la fierté d'avoir été compté au rang des invités de la reine Victoria et du prince Albert, au Crystal Palace de Hyde Park.

La première Exposition universelle des œuvres de l'industrie se tenait à Londres, dans le Palais de cristal, cathédrale de verre et de métal, construite spécialement pour l'occasion. Y étaient exposés, pour le bonheur des visiteurs du monde entier, des milliers de machines, des locomotives, objets nouveaux, maquettes de projets. L'immense nef de métal revêtue de milliers de panneaux de verre, ce Crystal Palace, serre géante et féerique, était certainement le plus beau joyau de toutes ces richesses.

Amaury faisait sensation, comme d'habitude, parmi les siens, en racontant la cérémonie inaugurale du 1er mai 51, au son de l'*Alléluia* de Haendel. On n'en revenait pas qu'il ait réussi à se faire inviter par la famille royale d'Angleterre. Après tout, n'était-il pas de toutes les fêtes ? bal champêtre du Moulin de la galette, celui de l'Opéra de Paris, ou fêtes estudiantines à la Closerie des lilas, il n'en manquait pas une. Tous s'accordaient à dire que ce bougre d'Amaury irait loin dans la vie.

Dans une ravissante robe d'été en mousseline blanche aux manchettes à volants, à la collerette en tulle plissé, Flore évoluait avec aisance, parmi d'autres jeunes demoiselles de la bonne société lilloise, au milieu des crinolines de plus en plus nombreuses. Sur son passage affluait une nuée de soupirants à moustache et favoris, en redingote ou uniforme galonné, attirés par cette rousse et lumineuse apparition aux yeux couleur myosotis.

Amaury l'invita à danser. Il garda de respectueuses distances envers sa cavalière. Il lui offrit un rafraîchissement et ne lui parla que de l'Angleterre dont il s'était entiché depuis longtemps. Il l'entretint des nouveautés de la Grande-Bretagne : aussi bien du *closet* à piédestal dans un cabinet carrelé, que de l'exploit architectural du Crystal Palace. Flore écoutait Amaury d'une oreille distraite.

Mue par un instinct de survie, ayant besoin de se raccrocher à lui comme à une bouée de secours, elle le trouvait moins entreprenant, et elle le regrettait.

En la laissant aux mains d'un autre cavalier, il se permit toutefois d'effleurer sa chevelure portée en bandeaux fuyant vers les oreilles, d'où s'évaporait une masse de boucles dorées.

Les heures passaient. Les valses de Strauss étaient entraînantes. L'ivresse de la danse gagnait les danseurs, et les vapeurs de la boisson, coulant à profusion, s'amoncelaient dans les cerveaux enfiévrés des piliers de buffet, déposant un nuage rose sur leurs visages.

Celui de l'oncle Floris était écarlate. Il avait bu plus

que de coutume, riait beaucoup, parlait avec volubilité. Il était en proie à une telle agitation qu'il intrigua Flore. Elle l'avait rarement vu ainsi. Que voulait-il oublier ? Adélaïde disait qu'il ne s'était jamais remis de la mort de sa jeune femme. Flore le plaignait.

Elle se sentit pourtant décontenancée lorsqu'il la serra d'un peu trop près en dansant, et qu'elle aperçut dans ses prunelles brillantes un éclair de concupiscence. Elle le fit parler pour camoufler son embarras, pour qu'il oublie son empressement. Son élocution était rapide, hachée. Soudain, elle prit conscience qu'il n'était pas seulement grisé de vin, mais qu'il jubilait pour une autre raison :

— Il s'en mordra les doigts !… Vouloir jouer les artistes ! Il est moins qu'une bête !

Elle comprit.

— Qui, mon oncle ? fit-elle, d'un ton ingénu.

— Stanislas, voyons, l'incapable !

— Oh ! mon oncle, vous êtes injuste avec lui, Stanislas vous aime beaucoup !

— Ce dégénéré !

Il exultait.

Une évidence apparaissait à Flore : l'oncle haïssait autant son fils que lui l'aimait.

— Il donne un concert, l'imbécile, mais il s'en mordra les doigts, répéta-t-il, l'air guilleret.

Une vague d'appréhension la secoua. Stani détestait l'habit noir et les courbettes… Il allait se produire…

— Un concert ! Mais quand ?

— En ce moment même, ma chérie !

Elle décida de calquer son comportement sur celui de Floris.

— Un concert, quelle idée !… Ce n'est pas possible ! dit-elle en riant.

— Je t'avais prévenue. Il est fou, je vais le faire enfermer.

Les sourires de Flore le trompèrent. Il la crut ralliée à lui. Il perdit toute prudence :

— Les invitations, ma belle, je les ai jetées. Personne !… Personne n'ira entendre son récital !

Le fou, c'était lui. Lui, le responsable. Mais pourquoi ?

Elle fit preuve de toute son habileté pour endormir la méfiance de Floris. Elle recourut à des artifices, affecta, feignit, minauda, joua les coquettes aux regards aguicheurs, et lui extorqua l'adresse de la salle.

— Il n'aura personne, répéta-t-il. Même pas son ramassis de vauriens. Aucun bourgeois, aucune relation intéressante. Il a déshonoré notre nom, dissipé ma fortune. Il n'a même pas été fichu de faire partie d'une des nombreuses sociétés instrumentales de la ville. Monsieur voulait être un virtuose. Il voulait faire carrière, tout seul. Eh bien, il va être seul !

Il partit d'un rire bruyant.

Elle se força à suivre son humeur, cachant le dégoût qui s'emparait d'elle.

Émoustillé par l'attitude de sa nièce, il la prit par les épaules, et lui proposa de fêter l'événement :

— Viens, je t'offre une bière, mon bel ange.

Elle se dégagea, et lui répondit, un large sourire aux lèvres :

— Avec plaisir, mon cher oncle, dans un moment, voulez-vous ? Invitez d'abord cette charmante demoiselle, elle vous réclame !

Et sans qu'il eût le loisir de réfléchir au brusque départ de Flore, il se trouva entraîné malgré lui dans une valse endiablée.

Il la chercha en vain, quelques instants, tout en virevoltant. Il jeta alors un regard sur sa cavalière. Elle était potelée, et charmante à souhait.

Son mantelet sur les épaules, les tempes brûlantes, Flore sauta dans un fiacre.

Ainsi Floris avait-il incité son fils à donner un concert, son premier en France. Il en avait subtilisé les invitations. Peut-être aurait-elle le temps de le prévenir avant qu'il n'y aille. Il avait sans doute travaillé pendant des semaines pour cet unique récital.

Peu lui importait à présent qui était Stanislas, ce qu'il faisait. Son image avait sommeillé dans son esprit. La petite flamme qui avait veillé au fond de son cœur redevenait brasier.

Personne ne vint lui ouvrir. Elle ne perçut aucun son de piano. Le cocher l'attendait. Elle remonta en hâte et, dans le fiacre la menant à vive allure vers la salle, elle éprouva une indicible répulsion envers son oncle.

Floris le charmant, le gentil. Floris, son ami.

Son visage lors du bal des Saint-Nicolas, lors de l'étrange séance de spiritualisme, ce visage, c'était la haine. Les turbulences, les égarements de conduite de Stani étaient peut-être le résultat des sentiments de son père, et ce qu'elle avait pris pour une cause n'était qu'une conséquence…

Le récital avait débuté, et dans ce lieu vide, décoré de chandelles, il prenait des allures de concert fantôme.

Conscient ou non de jouer devant une salle déserte et glaciale, Stanislas avait l'aspect de ces coursiers fougueux et sauvages qui galopent, l'œil fiévreux, hagard, droit devant, vers un obstacle fatal. Sa chevelure d'ébène s'agitait comme la crinière d'un cheval piaffeur, dans un vent soufflant en rafales. Des sons sortaient de ses lèvres avec les notes. Son jeu était violent, le rythme impétueux. Il semblait en liaison avec un monde invisible.

Pénétré de musique, il était superbe.

Il jouait comme sous l'emprise d'une force surnaturelle. C'était la grâce. Sa tête scandait le rythme, il se penchait, se redressait, se penchait à nouveau. Ses mains dominaient la musique, ses longs doigts couraient sur le clavier avec la vivacité d'un virtuose. Il était ivre, certes, mais d'harmonies musicales.

Elle, était assoiffée de son amour.

Éblouie, émue jusqu'au tréfonds de son âme, Flore

était en même temps malheureuse de l'absence d'un auditoire et de critiques musicaux pour applaudir à l'extraordinaire maîtrise de Stanislas, pour prendre note de son génie.

Comme au jour de leur rencontre, il hurlait sa révolte en un tourbillon de notes déchirantes. Elle seule était témoin de son talent merveilleux, de son effrayante misère. Les sens exacerbés, il criait sa détresse avec passion. Avec feu.

Lentement, elle s'avança vers la scène. Il sentit sa présence, leva les yeux et, sans s'arrêter, plongea son regard dans le sien. Alors, comme au premier jour, la musique se fit plus tendre et caressante. Il interpréta le morceau de Schumann qu'elle aimait tant. Et la tendresse se fit désir.

Elle écoutait dans l'ombre, recueillie, envoûtée par les vibrations mélodiques, par le charme pathétique de la musique et du pianiste. Peu importait qu'elle fût seule à l'entendre à présent. Il jouait pour elle. La salle eût été comble, il n'eût vu qu'elle. Il l'entraînait au cœur d'un royaume mystérieux, chantant son amour, lui offrant son être, par la voix de la musique. Leurs âmes étaient à l'unisson.

Elle éprouva de nouveau la sensation d'un imminent danger. Sans doute, l'envoûtement...

Quand il eut achevé, exténué, il se leva, salua la salle vide et, doucement, se tourna vers elle. Bouleversée, elle se dirigea vers lui, approcha ses lèvres des siennes, car ce qu'elle avait à lui dire ne pouvait mieux s'exprimer que par le silence et un baiser.

Longtemps, ils s'étreignirent.

— Pardon, murmura-t-il en la pressant contre lui.

— Je t'aime, Stani.

— Oh !... moi aussi, je t'aime...

Pourtant, il se sépara d'elle, brutalement.

— Va-t'en maintenant, je t'en prie.

— Pourquoi ?

— Ne vois-tu pas que mon âme est ternie, que mon souffle est empoisonné ?

— Que veux-tu dire ?

— Tu ne dois pas rester. Je dois partir...

— Je viens avec toi.

— C'est impossible.

— Pourquoi ? Stani... Réponds-moi !

La frayeur lui emplissait le cœur. Elle ne percevait que trop ce dont il était capable.

— Tu vois, c'est encore raté. Même ce rendez-vous avec le public, je l'ai raté.

— Les invitations ont été subtilisées, Stani, tu n'y peux rien !

— Mon père, n'est-ce pas ?...

— Oui.

— Il a gagné, alors. Il a raison, je suis fou.

— Non, Stani, c'est faux !

— Quand je ferme les yeux, Flore, le monde me semble une ruine ; je suis la proie de visions ténébreuses et de terrifiantes appréhensions.

Il lui tenait les deux mains, s'exprimait d'une voix profonde, avec lenteur, sans quitter le regard myosotis qui s'accrochait à lui.

— Mon âme est envahie d'ombres aux murmures incessants. Toi seule, Flore, m'as fait croire à la vie, mais je ne vaux rien pour toi. Je suis maudit, tu ne dois pas m'aimer. Deux êtres se battent en moi, l'un désire le bonheur à tes côtés, l'autre est voué au malheur. Sauve-toi. Vis.

Il fit glisser une main de Flore sur son propre visage, déposa un léger baiser à l'extrémité de ses doigts, et la lâcha.

— Moi, j'appartiens au passé. Il est temps que j'y retourne.

— Toi aussi, vis, Stani ! Ne refuse pas l'avenir.

— Je n'ai pas d'avenir en ce monde, Flore, et je n'aime pas ce que l'homme en fait. Le progrès va l'engloutir, il est prêt à tout écraser pour s'enrichir, à tout détruire. Ce que je vois est la mort de l'homme par l'homme...

— Lutte, je t'en prie, Stani.

— Je suis prisonnier en ce monde... Mais mon père ne gagnera pas sur tout. Il ne m'enfermera pas. Je vais acquérir ma liberté. Adieu, Flore.

Son pressentiment. *Le cygne blessé...*

— Non, Stani, je t'aime !

Mais il grimpait déjà les marches menant aux galeries supérieures. Il disparut dans l'obscurité.

— Je suis mort depuis longtemps, entendit-elle, sans le voir. Je n'étais qu'en sursis sur terre, pour expier ! Je suis une erreur.

— Stani, je t'en prie ! hurla-t-elle, en tentant de le situer.

Il atteignit les plus hautes marches.

— Je ne ferais que t'insuffler la mort, belle Ondine. (Sa voix résonnait dans la salle vide.) Retourne dans ton marais, oublie-moi.

Une balustrade protégeait les derniers gradins. Il l'escalada.

— Ma mère, Flore... Elle m'appelle...

Soudain, elle aperçut sa longue silhouette tout en haut du théâtre, debout sur la tablette d'appui d'un balustre, au bord du vide.

— Stani ! hurla-t-elle, épouvantée.

Il jeta un ultime regard vers le bas, dans sa direction, murmura son prénom, et chancela.

Le rideau tomba, définitivement, sur Stanislas.

24

On découvrit Flore au petit matin, agenouillée auprès du corps de Stanislas.

Elle resta prostrée plusieurs semaines après l'enterrement du jeune pianiste. Elle ne pleurait pas, ne parlait pas. Son visage revêtait une dignité impressionnante. Durant toute cette période, elle ne se confia qu'à ses crayons. Souvent, en pleine nuit, dans sa chambre glacée, un châle sur les épaules, elle s'asseyait devant le petit secrétaire. Son crayon courait sur le papier avec une énergie folle, comme s'il eût été guidé par Stanislas lui-même. Des ombres qui l'enveloppaient surgissaient des personnages aux allures fantasmagoriques, des cygnes à tête humaine, correspondant à son rêve brisé. Son coup de plume ou de fusain était vif, brutal, haché, d'une liberté époustouflante pour une jeune femme de ce milieu de siècle.

Le jour, elle cachait soigneusement ce carnet de croquis, car, avec les visions macabres qui la hantaient et qu'elle illustrait, on l'eût sans nul doute enfermée. Ses grands-parents ne lui étaient d'aucun secours. Hippolyte-Eugène semblait ignorer le décès de son petit-fils. Quant à Adélaïde, la mort de Stanislas l'avait curieusement affectée.

Elle répétait volontiers :

— C'est une malédiction, et elle baissait les bras

avec un air d'impuissance qu'on ne lui soupçonnait pas. Adélaïde était vaincue par un indéfinissable adversaire.

Contrairement à toutes les attentes de Flore, ce fut Amaury qui lui offrit son premier réconfort. D'ordinaire si bavard, si brillant, il semblait très impressionné par la pâleur et le silence de Flore. Il lui apporta, sans commentaire, les partitions de Stanislas oubliées sur le pupitre du piano.

Il avait eu le soin de les ramasser en accompagnant les hommes de la famille sur le lieu de l'«accident».

«Suicide» était un mot interdit chez les Manderel-Saint-Nicolas, mais il se propagea rapidement sur les lèvres prolixes de leurs relations. Les commérages allaient bon train, sous un manteau d'hypocrisie. On s'étonnait que le jeune bourgeois ne se soit pas pendu ou empoisonné, ce qui était beaucoup plus courant que de se jeter de façon mélodramatique du balcon d'un théâtre.

Katharina Ivanovna revint de Paris pour passer quelques jours en compagnie de son amie.

— À toi seule, je peux me confier, Katia. Il me manque, tu sais. Lorsque je ferme les yeux, je sens encore ses mains me caresser, sa chaleur me pénétrer. Mes rêves lui redonnent vie.

Flore prit un papier.

— Écoute ceci : «...*J'ai fait mourir un ange... dans les pires souffrances... La mort en son sein... Toi, ma Flore... Te faire souffrir... Mourir par ma semence empoisonnée... Mourir en portant mon enfant. Je ne peux pas... Je ne veux pas.*»

Le visage extrêmement pâle, Flore arrêta sa lecture.

— Il t'a laissé une lettre ? demanda Katia.

— Regarde.

Ce n'était pas une lettre, mais un feuillet de musique : un extrait du *Carnaval* de Schumann, totalement annoté de phrases en tous sens, comme les fragments d'une lettre adressée à Flore. Son prénom figurait auprès de chaque clef, au début de chaque ligne de portée. C'était cette partition qu'il avait jouée pour la dernière fois de sa vie, devant Flore, son unique et ultime auditoire.

Katia poursuivit la lecture, à haute voix :

« *Ophélie... l'étang se couvre de sang, des fleurs encadrent ton visage pâle comme l'ivoire. Ta longue chevelure cuivrée flotte à la dérive. Flore, je t'aime trop pour te tuer...* »

— Mon Dieu !... Il t'a tant aimée ! s'exclama la jeune Russe, submergée par l'émotion.

— Au point de se détruire, murmura Flore.

— Il ne voulait pas que tu meures. Au lendemain de votre nuit d'amour, il ne t'a pas méprisée comme tu le craignais. Il a pris peur... peur qu'il ne t'arrive, en portant son enfant, ce qui est arrivé à sa mère. La mort était l'unique échappatoire à son enfer. Il ne traîne plus de boulet, aujourd'hui, Flore. Il a fini de souffrir.

— Et mon pressentiment s'est accompli.

Le cygne à l'aile brisée par les prédateurs s'était envolé. Hanté, obsédé par la mort de sa mère, il l'avait enfin rejointe. Il ne restait qu'une partition et une musique gravée pour l'éternité dans l'âme de Flore, une petite musique qu'elle entendrait toute sa vie, la musique de Stanislas.

— Que vas-tu faire, Flore ?

— J'ai pensé quitter Lille.

— Mais tu as ta famille !

— Quelle famille ? Une mère au Carmel, entrée par renoncement, non par vocation. Un père en Amérique. Une sœur sûrement morte. Si au moins je l'avais retrouvée, j'aurais pu imaginer Marie-Laurencine de la Miséricorde avec plus de sérénité. Mon grand-père, lui, s'affaiblit de jour en jour. Et ma grand-mère a un comportement singulier depuis quelque temps...

— Elle éprouve de la difficulté à admettre un suicide dans sa famille. Pour elle, c'est un crime religieux.

— C'est plus que ça, je crois. Elle parle de malédiction.

Flore soupira.

321

— J'ai l'impression, Katia, de n'avoir amené que le malheur dans mes bagages.

— Oh non !

— Si. Ma présence semble avoir entraîné une vague de tourments familiaux. J'ai pensé rentrer à Salperwick. L'eau de mes marais, seule, pourrait étouffer le feu qui me brûle intérieurement…

— Je comprends…

— Mais je ne suis pas sûre, Katia, d'y avoir encore ma place. (Son timbre se fit sourd.) Baptiste est marié…

Elle reprit d'une voix plus forte : .

— Et Sideline voudrait que je sois à ses noces… Au début de l'année prochaine. Elle a souhaité que je lui dessine sa toilette de mariée.

— Après les cérémonies, rejoins-moi à Paris. De là, nous pourrions sillonner le monde, si cela te dit. J'ai des habitudes nomades, moi aussi, comme Stanislas. Nous pourrions aller faire un petit tour vers l'Orient…

— Ta proposition me tente…

— Ah ! je retrouve ma Flore !

— Je ne veux plus me laisser abattre, mais il me faut un peu de temps. Je ne sais où se situe mon destin, aujourd'hui. Je ne me sens chez moi nulle part.

— Tu as assez de liberté en toi. Ne laisse pas les doutes t'affaiblir, ni avoir de l'emprise sur ta merveilleuse soif de vivre.

Le 2 décembre de l'an 1851 eut lieu le coup d'État du Prince-Président Louis-Napoléon. Les connaissances des Manderel-Saint-Nicolas oublièrent Stanislas. Flore, elle, s'en fichait bien qu'on allât vers la restauration de l'Empire. Jusqu'au jour où son jeune ami, Dodo de Saint-Sauveur, se présenta à la porte, plus échevelé que de coutume.

L'enfant était aux abois. Des fusillades avaient eu lieu sur le boulevard. De nombreux républicains, comme son héros, Bianchi, s'enfuyaient. Des ouvriers étaient surveillés.

On craignait les répressions.

— Le tenancier de la Guillotine a été enfermé. Recherché par la police, Bianchi s'est enfui par une fenêtre. Il a sauté dans une barque et a quitté Lille par les canaux.

La délation courait les rues. Il y avait un risque de malveillance envers le jeune garçon qui avait aidé des fuyards.

Flore obtint d'Adélaïde que l'on gardât Dodo quelques jours à la maison. La grand-mère semblait prête à tout pour revoir le sourire illuminer le visage de sa petite-fille. Même à héberger un enfant de la rue, une graine de révolutionnaire. C'est ainsi que le jeune Dodo de Saint-Sauveur passa le jour de l'an 52 en compagnie de Flore, et à l'abri d'un confort dont il n'avait nulle idée jusqu'alors.

D'autres événements, familiaux cette fois, allaient retarder les noces grandioses de Sideline, prévues pour Pâques.

Hippolyte-Eugène Manderel se mit à répéter constamment à sa femme :

— Emmène-moi au Carmel.

Il semblait avoir recouvré tout son discernement. Il ne confondait plus Flore et Laurencine. Mais il n'avait qu'une idée en tête : le Carmel était devenu son obsession. Il était très faible. Pourtant, Adélaïde déposa rapidement les armes. En dépit des risques encourus par un voyage à Douai, elle comprenait l'urgence de ce désir et s'en trouvait plutôt rassérénée.

— Emmène-moi au Carmel.

Adélaïde et Flore l'emmenèrent toutes deux, car il présumait de ses forces. Il n'avait pas revu Laurencine depuis vingt ans, et la grand-mère craignait le choc des retrouvailles. En même temps, elle se sentait remplie d'une certaine allégresse à l'idée de réunir enfin le père et la fille.

La visite de Katia, le séjour de Dodo et la décision inattendue du grand-père de revoir Laurencine eurent raison de l'abattement de Flore.

Dans l'ombre du parloir, la confrontation fut longuement silencieuse. La double et inviolable grille fit trembler Hippolyte, comme s'il réalisait brusquement le sacrifice de sa fille et son adieu au monde terrestre. Son beau visage encadré de cheveux blancs s'était creusé. Son corps robuste était devenu fragile. Entouré de sa femme et de sa petite-fille, il frémit devant le voile noir, la lourde et austère robe de bure de Laurencine.

Soudain, il sortit une lettre de sa poche, la glissa dans le « tour », cette sorte d'armoire tournante sur pivot, encastrée dans le mur, et qui servait à faire passer des papiers entre le monde et les moniales.

— Qu'est-ce que c'est ? demanda Adélaïde, très surprise.

Il ne répondit pas.

La carmélite souleva son voile. Un court instant, son regard croisa celui de son père. Elle lui sourit, et parcourut la lettre.

— Mon Dieu ! laissa-t-elle échapper.

— Qu'est-ce que c'est ? réitéra Adélaïde, agacée.

— Une lettre de… Rodolphe.

Laurencine chuchotait. Par habitude.

— Il voulait m'emmener avec lui. En Amérique.

Elle remit son voile, déposa la lettre dans le tour.

— Merci, père. Vous avez apaisé mon esprit.

— Ma petite Laurencine !… pardon… s'écria le vieil homme.

— Soyez en paix, père. Prends la lettre, Marie-Flore. Je ne peux la garder. Adieu, père. Je vous aime.

Hippolyte-Eugène était médusé par la dignité de Laurencine, intimidé par sa grandeur d'âme. Aucune plainte, aucun atermoiement. À peine un soupir à la lecture du message de Rodolphe.

Adélaïde le prit par le bras.

— Je l'emmène.

Et se tournant vers Flore :

— Je reviendrai te chercher, ma fille, dans un petit moment.

Restées toutes deux, de chaque côté de la grille, Flore ne trouvait pas les mots pour exprimer ce qu'elle ressentait face à une mère empreinte d'une telle force d'abnégation. La voix de Laurencine s'éleva :

— Ta sœur et toi avez été des enfants de l'amour, il n'en faut plus douter.

Elle n'avait aucune révolte, aucun ressentiment vis-à-vis d'un père, qui, en interceptant la lettre de Rodolphe, lui avait ôté toute chance d'être heureuse avec l'homme qu'elle aimait. Elle n'en retirait qu'une certitude heureuse, celle d'avoir été aimée. Pourtant, son ton s'assourdit :

— J'ai omis une révélation qui peut avoir son importance dans la recherche de ta sœur. Je n'ai osé l'avouer. C'est difficile…

Le cœur de Flore se glaça. Elle se colla à la grille. Elles auraient pu se toucher, sans ces horribles croisillons qui les séparaient.

— Je t'ai dit, n'est-ce pas, que j'avais mis au cou de la petite Marie-Adélaïde une chaîne et une médaille. Toi, je t'ai enveloppée du châle brodé à mes initiales…

— Oui…

— Je craignais que ce fût insuffisant… Prise de panique, j'ai commis un acte qui va te paraître cruel. On m'avait supprimé les rubans, cordelières, et instruments coupants, car j'étais dans un état proche de la folie. On voulait bien me croire morte, mais non que je me tue. Je fis alors une chose insensée, dans l'espoir qu'un jour vous puissiez avoir un signe supplémentaire de reconnaissance, une marque commune à toutes deux… Avant qu'on ne vous enlève. Une morsure avec les dents…

Un silence suivit l'aveu.

— Sur l'épaule… ?

— Oui.

— Je n'en garde aucune souffrance, dit Flore en souriant.

Laurencine hésita.

— Un jour… Si tu la retrouves…

— Oui, je vous promets… répondit Flore, ne sachant trop ce qu'elle promettait.

— Prends soin de ton grand-père, il n'en a plus pour longtemps.

— Vous croyez ?

— Une lettre gardée si longtemps… Pourquoi la donner aujourd'hui ? Va vite le rejoindre.

Elle avança la main pour refermer le rideau.

— Attendez !… Maman… ça va aller ?

— Ne t'inquiète pas pour moi.

Laurencine se rapprocha de la grille.

— … Il est vrai, ma fille, que mon entrée au Carmel fut douloureuse, et je m'avérai être d'abord une bien mauvaise religieuse. J'en ai passé des nuits à réclamer Rodolphe, à quêter, comme une malade fiévreuse, en plein délire. Puis, j'eus l'impression de m'en aller vers une mort lente. Humiliée, blessée par son rejet, car je croyais qu'il s'était servi de moi… Jusqu'à aujourd'hui. Que de fois je dus faire pénitence pour me punir de mon aversion envers les hommes, de mon désir, inassouvi, de vengeance. Que de matins à cacher soigneusement mes paupières gonflées sous mon voile !

« Il me fallut longtemps avant d'accepter le climat de silence du monastère, silence des oraisons, silence des cellules ; longtemps avant d'y voir une joie, une grâce, avant de comprendre que l'on pouvait s'exprimer dans le silence, comme on le fait en amour. D'autres sœurs, une autre mère ont remplacé ma famille. Leur lien est un soutien très fort dans les moments de doute. Nous nous comprenons au moindre geste, au moindre regard. Cela me suffit. L'amour de Rodolphe, je le garde précieusement, comme tu dois te souvenir de celui de Stanislas. C'est la fleur précieuse de ton jardin secret ; mais si je peux te donner un seul conseil, ma fille, surtout ne la laisse pas faner ton existence future, ni gâcher tes chances d'aimer à nouveau… J'ai consacré ma vie à Jésus, mais j'ai longtemps déserté l'amour du Christ en recherchant vainement mon époux d'une nuit.

326

— Vous saviez, pour moi et Stani… ?

— Oui, ta grand-mère m'écrit régulièrement. Adieu, ma fille. Attends… As-tu des nouvelles de mon frère Floris ?

— Il s'est enfermé, au second étage, avec ses chiens. On ne le voit jamais. Je le plains, malgré le tort qu'il a fait à son fils. Il lui reprochait d'avoir tué sa femme, en naissant. Aujourd'hui, il le pleure, il est enfermé dans le chagrin, et peut-être les remords.

— Je ne devrais pas te dire cela, ce n'est pas digne d'une religieuse, mais méfie-toi, chuchota-t-elle, collée à la grille. Il ne peut plus m'atteindre. Il risque de s'en prendre à toi.

— Que voulez-vous dire ?

— Fais attention… Je ne peux en dire davantage… Prends soin de toi, ma jolie Flore. Je vais prier pour ton bonheur, et pour ce monde égaré dans les méandres de l'athéisme.

Cette nuit-là, Hippolyte-Eugène fut très agité. Il se leva, grogna, laissa tomber des chaises, se mit à explorer sa demeure. Il ne cherchait plus Laurencine, mais Adélaïde. Il voulait que sa femme revienne à la maison.

Adélaïde était derrière lui. Elle courait à petits pas, lui assurant qu'elle était là, mais rien n'y faisait. Il voulut même préparer du thé, et sortait des phrases incompréhensibles à Flore, qui s'était réveillée.

Adélaïde, elle, semblait très secouée par ses paroles, surtout lorsqu'il proféra un prénom : il voulait faire du thé pour un certain Dimitri.

Elles réussirent à le calmer, à le remettre dans la chambre, et à le glisser dans les draps.

Il s'éteignit le lendemain dans les bras de sa femme, devant la famille réunie. Il avait accompli ce qui lui restait à faire, en revoyant Laurencine, en lui offrant la lettre et l'amour de Rodolphe. Il savait que l'entreprise était florissante par les soins de ses fils et petits-fils, il avait confiance en la famille.

— Hippolyte, je… murmura Adélaïde.

— Chut !…

Il lui prit la main, la porta à ses lèvres, lui sourit, murmura :

— Il n'y a pas de malédiction… juste de l'amour…

Quelques jours plus tard, Adélaïde et Flore étaient seules, hormis le personnel, dans la grande maison. Toutes deux vêtues de noir, à l'abri des lourdes tentures du petit salon. Le carillon ponctuait le temps de quart d'heure en quart d'heure. Dans l'âtre orné de carreaux de faïence, les flammes crépitaient. Rolande leur apporta les lampes et alluma les chandeliers. Flore était assise face à une pile de feuilles blanches qu'elle noircissait sans arrêt. Sans un mot.

«Continuer, pensait-elle en dessinant. Poursuivre, ne pas abandonner. Vivre.» Et tout ce qui lui passait par l'esprit, elle le dessinait.

La grand-mère s'agitait depuis un moment dans son fauteuil. Elle se leva brusquement, déclara :

— Tu vas dessiner encore longtemps ?

Flore la regarda, interdite. Adélaïde semblait très en colère.

Soudain, le visage de la vieille dame perdit son masque de respectabilité. Son regard s'altéra. Elle était la proie d'un désordre, d'un dérèglement. Son corps se plia, comme une charpente qui se désagrège. Elle s'affaissa, éclata en sanglots, longtemps réprimés.

— Oh ! grand-mère, je suis là… Grand-père est parti serein. Lui et Laurencine se sont retrouvés, et tous les jours que Dieu fait, elle priera pour son âme.

— J'en suis sûre, ma fille.

— Tu vois…

— Ce n'est pas cela, ma petite-fille. J'ai passé près d'un demi-siècle à ses côtés, en ignorant la bonté de cet homme, en ignorant à quel point il m'aimait… Il connaissait la vérité…

— Quelle vérité ?

— Hippolyte était un grand homme.

— Raconte-moi, grand-mère, je t'en prie…

— Oui, à toi, je vais tout dire. Tout.

Elles lâchèrent leurs ouvrages d'un muet et commun accord.

Puis Adélaïde ouvrit son cœur et remonta, lentement d'abord, le cours de ses souvenirs.

— Vers la fin de l'année 1813, mon mari projeta de faire un séjour en Angleterre, afin d'augmenter nos chan-ces de devenir une entreprise florissante. Je le remplaçai. J'avais tout mandat, je dirigeais l'entreprise, j'allais au-devant des clients, les attendais au terminus de la diligence.

« Une seule personne ne voyait pas cela d'un bon œil : le père d'Hippolyte-Eugène, qui ne comprenait absolument pas la faiblesse de son fils à mon égard. À son retour, mon beau-père exigea de lui que je reprenne une place plus décente pour une épouse. J'en étais furieuse, j'avais toujours été la collaboratrice de mon époux. Mais j'étais fatiguée. J'avais perdu successivement deux enfants en couches. J'étais restée jusqu'à minuit les jours d'inventaire, négligeant Floris, l'abandonnant aux mains de Séraphine. Hippolyte-Eugène me faisait une confiance absolue. Néanmoins, nous obéîmes, en partie tout au moins, à son père. Sous prétexte de repos, mon mari m'envoya chez ma sœur passer quelques jours à Hazebrouck, en Flandre. C'était au début de l'année 1814. Je décidai, avec l'accord d'Hippolyte, de profiter de ce séjour familial pour aller à la recherche de débou-chés. J'avais l'habitude des contacts avec les hommes. Je traitais avec eux dans les estaminets. Je ne percevais aucun danger.

Son ton devint plus confidentiel. Elle ne regardait plus Flore. Elle était transportée dans la plaine fla-mande, au moment de la défaite napoléonienne.

— Les Russes passèrent trois jours à Hazebrouck en 1814. Ces hommes aux longues moustaches possé-daient le côté sauvage des cosaques. Dimitri avait fière allure. Oui, ce fringant officier était d'une beauté remarquable. Une chevelure rousse frisée en boucles, cachée sous un bonnet de fourrure, d'où ressortaient deux grands yeux pétillants, d'un bleu...

— Myosotis, murmura Flore.

— Nos regards se croisèrent dans l'auberge Saint-Georges, la poste aux chevaux, où je concluais une dernière affaire avant de reprendre le chemin de Lille. Ma sœur, qui était occupée, m'y avait laissée. Elle ne sut jamais rien. Il était debout, près de l'âtre de la grande salle. Il se réchauffait, en me regardant négocier. Je voulus, j'ignore pourquoi, sortir par la cour arrière. J'ouvris une porte. Je me retrouvai face à des gradins. On ne fit pas attention à moi, heureusement. Un combat de coqs accaparait l'attention générale. J'essayai de me faufiler parmi les coqueleux. Impossible.

« Je fis demi-tour, et repartis sous le passage couvert. Je tombai nez à nez avec lui. Nous étions en février. Je grelottais de froid, mais je ne suis pas certaine qu'il faisait si froid. Il n'hésita pas un instant. Il m'enveloppa de sa pelisse. Nous nous retrouvâmes dans une chambre de l'auberge.

« J'étais trop troublée par sa présence, je ne sus jamais si on nous avait observés. Tout s'était passé si vite, de façon si inattendue. J'étais bouleversée. Je tremblais de la tête aux pieds, effrayée non par cet inconnu, mais par la montée de désir qui m'envahissait. Je n'ai que le souvenir d'un long frémissement, de lentes caresses, d'incessants enlacements. Aujourd'hui encore, je peux ressentir la chaleur exquise de son corps penché sur le mien.

« Un regard avait modifié mon destin, un regard avait suffi. Comme ta mère, comme toi. Mais Rodolphe aimait Laurencine, Stanislas t'aimait... Moi, j'étais sans excuse. Fus-je autre chose qu'une ribaude à ses yeux ? Je m'étais livrée corps et âme à un étranger, un occupant, pendant la débandade de nos armées, alors que nombre de nos jeunes conscrits mouraient dans des hôpitaux de fortune. Aucune femme sensée ne se comporte avec tant de légèreté. Pourtant, ces instants furent uniques. Je n'éprouvai aucune honte.

« Lorsque tu fis irruption avec Amaury, dans cette maison, un autre mois de février, je me suis accrochée à mon fauteuil pour ne pas tomber. J'ai cru défaillir, et c'est toi qui l'as fait pour moi. Tu ressemblais à Laurencine, c'est vrai, mais ton regard, c'était celui de Dimitri posé sur moi.

Adélaïde faisait la confession la plus intime, la plus totale de son existence. Son visage était métamorphosé. Une autre Adélaïde avait pris place en face de Flore. Elle possédait de longs cheveux blonds, des yeux bleu-gris. Elle était jeune. Elle n'avait pas été forcée. Elle l'avait passionnément aimé, ce bel étranger dont elle ne connaissait que le prénom.

Hippolyte avait décidé d'en assumer la paternité. Il aurait pu divorcer. Il ne l'avait pas fait.

— C'était possible sous Napoléon ? fit Flore, très étonnée.

— Le divorce existait. Pour fautes, bien sûr. L'Empereur y trouvait son compte, je crois ; il fut supprimé en 1816. Hippolyte l'aurait peut-être demandé car il y eut d'abord une scène terrible, et je bénis le Ciel que personne n'en fût témoin.

« Ayant été longuement absent avant mon départ, il ne pouvait être le père. Il commença à m'injurier, à déverser toute une pléiade d'injures que je ne lui connaissais pas. Il était dans une rage folle. J'ignorais à quel point il pouvait être violent. Alors, je mentis : je lui dis qu'un soldat éméché m'avait forcée. Il se calma, resta muet pendant d'interminables minutes. Je m'attendais au pire, il me répondit que ce n'était pas un enfant de cette sorte qui détruirait la famille. Je n'y pouvais rien, lui non plus, il l'aimerait comme son fils. C'est ce qu'il fit. Avec sa fille.

« Pour moi, ce fut difficile jusqu'en 1818. Je savais que Dimitri était en France, dans une des places de guerre. Je me sentis soulagée à l'évacuation de l'armée d'occupation.

C'est ainsi que sa grand-mère s'était muée peu à peu de femme d'affaires en maîtresse de maison accomplie, s'occupant de bonnes œuvres pour faire amende honorable, étouffant sa folie sous un manteau de principes et de pudicité. C'est ainsi qu'Hippolyte-Eugène ne dit rien de ses soupçons. Mais lorsque Laurencine, sa fille bien-aimée, se conduisit comme sa mère, il ne put accepter. Le choc fut trop violent. Il en tomba malade.

Adélaïde leva les yeux vers Flore :

— J'ai compris la nuit précédant la mort d'Hippolyte qu'il n'avait jamais été dupe. Par mes rêves sans doute. Te rends-tu compte, il y a seulement quelques jours !…

— Mais à tes côtés, grand-mère, peut-être a-t-il compris, lui aussi, que l'amour est plus fort que le désir, qu'il peut gagner en fin de compte ?

— C'est toi qui dis cela ? C'est bien. Je te souhaite de rencontrer un homme comme le mien…

Pourquoi, en cet instant, la poitrine de Flore se serra-t-elle, pourquoi eut-elle la vision de Baptiste ? Elle ferma les yeux, oublia.

— Hippolyte décida de taire ma faute à la famille. À Floris, bien sûr. Il avait huit ans.

Sa grand-mère avait achevé sa confession. Elle en sortait épuisée. Flore abasourdie. Le père de Laurencine, son « grand-père », était un Russe.

Adélaïde éleva encore la voix :

— Tu comprends à présent pourquoi je voulais tant connaître Katharina Ivanovna. C'était un peu de Dimitri qui revenait dans ma vie. Le père de ton amie l'a peut-être connu, tous deux sont venus en France combattre Napoléon, mais cela nous ne le saurons jamais. Je fus surprise, d'ailleurs, qu'Hippolyte l'accueille si gentiment.

Ainsi, Adélaïde avait, elle aussi, elle en premier, hurlé un prénom interdit dans l'obscurité de sa chambre.

« Il était roux… comme toi… »

TROISIÈME PARTIE

RENAISSANCE

« *Pour le doigt de la pluie*
Au clavecin de l'étang
Jouant page de lune
Et ressemble à ton chant
Je t'aime »

Jacques Brel

25

Une année s'écoula, avec ses règles journalières, ses traditions, ses visites de courtoisie, ses grands nettoyages de printemps et d'automne, et ses fêtes, jusqu'à la proclamation de l'Empire, un an jour pour jour après le coup d'État.

Le Broquelet, en mai, à la Saint-Nicolas d'été, était la fête des dentellières, et malgré le nombre décroissant de ces ouvrières du beau, les promeneurs continuaient à affluer en fiacre, ou entassés à vingt dans la même voiture, vers les jardins de la Nouvelle-Aventure, avec leurs rires, leurs danses, la bière et le genièvre.

Les Lillois assistèrent, comme chaque année, aux cortèges représentant la célèbre légende de Lydéric et Phinaert, avec leurs colossales effigies.

Il y eut la Sainte-Cécile, fête des musiciens ; le bal de Sainte-Catherine avec ses compliments en vers, que les garçons chantaient en chœur aux jeunes filles ; les friandises de la Saint-Nicolas d'hiver ; sans oublier le premier concours international de musique ; le concert donné par un certain Édouard Lalo, enfant du pays et violoniste de renom…

À chaque fois, Flore entendait une courte mélodie dans sa tête…

À Salperwick, les travaux des maraîchers se poursuivaient, imperturbablement.

Comme tous les matins, Baptiste s'accorda une pause dans son travail. Il s'isola de ses compagnons charpentiers et sortit une feuille de sa poche. Une nouvelle fois, il contempla le dessin de Flore. Le portrait de sa fleur. Ce geste, il l'accomplissait tous les jours depuis cinq ans. Cinq ans déjà qu'elle était partie ! Reviendrait-elle à Salperwick ? L'obstination de Baptiste était grande, mais sa foi faiblissait en ce début 53. Il le sentait bien.

Pourtant, une idée germa dans son esprit, tandis qu'il se noyait dans le regard myosotis de sa belle. Un dernier espoir. Il émit un long soupir. Il plia le papier, le remit dans sa poche.

Après son travail, il passerait à la Maison des géants. Un autre ouvrage l'y attendait. Essentiel, celui-là. Et la jeune Adèle l'y aiderait...

Retardé officiellement pour raisons politiques et familiales, le mariage de Sideline fut enfin fixé pour la fin du printemps. Trop de noces étaient en fait célébrées au lundi de Pâques, comme au Broquelet, et à la Braderie. Celles-ci devaient être uniques et mémorables. Léon avait surtout attendu l'obtention de sa particule. Le blason de la famille s'en trouvait redoré, et c'était tellement plus élégant sur les faire-part. Il avait aussi acquis du terrain afin d'agrandir l'entreprise. Il s'était lancé dans des travaux colossaux qui allaient transformer les locaux de la filature en un véritable palais.

Les noces approchèrent enfin.

Entre les mains d'une couturière, d'une mesureuse et de Flore qui avait dessiné le modèle de sa toilette de mariée, ainsi que la plupart des robes de son trousseau, Sidonie-Céline de Saint-Nicolas était radieuse. Elles n'étaient pas trop de trois autour de la jeune fille en corset et culotte de lingerie, pour lui adapter sa cage de crinoline, et les différents jupons.

— Et pour la coiffe ? demanda-t-elle, le regard pétillant.

— Le voile et des fleurs d'oranger, répondit Flore.

— Je ne pourrai ni franchir les portes ni m'asseoir !

Son rire clair fusa dans la chambre.

Elle répéta sa marche nuptiale, à pas lents, sous les yeux extasiés de sa domestique.

— Et il n'y a pas encore de traîne ! s'exclama Flore.

— Elle sera tenue par les demoiselles d'honneur, et je pourrai l'ôter pour danser, n'est-ce pas ? demanda Sideline, en se tournant d'un air anxieux vers la couturière.

— Bien sûr, Mademoiselle !

— Mais pour aller aux… lieux d'aisances ?

— Je serai là, Mademoiselle, pour vous aider, quand vous me le demanderez, lui assura sa jeune bonne.

— Voilà comment on fabrique de nouveaux esclaves, murmura Sideline à Flore, quand l'employée se retira.

Elle avait apparemment oublié ses peurs. Joyeuse, elle clamait qu'elle allait vivre là son plus beau jour. Elle se voyait déjà en voyage de noces, à Vérone, le pays des amoureux où fleurit l'oranger.

Elle imaginait sa vie future, envisageait des réceptions, des banquets, des comédies de société où la famille jouerait Scribe devant un parterre d'invités, des soirées musicales, où elle se produirait au piano.

— Mes études de solfège serviront enfin !

Et fallait-il y voir une conséquence des « révélations » d'Amaury sur l'amour, elle ne désirait qu'un fils.

— Ton mari ne verra peut-être pas la chose d'un bon œil.

— Tu comprends, mon fils, au moins, sera libre… avoua-t-elle, avec un soupçon de désillusion dans la voix.

— Te sens-tu vraiment heureuse, Sideline ?

— Tout ce que je n'ai pu faire, il le fera pour moi !

Elle lui fit visiter sa nouvelle demeure. La famille de son mari faisait bâtir un véritable petit château en dehors de Lille, avec des pièces gigantesques, des sculptures et des boiseries, des attelages différents pour chaque sortie, et, bien entendu, un parc somptueux. Flore lui découvrait de nombreux points communs avec Léon, son père, dans son goût du faste et du gaspillage.

— Grand-mère pense que j'ai des goûts d'aristocrate... Mais ne le sommes-nous pas maintenant ?

Sideline ne s'exaspérait que d'une chose : le choix de la décoration effectuée par sa future belle-mère.

— Je changerai tout, foi de Sideline ! Dès que je serai dans mes meubles, elle ne fera plus la loi !

Afin de refaire son domaine à son goût, sûre de sa fortune, elle était prête à s'offrir autant d'artisans, de peintres, de tapissiers et de jardiniers qu'il était nécessaire. Elle désirait aussi une profusion de domestiques.

— Maman se méfie des femmes de chambre, je comprends pourquoi... Je ne veux pas qu'il en soit ainsi chez moi, je ne veux pas de vicieuse. Nous en avons une en ce moment, elle est tout le temps de mauvaise humeur, et elle semble particulièrement sourde quand c'est maman ou moi qui agitons la clochette... Elles deviennent aussi perverties que les ouvrières !

— Comment peux-tu dire cela, Sideline, connais-tu des ouvrières ?

— Mon père et les autres en parlent... Tiens, sais-tu qu'une cousine de Rolande se trouve dans une très fâcheuse position vis-à-vis de la loi ?

— Non.

— Elle aurait coupé son nouveau-né en morceaux pour le faire passer dans les... Enfin, tu comprends ?

— Tu plaisantes ?...

— Comme je te le dis !

Elle ajouta, mi-sérieuse, mi-exaltée :

— ... Mais la tête n'est pas passée.

— C'est terrible !... Nous n'en avons rien su à la maison...

— Oh ! moi, je le sais, j'écoute aux portes, dit-elle malicieusement. Et les domestiques parlent entre elles.

— Rolande nous quitte, elle va se marier.

— Alors, tu vois, on ne peut même plus les garder…
il faut se méfier, je t'assure. Mais, dis-moi, à la campagne, tu connais peut-être des filles robustes, dévouées
comme Séraphine. Les petites Berteloot, par exemple ?

— Je n'ai guère de nouvelles… Je préférerais
qu'elles se marient et s'installent là-bas.

— Elles seraient bien traitées !

— Je n'en doute pas, Sideline, mais je n'aimerais
pas qu'elles viennent en ville en qualité de nourrice.

— Elles sont pourtant plus choyées que les femmes
de chambre.

— Une jeune nourrice quitte son propre enfant…

— C'est vrai.

Sideline n'insista pas.

— Vas-tu retourner à Salperwick ?

— Peut-être.

— Pourquoi n'épouserais-tu pas Amaury ? lui
demanda-t-elle sans détour.

Flore sursauta.

— Voyons, Sideline !…

— Tu vois, tu ne sais que répondre. Bon, je te laisse
encore un peu réfléchir, mais surtout, ne reste pas vieille
fille !… Viens, je vais te montrer mes premiers cadeaux.

Ils étaient somptueux, ces présents, qui ne feraient
qu'affluer jusqu'aux noces, fastueux à la mesure de la
cérémonie. Sideline était enchantée de son trousseau
qui allait être exposé dans sa chambre de jeune fille.
Elle avait eu le loisir de broder le linge aux deux initiales, celle de son mari et la sienne.

La superbe corbeille récemment envoyée par le futur
époux, avec l'aide de sa mère, serait exposée, elle, dans
le petit salon. Très amoureux, le jeune homme n'avait
pu attendre la signature du contrat pour lui faire admirer ses présents. Peut-être voulait-il mettre toutes les
chances de son côté, par peur d'un refus de dernière
minute… Cette corbeille n'était pas une simple vannerie doublée de satin blanc. Il s'agissait d'une commode
en bois précieux contenant des dentelles, transmises de
génération en génération, des bijoux de la famille de son

mari, un missel, des éventails, des accessoires de toilette, des tenues de nuit et des châles en cachemire, dernière folie de ce début d'Empire. Flore était abasourdie par ce déballage de richesses.

— T'ai-je dit que maman est à nouveau grosse ? À son âge ! Tu te rends compte ? Elle se fatigue beaucoup. Elle aurait pu s'en passer... Surtout au moment de mon mariage... affirma Sideline, inconsciente de son égoïsme.

Flore pensa avec inquiétude à sa tante. Que de fois lui avait-elle demandé de lui rendre visite. Elle ne s'était rendue chez les Saint-Nicolas qu'en présence de Sideline. Et puis, il y avait eu Stani...

Ses appréhensions lui revinrent à l'esprit. Clémence n'était pas seule le soir de l'opéra. Clémence avait un amant. Elle portait peut-être son enfant. Et si Léon le découvrait, ce serait la prison, ou le renvoi. Plus d'enfants, plus d'amant, plus de maison... Rien, sinon la rue, le rejet, la honte.

Elle monta la voir, sans tarder.

Clémence était dans sa chambre aux superbes meubles en peuplier clair, en bois léger de citronnier, en platane moiré et chatoyant.

Penchée sur son écritoire, blafarde bien que fardée, les yeux cernés, elle s'occupait, elle aussi, du mariage. Elle ne pensait plus à se reposer. La somme de travail était énorme pour la famille de la jeune fille. Les dîners, le bal du jour du contrat de mariage étaient à sa charge. Clémence et la belle-mère de Sideline se rencontraient fréquemment pour la composition du cortège, le nombre des demoiselles d'honneur, les différents gestes protocolaires d'une cérémonie d'importance. C'était un moyen de souder les familles avant l'heure. Sidonie-Céline de Saint-Nicolas pouvait être heureuse. Elle allait avoir les noces princières dont elle rêvait. Après... C'était une autre histoire...

La médaille...

La médaille brillait au cou de Clémence. Flore essaya, une nouvelle fois, de se souvenir... Où l'avait-elle déjà vue ? L'impression s'évanouit, lorsque sa tante releva le visage, lui offrit l'un de ses beaux et rares sourires. Elle était en train de calculer la quantité nécessaire de cartes d'invitation à l'église.

À l'air surpris de sa nièce elle expliqua :

— Il faut bien, si l'on veut éviter une émeute à l'entrée ! Avec la largeur des crinolines, nous sommes dans l'obligation de diminuer le nombre d'invités, et les chœurs d'opéra attirent autant qu'un beau mariage.

— Ma tante... Vous attendez un enfant ?

— Eh oui !

Elle soupira.

— Et... vous allez bien ?

— Je ne suis plus très jeune.

— Vous n'avez pas de... soucis ? insista Flore.

Elle bredouilla, rougit, se tut. Clémence éclata de rire.

— Rassure-toi. Mon enfant est de Léon. (Elle chuchota :) Et je n'ai pas d'amant.

— Mais je...

— Attends.

Clémence se leva, s'assura qu'aucune oreille indiscrète ne traînait derrière la porte. Elle prit la main de Flore, et l'installa près d'elle, sur le divan.

— T'avouerai-je que cela ne m'aurait pas déplu ? Mais je suis de nature plus craintive que le reste des femmes de cette famille. J'aurais peur de devenir l'esclave de mes sens ou de me rendre malade à l'idée de ma faute. Non, je suis trop nerveuse. Léon est satisfait : les grossesses répétées m'imposent la fidélité. Pourtant...

Un bref silence succéda.

— Pourtant, je le trompe bien. Oh ! oui... ajouta-t-elle avec jubilation. Je le trompe, lui, et toutes ces âmes bien-pensantes, je les trompe sur ce que je suis !

— Pardon ?

— Avec ma plume, ma chère...

Clémence lui confia qu'elle écrivait en secret.

— C'est la faute de mon époux. Il me demande sans arrêt de lui composer ses discours. Ensuite, il m'abandonne à ma solitude. Je me suis épanchée sur le papier, comme tu le fais, je suppose, avec tes dessins. C'est pour cette raison que je désirais te rencontrer seule à seule. J'ai appris à t'aimer, Marie-Flore. Je t'ai longuement observée, à ton insu. Sans t'en rendre compte, tu m'as montré le chemin vers une certaine liberté, celle d'écrire, en ce qui me concerne. Cela dit, je n'ose en parler au reste de la famille.

— Sideline s'en doute.

— Ah ?... Si Léon l'apprenait, il me supprimerait toute feuille de papier. J'ai essayé de lui en parler, car on peut être chrétienne et écrire de belles choses. Je pense à Joséphine de Gaulle, une Lilloise qui publie des biographies et de passionnants ouvrages. Rien à faire. Être une écrivassière serait salir le nom prestigieux de mon mari. Il m'a interdit de correspondre avec une cousine que j'estimais beaucoup.

— Que puis-je faire pour vous aider ?

— Je serais heureuse que tu lises ceci...

Elle sortit de son secrétaire un épais paquet réunissant des feuillets manuscrits. Au moins trois cents pages, peut-être davantage.

— Mais c'est un vrai roman !

— Exactement... Voilà le fruit des absences de mon cher époux. Elles furent nombreuses, tu vois...

À sa manière, la douce, la prudente, l'obéissante, la prude Clémence résistait elle aussi.

Elle ajouta :

— J'ai beaucoup hésité, douté. Attendre la vieillesse était une sage résolution, on n'oserait plus me réduire au silence. Mais du jour où je me suis sentie « prise » à nouveau, j'ai eu peur. Je devais achever cette histoire, avant qu'il ne soit trop tard...

— Vous ne pensez pas...

— Si, Marie-Flore. J'ai déjà supporté sept grossesses, j'ai eu beaucoup de chance jusqu'à présent, mais cela ne peut durer. Écrire m'a permis de ne pas trop y penser. Si je dois mourir en couches, je serai heureuse que tu le gardes.

— Il faut le donner à l'aînée de vos filles, Sideline…

— En dépit de ses velléités de liberté, je ne suis pas sûre que Sideline apprécie que sa mère se livre ainsi. Lis-le d'abord.

— Je suis très touchée, ma tante, de votre confiance.

— De mon amitié, ma chérie, rectifia Clémence.

— Ne vous en faites pas… Nous allons nous occuper de vous. Tout ira bien, je vous le promets !

Elles s'embrassèrent tendrement.

Et cette nuit-là, en la lisant, Flore découvrit une tout autre Clémence. La plume était alerte, l'écriture fine et élégante, sans ratures, ou presque. Ses héroïnes impétueuses étaient persécutées pour avoir choisi une liberté que l'auteur se refusait. Face cachée d'une femme effacée, qui, toutefois, avait osé signer cette histoire terrible de son nom de naissance : Clémence Manderel. Œuvre talentueuse qu'elle ne pourrait jamais publier sans l'accord de son mari.

Le mariage exauça les vœux de Sideline. Les prunelles des badauds scintillèrent au passage des crinolines. Le spectacle de ces femmes investissant l'espace de leurs amples jupons de fleurs et de volants était des plus réjouissants.

Amaury servit de cavalier à Flore. Et c'est à son bras qu'elle figura dans le cortège nuptial.

Katharina Ivanovna prit la photographie des jeunes mariés.

Au grand regret d'Amaury, Flore n'allait pas suivre son amie à Paris. Le destin de Katia venait d'être bouleversé.

Elle avait reçu une lettre de sa mère. Sa santé s'était fragilisée en Sibérie. La famille avait enfin réintégré Saint-Pétersbourg.

— Ils ont obtenu une dispense spéciale du tsar, afin

que ma mère puisse se soigner. Notre séparation revient sans cesse dans ses propos.

Très émue à l'idée de faire la connaissance de ses parents, Katia repartait dans sa Russie natale, dès l'obtention des papiers nécessaires.

— Je possède une miniature de ma mère. Elle est belle sur ce portrait. Elle y est plus jeune que moi ! Le temps aura accompli ses méfaits, mais, pour moi, c'est avant tout une femme que j'admire, qui a osé suivre son cœur… Veux-tu venir avec moi ?

— Non, Katia, je te remercie, un jour peut-être…

— Nous nous écrirons, n'est-ce pas, Flore ?

— Oh ! oui !… Dussions-nous nous revoir dans dix ou vingt ans…

L'été vit les soixante-dix ans d'Adélaïde et le départ de Katia. Le ventre de Clémence s'arrondit terriblement. Les murs de Lille se couvrirent d'affiches annonçant la venue de Napoléon III.

Alitée, Clémence ne put accueillir l'Empereur et son épouse, Eugénie de Montijo. Le temps s'avéra désastreux pour cette première visite à Lille, le 23 septembre 1853.

Au milieu d'innombrables curieux, Flore aperçut le souverain et la belle Espagnole, en voiture découverte malgré la pluie battante.

— Il a connu l'exil, lui aussi, comme Katia, pensa-t-elle tout haut, au côté d'Amaury.

— Mais l'avenir est beau, à présent, et son gouvernement est fort, affirma son éternel chevalier servant, qui lui prêtait son parapluie et son bras.

— Toujours aussi confiant, cher Amaury !

Il avait perdu un peu de sa fatuité, et cela touchait Flore. Pour la première fois, Amaury se découvrit en évoquant Stanislas.

— J'en étais horriblement jaloux. J'ai même été tenté par l'opium à mon tour, afin d'approfondir ma vision du monde, d'exacerber mes sens, de posséder ses talents.

— Son talent existait sans l'opium.

— Certes, et cette substance n'a fait qu'accentuer sa mélancolie. Moi, je suis trop raisonnable… Mes excentricités doivent rester superficielles.

— Vous l'enviez… Il eut pourtant moins de chance.

— Il se sentait inutile, Flore.

— On l'a trouvé inutile. Dans ce monde nouveau, ne faut-il pas courir sans cesse, de peur de perdre pied, Amaury ? Il n'y a plus de place pour les inutiles. La beauté, la musique, les giroflées… Doivent-elles être supprimées pour cause d'inutilité ?

— Je comprends mieux Stanislas, aujourd'hui.

Il changea de sujet.

— Alors, c'est décidé, vous ne venez pas à Paris ?

— Katia est repartie à Saint-Pétersbourg.

— Mais j'y suis, moi ! Et tout se fait à Paris ! L'Empereur compte d'ailleurs transformer la capitale, et en faire la plus belle ville du monde. Le nouveau préfet, le baron Haussmann, entame de gigantesques travaux. Remarquez, Lille aussi va changer. Il y est question de trottoirs, de repavage, et même de démanteler les remparts !… Voyez-vous, le progrès ne s'arrêtera pas de sitôt. Je vais vous dire un secret : un ingénieur de mes amis prépare un projet de tunnel sous la Manche, et je compte bien être parmi les premiers à mettre pied sur le sol anglais de cette façon !

Les aptitudes remarquables d'Amaury pour les sciences se confirmaient. Les conférences des chimistes qu'il avait suivies à la Sorbonne avaient décidé de sa carrière.

— Cette science, qui n'est pas pour la femme, comme vous le répétez fréquemment, mon cher Amaury, et qui m'effraye par ailleurs car elle risque de mécaniser l'être humain… commença Flore.

— Vous parlez comme Stanislas… Que choisissez-vous ? La machine à vapeur, ou les hommes attachés à la manivelle d'une corde pendant quinze heures ?

— Cette science, dis-je, qui montre, d'après vous, la faiblesse de notre sexe, va néanmoins avoir des répercussions favorables sur celui-ci. Grâce aux progrès, les femmes souffriront moins, mourront peut-être moins en donnant la vie, elles iront admirer les nouvelles réalisations, elles sortiront davantage.

— Mon Dieu, mais alors elles se mêleront de nos affaires !

— Oui, et un jour... Elles auront le droit de vote.

— Tu es une sacrée bonne femme, Marie-Flore Manderel.

— Une hérétique. Mes ancêtres l'étaient, paraît-il, du côté de ma grand-mère, les Van Noort... Mais je vous dois des excuses, Amaury.

— Pourquoi ?

— Je me suis méprise à votre égard. Je vous ai mal jugé. Je vous ai pris pour un dandy arrogant, imbu de sa personne, voire pernicieux.

— Grands dieux !

— Votre foi en la technologie, plus qu'en Dieu, m'affolait. Vous étiez pourtant déjà mon ami.

— Et moi, j'ai méjugé Stanislas, méconnu cet amour. Je ne le tolérais pas. Une dernière fois, Marie-Flore Manderel, voulez-vous m'épouser ?

— Et vos principes de célibat, votre liberté, votre haine du mariage ?

— J'en ai assez d'avoir des problèmes de cols et de chemises !...

Ils éclatèrent de rire.

— Que c'est bon d'entendre votre rire ! Franchement, à vos côtés, je sauterais bien le pas !... Voulez-vous ?

Son expression se fit humble et désarmante. Elle eût été tentée, mais une petite voix, au tréfonds de son être, l'en empêchait.

— Je regrette, Amaury...

— Il sera dit que j'aurai réussi beaucoup de choses. Mais vous aurez été mon premier échec. Au revoir, ou adieu, chère Marie-Flore. On aurait pu faire de grandes choses ensemble… Dommage ! À votre contact, je me suis rendu compte que je préférais les femmes intelligentes, celles qui se font l'écho de notre pensée masculine. J'ai découvert qu'elles n'étaient pas toutes influençables, superstitieuses, et hystériques.

— Toutes ? reprit-elle, malicieuse.

— Oui, toutes… dommage… répéta-t-il.

Il déposa un baiser sur sa joue.

— Au fait, avez-vous admiré mon costume, très chère ? Mon nouveau tailleur est anglais !

Il lui lança un léger clin d'œil, s'en alla, balançant son parapluie de façon désinvolte comme il eût fait avec sa canne au pommeau d'argent.

« Dommage… » songea Flore.

Clémence accoucha d'une adorable petite fille, résista à cette épreuve, qu'elle se jura être la dernière, dût-elle se passer des faveurs de Léon. Elle demanda à sa nièce d'en être la marraine, et l'on baptisa l'enfant du prénom de Eugénie-Flore.

Pendant les fêtes de Noël, Flore se rendit fréquemment chez sa filleule. Séraphine avait été engagée par Clémence, afin de l'aider à élever cette petite dernière.

Un jour, Flore entendit la voix de la domestique, qui chantonnait en berçant l'enfant dans les bras. C'était une douce et poignante berceuse. Elle racontait l'histoire d'une pauvre dentellière et de son petit. Flore ne l'avait jamais entendue.

Elle s'assit sans bruit près de la vieille femme et l'écouta, charmée par la tendre mélodie, touchée par les paroles en patois.

— Que c'est beau !… D'où sors-tu cette chanson ?

— Monsieur Desrousseaux l'a chantée pour la première fois en novembre.

— Desrousseaux… (Flore sourit.) Mais qui te l'a apprise ? Tu sors si peu.

— Dodo, il est venu voir notre petite.

Des larmes silencieuses coulèrent inopinément sur ses joues flétries.

— Cela ne va pas, ma bonne Séraphine ?

— Elles ne doivent pas être séparées... Il ne faut pas, dit Séraphine.

Le regard de la vieille femme s'embruma. Flore comprit. Elle n'était plus avec elle, mais plongée dans de lointains souvenirs. Cette servante dévouée avait servi ses maîtres comme on sert Dieu, sans compter sa peine, ni ses gages. Elle faisait tellement partie intégrante de la famille qu'on avait négligé son existence. Elle était comme une vieille horloge de salon dont le carillon serait cassé, solitaire comme un meuble poussiéreux dans une remise, et pourtant gardienne de la dynastie. Elle était là depuis si longtemps qu'on avait oublié qu'elle en était la mémoire. La mémoire...

— Elle ne doit pas être séparée de sa sœur.

— Mais, Séraphine, la petite Eugénie-Flore a plusieurs sœurs, et il n'est pas question de les séparer...

— Pas Eugénie-Flore, Marie-Flore... rectifia la servante, en insistant sur le prénom.

Le cœur de Flore se glaça. Séraphine savait quelque chose, et ce quelque chose avait une relation avec sa sœur jumelle.

— Tu parles de Marie-Adélaïde et de Marie-Flore, n'est-ce pas ?

— Oui, mademoiselle Laurencine.

C'était bien cela. Flore ne bougea plus, suspendue aux lèvres de Séraphine.

— Marie-Adélaïde est si fragile. Elles ne se ressemblent guère.

— Elles sont jumelles, n'est-ce pas ?

Flore la questionnait d'une voix douce, de façon à ne pas la heurter.

— Des fausses jumelles, comme dit le docteur... Il ne faut pas les séparer, je lui ai dit, à mon gars. Si la nourrice ne peut pas la prendre, il ne faut pas s'en débarrasser comme un petit chat. Faut l'emmener vers Saint-Omer ; elles auront une chance de se retrouver un jour...

Mais il ne faut rien dire, sauf à moi. Il est mort, mon homme, sans me dire…

— Que sais-tu encore ?

— Je sais qu'il ne l'a pas tuée. Si on ne la retrouve pas, ce n'est pas de sa faute, à mon homme. Il faut le dire aux maîtres. Elles ne doivent pas être séparées, je lui ai dit, il m'a promis…

Elle oublia la présence de Flore, et reprit doucement son refrain :

> « *Dors, min p'tit quinquin,*
> *Min p'tit pouchin,*
> *Min gros rojin*
> *Te m'fras du chagrin,*
> *Si te n'dors point qu'à demain…* »

...

26

Flore quitta Lille un matin de février. Comme elle était arrivée. La ville entonnait en chœur la *Canchon dormoire* ou *P'tit Quinquin* d'Alexandre Desrousseaux. Apparemment, peu d'événements avaient secoué la famille, entre son arrivée et son départ. Presque rien, hormis le patriarche décédé, mais c'était malheureusement dans l'ordre des choses. Quant à l'accident de Stanislas, il avait été vite évacué ; le jeune homme était si peu intégré à la famille... Pourtant, au-dehors, le monde glissait insensiblement vers une époque stupéfiante qui annoncerait l'aube d'un nouveau millénaire, comme si une fracture de la couche terrestre en eût provoqué un irrémédiable déplacement. Les ouvriers commençaient à s'allier contre la misère.

Flore, elle, rejoignait son passé.

Elle repartait vers un des derniers bastions des temps anciens. Non pour fuir ce monde en mouvance, mais pour y retrouver sa sœur. Elle n'était plus exactement la même. Des blessures, des orages, des amitiés s'étaient produits. Des désillusions. Les temps avaient changé, pour elle aussi.

Elle ressentait une vive émotion en prenant le chemin de Salperwick. À la rapidité du train, elle avait préféré les cahots de la diligence, pour réfléchir. Était-il possible que le nœud du mystère se trouvât dans son pays des marais ?

Elle craignait surtout de débarquer à l'improviste à Salperwick, sans être la bienvenue. Aucun écho du marais ne parvenait plus à Flore. L'épouse de Baptiste l'accepterait-elle ? Dirigeait-elle la maison, à la place de Léonardine ? Elle ramenait à cette dernière une nouvelle paire de lunettes, très performante, et achetée spécialement pour elle, à Paris, par l'intermédiaire d'Amaury. À ses frères et sœurs Berteloot, elle ne pourrait raconter Stanislas. C'était son secret, son histoire. Et Baptiste avait la sienne propre maintenant. Pourquoi pensait-elle toujours à Baptiste ? Il n'y avait pas que lui au marais !…

Dans la diligence, pelotonnée sous sa couverture, elle songeait à ces derniers jours. Il lui avait été difficile de quitter sa famille lilloise. Chacun, à sa manière, avait essayé de la décourager. Même l'oncle Floris était sorti de sa retraite, l'air réprobateur, lui répétant que sa sœur avait été tuée par le cocher, et qu'elle allait au-devant de fortes déceptions.

Elle aurait pu, enfin, accéder à un véritable métier. La toilette de mariée de Sideline avait remporté un tel succès que tout Lille s'était enthousiasmé pour ce modèle, ainsi que pour la perle rare qui l'avait dessiné. Dès le lendemain, des commandes de jeunes bourgeoises avaient afflué chez les Manderel. Mais la décision de Flore était irrévocable…

Elle profita de la halte d'Hazebrouck pour voir le cabaret où Dimitri et Adélaïde s'étaient aimés. Elle pénétra sous le porche du Saint-Georges, sur la grand-place.

— Vous désirez, mademoiselle ? lui demanda un garçon d'écurie.

— Non, rien… merci.

Elle repartit aussitôt. Sans entrer dans la salle. C'était inutile. L'espace d'un court instant, l'ombre de deux jeunes inconnus attirés irrésistiblement l'un par l'autre lui était apparue ; souffle d'amour inscrit sous ces voûtes pour l'éternité. Elle s'était sentie proche de sa grand-mère. C'était bien.

À présent, elle devait repartir. Six ans s'étaient écoulés depuis son départ. Six ans passés si vite ! Et pourtant, que de choses vécues, que de découvertes pour la jeune Flore Berteloot, que de liens…

En direction de Saint-Omer, elle organisa mentalement ses recherches. Dès le lendemain de son arrivée, elle se rendrait à l'hôpital général de la ville. Sa sœur avait peut-être été déposée dans le tour de cet établissement, la porte rotative munie d'un panier qui récupérait les nourrissons indésirables. C'était fréquent, avec la présence des troupes… Ensuite, elle interrogerait les broukaillers de Salperwick.

Un peu plus loin sur la route, la diligence s'arrêta au passage à niveau pour laisser passer le train qui avait priorité absolue, et le faisait savoir aux alentours par un appel strident.

Flore ne vit pas, à la fenêtre des premières, une silhouette se fondre dans l'ombre. Elle était bien trop occupée à observer les gestes précautionneux et lents du garde-barrière, appliqué à éviter toute fausse manœuvre. Une masse énorme défila, composée d'un interminable convoi de voitures, au rythme cadencé, faisant un bruit de forge, et crachant une fumée noire.

Le cocher fit claquer son fouet et l'attelage repartit au trot. À mesure que l'on approchait, grandissait en elle un sentiment curieux. La phrase inachevée d'Orpha : « *Dans le marais, il y a…* », lui revenait sans cesse à l'esprit.

Un petit papillon se posa sur le rebord de la fenêtre du coche, de l'autre côté de la vitre levée. Un papillon… C'était un peu précoce. Il disparut aussi rapidement qu'il lui était apparu. L'avait-elle rêvé ?

Quelques années auparavant, la jeune Adèle lui avait dit que son prénom était celui d'un petit papillon aux couleurs brillantes : l'adèle. C'était peut-être une adèle. Adèle… comme Adélaïde… Adèle… Voyons, c'était impossible ! Non, la petite guérisseuse ne pouvait être…

Elle était plus jeune qu'elle, si frêle… si différente… Adèle ignorait son âge. Marie-Adélaïde était fragile !…

Le sang de Flore ne fit qu'un tour.

Elle dérangea les autres voyageurs, mais elle devait en avoir le cœur net. Son voisin l'aida aimablement à sortir son sac de dessous un amas de petits bagages à main. Six carnets de croquis côtoyaient le journal que lui avait offert sa grand-mère avant qu'elle ne s'en aille ; journal de la famille d'Adélaïde, découvert dans le clavecin de son ancêtre Aurélien Van Noort. À présent, les six carnets encombraient ses genoux.

Un sentiment d'oppression la tenaillait.

« C'est ridicule, voyons ! se disait-elle. Ridicule, et pourquoi ? Pourquoi pas ?… »

Elle feuilleta le premier carnet ; contempla les visages aimés, ceux de son amie Katia aux admirables yeux bleus en amande, de sa cousine Sideline aux petites nattes espiègles, de son grand-père, la pipe à la bouche, les yeux vert jade semblant l'appeler du prénom de Laurencine, Adélaïde au port majestueux, au terrible secret enfoui au fond de ses prunelles claires, Amaury avec son regard moqueur, Stani…

Ce n'était pas ce carnet-là. De dessous la pile, elle extirpa celui de Salperwick. Elle l'avait montré à Floris, ainsi qu'au journaliste lillois. Les visages du marais défilèrent sous ses yeux : ses frères et sœurs, les petits Berteloot, qu'elle n'allait plus tarder à revoir. Baptiste. Et Adèle.

Elle devint si pâle que son voisin d'en face s'en inquiéta. Elle était subjuguée par ce dessin qui ne datait pas d'hier. Le premier qu'elle ait exécuté.

Il représentait la petite Adèle, entourée de ses objets préférés. Ses uniques trésors, ses amulettes. Parmi eux, à moitié cachée dans sa main : *la médaille !*

Voilà où elle l'avait vue. Elle avait tant recherché dans sa mémoire des visages, des cous portant une médaille identique à celle de Clémence. Elle était là, dans la main d'une petite fille au visage malingre et téméraire.

Adèle était sa sœur !...

Flore était silencieuse. Des larmes coulaient le long de ses joues, avec une incroyable envie de rire, d'embrasser les autres, de sauter de joie.

Elle devait garder son calme, jusqu'à l'arrivée. Adèle était sa sœur... Adèle, oubliée dans le marais de Salperwick.

Voyons, qu'allait-elle faire ? Déposer ses affaires à l'auberge, à l'entrée de Saint-Omer. Se diriger vers les marais, et louer une escute. Elle trépignait intérieurement de la lenteur du coche. Elle se mit à sourire à ses compagnons de route. Engourdis par les balancements de la voiture, ils la jugeaient bien étrange, cette bourgeoise, qui manifestait une agitation fébrile et semblait vivre un monceau d'émotions pour elle toute seule. On l'interrogea à nouveau.

— Tout va bien, mademoiselle ? Vous semblez bouleversée...

— De joie, monsieur, de joie...

Elle se tourna vers la fenêtre pour couper court à toute curiosité.

Elle agit comme elle l'avait prévu, sans tergiverser.

La chance l'accompagna à l'auberge. Elle y obtint la dernière chambre, à la condition de payer d'avance pour deux jours.

— Vous comprenez, ma petite dame, avec le carnaval, les beuveries, les esprits échauffés, on en voit de toutes les couleurs... Vous êtes venue voir les géants ? Demain, c'est la grande, l'ultime sortie, avant la rentrée dans les hangars. Cette année, on en baptise un nouveau...

Elle sourit machinalement, par politesse.

— Ah ! Très bien.

Pressée de rejoindre son marais, elle n'avait pas écouté le tenancier de l'auberge. Elle lui loua une escute.

— Faut me la ramener !

— Ne craignez rien.

— C'est vous qui devez être prudente. Le soir tombe

vite en février. Vous savez au moins manier la ruie, enfin, la perche ?

— J'ai l'habitude, monsieur.

Elle pensa : « Je l'avais. »

— Vous serez seule, dans les marais. Tout le monde est au carnaval depuis hier.

Elle était heureuse de retrouver ses canaux, le monde des invisibles, leurs mystères : murmure imperceptible des roseaux, feux follets, vol des cygnes sauvages, chuchotement du peuple de l'eau ; heureuse de ressentir les odeurs de son enfance. Dans la paix de ces lieux isolés du monde, l'enchantement agissait à nouveau. La nature incomparable qui l'environnait la transportait d'aise. Le bois, les arbres, les pierres, tous ces matériaux que l'homme se plaisait à transformer en alchimiste, se prenant pour Dieu ou Diable. Elle se rappelait les légendes de son enfance concernant ce pays de mirages où l'on voit la nuit de surprenantes figures, où l'on entend d'étranges bruits.

« On dit, songea-t-elle, que ce sont les dames cygnes qui inventèrent les papillons blancs, les fleurs nénuphars... on dit qu'elles pondent des pierres de lune et font chanter l'alouette des marais. »

Elle oubliait le froid de février. Elle maniait avec souplesse sa légère embarcation, se faufilait habilement au travers des arbustes décharnés.

Soudain, une appréhension lui monta à la gorge. Ce n'étaient pas les marais. C'étaient les dessins.

Le visage de son oncle lui revenait à l'esprit, en ce fameux jour où il les avait examinés. Celui d'Adèle était dans le lot, bien sûr. Avec la médaille. Le visage de Floris s'était refermé. Il était devenu haineux. Était-ce en découvrant la médaille, ou la jeune Adèle, ressemblant à son père ? Floris connaissait Rodolphe Monfort. Il l'avait même présenté à Laurencine. Il avait peut-être incité sa sœur à se jeter dans les bras de son amant... Ne se comportant nullement en frère aîné. Adèle... Il avait compris... Allons, Floris était à Lille, pleurant Stanislas...

Elle arriva enfin à la masure d'Adèle, au toit de chaume, isolée au milieu des étangs. Elle lui parut bien misérable, éprouva un sentiment d'injustice en regard de sa propre chance.

Le brouillard de février s'était levé par endroits.

En ville, le carnaval battait son plein. Pendant trois jours, son tumulte, ses cris, sa musique donnaient à la paisible petite cité des allures de grande ville. Ici, le temps semblait suspendu, les bruits étouffés.

S'il se produisait un malheur, personne ne le saurait.

Adèle était sa sœur. Flore ressassait sans cesse cette idée. Petit à petit, tout lui devenait évident. La morsure à l'épaule. Adèle avait été accusée de sorcellerie, parce qu'elle portait — disait-on — la marque du diable.

À l'époque, Flore n'avait aucune raison de faire la relation avec sa propre cicatrice...

Elles étaient différentes. Séraphine avait dit : « fausses jumelles », comme ces chatons, nés de leur chatte blanche et d'un chat noir. Les petits étaient noirs. Sauf un, couvert d'une soyeuse fourrure blanche. Jumeaux pourtant...

Le pied posé aux abords de la maison, elle appela. Adèle ne répondit pas. Elle cria à nouveau. Elle n'entendit pas le pinson. Six ans étaient passés. Cependant, à l'intérieur de la chaumière, un chat dormait, contre le flanc d'un chien. Ce dernier daigna lever une paupière, mais n'osa bouger de peur de gêner son petit compagnon.

Flore s'approcha. Il lui lécha affectueusement la main.

Adèle était certainement au carnaval, à Saint-Omer.

Elle ressortit, remonta dans l'escute, lorsqu'elle eut la sensation qu'un détail clochait. Elle devait en avoir le cœur net.

Elle fit demi-tour.

Les chaussures de ville d'Adèle étaient posées dans un coin de la pièce. C'était cela ! Elle ne les mettait que pour aller à Saint-Omer. Ici, elle évoluait pieds nus, ou dans ses galoches pendant l'hiver. Flore effectua une inspection des lieux plus complète et tomba sur son petit sac de toile brodé. Elle l'aurait emmené avec elle, en ville. Elle était donc dans le marais. À la chapelle, bien entendu. Tous les jours que Dieu faisait, elle rendait visite à « sa » madone.

Flore se retourna brusquement au grincement de porte, derrière son dos, croyant découvrir Adèle. Personne.

Elle courut à l'extérieur, entendit de vagues craquements dans les broussailles, et se figea.

Était-il possible que quelqu'un l'ait épiée ? C'était ridicule.

Sa maudite imagination lui jouait encore des tours. Exalté dans la diligence, son cœur était devenu lourd d'angoisse. Elle était furieuse contre elle-même. Petite fille, elle ne craignait nullement de sillonner les canaux.

Elle reprit la ruie et l'escute. Elle avait retrouvé sa dextérité d'antan.

Par moments, elle avait la sensation d'entendre la voix d'Orpha lui murmurer : « *Dans le marais, Flore, dans le marais...* » Peut-être était-ce la harpe du Nekker[1] au fond des étangs, comme le racontent certains broukaillers de la rive flamande, ou le cri de bêtes fantastiques imitant les plaintes humaines.

Elle se rappelait chaque bruit comme au réveil d'un profond sommeil. De pâles rayons du soleil d'hiver créaient des reflets dans l'eau et blanchissaient la brume. Les effets conjoints des ombres et de la lumière créaient la sensation qu'une forme gigantesque apparaissait au détour d'un chemin d'eau et fuyait à son approche. Ces visions étaient provoquées par des oiseaux guettant leur proie au ras de l'eau, et une agitation dans les broussailles avait raison de ses appréhensions.

---

1. Être fantastique des marais et étangs, au visage de poisson, aux yeux globuleux.

Un cygne noir la frôla avec un bruissement de plumes. Un roseau s'avéra être un butor camouflé, et son mugissement de bœuf la fit sursauter.

Un héron cendré observa, majestueux, paisible, immobile, cette promeneuse solitaire qui faisait cas de son intimité et maniait sa rame sans éclaboussures. La pensée de Stanislas traversa l'esprit de Flore. Il lui avait appris que le héron était l'oiseau sacré du soleil en Égypte, l'oiseau sacré du Nil. Elle n'était pas sur le Nil. Et Stanislas, lui, avait rejoint les dieux de l'Orient. Elle évoluait comme Ondine, sur l'eau.

Elle devait faire vite, si elle voulait éviter de se trouver prise dans un brouillard opaque et les ténèbres de la nuit. Elle craignait de remuer les nappes souterraines, de troubler le mystère du marais. Des nuées de brume traînaient sur les branches dénudées. Des lambeaux blanchâtres l'enveloppaient par instants, pareils aux Dames blanches errant dans leurs robes vaporeuses à la recherche d'âmes dont elles pourraient revêtir les formes humaines, ou aux fileuses de la nuit tissant leur chevelure diaphane avec les rayons de lune.

— Adèle !

Sa voix prenait une intensité impressionnante dans ce labyrinthe de canaux. Un air glacé lui cingla le visage. Elle était bien seule, en ce jour de fête. Demain était mardi gras. Elle n'y avait pas pensé un instant. Les petites huttes étaient vides.

« Orpha, aide-moi, je t'en prie… » pensa-t-elle.

Enfin, la chapelle lui apparut, lumineuse dans un clair de lune qui commençait à scintiller sur le miroir opaque des eaux, en même temps que se détachait la silhouette de la jeune Adèle.

Elle accéléra, mit pied à terre, lui fit signe.

Un simple châle posé sur son caraco de coton, la jeune fille ne bougeait pas, comme saisie d'une indicible peur.

Un silence impressionnant régnait autour d'elles.

— Attention ! hurla Adèle.

Flore pivota sur elle-même. En un court instant, elle

eut la vision de son oncle, enveloppé d'une cape sombre le faisant ressembler étrangement au diable, et la vision d'une main aux doigts crispés qui s'abattait violemment sur son visage. Flore s'affaissa.

Elle ne perdit pas totalement conscience. Elle était étourdie, la tempe irradiée par des élancements et le poignet endolori par la pression de Floris. À ses côtés, les babines noires serrées, les mâchoires puissantes, bien posés sur leurs pattes, les deux rottweilers semblaient prêts à l'attaque.

Sous la fixité d'un regard de rapace, Floris tenait les deux filles comme un prédateur qui endort sa proie avant d'en faire une bouchée. Ses muscles étaient contractés, son corps raide. Ses traits figés en une expression hagarde. Seule, sa poitrine se soulevait un peu, et une espèce de râle en sortait, un râle d'essoufflement. Une lueur presque inhumaine brillait dans ses prunelles dilatées par la folie. Horrifiée, Flore eut la conviction qu'un dément se tenait près d'elle. Elle se rendait compte à quel point son oncle l'avait trompée, avec ses sourires vénéneux, sa fausse gentillesse. Sa prétendue amitié. Floris était fou. Stanislas ne l'était pas. C'était l'esprit détraqué du père qui avait introduit de façon sournoise des idées morbides dans l'esprit du fils.

— Ah ! je vous tiens !

Son timbre était froid, caverneux.

Soudain, un rire sauvage s'échappa. L'agitation succédait au calme. Son visage entier tremblait. Il exultait.

Il s'écria avec force :

— Vous paierez pour Laurencine. Vous paierez pour Adélaïde. Vous n'allez pas vous en tirer comme cela, hein ?... Parader devant Laurencine, devant ma mère...

Sa voix devint étrange. Plus jeune.

— Je les ai entendus se disputer. Mon père a accusé ma mère.

Il hochait la tête, haletait en évoquant les blessures de son passé.

— Une traînée... Mais il s'est écrasé, et l'a acceptée comme sa fille, cette moins que rien, que l'on disait être ma sœur. Ma sœur !... C'était pas ma sœur ! Ma mère aussi, elle l'aimait plus que moi. Mais je me suis vengé sur cette putain, sur ma mère, ma mère...

Flore était abasourdie. Ainsi, à mesure que le jeune Floris grandissait, mûrissait en lui une haine sauvage, une rancœur englant son âme dans un désir de vengeance. Surpris par l'enfant de huit ans, le secret d'Adélaïde avait entraîné une cascade de tourmentes dans la famille.

Pendant qu'il se déchaînait en paroles, les deux sœurs s'efforçaient mentalement de trouver un moyen de gagner du temps, afin d'affaiblir l'adversaire.

— Je l'ai incitée à se dévergonder, mais elle s'est déshonorée toute seule, comme la mère. Laurencine ne retrouvera pas ses filles. Vous allez expier. Le mal vient des femmes. Mon fils, lui, n'était qu'une mauviette, la déchéance de l'homme.

Et c'est d'un air enragé, les dents serrées, qu'il ordonna :

— Allez, à l'attaque !

Les molosses montrèrent leurs crocs, prêts à obéir aux ordres de leur maître.

Au même instant, Adèle les interpella, d'une voix douce :

— Venez les chiens, venez, mes mignons...

Son regard était tranquille. Elle ne les quittait pas des yeux.

Un frisson glaça le dos de Flore. Le visage de son oncle n'était plus qu'un masque démoniaque. Des pensées monstrueuses lui grignotaient l'âme avec la détermination obsessionnelle des insectes.

La sueur coulait le long de son front. La veine de son large cou était saillante, et palpitait de façon insensée.

« Il ressemble à ses chiens », pensa-t-elle. Elle se tut, de peur d'effrayer les molosses. Elle avait déjà eu affaire à eux. Ils pouvaient être redoutables.

— À l'attaque !

Mais les chiens n'obéissaient pas. Ils semblaient fascinés par Adèle.

«Elle possède bien un pouvoir sur les bêtes», songea Flore.

Les molosses s'approchèrent d'Adèle, perdirent leur aspect rébarbatif, et se mirent à lécher joyeusement les mains de la jeune fille.

— C'est bien, mes chiens, vous êtes gentils.

Floris avait le visage enlaidi et déformé par la haine. Celui de Flore était d'une transparence opaline.

Adèle fixa alors les chiens dans les yeux :

— Allez, là !...

Elle avait montré Floris du doigt. Les deux molosses firent demi-tour et avancèrent, agressifs cette fois, vers leur maître, comme envers un étranger indésirable. Muet de stupeur devant la traîtrise de ses bêtes, l'oncle lâcha sa pression.

Flore lui mordit le bras, et tandis qu'il laissait échapper un juron, elle tenta de rejoindre sa sœur. Le crépuscule était tombé, créant d'innombrables ombres. Elle trébucha. Il la saisit par son épaisse chevelure rousse, et la poussa sur son escute.

— Puisque c'est ainsi, c'est à ton tour d'abord.

— Je vous en prie !

Les chiens grognaient.

— Au fond des eaux, les tiges des sphaignes s'entremêlent, elles vont se refermer sur toi, ma belle. Et quand j'en aurai fini avec toi, je m'occuperai de la sorcière.

— Au nom de notre famille, réveillez-vous, mon oncle !

— Ton corps flottera, comme Ophélie, mon ange...

Elle tenta de s'esquiver, il la retint.

— Tu ne vas pas m'échapper...

Flore saisit alors sa ruie et la balança dans la figure de son oncle. De toutes ses forces. Déséquilibré, il tomba dans l'eau glacée. Il tenta de s'accrocher à une racine, sur le bord. L'un des chiens l'en empêcha.

Il disparut, tandis qu'une spirale se formait à la surface de l'étang.

— Il faut le sauver ! s'écria Flore.

— Assez, les chiens ! ordonna Adèle, en arrivant à la rescousse.

Le visage de Floris réapparut, rouge, les muscles contractés par le froid. L'ennemi s'était envolé, il n'y avait plus qu'un pauvre être déchu, un homme traqué, dont le cri rauque s'étrangla dans la vase.

Couchées toutes deux sur leurs escutes, elles réussirent à lui attraper les mains. Mais il suffoqua.

Les rottweilers s'étaient assis, non loin de là, résignés.

— Aidez-nous, les chiens, leur ordonna Adèle.

Alors ils s'élancèrent. L'un des molosses agrippa une main, mais ne put retenir son ancien maître.

Floris s'enfonça dans l'eau glauque, attiré irrésistiblement au fond du gouffre comme dans des sables mouvants, et c'est un visage au regard pathétique qui sombra dans les marais de Salperwick.

27

En ce jour de mardi gras, une foule bigarrée arrivait à Saint-Omer, en barques ou en carrioles, et se dirigeait vers les rues pavoisées de la ville. Un violoneux menait la danse avec le haut de son corps qu'il agitait en cadence. Selon l'une de leurs vieilles coutumes, des habitants des faubourgs avaient revêtu les costumes de leurs ancêtres, ceux de Louis XVI : habits de panne, culottes en velours de couleur claire, chemise à jabot, souliers à boucles et chapeau à trois cornes.

La grosse cloche « Julienne » se mit à sonner la reprise des festivités, et le réveil des groupes masqués qui s'étaient assoupis au petit matin dans les estaminets.

— Tu es prêt ? demanda l'un des compagnons à Baptiste.

— Oui, une minute, entendit-on, sous une immense structure d'osier.

— C'est… Comment te dire ? Je ne trouve pas les mots, mais ta belle va rendre malade tous les créateurs de géants, de France et d'ailleurs.

— Merci.

Baptiste acheva de sculpter son B en forme de fleur, afin d'apposer au géant sa griffe secrète.

Il vérifia la solidité du portage. Il pourrait très bien s'en occuper tout seul, en dépit de ce que croyaient les autres. Il était suffisamment costaud, l'ossature obéirait à ses sollicitations. Il était sûr de ses gestes, de sa force, et c'était son œuvre. Son chef-d'œuvre. Il voulait être seul sous le panier, pendant le défilé. Il l'avait fabriquée sans l'aide habituelle des autres corps de métier, des nuits durant, dans une grange attenante et fermée à clé, ne laissant personne s'en approcher. Comme il l'avait façonnée avec amour, sa créature ! Avec quelle tendresse ses larges mains l'avaient caressée ! À force de respirer à ses côtés, il avait l'impression de lui avoir transmis son souffle de vie.

Une dernière fois, il avait sorti de sa poche le dessin de Flore, et l'avait comparé à la géante.

« Pourvu que je ne l'aie pas trahie ! »

Il était particulièrement fier de la tête sculptée en bois de tilleul.

— Adieu, ma belle.

Il s'était enfin résigné à la montrer à ses compagnons. De toute façon, elle appartiendrait bientôt au marais. Aujourd'hui, il l'offrait au peuple.

La surprise avait été totale. Tous s'accordaient à penser que c'était une œuvre rare. Il n'avait que faire des plaisanteries concernant les mensurations de la géante. Il n'avait pas compté les heures sur ce travail. Ce n'était pas une commande. Il avait tout fourni, le bois, les autres matériaux. Adèle avait cousu, elle aussi, sans relâche. Et la jupe comme le corsage étaient joliment brodés.

C'était sa façon à lui de crier son amour, devant le monde entier réuni.

Elles avaient passé la nuit dans la petite chaumière du marais. Adèle avait appliqué des compresses sur la tempe endolorie de sa sœur. Secouée par la haine et la mort horrible de son oncle, Flore avait longuement sangloté dans les bras d'Adèle. Puis, elle lui avait raconté sa vie depuis six ans, sans rien omettre, ni de leur mère carmélite, ni de leur père en Amérique, ni de Stanislas…

Vint son tour de poser des questions. Sur la vie d'Adèle, sur les Berteloot, sur Baptiste.

— Il t'attend.

— C'est impossible… Il est marié.

— Non.

— Il ne s'est pas marié ?

— Non.

— Mais cette fiancée ?… Et cet enfant ?

— La fille mentait. Un soir, un gars du village, particulièrement éméché, a rendu un fier service à Baptiste, en se vantant d'en être le père. Il parlait haut, il riait de voir Baptiste ainsi berné. Le lendemain, il était dégrisé, mais tout le marais savait. Les fiançailles furent vite rompues, au grand soulagement de Baptiste. On ne l'a plus vu avec une seule fille. Par contre, depuis que je l'ai soulagé d'un zona, il vient souvent me voir. Il se confie à sa « petite sœur » — comme il m'appelle — plus qu'à monsieur le curé !

Elle rit.

— Il s'est toujours refusé à te perdre. Il mène un rude combat. Mais il n'a jamais osé te reprendre à Lille. Si ta vie est là-bas, c'est ton destin, il n'a pas à s'en mêler, sinon, tu reviendras de toi-même. C'est ce qu'il pense.

— Je suis partie en tant que sœur, que se passera-t-il à présent, en tant que femme ?

Adèle ne releva pas la phrase.

— En prenant soin de Baptiste, moi aussi, j'avais l'impression que ma sœur reviendrait plus vite.

— Tu ignorais que j'étais ta sœur !

— Crois-tu ?

Adèle lui offrit son plus beau sourire.

— Flore, je le sais depuis que tu m'as sauvée de la noyade, lors des inondations.

— Mais tu étais si petite !

— Pardon : j'avais ton âge.

— C'est vrai.

— La marque à l'épaule, je l'ai vue dès cet instant, j'avais la même, au même endroit.

— Était-ce suffisant ?

— Non, sans doute, mais je l'ai deviné. Ne me demande pas par quel sortilège, cela je l'ignore ; et lorsque tu m'as raconté ton histoire, avant ton départ, alors là, j'en fus convaincue.

— Dis-moi, pourquoi ne portes-tu pas la chaîne au cou, avec la médaille ?

— Ma mère — celle qui m'a élevée — a dû la vendre au marché. Pour manger, tu comprends… La médaille, elle n'a pas pu. Elle me disait que c'était mon talisman. Je le crois volontiers, surtout aujourd'hui.

— Si tu savais, pourquoi m'avoir laissée partir ?

— Il y avait tant de points non éclaircis : nos parents, la famille… Toi seule pouvais élucider ces mystères. J'ai prié tous les jours, dans la petite chapelle du marais, pour ton retour. Notre-Dame de Bonne-Fin nous a exaucés, Baptiste et moi… Si maléfice il y eut, il est rompu, crois-moi.

— La malédiction héréditaire des Manderel…

— Orpha est délivrée, elle ne reviendra plus hanter tes nuits. Elle te rend ta liberté.

— « *Dans le marais, Flore, dans le marais, il y a…* »

— « *Il y a… ta sœur* », voilà les derniers mots qu'elle n'a pas eu le temps de te dire. Tu peux poursuivre ta route, Flore. Ici, ou ailleurs. Elle n'est peut-être pas si loin d'ailleurs… Mon Dieu ! Il est temps de partir, c'est le carnaval. Il faut rejoindre Baptiste avant la rentrée des géants. Il faut que tu voies ce nouveau géant qu'il a construit. J'y ai participé, figure-toi, j'ai cousu et brodé !

La mascarade audomaroise comportait des joueurs d'instruments, et le cortège de « Papa-Lolo » : un compagnon était costumé en enfant au berceau, à qui un autre, en nourrice, donnait la bouillie. Suivaient des quêteurs grimés, enchaînés par de faux gardiens barbares vêtus de blanc comme des marchands d'esclaves, résurgence du passé, souvenir des prisonniers des

Turcs, emmenés en captivité, comme le père de l'infortuné Papa Lolo.

Le cortège comportait d'autres scènes facétieuses, comédies burlesques, symbolisant les traditions audomaroises, sous des airs de fanfare.

Comme il y avait baptême, des géants des Flandres, les Reuzes, de Picardie, les Gayants avaient été invités à parrainer le nouveau venu.

Ces héros légendaires simulaient des scènes de la vie. Ils avançaient en sautillant, le regard écarquillé, imprégnant à jamais l'imagination des petits et des grands. Malgré leur aspect jovial, les enfants sentaient bien que rien ne pouvait les distraire dans leur marche de somnambule. Ils avançaient, hallucinés, imperturbables et indestructibles, avec un regard avide de vie venant du fond des temps. Ils étaient très impressionnants.

Le nouveau géant était une femme. Elle apparut au bout de la rue, sous les acclamations. La fête battait son plein. Une musique obsédante entraînait la population dans une espèce de délire collectif et bon enfant. Par endroits, le vacarme assourdissant laissait présumer une nuit de folie, au milieu des torches, des sarabandes effrénées qui jailliraient de l'obscurité comme des diablotins, avant que les rires ne laissent place aux adieux des géants jusqu'à la prochaine sortie.

Un char précédait la géante. C'était une grande barque du marais, un bacôve rempli de petites filles qui s'exclamaient : « Vive la Fleur du marais !... », « Bienvenue à la Fleur du marais ! », et elles lançaient des dragées à la foule.

La géante avançait, dans une jupe et un petit caraco brodé. À son bras, un panier contenait un cygne blanc. Un tonnerre d'applaudissements salua son passage. Une ronde se fit autour d'elle. Très expressive, elle possédait un petit air buté qui promettait un sacré caractère. Une immense chevelure rousse lui descendait le long des reins, et son visage, d'où ressortaient de grandes prunelles couleur myosotis, était celui de Flore.

Lorsque celle-ci la découvrit, elle crut que son cœur allait lâcher.

— Oh ! mon Dieu ! murmura-t-elle.

La géante avait son visage.

Flore oublia le monde agglutiné le long de la rue, malgré la température fraîche. Elle traversa en courant l'espace qui la séparait de la géante, et s'écria : «Baptiste ! »

Les habitants étaient médusés par la beauté de la Fleur du marais. Ils ne remarquèrent pas Flore sur l'instant. Mais lorsque la géante s'immobilisa au milieu des farandoles, ils se souvinrent de la jeune fille qui s'était précipitée dans le cortège et venait de disparaître sous la carcasse d'osier, par la petite porte arrière, tandis que la jupe de la géante se soulevait. L'un d'entre eux, très proche de la demoiselle, se rappela même avoir entendu comme un sanglot s'échapper de sa gorge.

Baptiste reposa sa charge. Il lâcha les barres de soutien, et prit le visage de Flore entre ses mains. Puis il la serra, très fort, dans les bras. Cachés par la robe, à l'abri d'une multitude d'indiscrets, ils joignirent longuement leurs lèvres, avec une effusion presque douloureuse.

Tandis que le cortège était comme suspendu, s'élevait une clameur dans la foule, le murmure approbateur de curieux qui attendaient, intrigués, amusés, émus de ce qu'ils devinaient être le meilleur du spectacle et qui se produisait à leur insu.

Lille, la cité de la Vierge…

En cet été de 1856, toute la famille Manderel-de Saint-Nicolas va se réunir dans le manoir de Saint-Maurice, pour les vacances.

Flore affiche un beau ventre rond. Elle a déjà un enfant, et elle se promet une ribambelle de petits roux aux taches de rousseur et au regard bleu délavé des Berteloot.

Flore Manderel est redevenue Flore Berteloot, en épousant Baptiste, pour le meilleur et pour le pire, un beau jour du printemps 54. L'union ne va pas sans quelques disputes, dues au caractère « libre » de la jeune femme, qui tient davantage à ses occupations professionnelles qu'à ses tâches ménagères. Mais Baptiste ne peut rien contre un sang mêlé de Flamande et de Russe. Il fait fi des rares médisances à leur sujet, ces commérages disant que, chez eux, « *la coiffe commande au chapeau* ». Ils s'aiment.

Flore suit les cours de la nouvelle école des Beaux-Arts de Saint-Omer, créée à partir de l'ancienne école de dessin. Elle travaille parfois aux côtés d'un peintre, ami de Victor Hugo, qui, lui, n'a pas été exilé comme le poète. Mais surtout, elle s'est associée avec Adèle. Depuis quelques mois, Flore crée des modèles pour les ateliers de confection de Charles Manderel. Les coiffes dessinées par elle et brodées par Adèle sont devenues cette année la dernière folie lilloise. Leur plus fidèle cliente est, bien entendu, Sideline.

Un jeune coursier porte à domicile les cartons à chapeaux, en moins de temps que personne. Quand il ne siffle pas, il chantonne. Il s'appelle Adolphe, mais tout le monde le nomme «Dodo de Saint-Sauveur», le roi de la débrouillardise.

Depuis qu'il a visité le grand magasin parisien *Au Bon Marché,* espace unique en son genre, Charles Manderel a, en effet, décidé, devant les spacieux et attrayants étalages de tissus, les drapés vaporeux des mannequins, de se démarquer du reste de la famille et de créer sa propre fabrique : *Du tout fait*, et *du tout neuf!*

Ses tissus proviennent bien évidemment de la filature familiale. En cas de crise économique, il est important que les hommes de la famille soient complémentaires. Le père serait satisfait.

Flore correspond tant bien que mal avec Katia, car leurs deux pays sortent d'une nouvelle guerre ; mais un cousin prussien de Katia est toujours arrivé à faire passer le courrier. Cette détermination à correspondre, envers et contre tout, est à la mesure de leur ténacité. Flore a du sang russe dans les veines, comme son amie Katia…

Katharina Ivanovna a retrouvé ses parents. Elle s'est lancée dans l'aventure journalistique dont elle rêvait.

Adélaïde devient une vieille dame à l'allure princière, héritière d'une lignée de femmes de caractère.

Amaury a finalement quitté Paris, pour rejoindre, à Lille, le jeune doyen de la nouvelle faculté des sciences, nommé Pasteur. Il travaille aux recherches dans le laboratoire de chimie.

Adèle a rencontré Laurencine, avec Flore. Revenues à Lille une première fois en juillet 54, dans Lille pavoisée, à l'occasion de la fête de Notre-Dame de la Treille et de sa procession extraordinaire, elles ont été bénies par les archevêques et évêques réunis sur la place d'armes. Puis elles sont allées, en compagnie d'Adélaïde, à Douai.

Ce jour-là, lorsque le rideau noir s'est ouvert sur deux sœurs inséparables, se tenant main dans la main, Marie-Laurencine de la Miséricorde a sangloté de joie.

Marie-Adélaïde — dite Adèle — est très fière, car elle porte dans ses bras une toute petite fille : Marie-Orpha. Elle est la marraine de ce premier enfant de Flore et de Baptiste. Elle a vite appris *le P'tit Quinquin*, en patois, pour bercer l'enfant.

Flore et Baptiste sont heureux. Parfois, il remarque qu'un léger voile passe devant les yeux de sa jolie fleur. Alors, il lui offre des giroflées, ou des roses. Elle ferme les yeux, les respire profondément.

Il ne dit rien. Il a gardé la pudeur de son père, Aristide Berteloot. Mais il sait. Il a deviné qu'en elle persiste une petite musique, son secret.

Il respecte son silence, cette vieille douleur qui s'est réveillée, et il la guérit par un baiser.

POCKET N° 17331

Annie Degroote
Nocturne
pour Stanislas

« *Roman de la
mémoire bafouée
sur les notes de
mélancolie des
Nocturnes de
Chopin.* »

Le Journal du Nord

Annie DEGROOTE
NOCTURNE POUR
STANISLAS

En acceptant, à Lille, l'étrange invitation d'une inconnue septuagénaire, Hania ne se doute pas des
conséquences qu'elle va avoir sur sa vie, et sur celle
de ses proches. Il y a tant d'ombres dans l'histoire
familiale de cette jeune artiste aux racines polo-
naises, élevée dans le Nord de la France. Comme
ces silences gênés autour du souvenir de son
grand-père Stanislas Dabrowski. Qui était-il ?
Tandis que se dévoile peu à peu l'itinéraire de
Stanislas, c'est tout un pan de l'histoire de ses ancêtres polonais qui sera révélé à Hania.

Retrouvez toute l'actualité de Pocket sur :
www.pocket.fr

POCKET N° 14799

Annie
Degroote

Les Jardins du vent

POCKET

« *Un roman lumi-
neux comme les
ciels du Nord,
féerique comme
le carnaval de
Dunkerque.* »

Libération Champagne

Annie DEGROOTE
LES JARDINS
DU VENT

Lors de la fête des cerfs-volants de Berk, Romain,
photographe, croit reconnaître un enfant disparu. Il
part enquêter à Paris où, suite à une agression, il rencontre Pauline, médecin à l'hôpital. Contrairement à
la police, elle croit son histoire.
De Lille à la magie débridée du carnaval de
Dunkerque, cette quête de l'enfant devient une quête
d'amour et de vérité.

Retrouvez toute l'actualité de Pocket sur :
www.pocket.fr

Annie Degroote
**Les Amants
de la petite reine**

POCKET

« *Un magnifique
voyage en terre
du Nord.* »

La Tribune

**Annie DEGROOTE
LES AMANTS DE
LA PETITE REINE**

Juillet 1939. En ce mois ensoleillé, Céline, fille
d'ouvriers divorcés et communistes du nord de la
France, rêve de théâtre et d'évasion. De son côté,
Louis ambitionne de faire évoluer le commerce de
cycles que détient sa famille, catholique et bourgeoise. Rien ne leur promet un avenir commun.
D'autant que les pressions sociales, la guerre et
l'exode jetteront bientôt ces deux-là sur des routes
imprévisibles et semées d'embûches …

*Cet ouvrage a été composé et mis en page
par Nord Compo à Villeneuve-d'Ascq*

Imprimé en France par CPI
en décembre 2021
N° d'impression : 2062066

Pocket – 92 avenue de France, 75013 PARIS

Dépôt légal : mai 2021
S31687/02